कन्हैयालाल माणिकलाल मुंशी

गुजराती के सुप्रसिद्ध कथाकार, इतिहास और संस्कृति के मर्मज्ञ तथा प्राच्य विद्या के बहुश्रुत विद्वान कन्हैयालाल माणिकलाल मुंशी का जन्म 30 दिसम्बर, 1887 को भड़ौंच, गुजरात में हुआ।

उन्होंने बी.ए., एल-एल.बी., डी.लिट्., एल. एल. डी. की उपाधि प्राप्त की।

प्रारम्भ (1915) में 'यंग इंडिया' के संयुक्त सम्पादक रहे। 1938 से आजीवन भारतीय विद्या भवन के अध्यक्ष और 'भवन्स जर्नल' के सम्पादक तथा दस वर्षों तक गुजराती साहित्य परिषद के अध्यक्ष रहे। 1944 में हिन्दी साहित्य सम्मेलन के अध्यक्ष। और 1951 से मृत्युपर्यन्त संस्कृत विश्व परिषद के भी अध्यक्ष रहे। 1952 से 1957 तक उत्तर प्रदेश के राज्यपाल का पद-भार सँभाला। उसी दौरान 1957 में उन्होंने भारतीय इतिहास कांग्रेस की अध्यक्षता भी की।

उनकी प्रमुख प्रकाशित कृतियाँ हैं–'लोमहर्षिणी, 'लोपामुद्रा, 'भगवान परशुराम', 'तपस्विनी, 'पृथ्वीवल्लभ', 'भग्नपादुका', 'पाटण का प्रभुत्व', कृष्णावतार के सात खंड–'बंसी की धुन', 'रुक्मिणीहरण', 'पाँच पांडव', 'महाबली भीम', 'सत्यभामा', 'महामुनि व्यास', 'युधिष्ठिर' (उपन्यास); 'वाह रे मैं वाह' (नाटक); 'आधे रास्ते', 'सीधी चढ़ान', 'स्वप्नसिद्धि की खोज में' (आत्मकथा के तीन खंड)।

निधन : 8 फरवरी, 1971

कृष्णावतार-1

बंसी की धुन

कन्हैयालाल माणिकलाल मुंशी

अनुवादक

ओंकारनाथ शर्मा

राजकमल पेपरबैक्स

पहला पुस्तकालय संस्करण
राजकमल प्रकाशन प्राइवेट लिमिटेड द्वारा
1965 में प्रकाशित

राजकमल पेपरबैक्स में
पहला संस्करण : 1986
तेइसवाँ संस्करण : 2024

राजकमल पेपरबैक्स : उत्कृष्ट साहित्य के जनसुलभ संस्करण

राजकमल प्रकाशन प्रा.लि.
1-बी, नेताजी सुभाष मार्ग, दरियागंज
नई दिल्ली-110 002
द्वारा प्रकाशित

शाखाएँ : अशोक राजपथ, साइंस कॉलेज के सामने, पटना-800 006
पहली मंजिल, दरबारी बिल्डिंग, महात्मा गांधी मार्ग, प्रयागराज-211 001
1, अनमोल सोराबजी संतुक लेन, धोबी तलाव, मरीन लाइंस, मुम्बई-400 002

वेबसाइट : www.rajkamalprakashan.com
ई-मेल : info@rajkamalprakashan.com

बी.के. ऑफसेट
नवीन शाहदरा, दिल्ली-110 032
द्वारा मुद्रित

मूल्य : ₹299

BANSI KI DHUN
Novel by K.M. Munshi

ISBN : 978-81-7178-817-0

स्तवन

नमोऽस्तुते व्यास विशालबुद्धे फुल्लारविन्दायतपत्रनेत्र।
येन त्वया भारततैलपूर्णः प्रज्वालितो ज्ञानमयः प्रदीपः॥

प्रपन्नपारिजाताय स्तोत्रवेत्रैकपाणये।
ज्ञानमुद्राय कृष्णाय गीतामृतदुहे नमः॥
वसुदेवसुतं देवं कंसचाणूरमर्दनम्।
देवकीपरमानन्दं कृष्ण वंदे जगद्गुरुम्॥
मूकं करोति वाचालं पंगुं लङ्घयतेगिरिम्।
यत्कृपा तमहं वंदे परमानन्दमाधवम्॥

हे विशालबुद्धि व्यास, मैं आपकी वन्दना करता हूँ। विशाल दृष्टि के स्वामी, आपने भारत-रूपी तेल से जगत् में ज्ञान का प्रदीप प्रज्वलित किया है।

हे भगवान् कृष्ण, शरणागतों के कल्पवृक्ष, पापियों के नियामक, सर्वज्ञान के मूलरूप गीतामृत को दोहनेवाले प्रभु, मैं आपको नमस्कार करता हूँ।

हे वासुदेव, कंस एवं चाणूर के मर्दन करनेवाले, देवकी के परमानन्द-स्वरूप, जगद्गुरु श्रीकृष्ण, मैं आपकी वन्दना करता हूँ।

जिसकी कृपा से गूँगे वाचाल हो जाते हैं, पंगु पर्वत लाँघ जाते हैं, उसी परमानन्द-स्वरूप माधव को मेरा सविनय नमस्कार है।

प्राक्कथन

प्रिय पाठक,

महाकाव्यों और पुराणों की सामग्री पर आधारित श्रीकृष्ण-चरित्र पर एक सुन्दर कथा लिखने की मैं बहुत दिनों से सोच रहा था। 'भगवान् परशुराम' नामक उपन्यास लिखने के बाद भगवान् श्रीकृष्ण की जीवन-गाथा का गान मेरे लिए उपयुक्त ही होगा, ऐसा मेरा खयाल था। यह विषय तो मेरे लिए और भी आकर्षक है, क्योंकि मैं श्रीकृष्ण को अवतार मानता हूँ और गीता के गायक को जगद्गुरु।

इस हृदयग्राही कथा को लिखते समय मेरा अनुमान था कि मुझे सभी सामग्री 'श्रीमद्भागवत' से ही मिल जाएगी, किन्तु 'महाभारत', 'हरिवंश', 'विष्णुपुराण', 'भागवत' और उनके बाद के 'पद्मपुराण', 'ब्रह्मवैवर्त पुराण', 'गीतगोविन्द' तथा 'गर्गसंहिता' का जब मैंने पुनः अवलोकन किया, तो मुझे मालूम हुआ कि इन ग्रन्थों में भगवान् के जीवन से सम्बन्धित घटनाएँ एक-सी नहीं मिलतीं, बल्कि कहीं-कहीं तो एक-दूसरे से विरोधी वर्णन भी मिलता है। विशेषकर प्रथम दो ग्रन्थों में, जो अन्य सभी ग्रन्थों के आधार हैं, बिलकुल ही विपरीत परम्पराओं का समावेश है। बाद के सभी ग्रन्थों में अपने-अपने रचनाकाल में लोक-मानस पर श्रीकृष्ण के प्रभाव के साथ-साथ उस काल की आध्यात्मिक आवश्यकताओं का भी वर्णन मिलता है।

इस विविध, बिखरी हुई साम्रगी में से एक सुगठित कथा-सूत्र पाने, घटनाओं के बीच में आ गई रिक्तता को पूरा करने और आधुनिक रुचि के अनुसार उनमें तारतम्य बिठाने की मैं महीनों कोशिश करता रहा। मुझे लगा कि इससे जिस रचना का निर्माण होगा, उसे 'श्रीमद्भागवत' का भाषान्तर तो नहीं ही कहा जा सकेगा। मेरा विनम्र प्रयास तो श्रीकृष्ण-गाथा को एक ऐसे रूप में सुगठित करना होगा, जिससे श्रीकृष्ण के जीवन-काल में ही उनके महान् समकालीन वेदव्यास ने

उन्हें जो साक्षात् प्रभु माना है, उसका औचित्य मेरे इस आख्यान से सिद्ध हो सके।

इसलिए यदि मेरे पाठक मुझसे 'श्रीमदभ्‌ागवत' के भाषान्तर की आशा करते हों, तो मैं उनसे क्षमा चाहता हूँ। मैं तो केवल श्रीकृष्ण के महान् व्यक्तित्व के प्रमुख लक्षणों को समझने की कोशिश कर रहा हूँ और यदि उसकी एक, थोड़ी-सी झलक भी दिखाने में समर्थ हुआ तो अपने को भाग्यशाली मानूँगा। वैसे, अनन्त को कौन शब्दों में सीमाबद्ध कर सकता है!

आपका

—कन्हैयालाल मुंशी

पूर्व भूमिका

श्रीभगवान् नारायण अनन्तकालरूपी शेषनाग पर शयन कर रहे थे। पृथ्वी माता, जो हम सबकी जननी हैं, अश्रुपूर्ण नयनों से उनकी शरण में आईं और हाथ जोड़कर कातर कण्ठ से कहने लगीं, 'सर्वशक्तिमान प्रभु, आर्तों के परम आश्रय, अपने दुःख का भार और अधिक वहन करने में मैं अब असमर्थ हूँ।

'प्रभो! आपने तो मुझे आज्ञा दी थी कि मैं ऐसे पुत्र-पुत्रियों का प्रसव करूँ जो आनन्द का अनुभव करते हुए आपकी भक्ति में लीन हों; परन्तु प्रभु! मेरी कोख से स्त्री-पुरुषों की एक ऐसी नई पीढ़ी ने जन्म लिया है, जिसके पापाचार की सीमा नहीं। वह स्वयं आपसे भी विमुख रहना चाहती है। शासक अति स्वार्थी हो गए हैं। उनके विचार भ्रष्ट हो गए हैं। सत्ता के मद में वे मेरी सन्तान को कष्ट देते हैं, उन पर अत्याचार करते हैं और धर्म की अवहेलना करते हैं। पति-पत्नी के बीच वे सम्बन्ध-विच्छेद कराते हैं, सन्तान को माता-पिता के प्रतिकूल बनाते हैं और जहाँ प्रेम तथा शान्ति विराजमान थी, वहाँ वैमनस्य व द्वेष के बीज बोते हैं। ये पापाचारी शासनकर्त्ता जबरदस्ती अथवा छल-कपट से लोगों को भटकाते हैं और अपनी समृद्धि व शक्ति का दुरुपयोग कर लोगों को सत्ता की पूजा करना सिखाते हैं। नृत्य, मदिरा तथा व्यभिचार में आसक्त बनाकर वे मेरी सन्तानों की अधोगति करते हैं, और उन्हें भगवान् की अवहेलना करना सिखाते हैं।

'ये शासक अपनी महत्ता के मिथ्या गर्व में मस्त रहते हैं, घरों में फूट डालते हैं, देवमन्दिरों को भ्रष्ट करते हैं, सन्तों की विडम्बना करते हैं और उन्हें नाना प्रकार के कष्ट देकर नष्ट करने का प्रयत्न करते हैं। प्रभो! मेरा तो इस कष्ट से बहुत बुरा हाल है।

'कृपानिधि, अपने वचन का निर्वाह कर मेरा उद्धार कीजिए। मैं आपकी शरणागत हूँ।'

पृथ्वी माता को इस प्रकार दुखी देखकर दीनबन्धु, करुणावत्सल श्रीभगवान् ने स्नेहस्निग्ध वाणी में कहा, 'पुत्री, तुमने जो कहा वह सब मुझे ज्ञात है। तुम किसी प्रकार की चिन्ता मत करो, निर्भय होओ! मैंने जो वचन दिया है, उसका निर्वाह मैं सदा करूँगा। जब-जब भी धर्म की ग्लानि होती है, तब अधर्म का नाश करने के लिए मैं पृथ्वी पर अवतार लेता हूँ। मेरे भक्तों का विनाश कभी नहीं हो सकता। न मे भक्तः प्रणश्यति।'

पृथ्वी माता ने प्रभु से विनती की, 'प्रभो! मेरी आपसे यही प्रार्थना है कि आप धरती पर शीघ्र पधारकर मेरी सन्तानों की रक्षा करें।'

और, भगवन् ने उसे अभयवचन दिया, 'मैं अवश्य आऊँगा।'

वसुदेव और देवकी

द्वापर युग के मध्य में यादवों ने यमुना के फलद्रुप तट पर आकर अपनी बस्तियाँ बसाईं। यह स्थान ब्रजभूमि के नाम से प्रसिद्ध था और अत्यन्त मनोहारी एवं रमणीय था। शीतल छाया प्रदान करनेवाले सघन वृक्ष, सुन्दर पुष्पों से लदी लताएँ और दूर-दूर तक फैली हरीतिमा! विशाल सुन्दर वनों में यहाँ गोकुल विचरते थे। यादवों की वास्तविक सम्पत्ति यही गो-धन था। धन-धान्य से भरपूर इस समृद्ध भूमि में गोवर्धन पर्वत सुमेरु के समान सुशोभित था। यादव इसकी पूजा किया करते थे।

कुक्कुर, अन्धक, वृष्णि, सात्वत, भोज, मधु, शूर आदि जातियों से यादव संघ बना था। उसे वृष्णिसंघ भी कहा जाता था। शासन-व्यवस्था उसकी गणतन्त्रीय थी, फिर भी अन्धक इन सब कुलों में सर्वाधिक शक्तिमान थे और अपने कुलपति को 'राजा' की पदवी से विभूषित करते थे।

यादव संघ शक्तिशाली एवं वीर्यवान था। उसे गर्व था कि सृष्टि की सारी प्रजाओं में वही सर्वश्रेष्ठ है और उसकी उत्पत्ति स्वयं ब्रह्मा से हुई है।

ब्रह्मा के दो पुत्र थे—अत्रि और दक्ष। दक्ष को अदिति प्राप्त हुई, जिसके गर्भ से विवस्वत ने जन्म लिया। विवस्वत का पुत्र मनु के नाम से विख्यात हुआ। मनु की पुत्री इला ने सोम से विवाह किया। उसका पुत्र पुरुरवा था, जिसने अपने यौवनकाल में देवताओं की प्रिय अप्सरा उर्वशी से प्रेम किया।

पुरुरवा के दो पुत्र थे। ज्येष्ठ पुत्र का नाम आयुष था। आयुष के पाँच पुत्र हुए, जिनमें से नहुष अति बलवान था।

नहुष का पुत्र था ययाति, जो सबसे प्रभावशाली पृथ्वीपति हुआ। उसने देव और दानव दोनों को जय किया था। ययाति की प्रथम पत्नी देवयानी थी। वह

भृगुकुलोत्पन्न शुक्राचार्य की पुत्री थी। इस महान् तपस्वी ने देवताओं का मद भी चूर किया था। देवयानी के दो पुत्र थे–यदु तथा तुर्वसु।

यदु के पुत्र ही यादव कहलाए। यदु के पुत्र का नाम क्रोष्टु था, क्रोष्टु के पुत्र का नाम देवमिढुष और उसके पुत्र का नाम शूर था।

त्रेता युग में मधु नामक राक्षस ब्रजभूमि में राज्य करता था। जब उसका प्रभाव अधिक बढ़ गया तब इस भूमि को मधुवन कहा जाने लगा। मधु ने जंगलों को साफ कराया और यमुना के किनारे एक नगर की स्थापना की। इसी का नाम मथुरा पड़ा।

मधु के पुत्रों ने जब अतिशय अत्याचार करना शुरू कर दिया और लोग उनके नाम से थर्राने लगे, तब भगवान् के अवतार श्रीरामचन्द्र के लघु भ्राता शत्रुघ्न ने क्रोधित हो मथुरा पर चढ़ाई की और पापाचारी मधुपुत्रों का विनाश किया। इसके बाद दूर-दूर तक फैले मधुवन पर इक्ष्वाकु वंश के राजाओं का राज्य हुआ।

बाद में, यादवों में अति प्रभावशाली शूर हुआ। उसने मथुरा पर आक्रमण कर शत्रुघ्न के वंशजों को निकाल दिया। तब यादवों ने यमुना के तट-प्रदेश में अपनी स्थापना की और वे वहाँ काफी समृद्धिशाली हुए। उन्होंने गोधन को ही अपनी विपुल सम्पत्ति बनाया। तब से ब्रजभूमि शूरसेन कही जाने लगी।

वसुदेव राजा शूर के वंशज थे। उनके जन्म के समय ग्रहों का योग अच्छा था। उस समय स्वर्ग में दुन्दुभि बजी, इसलिए उनका नाम आनकदुन्दुभि पड़ा। देवताओं ने उन पर पुष्पवृष्टि भी की। वे चन्द्रमा के समान स्वरूपवाले थे और उनकी कीर्ति अक्षय व अनन्त काल तक स्थिर रहनेवाली थी।

वसुदेव के पाँच बहनें थीं। उनमें से एक–पृथा को कुन्तीभोज राजा ने दत्तक लिया। उसका विवाह हस्तिनापुर के राजा पाण्डु से हुआ और वह पाँच पाण्डवों में से तीन की माता बनी।

वसुदेव की दूसरी बहन श्रुतश्रवा ने चेदिराज का वरण किया और उसकी कोख से शिशुपाल का जन्म हुआ।

वसुदेव वीर शूरवंशियों के अग्रणी थे और अनेक गोकुलों के स्वामी थे। किन्तु अन्धक वंश उनसे भी अधिक प्रतापी था और उसके अग्रणी राजा उग्रसेन उसके नायक थे। उग्रसेन के पाँच पुत्र और नौ पुत्रियाँ थीं। सबसे बड़े पुत्र का नाम कंस था।

राजा उग्रसेन के भाई देवक के चार पुत्र और सात पुत्रियाँ थीं, जिनमें से देवकी परम रूपवान थी।

शूरों और अन्धकों के बीच प्रायः झगड़े हुआ करते। उनके ग्वालों के बीच रोज मारपीट होती। आखिर, दोनों कुलों के मुखियाओं ने निश्चय किया कि इन झगड़ों का अन्त करने के लिए शूरश्रेष्ठ वसुदेव का देवकी से विवाह कर दिया

जाए। राजा उग्रसेन ने बड़ी धूमधाम से यह ब्याह रचाया।

वसुदेव और देवकी ने वेदी के आसपास सप्तपदी की विधि सम्पन्न की। चन्द्रमुखी देवकी का जब पाणिग्रहण हुआ, तब इस शुभ प्रसंग पर शंख और दुन्दुभि के जयघोष हुए।

यादवों के हर्ष का पार नहीं था। ऐसे सुयोग्य दम्पति का संयोग उन्हें सौभाग्य से ही देखने को मिला था।

कंस का प्रकोप

भारत में उस समय सबसे दुष्ट और अधम राजपुत्र कंस ही था। वह उद्धत, अभिमानी, कपटी, राग-द्वेष से पूर्ण और हठी था। अपने पिता राजा उग्रसेन की भी वह परवाह न करता। देव अथवा मनुष्य, किसी का भी नियन्त्रण उसे स्वीकार नहीं था। विद्वानों की वह अवहेलना करता, साधु-सन्तों की हँसी उड़ाता और प्रभुभक्तों से द्वेष रखता। शक्तिशाली राजाओं का समर्थन पाकर वह अति उद्दण्ड हो चला था; शत्रु और मित्र—दोनों ही उससे त्रस्त थे।

जिस समय देवकी का पाणिग्रहण वसुदेव के साथ हो रहा था, तभी नारद मुनि कंस के पास पहुँचे। यथोचित सत्कार के बाद कंस ने उनसे आशीर्वाद की कामना की। मुनि ने पाप के मार्ग पर न चलने की सलाह देते हुए उससे कहा कि धर्म की अवहेलना कर आज तक संसार में कोई विजयी नहीं बन सका।

कंस उद्दण्ड तो था ही। एक विद्रूप हँसी हँसकर उसने कहा, "मुनिवर, ऐसी तो कोई शक्ति मुझे दिखाई नहीं पड़ती, जो मेरे मार्ग में बाधक बन सके। मुझे भय किसका? ईश्वर! वह तो निर्बल मन के मनुष्यों को डराने के लिए खड़ा किया गया भूत है। किन्तु मैं निर्बल नहीं, समर्थ हूँ। मेरी इच्छा ही मेरे लिए सबकुछ है; वही शासन है, वही नियम है। इसके अतिरिक्त और कोई बन्धन मुझे स्वीकार नहीं। देखता हूँ, मेरी इच्छा के विरुद्ध जाने का साहस किसमें है!"

नारद मुनि किंचित् मुस्करा पड़े। मन्द-मन्द मुस्कराकर उन्होंने कहा, "वत्स, धर्म अविचल है; उसका उल्लंघन कोई नहीं कर सकता। तुम्हारे लिए भी वह सम्भव नहीं होगा। इस सृष्टि का आधार ही धर्म है और जब-जब धर्म की ग्लानि होती है, ईश्वर स्वयं उसकी पुनः स्थापना के लिए धरती पर अवतार ग्रहण करते हैं।"

कंस ने इसका उत्तर एक अट्टहास के साथ देते हुए कहा, "मुनिवर, देव अथवा मनुष्य, मेरी राह में रोड़े अटकाने की किसी की क्या मजाल है? मैं सर्वजयी हूँ।"

इस उद्धत वाणी को सुन नारद मुनि ने कहा, "कंस, यदि तुझे अपनी शक्ति का इतना अधिक गर्व है, तो तेरा नाश अवश्यम्भावी है। यही सनातन नियम है। दुष्ट मनुष्यों का उत्थान और पतन मैंने स्वयं युग-युग से अपनी आँखों इसी प्रकार होते देखा है।"

"मेरी ओर अँगुली उठाने का भी साहस किसी में है?" कंस ने तिरस्कारपूर्वक कहा।

नारद मुनि क्षण-भर तो ध्यानमग्न रहे, फिर बोले, "कुमार, तुझे तेरे बल का मिथ्याभिमान है; किन्तु मैं जानता हूँ कि तेरे विनाश की व्यवस्था ईश्वर ने पहले से ही कर रखी है। तेरी चचेरी बहन देवकी का आठवाँ पुत्र ही तेरा संहारक होगा।"

इतना कहकर भक्तराज नारद कंस के उत्तर की अपेक्षा किए बिना ही अन्तर्धान हो गए।

कंस के क्रोध की सीमा नहीं थी। उसके पिता उग्रसेन तो केवल नाम-मात्र के राजा थे, असली सत्ता तो उसी के हाथ में थी। कंस से केवल उसकी अपनी प्रजा ही नहीं, बल्कि आसपास के नरेश तथा उनकी प्रजाएँ भी भयभीत थीं। ऐसा कोई नहीं था, जो उसका विरोध कर सके। इस भविष्यवाणी को सुनकर वह आगबबूला हो गया और सीधा वहीं पहुँचा, जहाँ वसुदेव-देवकी का ब्याह रचा जा रहा था। नारद मुनि की वाणी किसी प्रकार सार्थक न हो, इसलिए वह वहीं, तत्काल देवकी की हत्या कर देना चाहता था। न रहेगा बाँस, न बजेगी बाँसुरी! जब देवकी ही नहीं रहेगी तो फिर उसकी सन्तान कैसी? कौन-सा आठवाँ पुत्र फिर उसका संहारक बनेगा।

राजप्रासाद के द्वार पर लाल-लाल आँखें किए कंस जब पहुँचा तो उस समय वर-वधू की सवारी की तैयारियाँ हो रही थीं। विवाहमण्डप में बड़े-बड़े प्रतिष्ठित एवं सम्माननीय व्यक्ति उपस्थित थे। कंस उन्हें उस समय साक्षात् यम ही दिखाई पड़ा। उसे इस प्रकार कुपित देखकर सभी की खुशी काफूर हो गई, रंग में भंग पड़ गया। ढोल, नगाड़े, शहनाई, शंखध्वनि सभी बन्द हो गए। लोग भयविह्वल विमूढ़-से खड़े रह गए।

वसुदेव और देवकी जिस रथ पर बैठे थे, वहाँ पहुँचकर कंस ने क्रोध से काँपते हुए हाथों से देवकी की चोटी पकड़ी और उसे रथ से नीचे खींच लिया। राजा उग्रसेन एवं अन्य राजवंशी स्वजन पास ही खड़े, भयभीत हो देखते रहे। क्षण-भर पहले सुख-सपनों में खोई राजकुमारी देवकी नई-नवेली दुलहन लाज छोड़, भय से चीख पड़ी।

उग्रसेन अच्छी तरह जानते थे कि उनका पुत्र कंस कितना हठी और

स्वेच्छाचारी है। उसके इस दुष्कृत्य से उन्हें गहरा आघात लगा, लेकिन कंस के क्रोधी और तामसी स्वभाव से परिचित होने के कारण वह कुछ कह नहीं सके; मात्र दिग्विमूढ़-से खड़े देखते रह गए। तभी तरुण यादव कुमार वसुदेव रथ से कूदकर कंस के पास जा पहुँचे और उन्होंने उसका वह हाथ थाम लिया, जिसमें तलवार पकड़े वह देवकी की हत्या करने को तत्पर था।

आश्चर्यचकित हो उन्होंने पूछा, "यह क्या! भोजकुलोत्पन्न, उदार चरित राजकुमार! आप चाहते क्या हैं? लग्नमण्डप से विदा हो रही, मोदभरी नव-वधू, अपनी बहन का आप संहार करना चाहते हैं? लेकिन क्यों, किसलिए, किस अपराध के कारण?"

कंस वसुदेव को बलपूर्वक दूर हटाते हुए गरज उठा, "हट जाओ सामने से! मैं कुछ नहीं सुनना चाहता!" उसकी आँखें क्रोध उगल रही थीं।

राजा उग्रसेन के भाई, देवकी के पिता देवक ने तब लपककर कंस का हाथ पकड़ लिया और कहा, "वत्स, देवकी को छोड़ दो! उसने तुम्हारा क्या बिगाड़ा है?"

कंस ने जोर से धरती पर पैर पटककर कहा, "कदापि नहीं! मैं देवकी को कभी नहीं छोड़ सकता, उसे अभी समाप्त करता हूँ।"

वसुदेव युवक होते हुए भी गम्भीर थे। वह जानते थे कि कंस जब क्रोधित होता है, तब किसी की नहीं सुनता। उसका प्रतिकार करना निष्फल है। इसके अतिरिक्त कंस की सत्ता को स्वीकार कर चलने में ही उन्हें अपनी भलाई दीखती थी। इसलिए हाथ जोड़कर कंस से उन्होंने प्रार्थना की, "भोजकुलोत्तम कुमार, कृपया मेरी बात तो सुनिए। ऐसा कौन-सा अपराध हमसे बन पड़ा है, जो आप हम पर इतने कुपित हो रहे हैं?"

लाल-लाल आँखों से वसुदेव को घूरते हुए कंस ने कहा, "देवताओं ने मुझे सावधान किया है कि देवकी का आठवाँ पुत्र मेरा संहार करेगा। लेकिन मैं ऐसा कदापि नहीं होने दूँगा।"

वसुदेव ने तुरन्त सुमझ लिया कि अपनी मृत्यु के भय से जो निश्चय कंस इस समय कर चुका है, उससे उसे विचलित करने का साहस किसी में नहीं। फिर भी, अत्यन्त विनम्रता से उन्होंने विनती की, "हे नरोत्तम परमवीर कुमार, देवकी से तो आपको कोई भय नहीं है न? देवताओं ने इसके हाथों तो आपके किसी अमंगल की पूर्व-सूचना नहीं दी न? फिर आप इस बेचारी पर क्यों बिगड़ते हैं? भविष्यवाणी के अनुसार तो इसके आठवें पुत्र से आपको भय है। लेकिन आप चिन्ता न करें। मैं आपका स्वामिभक्त स्वजन हूँ। आपकी हर विपत्ति में साथ देना मेरा कर्तव्य है, धर्म है; और उस धर्म का पालन करने की मैं आपसे प्रतिज्ञा करता हूँ। देवकी को आप जीवित रहने दें। मैं आपको वचन देता हूँ कि उसकी कोख

से जो भी सन्तान उत्पन्न होगी, वह मैं आपको सौंप दूँगा। फिर आप उसका जो चाहें, सो करें। इस प्रकार जब उसकी कोई सन्तान रहेगी ही नहीं, तो आपको भय किस बात का? भविष्यवाणी फिर किस प्रकार सत्य होगी?"

कंस ने अपने पिता उग्रसेन की ओर देखा, चाचा देवक पर नजर डाली, भयभीत और संक्षुब्ध देवकी पर दृष्टिपात किया। धूर्त तो वह था ही। उसने सोचा कि देवकी की हत्या इसी समय करने से यादवों से वैर मोल लेना होगा। और यह काम बुद्धिमानी का नहीं होगा। देवकी जीवित रही तो भी उसका कुछ अनिष्ट नहीं कर सकेगी। उसे जीवित छोड़ देने में उसे कोई चूक नहीं दिखाई दी, फिर भी सावधानी बरतते हुए उसने एक शर्त रखी, "देवकी को इस समय छोड़ तो देता हूँ, किन्तु इस शर्त पर कि वह अपने वर के साथ यहाँ से सीधे गजराज महल में जाएँ और वहीं वे दोनों जन रहें। मेरे विश्वसनीय सेवक दिन-रात उनका पहरा देंगे। वसुदेव, तुमने अभी-अभी जो वचन मुझे दिया है, उसे भूल मत जाना। देवकी की कोख से जन्मे प्रत्येक शिशु को तुम्हें मुझे सौंप देना होगा। उसके जन्म लेते ही मुझे सूचित किया जाए। मैं किसी भी अवस्था में देवकी की किसी सन्तान को जीवित नहीं छोड़ना चाहता।"

कंस की योजनाएँ

वसुदेव और देवकी को कंस ने उनके विवाह के तुरन्त बाद बन्दी बना लिया; इससे शूर, सात्वत तथा कुक्कुर कुल के यादवों को गहरा आघात लगा। अन्धक कुल के यादव भी, जो राजा उग्रसेन को अपना अगुआ मानते थे, कंस के इस अमानुषी व्यवहार से क्षुब्ध हो गए। लोगों के रोष की मात्रा धीरे-धीरे बढ़ती गई और इसी रोष ने आगे चलकर विरोध का स्वरूप धारण कर लिया। कुछ ही महीनों बाद कंस के गुप्तचरों ने उसे सूचना दी कि विरोध उग्र होता जा रहा है।

शूरश्रेष्ठ वसुदेव पर कंस के अत्याचार के अतिरिक्त उसके अन्य दुष्कृत्यों की चर्चा भी उदार-हृदय यादव यदा-कदा एकत्र हो किया करते थे। यादव स्त्रियों के हृदय भी हाहाकार कर उठे। देवकी का दुःख प्रत्येक यादव-स्त्री का अपना दुःख हो गया। उनमें से प्रत्येक को यह भय था कि पता नहीं कंस आगे चलकर क्या करेगा; वह किसी की भी ऐसी दुर्दशा कर सकता था या इससे भी बुरी; और यदि यही हाल रहा, तो कंस के प्रकोप से फिर कौन बचेगा!

इस तरह विरोध उग्रतर होता गया। किन्तु कंस ने इसकी अधिक परवाह नहीं की। उसने तो बस इसे लोगों की उद्दण्डता समझा और निश्चय किया कि आलोचकों

और विरोधियों को तत्काल कुचल देना चाहिए। इसी उद्देश्य की पूर्ति हेतु, उसने अपने विश्वसनीय सेवकों और सलाहकारों की एक गुप्त मन्त्रणा भी की।

कंस के चाटुकारों और साथियों का वह एक विचित्र जमघट था। उसमें यादव तथा अन्य दुरात्माओं ने भाग लिया। देवताओं अथवा ऋषि-मुनियों द्वारा रचे गए नियम तो उन्हें स्वीकार नहीं थे; वे तो बस कंस के बल पर मौज उड़ाते, उसकी आज्ञा शिरोधार्य करते और प्रजाजनों पर अत्याचार करते। चाहे जिसको कंसद्रोही ठहराना, उसको सताना अथवा कारावास में डाल देना, उनका काम था। प्रायः परिवार-के-परिवार उनके द्वार छिन्न-भिन्न हो जाते और कंस की अथवा अपनी वासना-तृप्ति के लिए वे कुलीन स्त्रियों तक को पकड़ मँगवाते।

कंस के इन साथियों ने विद्रोह के समाचार सुनाकर उसकी क्रोधाग्नि को खूब भड़काया। एक ने कहा, "कृपानिधि, आपके कृत्यों को यादव अमानुषिक कहते हैं। उनकी सहानुभूति प्रत्यक्ष ही देवकी और वसुदेव के प्रति है। सम्भव है राजा उग्रसेन के पास भी वे आपकी शिकायत लेकर पहुँच जाएँ। वृद्ध महाराज का हृदय तो दुर्बल है ही। वह तो किसी की भी पुकार पर ध्यान देने बैठ जाते हैं।"

कंस के खास सलाहकारों में अन्धक कुल के प्रमुख प्रद्योत और उसकी पत्नी पूतना थी। यादव-स्त्रियाँ कंस के बारे में क्या सोचती और कहती हैं, उसकी खबर पूतना रखती थी। स्वभाव और स्वरूप दोनों से वह भयंकर थी और उसकी विशिष्टता यह थी कि किसी का भी अपमान करने में वह जरा नहीं चूकती थी।

अन्य विश्वसनीय अनुचरों की तुलना में वह कंस की विशेष कृपापात्री भी थी। बिना किसी संकोच अथवा भय के कंस से यदि साफ-साफ बात कोई कर सकता था, तो वह पूतना ही थी। इस अवसर पर पूतना ने भी कंस से करबद्ध प्रार्थना की, "प्रभु, सच-सच कहने के लिए क्षमा चाहती हूँ, लेकिन यादव-स्त्रियाँ आपको धिक्कार रही हैं, आपके अमंगल की कामना करती हैं और अपने पतियों को आपके विरुद्ध षड्यन्त्र रचने की प्रेरणा देती हैं, उनका हृदय तो मात्र देवकी के लिए तड़पता है और आप जितना ही अधिक कठोर बर्ताव उसके तथा उसके पति वसुदेव के साथ करते हैं, उतनी ही अधिक उनकी सहानुभूति उन दोनों के प्रति बढ़ती है। नारद मुनि की भविष्यवाणी उन सबने सुन रखी है और वे दिन-रात यादव-कुल का उद्धार करनेवाले, देवकी के आठवें पुत्र के जन्म की प्रतीक्षा करती हैं।"

कंस ने अपनी मूँछों पर ताव देते हुए किसी तरह अपने क्रोध को रोका। यादवों को एक अच्छा सबक सिखाने का उसने मन-ही-मन संकल्प किया। धीरे-धीरे उसके मस्तिष्क में एक भयंकर योजना ने जन्म लिया।

कुछ ही दिन बाद आखेट के बहाने कंस अग्रवन गया। ब्रजभूमि की सीमा

से संलग्न वहाँ भौम का राज्य था और भौम के पड़ोस में ही राजा बाण का राज्य था। अपने विद्यार्थी-जीवन में कंस ने इन्हीं दोनों सहपाठियों के साथ गालव ऋषि के आश्रम में कुछ दिन बिताए थे। तीनों ही उपद्रवी और उद्दण्ड थे। आश्रमवासी इनसे सदा त्रस्त रहते। अन्त में तंग आकर गालव ऋषि को राजा उग्रसेन से कंस को वहाँ से हटा लेने की विनती करनी पड़ी। तभी से कंस अपरिग्रही, शब्दब्रह्म के उपासक ब्राह्मणों का शत्रु बन बैठा था।

कंस, भौम और बाण की मैत्री वयस्क होने पर भी बनी रही। भौम और बाण प्रगल्भ और कपटपरायण कंस को अपना अग्रज और आदरणीय मानते थे। वे लोग इसी प्रतीक्षा में थे कि यादवों का प्रमुख बनकर कंस कब युद्ध करता है, ताकि उसी बीच वे भी अपना-अपना क्षुद्र राज्य किसी तरह विस्तीर्ण कर लें।

भौम का अतिथि बनकर कंस जब उसके यहाँ ठहरा, तो बाण भी वहाँ आ पहुँचा। तीनों ने वहाँ मन्त्रणा की कि जो भी यादव कंस का विरोध करने का दुस्साहस करते हैं, उन सबको कुचल देना चाहिए। राजा उग्रसेन इन उपद्रवियों को किसी प्रकार का प्रोत्साहन न दें, इसकी भी व्यवस्था करनी होगी। राजा उग्रसेन स्वभाव से दयालु थे और परम्परानुसार प्रजा को पुत्रवत् समझते थे। कंस को यह बात पसन्द न थी, इसीलिए वह अपने पिता के प्रति द्वेष-भाव रखता था। अपने मित्रों से उसने कहा, "इस बुड्ढे को तो मेरी शिकायतें सुनना अच्छा लगता है। जब भी लोग मेरे विरुद्ध आरोप लिये पहुँचते हैं, तो वह उन पर ध्यान देने बैठ जाते हैं। मेरे कामों में बाधा देने से वह कभी नहीं चूकते!"

भौम के यहाँ से कंस जब लौटा, तो उसने दृढ़ निश्चय किया कि वह केवल उन्हीं लोगों को मथुरा में बसने देगा, जो उसका समर्थन करेंगे; विरोधियों को वह अब ज़रा भी सिर उठाने का मौका नहीं देगा और अगर किसी ने यह दुस्साहस किया तो वह तत्काल ही विनाश कर देगा। इसके सिवा और कोई चारा नहीं।

यादव संघ का नेतृत्व तो यों भी उसे उत्तराधिकार में प्राप्त होता, किन्तु परम्परा और स्वभाव से ही स्वतन्त्रता और शान्तिप्रिय यादवों पर एकाधिकार प्राप्त करने की चेष्टा करनेवाला कंस कभी उनका विश्वासभाजन नहीं बन सकता था। इसी कारण वह अब तक उतनी सत्ता प्राप्त नहीं कर सका था, जितनी उसे चाहिए थी। और, यही बात कंस को कचोटती रहती कि राजा बनने पर भी वह अपने पिता की तरह नाममात्र का शासक होगा, असली सत्ता तो संघ के हाथ में रहेगी। उसे भय था कि इस प्रकार विजय-रथ पर अग्रसर होकर वह कभी अपने राज्य का विस्तार नहीं कर सकेगा। यदि उसे सर्वसत्ताधीश होना है तो अभी से व्यूहरचना करनी होगी।

अपने ध्येय की पूर्ति के लिए कंस को शक्तिशाली मित्रों की आवश्यकता

थी। इसलिए उसे जब तक ऐसे मित्र न मिलें, सावधानी से, धैर्यपूर्वक प्रतीक्षा करना ही उसने उचित समझा। उन दिनों मगधराज जरासन्ध ही आर्यावर्त में सबसे शक्तिशाली और प्रतापी राजा था। वह स्वयं एक प्रचण्ड योद्धा था और उसकी सेनाओं ने अनेक राजाओं का मान-मर्दन किया था। अपने साम्राज्य का विस्तार भी उसने खूब किया था और कुछ ही वर्षों में उसका चक्रवर्ती पद प्राप्त करना भी प्रायः असन्दिग्ध था।

कंस की दृष्टि में जरासन्ध परमवीर था। उसके चरण-चिह्नों पर चलने की उसकी बड़ी साध थी। उसने सोचा कि यदि जरासन्ध किसी प्रकार अपनी पुत्री का विवाह मुझसे करने को राजी हो जाए, तो परस्पर सहायता कर हम एक-दूसरे का बड़ा हित कर सकते हैं। वे यादवों पर एकाधिकार प्राप्त करने में मेरे सहायक हो सकते हैं और उन्हें चक्रवर्ती सम्राट बनाने में मैं मदद कर सकता हूँ, और यदि दैवयोग से किसी युद्ध में वे मृत्यु को प्राप्त हुए तो उनके साम्राज्य का एक भाग मुझे प्राप्त होगा ही।

कंस ने अपने इस विचार को कार्यरूप में परिणत करने की शीघ्र व्यवस्था की। राजा बाण जरासन्ध का रिश्ते में भाई लगता था। जरासन्ध की पुत्री का हाथ अपने लिए माँगने कंस ने उसे गिरिव्रज भेजा और भाग्य की बात कि उसे वहाँ आशातीत सफलता मिली।

जरासन्ध इस सम्बन्ध के लिए राजी हो गया और कुछ ही महीनों बाद मगधराज की दो कन्याओं–अस्ति और प्राप्ति–के साथ कंस का विवाह हो गया। विवाहोपरान्त जब वे मथुरा रहने आईं तो अपने साथ मगध से योद्धाओं का एक छोटा-सा दल भी लेती आईं। इन शक्तिशाली और भयंकर योद्धाओं का उपयोग कंस अपनी प्रजा को दबाने और यादवों के विरोध को कुचलने में करने लगा। इस प्रकार अपनी महत्त्वाकांक्षा को पूरा करने के लिए उसने युद्ध की प्राथमिक तैयारियाँ प्रारम्भ कीं।

साधु-चरित अक्रूर

कंस जब चारों ओर से अपनी शक्ति बढ़ाने में लगा था, तब गजराज प्रासाद में बन्दी, वसुदेव और देवकी एकान्त में अपने भाग्य पर आँसू बहा रहे थे।

कारावास में वसुदेव भगवान् विष्णु से नित्य प्रार्थना करते, 'प्रभु, अब शीघ्र ही हमारा उद्धार करो!' देवकी भी उनकी इस प्रार्थना में शरीक होती। सुशील आर्यपत्नी के योग्य वह सभी व्रतों का पालन करती और अपनी कोख से जन्म

लेनेवाले उद्धारक के सपने सँजोती। कई बार तो वह आधी रात को ही जगकर प्रार्थना करती, 'हे भगवान्, जगदाधार, मेरी कोख से कब तारणहार प्रकट होगा। मेरी आशा कब फलीभूत होगी!'

कई बार ब्राह्म-मुहूर्त में उठकर जब वह यह प्रार्थना करती तो उसे ऐसा लगता कि भगवान् ने उसकी पुकार सुन ली है। तब उसे एक नई आशा और स्फूर्ति का अनुभव होता और वह वसुदेव की सेवा में नए उत्साह से लगकर अपने सारे कष्टों को भुला देती।

मगध की राजकुमारियों को विवाह कर कंस जब मथुरा लौटा, तो कुछ ही दिनों बाद देवकी के एक पुत्ररत्न हुआ। यह समाचार सारे यादव-समुदाय में फैल गया और साथ ही यह आशंका भी कि कंस अपने हाथ से उस नवजात शिशु का संहार करेगा। इस विचार ने सभी को आतंकित कर दिया।

यादवों के एक कुल का नाम वृष्णि था, जिसका युवा सरदार अक्रूर बड़ा धर्मपरायण व्यक्ति था। वह न्यायपथ से कभी विचलित नहीं होता था। यादवों को उस पर पूर्ण श्रद्धा थी। यादव नेताओं ने इसीलिए अक्रूर से प्रार्थना की कि वह कंस को बाल-हत्या का अपराध न करने के लिए समझाए। सभी का मत था कि निर्दोष नवजात शिशु की हत्या करना तो वास्तव में अधर्मता की पराकाष्ठा होगी।

अक्रूर ने यादव नेताओं की प्रार्थना को स्वीकार कर लिया। कंस को दिए गए अपने वचन के अनुसार वसुदेव जब नवजात शिशु को लेकर उसके महल गए, तब अक्रूर भी कुछ यादव नेताओं के साथ वहाँ पहुँचे।

कंस, उस समय सिंहासन पर आरूढ़ था। उसके आसपास उसके विश्वसनीय अनुचर और मगध के सशस्त्र योद्धागण उपस्थित थे। वसुदेव तथा दूसरे लोगों को आया देखकर कंस ने उनके प्रति अपनी अवज्ञा प्रकट की। अक्रूर ने बाल-हत्या का अपराध न करने के लिए उससे विनती की। अश्रुपूर्ण नेत्रों से वसुदेव ने भी बालक को जीवनदान देने की करबद्ध याचना की।

अक्रूर ने कहा, "महाराज, कुछ तो दया कीजिए। मैं आपसे दया की भीख माँगता हूँ। इस बच्चे ने आपका क्या बिगाड़ा है? और फिर, एक निर्दोष बालक की हत्या करना क्या आपको शोभा देगा? यह कृत्य अनार्य है, पापपूर्ण है। आपको जो भी भय है वह देवकी के आठवें पुत्र से है, प्रथम पुत्र से तो अनिष्ट की कोई आशंका नहीं न!"

"मैं कोई भी खतरा उठाने को तैयार नहीं।" कंस ने भृकुटि तानकर कहा।

बालक को छाती से लगाकर वसुदेव ने प्रार्थना की, "महाराज, राजा तो चतुर्भुज विष्णु की भाँति करुणा के अवतार होते हैं।"

कंस ने क्रूर अट्टहास के साथ कहा, "तुम्हारा भगवान् दयानिधि है न! तो

जाओ, उससे सहायता माँगो। मैं भगवान् नहीं हूँ और न होना चाहता हूँ। मैं दयालु भी नहीं हूँ।"

अक्रूर और वसुदेव ने बहुत अनुनय-विनय की; किन्तु उनके सारे प्रयत्न निष्फल गए। कंस से उन्हें तिरस्कार के अतिरिक्त और कुछ नहीं मिला। निराश होकर जब वे चुप हो गए, तब कंस सिंहासन पर से उठ खड़ा हुआ। वसुदेव के हाथ से उसने बालक को छीना और जोर से उसको धरती पर पटक दिया। सभी उपस्थित यादवों के मुँह से भयाक्रान्त चीख फूट पड़ी।

कंस ने वसुदेव के पुत्र की हत्या कर दी है, यह समाचार बिजली की तरह चारों ओर फैल गया। यादवों पर इसकी भयंकर प्रतिक्रिया हुई। वे तो किंकर्तव्यविमूढ़ ही हो गए। क्या करना, क्या न करना, किसके पास जाना, यह सोचने-समझने की शक्ति उनमें नहीं रही। पुरुषों के शोक की सीमा नहीं थी, स्त्रियों ने छाती-माथे पीट लिए। सभी व्याकुल हो उठे और सोचने लगे कि इस दुराचार को रोकने के लिए कुछ-न-कुछ उपाय अवश्य ढूँढ़ना चाहिए। अन्त में, उनके नेता राजा उग्रसेन से मिलने उनके महल गए।

अपने पुत्र के इस घोर कुकृत्य की बात सुनकर राजा उग्रसेन की आँखों में आँसू आ गए। लड़खड़ाते कदमों से वह कंस के पास उसकी भर्त्सना करने पहुँचे। पिता और पुत्र के बीच क्या गुजरी, इसकी खबर तो किसी को नहीं लगी, लेकिन कंस के महल से राजा उग्रसेन को वापस आते किसी ने नहीं देखा। उनकी रानियों और कुछ परिचारिकाओं के अतिरिक्त अन्य किसी को उनसे मिलने भी नहीं दिया गया। इस प्रकार स्वयं अपने पुत्र के द्वारा ही वह बन्दी बना लिए गए। आर्यों के आचार-विचार के अनुसार पिता को परमेश्वरतुल्य माना जाता था। परिणामस्वरूप यादवों को इससे अभूतपूर्व आघात लगा।

दूसरे दिन कंस के सैनिकों ने मथुरा में भयंकर अत्याचार और दमन की ध्वंसलीला की। जिस महल में देवकी और वसुदेव कैद थे, उसी महल में अक्रूर को भी बन्दी बना लिया गया। अक्रूर के साथ जो यादव नेता आए थे, उनके घरों में आग लगा दी गई। राजा उग्रसेन के द्वार पर जो पहरेदार थे, उनकी हत्या कर दी गई। इससे चारों ओर आतंक छा गया। लोग घरों में छिप गए। दण्ड पाने के भय से जो अधिक घबड़ा गए, वे मथुरा छोड़कर भाग गए।

विजय के मद में, विश्वसनीय अश्वारोहियों के साथ कंस अपने रथ पर बैठकर नगर के राजमार्ग पर निकला। अपने अनुचरों, साथियों का हर्षनाद और अत्याचार से त्रस्त प्रजा का आर्तनाद, दोनों ही तब उसे सुनने को मिले। लेकिन यादवों को अच्छा सबक सिखाने का उसे सन्तोष था।

उधर कारावास में असहाय और आक्रान्त देवकी अपने भाग्य पर आँसू बहा

रही थी। वसुदेव उसके सामने ही शोकग्रस्त अवस्था में मुँह लटकाए बैठे थे। सान्त्वना के कोई शब्द उनके पास न थे। देवकी ने व्यथित हृदय से पुकारा, 'हे भगवान्, दीनानाथ, दयानिधि, अब तो शीघ्र ही उद्धार कर! तारणहार को भेज; देर न कर प्रभु!'

पास ही खड़े अक्रूर ने देवकी और वसुदेव को आश्वासन देते हुए कहा, "भगवान् केवल परीक्षा के लिए ही दुःख भेजते हैं, देवकी बहन! घबड़ाओ मत!" वसुदेव से उन्होंने कहा, "उद्धारक अवश्य प्रकट होंगे, वसुदेव! भगवान् की लीला अपरम्पार है। चार दिन पहले ही मुझे शुभ समाचार मिले हैं। कुछ दिनों में पूज्य मुनिवर्य कृष्ण द्वैपायन इन्द्रप्रस्थ जाते हुए यहाँ रुकेंगे। प्राज्ञों में श्रेष्ठ वेदव्यास अवश्य ही हमें मार्ग दिखाएँगे।"

वैसे तो अक्रूर अवस्था में तरुण थे, किन्तु विचारों में प्रौढ़ थे। ईश्वर में उनकी श्रद्धा अविचल थी। मथुरा की प्रजा के हर शोक-सन्ताप तथा संकट में वे सदा सहायता को तत्पर रहते थे; इसलिए लोकप्रिय भी थे।

गुप्तचरों ने कंस को सूचना दी, "विद्रोह दबा दिया गया है। बहुत-से यादव नेता सपरिवार मथुरा से भाग गए हैं। कई तो हताश होकर आपकी शरण आए हैं। परन्तु आपके प्रति जो निष्ठावान हैं, उनमें से भी कुछ अक्रूर के प्रति आपके व्यवहार से रुष्ट हैं।"

पहले ही वार में कंस ने जो विजय प्राप्त कर ली थी, इसकी उसे आन्तरिक प्रसन्नता थी। उसे लगा कि लोगों में जो रोष की भावना जाग उठी है, उसे अब शान्त करना चाहिए। इसीलिए अक्रूर को मुक्त कर देना, उसे उचित जान पड़ा। उसने समझा कि अक्रूर को छोड़ देने से प्रजा में जो हर्ष की लहर दौड़ेगी, वह सभी विरोधी भावनाओं को शान्त कर देगी।

प्रबल कुरुजाति के प्रतापी नरशार्दूल भीष्म की ओर से सन्देश लेकर कुछ घुड़सवार मथुरा आए और कंस को यह सूचना दी कि भीष्म ने वसुदेव को इन्द्रप्रस्थ आने के लिए आमन्त्रित किया है। इसका उत्तर क्या दिया जाए, यह कंस की समझ में नहीं आया। हस्तिनापुर के प्रबल साम्राज्य के अधिष्ठाता भीष्म अप्रतिम महारथी थे। उनके निमन्त्रण की अवहेलना करना एक महान् हस्ती से शत्रुता मोल लेना था। इस संकट से बच निकलने का कोई रास्ता उस समय कंस को नहीं दिखाई पड़ा। किन्तु इतना वह अवश्य जानता था कि हस्तिनापुर में सभी लोग अक्रूर का सम्मान करते हैं। शायद वे कोई रास्ता बता सकें, इस दृष्टि से भी अक्रूर को उसने कारावास से मुक्त कर दिया।

अक्रूर को अत्याचारी कंस के किसी अनुग्रह की अपेक्षा नहीं थी। मुक्त होते ही वे अपने घर गए और अपने कुटुम्बीजनों को उन्होंने गोकुल भेज दिया। लेकिन

भयग्रस्त प्रजा को आश्वस्त करने के लिए वह स्वयं मथुरा में ही रहे। उन्हें सर्वत्र कंस के दूतों द्वारा किए गए अत्याचारों की कहानी ही सुनने को मिली। जहाँ तक उनसे बन पड़ा उन्होंने आर्तों की सहायता की और ईश्वर में अविचल श्रद्धा का जो अक्षय भण्डार उनके पास था, उसे मुक्त हस्त से वितरित किया।

उन्होंने लोगों से कहा, "भगवान् जो दुःख-कष्ट हम पर भेजते हैं, वह इस अग्नि में तपाकर हमें कुन्दन बनाने के लिए ही। श्रद्धा रखने से वह स्वयं ही हमें मार्ग दिखाते हैं। उनका यह वचन हमें कभी नहीं भूलना चाहिए–'न मे भक्तः प्रणश्यति।' इसका ऋषि-मुनियों ने भी समर्थन किया है।"

अक्रूर की इस सान्त्वना-आश्वासन से मथुरावासियों के हृदय में आशा का संचार हुआ और उन्हें यातना सहन करने और धैर्य धारण करने की शक्ति मिली।

कंस की दुविधा

कंस के बुलाने पर वृष्णिनायक अक्रूर उससे मिलने राजमहल गए। यह तो वह खूब जानते थे कि कंस धूर्त है और उनसे वैर-भाव रखता है, इसलिए इस बार खुश करने की उसकी प्रवृत्ति को देखकर उन्हें आश्चर्य ही हुआ।

कंस ने कहा, "अक्रूर, मुझे समाचार मिले हैं कि मुनिश्रेष्ठ कृष्ण द्वैपायन व्यास कल मथुरा आ रहे हैं। उनके यहाँ आने का क्या प्रयोजन है, यह शायद तुमसे छिपा नहीं है। क्या तुम बता सकते हो कि वह यहाँ क्यों आ रहे हैं? महापराक्रमी भीष्म ने जो सन्देश मुझे भेजा है, शायद उसी के सन्दर्भ में वह आ रहे हैं? यह तो तुम्हें मालूम ही होगा कि वसुदेव को इन्द्रप्रस्थ बुलाने के लिए भीष्म ने अपने दूत भेजे हैं।"

"मुझे मालूम है, राजकुमार!" अक्रूर ने उत्तर दिया।

"वेदव्यास किसलिए यहाँ आ रहे हैं?" कंस ने अधीर होकर पूछा।

"मुझे क्या मालूम!" अक्रूर ने मुस्कराकर कहा।

"मुझे विश्वास है कि तुम्हें मालूम है," कंस ने कहा, "तुम्हारा उनसे अच्छा परिचय है, क्यों, है न?"

"हाँ, उन पूज्यपाद से मैं कई बार मिल चुका हूँ।" अक्रूर ने उत्तर दिया।

कंस ने तिरस्कारपूर्वक, कटाक्ष करते हुए कहा, "क्या यह सच है कि मुनि मछुए की कन्या के पुत्र और कुरुवंशीय राजकुमारों के पिता हैं?"

"मुनिश्रेष्ठ ने यह बात कभी गुप्त नहीं रखी," अक्रूर ने उत्तर दिया, "न उन्हें इस बात की कोई लज्जा है। कुरु राजकुमारों की दादी महादेवी सत्यवती उनकी

माता होती हैं। जब वह मछुए की पुत्री थीं, तभी उनकी कोख से भगवान् व्यास ने जन्म लिया था। आप यह तो जानते ही होंगे कि पूज्यवाद् महर्षि वशिष्ठ के पौत्र मुनि पराशर उनके पिता हैं?"

"देवी सत्यवती अपने यौवन-काल में क्या उतनी सुन्दर थीं, जितना कि लोग बताते हैं?" कंस ने मार्मिक प्रश्न किया, "अब वह कैसी दिखाई देती हैं?"

क्षण-भर तो अक्रूर मौन रहे। वह जल्दबाजी में कुछ कहना नहीं चाहते थे। कुछ देर बाद उन्होंने कहा, "महाराज, महाप्रतापी सम्राज्ञी जैसी ही दिखाई पड़ती हैं देवी सत्यवती! राजकुल की शोभा के उपयुक्त ही उनका गौरव है, और ज्ञान की तो वह मानो अवतार हैं।"

कंस इन सब बातों को जानता था, फिर भी इस प्रकार के प्रश्न कर रहा था, जिन्हें सुनकर अक्रूर का क्षुब्ध होना स्वाभाविक था।

"यह भीष्म भी बड़ा विचित्र व्यक्ति है। पिता को एक मछलीमार की कन्या से विवाह करने देने के लिए वह स्वयं आजन्म क्वाँरा रहा!" कंस ने अक्रूर को और भी चिढ़ाने की दृष्टि से कहा।

आत्मसंयम-हेतु अक्रूर क्षण-भर शान्त रहे; फिर बोले, "राजकुमार, उस कोटि के मनुष्यों को आप नहीं समझ सकते; लेकिन मैं समझता हूँ। आर्यश्रेष्ठ भीष्म अपने पिता राजा शान्तनु को वास्तव में देवतुल्य समझते थे, नाममात्र को नहीं!"

पल-भर तो कंस अक्रूर को तीक्ष्ण दृष्टि से देखता रहा। अक्रूर के कथन में छिपा जो व्यंग्य उसके अपने पिता के प्रति किए गए उसके व्यवहार पर था, वह उसे समझ गया। उसने कहा, "किन्तु उसका परिणाम क्या हुआ? शान्तनु के दूसरे दो पुत्र निःसन्तान ही मृत्यु को प्राप्त हुए और फिर महारानी को अपने मुनि-पुत्र की सहायता माँगनी पड़ी। यही व्यास मुनि धृतराष्ट्र और पाण्डु के जन्मदाता बने, क्यों, ठीक है न?"

कंस के कटाक्ष का उत्तर देते हुए अक्रूर ने कहा, "हाँ, प्राचीन नियोग,* प्रथा के अनुसार।"

एकाएक अक्रूर को प्रसन्न करने की मुद्रा में कंस ने कहा, "देखो वृष्णिश्रेष्ठ, सच-सच बताओ। कुछ ही महीनों पहले तुम हस्तिनापुर गए थे। कुरुकुल के दो राजपुत्र हैं, धृतराष्ट्र और पाण्डु। धृतराष्ट्र अन्धा है, इसलिए हस्तिनापुर का सम्राट् बन नहीं सकता। पाण्डु निर्बल और रोगग्रस्त है। दोनों में से किसी के सन्तान नहीं। उनकी मृत्यु के बाद फिर साम्राज्य की क्या दशा होगी?"

---

* स्मृतियों द्वारा मान्य प्रजोत्पति की प्राचीन विधि, जिसके अनुसार विशिष्ट संयोगों में ज्येष्ठ भ्राता अपने अनुज की विधवा द्वारा सन्तान उत्पत्ति कर सकता था। 'गौतम' 18;4-8, 'मनु' 9,57; 'कौटिल्य' 1, 17; 'नारद' 82; 'महाभारत' आदिपर्व, 120; 32-35

"जब तक भीष्म बैठे हैं, साम्राज्य को कोई भी क्षति नहीं पहुँचेगी। कुरुवंशी धर्म से विजय प्राप्त करते हैं, छल अथवा बल से नहीं।"

कंस ने कहा, "ठीक है, पर भीष्म वसुदेव को इन्द्रप्रस्थ किसलिए बुला रहा है? मुझे तो लगता है कि इसमें बुड्ढे की कोई चाल है।"

"मैं तो यही जानता हूँ कि आर्यश्रेष्ठ भीष्म कदापि कपट अथवा युक्ति का आश्रय नहीं लेते।" अक्रूर ने कहा।

"लेकिन मैं वसुदेव को जाने नहीं दूँगा।" कंस ने कहा।

"यह तो मैं भी जानता हूँ। किन्तु भीष्म क्या इससे आप पर क्रोधित नहीं होंगे?" अक्रूर ने कहा, "और, भीष्म का कोप कितना भयंकर होता है, यह तो आप भली-भाँति जानते हैं। वसुदेव को रोकना बुद्धिमानी का काम नहीं होगा, किन्तु देवकी को यहाँ छोड़कर वसुदेव कहीं जाएँगे भी नहीं और आप देवकी को उनके साथ भेजना कभी स्वीकार नहीं करेंगे, राजकुमार!"

ज़रा-सा हँसकर कंस ने कहा, "ठीक है...ठीक है; अक्रूर, तुम चतुर हो! अब बताओ, भीष्म को मुझे क्या उत्तर भेजना चाहिए? वसुदेव के बजाय देवक चाचा को यदि भेजूँ तो? यदि मुनि भी भीष्म का यही सन्देश लेकर आएँ तो मैं उन्हें क्या जवाब दूँ?"

"क्यों नहीं सच्ची बात बता दी जाए?" अक्रूर ने कहा, "वसुदेव और देवकी को तो आप वहाँ जाने देंगे नहीं, क्योंकि यदि उन्हें जाने दें तो वे वापस नहीं आएँगे। और उनकी सन्तान आपकी हत्या करेगी, यह भय आपको है।"

रोषपूर्वक कंस बोल उठा, "मूर्खों जैसी बातें मत करो। मैं यह सब विचार क्यों करूँ?"

अक्रूर ने हँसकर कहा, "सभी को यह बात मालूम है।"

"चतुराई छोड़ो, अक्रूर!" कंस ने कहा, "मैं तो चाहता हूँ कि वसुदेव स्वयं जाने से इनकार करें। देवकी को छोड़कर जाना उन्हें अच्छा लगेगा भी नहीं। क्यों नहीं उनके बजाय तुम इन्द्रप्रस्थ जाओ। भीष्म को भी इससे सन्तोष होगा।"

थोड़ी देर फिर चुप रहने के बाद अक्रूर बोले, "कल मैं मुनि से पूछ लूँगा। यदि उन्होंने मान लिया तो मैं चला जाऊँगा।"

"और यदि वह नहीं माने तो?" कंस ने क्रोधपूर्वक पूछा।

"तो मैं नहीं जाऊँगा।" शान्ति से अक्रूर ने उत्तर दिया।

"इसका परिणाम क्या होगा यह जानते हो?" कंस ने क्रोध से आँखें दिखाते हुए कहा।

"जीवन और मरण तो ईश्वराधीन है, राजकुमार!" अक्रूर ने उत्तर दिया और नमस्कार कर वहाँ से चल दिए।

सिंहासन से उठकर कंस गरज उठा, "मैं आज शाम को आखेट पर जा रहा हूँ। मुनि से मिलने की मेरी इच्छा नहीं है। और, तुम्हें वही करना है, जो मैंने अभी-अभी तुमसे कहा है, समझे न!"

प्रत्युत्तर में अक्रूर पीछे मुड़कर किंचित् मुस्करा दिए।

वेदव्यास की भविष्यवाणी

दूसरे दिन वृष्णिघाट पर एकत्रित होकर मथुरावासी नदी-मार्ग से आ रही तीन नौकाओं की बड़ी आतुरता से प्रतीक्षा कर रहे थे। मुनिश्रेष्ठ कृष्ण द्वैपायन मथुरा पधार रहे हैं, यह समाचार सर्वत्र प्रसारित हो गया था और दर्शनातुर लोगों की भीड़ घाट पर इकट्ठी हो गई थी।

तीन वर्ष पहले जब मुनि मथुरा पधारे थे, तब लोगों ने बड़े उत्साह से आनन्दोत्सव मनाया था। स्वयं राजा उग्रसेन उनका सत्कार करने गए थे। किन्तु अब स्थिति बदल गई थी। आज मुनिश्रेष्ठ व्यास का सत्कार करने घाट पर केवल देवक और अक्रूर ही आए थे। और, उन दोनों पर कंस का द्वेष-भाव है, यह सभी को विदित था।

नौकाओं के निकट आने पर प्रथम नौका में बैठे मुनिश्रेष्ठ व्यास को अक्रूर ने पहचान लिया। वही भव्य ललाट, तेजस्वी आँखें, तपश्चर्या से किंचित् कृश किन्तु तब भी सुपुष्ट, मृगचर्म से सुशोभित सुन्दर भव्य शरीर।

अक्रूर के मनःचक्षु में उस समय मुनिश्रेष्ठ के कई अतीत चित्र उपस्थित हुए। मछुए की कन्या की कोख से अवतरित पराशर मुनि के ये पुत्र सर्व विद्याओं में पारंगत हुए थे। उन्होंने वेदों का उद्धार किया, ज्ञान की विविध शाखाओं की स्थापना की।

लोगों का कहना था कि वह त्रिकालदर्शी हैं। प्राज्ञ पुरुषों का कथन था कि देह की दुर्बलता पर उन्होंने विजय प्राप्त की है। वह पुराण-काल के दिव्य ऋषियों जैसे हैं। जहाँ वह जाते, वहीं धर्म उनका अनुसरण करता।

मुनि नौका से उतरे। अक्रूर ने उन्हें साष्टांग प्रणाम किया। मुनि ने सस्मित वदन उनकी ओर देखा। अक्रूर को लगा मानो प्रेमालिंगन में किसी ने उनको बाँध लिया है। उनका हृदय उत्साह से भर गया। स्नेहमयी माता की गोद में किलकारी मारते हुए शिशु-सा स्वयं को उन्होंने अनुभव किया। फिर उन्होंने एक नौका से उतरे तरुण पुरुष को नमस्कार किया।

"अक्रूर, यह पुत्र विदुर है। तू इसे जानता है न?" प्रेम-भरे स्वर में मुनि ने

प्रश्न किया।

अक्रूर ने विदुर का चरणस्पर्श किया। उनके विषय में अक्रूर ने सुन रखा था। हस्तिनापुर की राजगद्दी खाली न रहे, इस हेतु मुनिश्रेष्ठ व्यास ने निःसन्तान विधवा रानियों के साथ नियोग किया था। तब एक भक्ति-भीनी दासी भी प्रस्तुत हुई थी। उसकी कोख से भी भगवान् व्यास का एक पुत्र हुआ। वही विदुर थे।

विदुर को लेकर कृष्ण द्वैपायन मुनि अक्रूर के यहाँ गए। अक्रूर ने उनके समक्ष दूध तथा फलों का प्रसाद प्रस्तुत किया। तदुपरान्त वसुदेव तथा देवकी की करुण कथा मुनि को सुनाई और जहाँ उन्हें बन्दी बनाकर रखा गया था, उस महल में मुनि को ले गए।

मुनि को अपने से मिलने आते देख वसुदेव तथा देवकी हर्षविभोर हो उठे। दोनों ने ही उनके चरणों में साष्टांग प्रणाम किया, उनका पाद-प्रक्षालन किया और पुष्पांजलि भेंट की। मुनि ने वसुदेव को गले लगाया, देवकी का मस्तक सूँघा और दोनों को आशीर्वाद दिया। दम्पति ने तब अश्रु-भीगे नयनों से मुनि के समक्ष अपनी आपबीती कही।

मुनि ने स्नेह-भरी दृष्टि से उनकी ओर देखते हुए, सस्मित वदन वसुदेव-देवकी की कथा सुनी। फिर बड़े प्यार-भरे स्वर में कहा, ''वसुदेव, देवकी, यह मुझे ज्ञात है कि कंस ने तुम्हारे साथ पशुतुल्य व्यवहार किया है। परन्तु वह तो जन्म से ही दुष्ट है, वह अपनी दुष्टता कभी त्याग नहीं सकता। किन्तु पाप का घड़ा जब भरता है, तभी पुण्य का उदय होता है। मेरे विचार से यदि तुम दोनों मेरे साथ इन्द्रप्रस्थ चल सकते तो अच्छा होता।''

हाथ जोड़कर वसुदेव ने कहा, ''मैं भी चाहता हूँ, भगवन्, कि आपके साथ इन्द्रप्रस्थ चल सकूँ। आर्यश्रेष्ठ भीष्म की इच्छा मेरे लिए आदेश है। उन्होंने आपको भी बुलाया है, इससे मालूम होता है कि बात काफी विषम बन गई है।''

भगवान् व्यास ने आश्वासन के स्वर में कहा, ''वत्स, चिन्ता मत करो। तुम्हारा धर्म देवकी के साथ रहने का है। इस समय उसे ही तुम्हारी सर्वाधिक आवश्यकता है। तुम्हारे स्थान पर अक्रूर को कंस भेजना चाहता है, तो ठीक है। वह मेरे साथ चल सकता है। तुम्हारा सब काम वह कर सकेगा। भीष्म स्वयं बुद्धिमान हैं। तुम्हारे न आ पाने के कारण वह स्वयं समझ लेंगे।''

''भगवान्, अक्रूर तो मेरे प्रिय मित्र हैं। वह चतुर हैं, मेरी अपेक्षा वह अधिक योग्य सहायक सिद्ध होंगे।''

भावविह्वल हो, कम्पमान स्वर में देवकी बोली, ''हमें आपके आशीर्वाद की कामना है प्रभु! आपके दर्शन भी मंगलसूचक हैं।''

मुनि ने कहा, ''पतिपरायणा नारी का सदा कल्याण ही होता है, पुत्री! इतना

सदा याद रखना कि विपत्ति में धैर्य धारण करने से ईश्वर प्रसन्न होता है।"

"प्रभो, यथासम्भव धैर्य तो मैं रखती ही हूँ। मेरे भाग्य में जो कारा लिखी है, उसे मैं कितनी शान्ति से सहन कर रही हूँ, यह आप नहीं जानते। परन्तु मुझे कंस का भय लगता है। मेरी सभी सन्तानों का यदि वह वध करे और भविष्यवाणी झूठी पड़ जाए तो!" आँखों में आँसू बहाते हुए देवकी ने कहा। परन्तु मुनि ने जब उसकी ओर देखा तो उसके मन का समाधान हो गया।

"देवकी, भय का कोई कारण नहीं। भविष्यवाणी झूठी नहीं पड़ सकती।"

"लेकिन यह वास्तव में भविष्यवाणी है या मात्र किंवदन्ति, अथवा राजकुमार का भ्रम? मेरी तो समझ में कुछ नहीं आता। नारद मुनि यों सहज ही किसी से मिलने आएँ और वह भी कंस से, यह मानने में नहीं आता।" वसुदेव ने कहा।

"वसुदेव, भविष्यवाणी की बात सुनकर, मुझे अत्यन्त प्रसन्नता हुई। पृथ्वी पर पापाचार बहुत बढ़ गया है। अब तो तारणहार का अवतार होना ही चाहिए।" मुनि ने उत्तर दिया।

"परन्तु तारणहार सचमुच आएँगे? और मेरी कोख से? यदि वह अवतरित हुए भी, तो मेरा दुष्ट भाई क्या उन्हें जीवित छोड़ेगा?" करुणार्द्र स्वर में देवकी ने पूछा।

मुनि कुछ देर तो शान्त रहे। आँखें मूँदकर उन्होंने भगवान् शंकर का ध्यान धरा। मुग्ध भाव से तथा आदरसहित सभी उनकी ओर निहार रहे थे। मुनि ने फिर आँख खोलकर देवकी की ओर दृष्टिपात किया।

उनकी इस दृष्टि से ही देवकी को सान्त्वना मिली।

"पुत्री, श्रद्धा रख!" मुनि ने कहा, "तारणहार अवश्य पधारेंगे। इसमें कोई सन्देह नहीं। और उसका बाल भी बाँका नहीं होगा, क्योंकि तारणहार और कोई नहीं स्वयं भगवान् का ही अवतार होगा।"

मुनि की यह आर्षवाणी सुनकर देवकी आनन्द से समाधिस्थ हो गई।

हस्तिनापुर का प्रसंग

सघन कान्तार के बीच अवस्थित सुरम्य इन्द्रप्रस्थ के मन्दिरों और सदनों को प्रतिबिम्बित करता हुआ यमुना का उन्मत्त जल अस्त होते हुए रवि की किरणों से अठखेलियाँ कर रहा था।

उसी समय, यमुना-तट पर स्थित कौरवों के राज्यमहालय के पूजागृह में महाराज शान्तनु की विधवा पत्नी महादेवी सत्यवती बैठी थीं। उनका वर्ण श्याम था, जो उन्हें उनके मछुए पिता से विरासत में मिला था। फिर भी उनके ललाट

की भस्मरेखा तथा परिधानस्वरूप सफेद साड़ी से उनके मुखमण्डल की आभा निखर आई थी। उनकी उम्र साठ से कुछ अधिक हो चुकी थी, किन्तु अर्द्ध शताब्दी पूर्व जिस प्रखर सौन्दर्य तथा सुकुमार लावण्य ने पराशर मुनि का हृदय हरण कर लिया था, और जिसके पीछे महाराज शान्तनु अपनी सुध-बुध खो बैठे थे, उस रूप का अवशेष अब भी उनकी मुखमुद्रा और देहयष्टि में दिखाई पड़ता था।

उनकी दाहिनी ओर सुवर्णपत्रों से आच्छादित आसन पर, आयु में उनसे बीस वर्ष बड़े सौतेले पुत्र, देवव्रत गांगेय बैठे थे। लोग उन्हें भीष्म के नाम से जानते थे। उनके सिर तथा दाढ़ी के केश श्वेत हो चले थे, फिर भी उनके मुख पर अवस्था की सूचक कोई रेखा दृष्टिगोचर नहीं होती थी। क्षण-भर उनकी भृकुटि में कुछ संकुचन हुआ और आँखों में विषाद के भाव प्रकट हुए।

महारानी के सम्मुख पवित्र दुर्वासन पर मुनिवर्य कृष्ण द्वैपायन विराजमान थे। भीष्म की तुलना में उनका वर्ण कुछ श्याम था, किन्तु अपनी माता से अधिक उज्ज्वल था। उनकी मुखाकृति सप्रणाम न थी, किन्तु मुख पर सद्भाव था, ब्रह्मतेज की दुर्लभ आभा विद्यमान थी। मुनि के अगल-बगल में विदुर और अक्रूर बैठे थे।

"कृष्ण, तुम्हें प्रयाग से अचानक मुझे बुला लेना पड़ा, क्योंकि सम्राट् भरत के कुल पर विपत्ति के बादल फिर घिर आए हैं। वत्स, तुम्हारे सिवाय हमारी सहायता कौन कर सकता है? इस प्रकार यदि सबको बार-बार विपत्ति में डालने के लिए ही मेरा जन्म हुआ तो फिर मुझे विधाता ने सिरजा ही क्यों!" भावातिरेक में कातर कण्ठ से सत्यवती बोलीं।

"माता, आपने मुझे बुलाया, इससे बढ़कर मेरे लिए प्रसन्नता की और कौन-सी बात हो सकती है?" स्नेह-भरे स्वर में मुनि ने कहा, "मुझे इससे कोई असुविधा नहीं हुई। पूज्यपाद पिताजी जब मुझे आपके पास से ले गए थे, तभी क्या मैंने यह वचन नहीं दिया था कि जब भी आवश्यकता होगी, मैं उपस्थित हो जाऊँगा? आपकी आज्ञा का पालन करने के लिए मैं सदैव प्रस्तुत हूँ, जननी!"

व्यास मुनि के ये प्रेमपगे वचन सुनकर देवी सत्यवती के मुख पर शोक के स्थान पर सुख की एक आनन्द मुस्कान थिरक उठी। उनका यह अद्भुत पुत्र वर्षों से दूर रहने पर भी उन्हें अत्यन्त प्रिय था और जब-जब भी उन पर कोई कष्ट-विपत्ति आई, तभी उनका आधारस्तम्भ बना था।

"हमारा दुर्भाग्य तो उसी दिन से शुरू हुआ जब मेरे पिताजी ने कुरुश्रेष्ठ से वचन लिया कि देवव्रत गांगेय सदैव ब्रह्मचारी रहेंगे।" मूर्तिमान संयम के समान, स्वस्थ एवं शान्त बैठे भीष्म की ओर देखकर खिन्न स्वर में सत्यवती ने कहा, "विवाह कर लेने के लिए मैंने इनसे कहने में कुछ कमी नहीं रखी। किन्तु भीष्म

का स्वभाव तो तू जानता ही है कृष्ण, कि वह अपनी प्रतिज्ञा का भंग कदापि नहीं करेंगे, भले ही उससे मुझे, उनके पिता और पूर्वजों को अपार व्यथा पहुँचे।"

"निराश न हो, माता! मुझसे कहो कि तुम्हें क्या कष्ट है?" मुनिश्रेष्ठ ने कहा।

आँखों से आँसू पोंछते हुए सत्यवती ने कहा, "दो वर्ष पूर्व धृतराष्ट्र तथा पाण्डु का विवाहोत्सव हमने मनाया था। तब हमें आशा थी कि कौरव वंश यावच्चन्द्र-दिवाकरौ टिका रहेगा। किन्तु अब...दोनों का विवाह तो हो गया, परन्तु..." महादेवी आगे कुछ नहीं बोल सकीं।

"जो भी बात हो, स्पष्ट कहो माँ!"

काँपती हुई आवाज में सत्यवती ने कहा, "धृतराष्ट्र अन्धा है, इसलिए वह राजगद्दी पर नहीं बैठ सकता। उसकी पत्नी गान्धारी सगर्भा है, परन्तु वह शापग्रस्त है। गर्भ रहे हुए उसे एक वर्ष से भी अधिक हो गया, पर प्रसूति अभी भी नहीं हुई। गर्भ का बालक सम्भवतः भीतर-ही-भीतर सूख गया है।"

"कैसा दुर्भाग्य है!" मुनि ने कहा।

"पाण्डु..." क्षण-भर सत्यवती हिचकीं, क्षोभ से जमीन की ओर देखा, फिर साहस कर धीरे-से बोलीं, "उसके पुत्र नहीं हो सकता। कोई सम्भावना नहीं! उसे भी शाप लगा है।"

थोड़ी देर के लिए एक कष्टदायी मौन छा गया। तब विषादपूर्ण स्वर में भीष्म बोले, "प्रतापी कौरवों की कीर्ति बढ़ाने के लिए मैंने जीवन-भर प्रयत्न किया है, किन्तु अब तो ऐसा लगता है कि उन्हें तर्पण करनेवाला भी कोई नहीं रहेगा।"

"इसमें दोष मेरा ही है," सत्यवती बोल उठीं, "जन्म-भर विवाह न करने की प्रतिज्ञा भीष्म ने मेरे लिए ही की थी। उसी पाप का दण्ड भगवान् शंकर मुझे दे रहे हैं। उदारचित्त भरतवंश को टिकाए रखने में क्या मेरी कुछ भी सहायता नहीं कर सकते, कृष्ण?"

"और फिर, बात यहीं शेष नहीं होती," मन्द तथा संयत स्वर में भीष्म ने कहा, "जो विपत्ति इस समय हम पर मँडरा रही है, उसका पता संसार को लग गया तो कुरुकुल की कीर्ति सदा के लिए अस्तमान हो उठेगी।"

"वीरश्रेष्ठ, मुझसे कहिए, वह विपत्ति कौन-सी है?" मुनि वेदव्यास* ने प्रश्न किया।

* प्राचीनकाल के सुवर्णयुग में हमारे दिव्य ऋषियों ने जिन परमपवित्र वेद-मन्त्रों का दर्शन किया था, उन सबका संकलन कर, संहिता के रूप में उनकी नव-रचना करने का भगीरथ कार्य मुनि कृष्ण द्वैपायन ने भली प्रकार सम्पादित किया था। इसलिए विद्वज्जनों ने उनको 'वेदव्यास' की उपाधि से विभूषित किया था और उसी नाम से उनका आदरपूर्वक उल्लेख करते थे।

भीष्म ने कहा, "पाण्डु की पत्नी कुन्ती वन्ध्यत्व का दुःख सहन नहीं कर सकती। उसने अब अग्नि-प्रवेश करने का निश्चय किया है।"

"इससे तो अच्छा था, मैं ही मृत्यु को प्राप्त हो जाती।" सत्यवती ने निराशापूर्ण शब्दों में कहा।

व्यासजी ने अपनी माता के शोकग्रस्त वदन की ओर देखकर आश्वासन देते हुए कहा, "माता, निराश मत हो! इतने वर्ष तो तुमने विधि से हार नहीं मानी। आर्यश्रेष्ठ भीष्म भी अब तक भाग्य से जूझते आए हैं। और, अब तक तो तुम दोनों सफल ही रहे हो।"

"भीष्म पितृलोक में चले जाएँगे तब हमारा क्या होगा, कृष्ण?"

"माता, जिस बात का तुम्हें दुःख है, वह मैं अच्छी तरह जानता हूँ। मैं स्वयं भी उससे चिन्तित हूँ। कौरव केवल राजा ही नहीं, आर्यधर्म के रक्षक भी हैं। उनका साम्राज्य यदि छिन्न-भिन्न हो जाए तो सर्वत्र अव्यवस्था फैल जाएगी और धर्म का लोप हो जाएगा।"

"मुनिवर्य, आपने हमारे लिए धर्म का उद्धार किया," भीष्म ने कहा, "अब तो आपको भी हमारी सहायता करनी होगी। सभी मुनियों में आप ही केवल ऐसे हैं, जो हमारा मार्गदर्शन कर सकते हैं।"

"कुन्ती यहीं है?"

"हाँ, हमने उसे यहीं बुला लिया है। हमारी वर्तमान दशा का पता हस्तिनापुर को नहीं लगना चाहिए।" भीष्म ने कहा।

महालय के दूसरे खण्ड में दुःख की जीवन्त मूर्ति बनी पृथा अपनी वृद्ध धात्री का सहारा लिए बैठी थी। वह थी तो वसुदेव की बहन पृथा, परन्तु कुन्तीभोज के दत्तक लेने पर वह कुन्ती कही जाने लगी थी। किसी समय वह सुपुष्ट तथा चपल थी, किन्तु आजकल तो वह रात-दिवस आँसू बहाती हुई घोर निराशा में जीवन बिता रही थी।

मुनि को अपनी ओर आते देखकर कुन्ती ने जल्दी से स्वयं को सँभाला और फिर उनके चरणों पर गिरकर सिसकियाँ भरने लगी। मुनि ने बड़े प्यार से उसे जमीन से उठाया, उसके सिर पर हाथ फेरा और सहारा देकर उसे आसन पर बैठाया। उसके समीप ही परिचारिकाओं ने जो दूर्वासन बिछा दिया था, उस पर वे स्वयं विराजे। परिचारिकाओं को आशीर्वाद देकर उन्होंने विदा कर दिया।

"कुन्ती, यह सब क्या हो रहा है?"

"प्रभु, मुझे अब जीवित नहीं रहना! किसी दशा में नहीं! मैं मरना चाहती हूँ।" कातर कण्ठ से कुन्ती बोली।

"बेटी, पाण्डु को जो शाप लगा है, उसकी खबर मुझे है। किन्तु तुझे उससे

दुखी नहीं होना चाहिए।"

"सुख तो मुझे कभी मिलेगा नहीं, प्रभु! फिर मैं जीकर ही क्या करूँगी? बच्चे मुझे कितने अच्छे लगते हैं, यह तो आप जानते ही हैं। अपने एकमात्र पुत्र का मुख केवल उसके जन्म के समय मैंने देखा था। फिर दूसरी बार नहीं देख सकी। माँ की ममता से वंचित उसका भोला मुख मेरी आँखों के सामने दिन-रात मँडराता रहता है। उसकी प्रेमप्यासी आँखें उस पाषाण-हृदया निष्ठुर माँ के लिए तरसती होंगी जिसने जन्मते ही उसे अपने से दूर कर दिया। अहा, वह कितना सुन्दर था! आप ही उसे ले गए थे...क्षमा करें प्रभु, मैं पागल हो गई हूँ। आप ही की अवहेलना करने लगी। किन्तु प्रभु, अब...अब मैं माँ नहीं बन सकती, कदापि नहीं, कभी नहीं! मेरा जीवन ही व्यर्थ है। मृत्यु के सिवा मेरे लिए अन्य कोई मार्ग नहीं, कोई मार्ग नहीं।"

मुनि ने ममता से, बड़ी कोमलता से कुन्ती के मस्तक पर हाथ रखा। उनके मुख पर सदा वर्तमान स्मित, पर-हृदय परखने की उनकी शक्ति तथा स्नेह-भाव का कुन्ती पर जादू का-सा असर हुआ, और वह घोर मनोव्यथा से कुछ मुक्ति अनुभव करने लगी।

मुनि ने फिर ममता-भरी, मीठी आवाज में कहा, "बेटी, तेरा हृदय अत्यन्त स्नेहपूर्ण तथा भावुक है। अपनी गोद में बालकों को खिलाने की तेरी इच्छा कितनी बलवती है, यह मैं अच्छी तरह जानता हूँ।"

"प्रभु, आपके समक्ष मैंने ऐसे वचन कहे, इसके लिए मैं लज्जित हूँ। परन्तु मैं क्या करूँ? मैं तो सभी संयम खो बैठी हूँ।"

"कुन्ती, इसमें लजाने की कोई बात नहीं। वात्सल्य ही तो नारीमात्र को देवी का स्वरूप बनाता है। जो स्त्री सन्तानविहीना रहना चाहती है, बालकों से दूर भागती है, अपनी सन्तान के लिए जीवन व्यतीत करना नहीं चाहती है, वह केवल राक्षसी ही नहीं, कुल के लिए शाप-रूप है, धर्मविनाशिनी है।"

मुनि वेदव्यास के इन शब्दों को सुनकर कुन्ती यह सोचकर कि सुख की आशा अब उसे नहीं रही, फिर से हिचकियाँ भरने लगी। स्नेहशील ममता-भरी माँ की तरह कुन्ती के केश सहलाते हुए मुनि ने आश्वासन-भरी वाणी में कहा, "कुन्ती, तेरी आशा सफल होगी। कुरुवंश का उच्छेद नहीं होगा। तब तो तू प्रसन्न होगी न?"

आँसुओं से अवरुद्ध कुन्ती ने किसी नवीन तथा अचिन्त्य आशा से मुनि की ओर आतुर दृष्टि से देखा। कुछ देर तो मुनि मौन रहे, फिर बोले, "कुन्ती, हमारे पूज्य महर्षियों का यह आदेश है कि धर्म के संरक्षण हेतु किसी भी प्रकार से कुल का नाश न हो, ऐसा प्रबन्ध करना चाहिए। सन्तानों के प्रति स्नेहशील, उनके

लिए जीवन समर्पण करनेवाली पतिपरायणा स्त्री ही धर्म का आधार-स्तम्भ है। प्राचीन मन्त्रद्रष्टाओं ने भी 'नियोग' के लिए सम्मति प्रदान की है। इसलिए मेरे कहे अनुसार यदि तू व्रत का पालन करेगी तो अवश्य सन्तान प्राप्त करेगी।''

''आप जो भी आज्ञा देंगे, वह मैं सहर्ष धारण करूँगी, प्रभु!'' कुन्ती ने हृदय में एक अकल्प आशा का संचार अनुभव करते हुए कहा, ''परन्तु कुरुओं में श्रेष्ठ अपने स्वामी से द्रोह तो कदापि नहीं कर सकूँगी।''

''तेरा सतीत्व अखण्ड रहेगा, पुत्री! पाण्डु तुझे आदेश देंगे तथा गुरुजन अनुमति देंगे। फिर क्या आपत्ति है? देवों का आह्वान करने के लिए मैं तुझे योग्य मन्त्रों की शिक्षा दूँगा। इन मन्त्रों का पाठ करते समय तू उन देवताओं का एकचित्त हो ध्यान धरना। वे तुझे आशीर्वाद देंगे। इसके बाद योग्य विधि से अपने शरीर का समर्पण करना। ऐसा करते हुए भी तुझे अपने मन में विचार तो अपने पति का ही करना है, तथा पति के अतिरिक्त अन्य किसी को अपने प्रेम और कामना का पात्र नहीं बनाना है। यदि तू ऐसा करेगी तो देवाधिदेव महादेव का आशीर्वाद तुझे प्राप्त होगा।''

''प्रभु, लेकिन क्या यह उचित है?'' कुन्ती ने शंका की।

''हाँ, उचित है, बेटी! इस रीति से यदि कोई तरुण स्त्री एक निष्ठा से पतिपरायणा रहकर उनकी सेवा के लिए पुत्र प्राप्त करे, तो इसमें कुछ भी अनुचित नहीं। यह तो उसका परम धर्म है। तू 'प्रणीत' पुत्रों की माता बनेगी। यह मेरा आशीर्वाद है। तेरी ये सन्तानें धर्म का संरक्षण करेंगी। इसलिए चिन्ता छोड़, जीवन को स्वीकार और प्रसन्नचित्त हो! सत्यवती का पुत्र तुझे वचन देता है।''

मुनि की यह आर्षवाणी सुनकर कुन्ती के हृदय में आनन्द का सागर हिलोरें लेने लगा।

मथुरा में नन्द का आगमन

ब्रजभूमि पर अकाल का प्रकोप हुआ, नदी-नाले सूख गए, यमुना का नीर भी घट गया।

ब्रज के सुन्दर ग्राम गोकुल की दशा शोचनीय थी। कुओं का पानी दुष्प्राप्य बन गया था। जल के बिना गायें अस्थिपंजर-मात्र रह गई थीं। गोप-गोपियों के मुख पर से हँसी जाती रही थी; नृत्य-संगीत वे भूल-से गए थे।

गोकुल के शूर यादवकुल के अधिपति नन्द आतुर नयनों से आकाश की ओर ताक रहे थे। किसी समय महारानियों की तरह मदमस्त उनकी तीन सौ गायें

हरी-भरी तृणभूमि पर स्वच्छन्द विहार करती थीं, किन्तु अब वे प्यास से व्याकुल हो सूखे खेतों से भटकती फिरती थीं। कितनी ही तो ऊपर की ओर दयार्द्र दृष्टि से देखती हुई मरणासन्न पड़ी थीं।

गोकुल के प्रत्येक नर-नारी की देखभाल नन्द बाबा स्वयं अपनी सन्तान के समान करते थे। अपनी गायों से भी अधिक चिन्ता उन्हें गोकुलवासियों की थी। उनकी पत्नी यशोदा भी उन पर माता के समान वात्सल्य-भाव रखती थीं। उन्होंने सभी स्त्रियों को बुलाया और उनके पास जो भी था, उसे एक स्थान पर एकत्रित कर उसके समान वितरण की ऐसी व्यवस्था की कि गोकुल में कोई भूखों न मरे।

ऐसी भीषण अनावृष्टि का प्रकोप पहले कभी ब्रजभूमि पर नहीं हुआ था। इसलिए लोगों के मन में तरह-तरह की शंकाएँ तथा भय का उठना स्वाभाविक ही था। वे जानते थे कि जब राजा दुष्ट होता है, तभी ऐसी विपत्ति प्रजा पर आती है। कंस के पाप से ही देवता कुपित हो रहे हैं, यह विश्वास सभी को हो गया था। अधिकांश ब्रजवासी इसी विचार से सन्त्रस्त थे।

मथुरा में भी कंस के चाटुकारों के अतिरिक्त अन्य सभी उससे तंग आ चुके थे। अब तक देवकी के छः पुत्रों की कंस ने हत्या कर दी थी। जब-जब वह नवजात शिशुओं के प्राण हरण करता, लोगों में रोष फैल जाता। परन्तु आकाशवाणी सही सिद्ध होगी और इन पापकृत्यों के परिणामस्वरूप तारणहार शीघ्र ही अवतरित होंगे, इसी श्रद्धा से वे आश्वस्त थे।

एक दिन शूर यादवों के कुलगुरु गर्गाचार्य लम्बे प्रवास के बाद गोकुल लौटे और नन्द से उन्होंने देर तक मन्त्रणा की। गर्ग का मुख चिन्तातुर था, सदा वर्तमान स्मित के स्थान पर उस पर कठोरता के चिह्न अंकित थे।

दूसरे दिन, गर्ग ने जैसाकि नन्द को सचेत किया था, कंस के आदमी गोकुल आए और नन्द को यह सन्देश सुनाया कि युवराज आपको मथुरा बुला रहे हैं। कंस की इस आज्ञा का पालन करने का निश्चय नन्द ने पहले ही कर लिया था। तुरन्त ही आठ गाड़ियाँ तैयार की गईं और गोकुल के अधिपति तलवार तथा भालों से सुसज्जित दस शूरवीरों को लेकर मथुरा के लिए रवाना हुए।

पिछले छः महीनों से कंस अधिकाधिक चिन्ताग्रस्त हो रहा था। उसे किसी तरह भी चैन नहीं पड़ता था। वह समझता था कि प्रत्येक व्यक्ति उसके विरुद्ध षड्यन्त्र रच रहा है। वास्तविक अथवा काल्पनिक दोनों ही तरह के शत्रुओं को हराने की योजनाओं में वह दिन-रात उलझा रहता। रात-भर नींद उसे इस आशंका में भी नहीं आती कि स्वयं उसके सेवक भी उसके प्रति षड्यन्त्र रच रहे हैं। और, यादव तो उद्धारक की प्रतीक्षा कर ही रहे थे!

उद्धारक का जन्म तो अभी नहीं हुआ था, लेकिन कंस को अपनी आँखों के

आगे हर समय वही दिखाई देते। मथुरा के नर-नारी छिप-छिपकर इस बारे में क्या चर्चा करते हैं, इसकी खबर भी वह रखता था। और इस सबका परिणाम यह हुआ कि वह स्वयं को किसी जाल में फँसे हुए प्राणी की तरह अनुभव करता। रात्रि में अनेक बार वह दुःस्वप्नों से त्रस्त हो जग पड़ता, उसका शरीर पसीना-पसीना हो जाता और हृदय की धड़कन तेज हो जाती। रोज सुबह वह दाँत पीसकर निश्चय करता कि चाहे कुछ भी हो जाए, विजय वह प्राप्त करके ही रहेगा।

और तब अनावृष्टि और फिर अकाल का प्रकोप हुआ। फलस्वरूप लोगों में और भी असन्तोष फैल गया। प्रत्येक प्रजाजन की आँखों में कंस को रोष का भाव दिखाई पड़ता, जिससे भयभीत हो उसने उन्हें और भी दबाने का निश्चय किया। उसने अपने आदमी देश-भर में दौड़ाए, जो किसानों तथा गोपालों की जमीनें जब्त करने तथा पशुओं को बलपूर्वक ले जाने की धमकी देते थे।

देवकी का सातवाँ बालक कब जन्म लेगा, इसकी बारीक छानबीन भी अब कंस करने लगा। उसे कई बार शंका होती—सातवाँ या आठवाँ?

शूरों में इस बात को लेकर काफी चर्चा और खुशी थी कि देवकी के शीघ्र ही प्रसव होनेवाला है। कंस को यह भी सूचना मिली कि वे लोग उद्धारक के प्रकट होने की लुक-छिपकर बातें कर रहे हैं। नन्द शूरकुल के सर्वाधिक समर्थ व्यक्ति थे और कुल के पिता के समान थे। वह प्रकट में तो उद्धारक के विषय में कुछ भी नहीं कहते थे, परन्तु कंस यह जानता था कि अन्य शूर यादवों की भाँति नन्द को भी यही विश्वास है कि उद्धारक शूरकुल में ही जन्म लेंगे।

शूरकुल के अतिरिक्त अन्य कुलों के यादवों में भी यही विश्वास फैल रहा था। स्वयं इतना समर्थ होते हुए भी लोग उसके संहारक की प्रतीक्षा कर रहे हैं, यह सोचकर कंस अत्यन्त क्रोधान्वित हो जाता। उसे लगता कि इसका शीघ्र ही कुछ उपाय करना चाहिए। उसने नन्द को बुला भेजा। नन्द ने आकर ससम्मान उसके चरणों में भेंट रखी। कंस उनकी ओर रोषयुक्त दृष्टि से देख रहा था। नन्द के पीछे उनके साथी तरुण शूर विनयपूर्वक चुपचाप खड़े थे।

कंस ने नन्द से कहा, ''नन्द, मैं तो समझता था कि तुम एक समझदार आदमी हो, परन्तु तुमने पिछले साल का लगान भी नहीं दिया। तुम्हारा इरादा क्या है?''

''उदारचरित युवराज, आप जानते हैं कि पिछले साल देश पर अनावृष्टि का संकट आया था और उसके बाद आया यह अकाल! हम भूखों मर रहे हैं। पानी के बिना हमारे प्यासे ढोर मृत्यु की शरण चले गए हैं। लगान हम कैसे, किस प्रकार दें?'' हाथ जोड़कर मुख पर मुस्कान लाते हुए नन्द ने कहा।

''कैसे और किस प्रकार, यह मैं नहीं जानता, मुझे तो मेरा लगान चाहिए।

और, जो तुम नहीं दो तो इसका फल क्या होगा, जानते हो? तुम्हारी सारी जमीन मैं जब्त कर लूँगा। उस पर मेरे आदमी खेती करेंगे और वे तुमसे अधिक सफल सिद्ध होंगे।''

''आप स्वामी हैं, राजकुमार!'' सस्मित वदन नन्द ने कहा, ''परन्तु जमीन हमारी है। आप हमारे स्वामी अवश्य हैं, फिर भी किसान का अपनी जमीन के टुकड़े पर, चाहे वह कितना ही छोटा क्यों न हो, अधिकार है। उसके लिए उसके पूर्वजों ने, उसके कुटुम्बीजनों और स्वयं उसने प्राणों की बाजी लगाई है। मैं कोई विद्वान् नहीं, लेकिन इतना अवश्य कहूँगा कि किसान से उसकी जमीन छीन लेना धर्म का काम नहीं। मुझे विश्वास है कि आप-जैसे उदारचरित राजकुमार के हाथों ऐसे अधर्म का काम नहीं हो सकता। यदि आप ऐसा करें, तो आपको देवताओं का कोपभाजन बनना पड़ेगा।''

''तुम्हारी जमीन से यदि मुझे अधिक द्रव्य मिल सके और उससे मेरी शक्ति बढ़े, तो मैं हजार बार अधर्म का आचरण करने को तैयार हूँ। मुझे अपने सैनिकों का, सेवकों का पोषण करना है, समझे! अपना लगान कब देते हो, बोलो?'' कंस ने क्रोधित होकर कहा।

''लगान देना है, यह सही है; परन्तु देव कृपा से वर्षा हो तथा हमारी गायें अच्छी तरह दूध देने लग जाएँ तब!'' नन्द ने उत्तर दिया।

''अच्छा नन्द, मैं तब तक प्रतीक्षा करूँगा। इस समय तो मैं तुम्हें तुम्हारे साथियों सहित जाने देता हूँ, किन्तु यदि तुमने मेरे विरुद्ध तनिक भी आवाज उठाई, तो मैं तुम्हें तथा तुम्हारे कुल के सभी लोगों को जीवित नहीं छोड़ूँगा। और, यह तारणहार की क्या बात मैं सुन रहा हूँ? यह क्या बकवास कर रहे हो तुम लोग? क्या तुम मेरी मृत्यु की प्रतीक्षा कर रहे हो?''

''तारणहार! वह क्या है? कौन ऐसी बातें कर रहा है?'' नन्द ने अजान होकर पूछा।

''तुम्हारे शूरकुल के यादव! उनसे कहो कि वे अपना मुँह बन्द रखें।'' कंस ने जोर देकर कहा।

''जैसी प्रभु की आज्ञा!''

''अच्छा, अब जाओ!'' कंस फिर से गरज उठा।

''राजकुमार! यदि आप अनुमति दें, तो मैं आपसे कुछ निवेदन करूँ?'' नन्द ने कहा।

''क्या कहना है?''

''यदि आपकी इच्छा है कि मैं अपने शूरकुल के यादवों को समझाऊँ, तो आप मुझे हमारे नायक वसुदेव से मिलने की अनुमति दें। इससे मुझे उनकी ओर

से भी शूरों को समझाने में मदद मिलेगी।''

''तुम्हें जो करना है सो करो, परन्तु इतना याद रखना कि यदि तनिक भी चतुराई की तो जमीन का एक टुकड़ा भी तुम्हारे पास नहीं रहने दिया जाएगा।''

''आप तो समस्त पृथ्वी के अधिपति हैं प्रभु!'' नन्द ने सस्मित वदन कहा और फिर राजकुमार को प्रणाम कर वहाँ से चल दिए।

वृष्णिकुल के अक्रूर तथा शूरों के कुलगुरु गर्गाचार्य को साथ लेकर नन्द वसुदेव-देवकी से मिलने गए। वसुदेव की ज्येष्ठ पत्नी आसन्नप्रसवा रोहिणी भी वहीं थी।

मन्त्रणा काफी देर तक चलती रही। परिस्थिति उस समय कुछ ऐसी ही विषम बन गई थी। कंस के जाल में से बच निकलने का कोई उपाय नहीं दीख रहा था। तब रोहिणी ने कहा, ''भविष्यवाणी अवश्य सच होगी।'' उसका मुख-मण्डल गम्भीर हो उठा, आँखों में अश्रु उमड़ पड़े। कुछ-न-कुछ उपाय ढूँढ़ निकालने के लिए वह कृतसंकल्प थी।

दूसरे दिन सवेरे ही रोहिणी ने नन्द के साथ गोकुल के लिए प्रस्थान किया; परन्तु नन्द के आदमी जिन गाड़ियों में मथुरा आए थे, वे सब गोकुल नहीं लौटीं। जिस गाड़ी में नन्द और रोहिणी बैठे थे, केवल वही गोकुल पहुँची, अन्य सब गाड़ियाँ मार्ग में भिन्न-भिन्न रास्तों पर चल पड़ीं।

उसी रात कंस को एक स्वप्न दीखा, जिससे भयभीत हो वह चीख पड़ा। वह जगकर उठ बैठा, तब भी उसका अंग-अंग काँप रहा था, साँस फूल आई थी। स्वप्न में उसने देखा कि वह हाथ में नंगी तलवार लिये वहाँ जा पहुँचा, जहाँ देवकी को बन्दी रखा गया था। वहाँ पर उसने देवकी की कोख में दो बच्चों को निर्भय खेलते देखा। नीलकमल के समान उसका आठवाँ बालक हृष्ट-पुष्ट था और प्रतिक्षण बढ़ता ही जाता था। कंस का तलवार धारण किया हुआ हाथ व्यर्थ सिद्ध हुआ और वह भ्रम में पड़ गया। उस बालक का मुख तेज से प्रकाशमान था, उसके मस्तक पर मुकुट और हाथ में चक्र था। वह स्वयं मूर्तिवत् खड़ा उसे देखता ही रहा और...चक्र उसकी ओर आकर मस्तक विच्छेद कर वापस चला गया...उसने अपने मस्तक को गिरते-लुढ़कते और अन्त में रक्त से सना धरती पर स्थिर होते देखा। उसने यह भी देखा कि उस बालक के मुख पर थिरकती मुस्कान कभी मन्द पड़ती ही न थी...

कंस ने तब देवकी के प्रहरी सरदार प्रद्योत की भयंकर पत्नी पूतना को बुला भेजा। वह उसकी विशेष सलाहकार थी। पूतना को उसने इस दुःस्वप्न का हाल कहा और यह पता लगाने की आज्ञा दी कि देवकी के शीघ्र ही पुत्र जन्म होने की सम्भावना है या नहीं। पूतना ने अच्छी तरह जाँच-पड़ताल कर कंस को सूचित

किया कि देवकी के प्रसूति होने में अभी कम-से-कम तीस दिन की देर है।

यह सुनकर कंस को कुछ शान्ति मिली।

बलराम का जन्म

दस दिन तक वसुदेव और देवकी निरन्तर प्रार्थनाशील रहे। प्रभु के अवतार लेने का आश्वासन उन्हें मिल चुका था; और, वेदव्यास के वचन कभी व्यर्थ नहीं हो सकते, इस भरोसे देवकी सन्तुष्ट थी।

देवकी तथा वसुदेव ने किस साहस और धैर्य के साथ अपने पर आए अनेक संकटों का सामना किया था, यह बात महल के प्रहरियों से छिपी नहीं थी। उनके हृदय भी आखिर पत्थर के तो थे नहीं! वे भी अब मन-ही-मन कामना करने लगे थे कि शूरों के सरदार वसुदेव और उनकी पत्नी देवकी पर कोई नई विपत्ति न आए। व्यास की भविष्यवाणी के बारे में उन्होंने भी सुन रखा था और भविष्य में उद्धारक के अवतरित होने के अक्रूर के विश्वास से भी वे सुपरिचित थे। यहाँ तक कि हृदय से वे भी अब चाहने लगे थे कि यह अवतार शीघ्र ही हो।

गोकुल के अधिपति नन्द को मथुरा से गए दस दिन हो चुके थे। तब वसुदेव और देवकी को जिस महल में रखा गया था, उसके ठीक सामने मध्य रात्रि को एक नौका गुप्त रूप से आकर रुकी। नौका में तीन पुरुष थे, जिनमें से एक आदमी अपने हाथ में एक गठरी लिये उतरा। अक्रूर, तो पहले से ही वहाँ प्रतीक्षारत खड़े थे, उसे देखते ही घाट की सीढ़ियाँ उतरकर नीचे पहुँचे।

"वृष्णिश्रेष्ठ, मैं आ गया हूँ।" उस तरुण ने कहा।

कुछ भी उत्तर दिए बिना अक्रूर ने उसके हाथ में जो गठरी थी, उस पर दृष्टि डाली।

"जी, जन्मते ही मृत्यु को प्राप्त हुई बालिका है।"

मौन भाव से मानो ईश्वर की प्रार्थना कर रहे हों, इस प्रकार अक्रूर ने आकाश की ओर देखा।

तभी वहाँ पर पहरा देनेवाले दो प्रहरी निकट आ गए। अक्रूर ने उनमें से एक के कान में धीरे-से कहा, "देवकी का जीवन बचाने के लिए गर्गाचार्य ने इस ब्राह्मण को मन्त्रपाठ के लिए बुलाया है। तुम जाकर अपने स्वामी कंस को सूचना दो कि देवकी के पुत्र होने की बेला आ पहुँची है।"

आश्चर्य से आँखें फाड़कर प्रहरियों ने यह बात सुनी और फिर तुरन्त ही कंस को उसकी सूचना देने दौड़ पड़े।

दो वृद्धा स्त्रियों सहित गर्गाचार्य उस तरुण पुरुष की प्रतीक्षा में बैठे थे। थोड़ी देर तक उन्होंने बहुत धीरे-से कुछ बातचीत की। वसुदेव देवकी की बगल में बैठे थे। पति के हाथ में अपना हाथ रखकर देवकी आँख मूँदे लेटी थी। गर्गाचार्य ने तब देवकी को वहीं पर बैठी एक दाई के साथ भीतरी खण्ड में जाने का संकेत किया। देवकी के मस्तक पर अपना हाथ रखते हुए उन्होंने कहा, "बेटी, प्रभु तुझे शक्ति दे!"

"गुरुदेव, चिन्ता न करें। आवश्यकता पड़ने पर अग्नि में भी कूद पड़ने को तैयार हूँ। मुझे अब कोई भय नहीं।" सस्मित वदन देवकी ने कहा, "इन दो दिनों से मुझे ऐसा लगता है मानो हजार फनवाले शेषनाग यहाँ आकर मेरी रक्षा कर रहे हैं।"

दोनों हाथ जोड़कर उसने गुरु तथा वसुदेव के चरण छुए और फिर वृद्धा स्त्रियों सहित अन्दर चली गई। नवागन्तुक तरुण ने अपने हाथ की गठरी उन दो वृद्धा स्त्रियों में से एक को सौंप दी।

थोड़ी देर तक तो वातावरण शान्त रहा, फिर देवकी की कष्ट-भरी चीखें सुनाई पड़ने लगीं। वे अधिकाधिक वेदनामयी होती गईं। फिर एक बड़े जोर की चीख और सुबकियाँ सुनाई पड़ीं।

गर्गाचार्य, अक्रूर, वसुदेव तथा नवागन्तुक तरुण बड़ी आतुरता से प्रतीक्षा कर रहे थे। थोड़ी देर बाद एक बलिष्ठ नवजात शिशु का सशक्त स्वर सुनाई पड़ा। जब वह चुप हो गया तब दो में से एक वृद्धा ने आकर प्रतीक्षारत पुरुषों से कहा, "लड़का हुआ है, काफी बलिष्ठ है।" उसके दन्तविहीन मुख पर अपार आनन्द को व्यक्त करती एक विचित्र हास्यरेखा दौड़ गई। अधीर होकर उसने कहा, "चलिए, चलिए, आप लोग भी सब चलकर देखें।"

आहिस्ता से चलकर वे लोग भीतरी खण्ड के निकट पहुँचे और खुले कपाटों से अन्दर झाँका। कमरे में देवकी एक ओर लेटी हुई थी। वह काफी थकी हुई और मुरझाई-सी लगती थी। उसकी बगल में नवजात शिशु लेटा हुआ यथेच्छ रूप से स्तनपान कर रहा था। उसका जन्म गर्भकाल की पूरी अवधि से पहले ही हुआ था, फिर भी उसके शरीर का विकास पूर्ण था।

"यह अवसर ज़रा भी समय नष्ट करने का नहीं है," अक्रूर ने कहा, "चौकीदार कंस को खबर देने गए हैं और वे कभी भी वापस आ सकते हैं।"

देवकी ने मुस्कराकर कहा, "मुझे मालूम है।" किसी अमूल्य निधि की तरह बालक को हृदय से चिपकाकर देवकी ने वृद्धा को उस पर चिह्न अंकित कर ले जाने को कहा। आँखों से उमड़ रहे आँसुओं को उसने रोक लिया।

वृद्धा ने बालक को ले लिया। वह फिर से रोने लगा। वृद्धा ने उसे नहलाकर

जमीन पर सुलाया। गर्गाचार्य ने मन्त्रों का पाठ करते हुए उसके गले में डोरा बाँधा।

"इस बच्चे का नाम क्या रखा जाए?" गर्गाचार्य ने पूछा।

"देवकी, तुम्हें कौन-सा नाम पसन्द है?" वसुदेव ने अपनी पत्नी की ओर प्रशंसा-भरी दृष्टि डालकर प्रेम से पूछा।

"बच्चा बहुत बलवान दिखाई पड़ता है। इसका नाम बल रखो।" देवकी ने कहा।

"गुरुदेव, आप कौन-सा नाम रखेंगे?" वसुदेव ने कुलगुरु से प्रश्न किया।

"मैं तो इसे संकर्षण कहूँगा। इसका जन्म पूर्ण गर्भावस्था से पहले ही हुआ है, इसे खींचकर बाहर निकाला गया है, इसीलिए यही नाम उपयुक्त है।" गर्गाचार्य ने मुस्कराकर कहा।

वसुदेव ने बालक को गर्गाचार्य से अपने हाथ में लिया, प्रेमपूर्वक उसे अपनी छाती से लगाया और फिर उस आगन्तुक तरुण को सौंप दिया। तरुण तुरन्त ही बालक को लेकर महल से बाहर चला गया।

उधर कंस के महल में प्रहरियों ने दौड़कर देवकी की प्रसूति के समाचार पहुँचाए। यदि ये समाचार मिलने में जरा भी विलम्ब हुआ तो कंस उनके प्राण ले लेगा, इस बारे में उन्हें जरा भी सन्देह नहीं था। एक प्रहरी से दूसरे और दूसरे से तीसरे, इस प्रकार पूरे महल में यह सन्देश फैल गया कि राजकुमारी देवकी की प्रसूति की वेला आ पहुँची है।

सरदार प्रद्योत ने जब यह समाचार सुना तो तुरन्त कंस के पास दौड़ा गया और उसे खबर दी। कंस मानो किसी दुःस्वप्न से जाग उठा हो, इस प्रकार उठ बैठा। उसकी आँखें लाल हो गईं। हाथ में तलवार लेकर उसने रथ तैयार करने का आदेश दिया। सरदार प्रद्योत तथा उसकी पत्नी पूतना को भी अपने साथ चलने का आदेश दिया। उसके मन में भयंकर क्रोध प्रज्वलित हो उठा था। साथ ही यह भय भी उसे हुआ कि देवकी के कहीं जुड़वाँ पुत्र पैदा न हों। दस दिन पहले जो स्वप्न उसे आया था, उसका कुछ प्रभाव अभी तक उसके मन पर था।

वसुदेव तथा देवकी के बन्दीगृह के आसपास का शान्त वातावरण घोड़ों की टाप और रथ के पहियों की खड़खड़ाहट से गूँज उठा। महल में जब कंस अपने पीछे प्रद्योत और पूतना को लिये घुसा, तो उसने प्रवेश-द्वार पर ही गर्गाचार्य और वसुदेव को अपने सत्कार के लिए खड़ा पाया।

"कहाँ हैं वे बालक?" कंस ने चीखकर कहा।

"बालक! कौन-से बालक?" गर्गाचार्य ने पूछा।

"देवकी की कोख से जन्मे जुड़वाँ बालक!"

"बालक तो कोई नहीं हुआ; हाँ, एक पुत्री का जन्म अवश्य हुआ है।" वसुदेव ने कहा।

जिस खण्ड में देवकी लेटी थी वहाँ जाने को प्रस्तुत होकर कंस ने कहा, "तुम झूठ बालते हो। पूतना, अन्दर जाकर ठीक से देखो कि सच्ची बात क्या है—वह लड़की कहाँ है?"

"यह रही।" गर्गाचार्य ने कहा, और जिस मृत बालिका को गोकुल से वह तरुण ब्राह्मण ले आया था, उसके मुख पर से ओढ़ाया हुआ कपड़ा वृद्धा ने हटा दिया।

कंस स्तब्ध हो, आँखें फाड़-फाड़कर उस बालिका की मृत देह की ओर देखने लगा। फिर जैसे स्वप्न में से जग उठा हो, इस तरह पूतना और उसके पति, प्रहरियों के सरदार प्रद्योत, को चीखकर उसने आदेश दिया, "इस महल का कोना-कोना छान मारो—मुझे इसमें कपट की गन्ध आ रही है।"

सारे महल का कोना-कोना छान डाला गया; परन्तु प्रद्योत और उसकी पत्नी पूतना को कहीं कुछ सन्देहास्पद नहीं मिला। हताश होकर कंस अपने महल वापस चला गया। क्रोध का स्थान अब उसके मन में विषाद ने ले लिया था। जिनकी प्रत्याशा नहीं थी, ऐसी घटनाएँ अब घटने लगी थीं। उसे लगा कि कोई अज्ञात शक्ति उसे चारों ओर से दबोच रही है।

कुछ समय बाद यह सोचकर कि यह तो देवकी की सातवीं सन्तान है, उसे कुछ शान्ति मिली। आठवीं सन्तान होने में अभी काफी देर है और इस बीच काफी सावधानी बरती जा सकती है। एक मन तो उसका देवकी का तत्काल वध करने को हुआ, परन्तु यह सोचकर कि यदि मैं ऐसा करूँ तो मेरे पिता तथा चाचा उपवास कर देह त्याग देंगे और यादव बदला लेने पर उतर आएँगे, उसने अपने मन को समझाया। इससे तो देवकी की आठवीं सन्तान की प्रतीक्षा करना ही ठीक होगा।

देवकी के पुत्र को ले जानेवाला तरुण ब्राह्मण एक योग्य वैद्य भी था। कभी न सन्तुष्ट होने वाली उस प्रबल क्षुधा के बालक को उसने शहद में भीगी हुई रुई चूसने को दी। सवेरा होने से पहले ही वह गोकुल पहुँच गया। वहाँ उस बालक को उसने वसुदेव की ज्येष्ठ पत्नी रोहिणी के हाथ में सौंप दिया। रोहिणी उन दिनों नन्द की अतिथि बनकर गोकुल में रह रही थी। उस हृष्ट-पुष्ट बालक के भोले-से चेहरे पर अपने पति की मुख-रेखाओं को अंकित देखकर वह एक सहज स्नेह और अपार आनन्द से सराबोर हो गई।

बालक को उसने पयःपान कराया, पालने में सुलाया और फिर स्वयं भी सो गई। किन्तु थोड़ी देर बाद जब वह जगी तो जो दृश्य उसने देखा, उससे स्तब्ध

रह गई। पालने पर, छत्र के समान अपने फनों को उठाए एक प्रचण्ड नाग डोल रहा था। भय और आशंका से विह्वल हो रोहिणी चित्रलिखित-सी बस देखती ही रही। एक-एक क्षण उसे अनन्त युगों-सा दिखाई पड़ा। वह चीख भी नहीं सकती थी, क्योंकि उसे भय था कि आवाज से चौंककर नाग शायद बालक को डस ले।

आखिर यह भयंकर घड़ी भी टल गई। थोड़ी देर तक पालने पर छत्र कर नाग अपने विशाल फन समेट धीरे-से चला गया। उसके जाते ही रोहिणी पालने के पास आ गई। बालक बड़े मजे से सो रहा था और उसके बालमुख पर मुस्कान थिरक रही थी।

आठवीं सन्तान

समस्त ब्रजभूमि की जनता बड़ी आशा से भविष्य की ओर टकटकी लगाए थी। प्रत्येक व्यक्ति अपने-अपने ढंग से बड़ी अधीरता के साथ प्रतीक्षारत था। शूरों के सरदार वसुदेव की धर्मपत्नी देवकी की कोख से आठवीं सन्तान के अवतरित होने का समय आ पहुँचा था।

ज्यों-ज्यों प्रसूति का समय नजदीक आता जाता था, देवकी दिनों-दिन वसन्तकाल के पुष्प के समान प्रफुल्लित होती जाती थी। ऐसे आनन्द का अनुभव उसे पहले कभी नहीं हुआ था। सोते-जागते, हर समय उसे भगवान् के दर्शन होते और उसकी आँखें भक्ति-भाव से चमक उठतीं।

फिर भी वह चिन्तातुर अवश्य थी। अपने-जैसी निर्बल, निःसहाय और निर्भागी स्त्री की कोख से स्वयं भगवान् अवतार धारण करेंगे, यह मानना कभी-कभी उसके लिए बहुत कठिन हो जाता। उसका मन सदा ऊहापोह में रहता कि क्या उसकी आठवीं सन्तान यादवों को दुष्ट कंस के पंजे से मुक्ति दिला सकेगी, अथवा कंस उसकी भी हत्या कर देगा?

इन शंकाओं के रहते हुए भी उसकी श्रद्धा कभी नहीं डगमगाई। वह सोचती कि क्या नारद मुनि की भविष्यवाणी और मुनि वेदव्यास के वचन कभी मिथ्या हो सकते हैं।

कंस ने प्रसूति का समय निकट आया जानकर अपने प्रबन्ध में अधिक सख्ती करना शुरू कर दिया। जिस महल में देवकी तथा वसुदेव को बन्दी रखा गया था, वहाँ से सभी परिचारकों को वापस बुला लिया गया। इस बार किसी दाई की व्यवस्था भी नहीं की गई। उसके स्थान पर अपने अंगरक्षकों के सरदार और विशेष विश्वासपात्र प्रद्योत की पत्नी पूतना को वहाँ रखा गया; किन्तु पूतना देवकी

को इतनी अप्रिय थी कि वह उसे अपने पास तक नहीं फटकने देती।

देवकी को दासी के अभाव में कोई कष्ट न हो और उसे अकेलापन नहीं अखरे, इसलिए वसुदेव स्वयं अपनी सुन्दर और सुकुमार पत्नी का हर समय ध्यान रखते। वह उन्हें अत्यन्त प्रिय थी और उसकी हर इच्छा पूरी करने को वह सदा तत्पर रहते थे। उसके साथ प्रार्थना में वह शरीक होते और जब भी वह चिन्तातुर दिखाई पड़ती, तब उसके पास बैठकर वह उसे अपनी प्रेमपगी वाणी से आश्वस्त करते। यमुना की तरंगों को देखती हुई जब वह झरोखे में लेटी रहती, तब प्राचीन काल के वीर पुरुषों की गाथाएँ सुनाकर वह उसका मनोरंजन भी करते।

भगवान् विष्णु और उनकी कृपा की चर्चा इस श्रद्धालु दम्पति का प्रधान और प्रिय विषय था। अटूट श्रद्धा-शृंखला से बद्ध उन दोनों के हृदय एक हो गए थे। कई बार तो भगवान् की चर्चा करते समय उन्हें ऐसा लगता कि प्रभु स्वयं अपने हाथ पसारकर उन्हें आशीर्वाद दे रहे हैं।

ब्रजभूमि के गाँवों और आश्रमों के वासियों की तरह मथुरा के निवासी भी भविष्य पर बड़ी-बड़ी आशाएँ रखते थे। प्रत्येक व्यक्ति पिछले नौ वर्षों से कंस के राज्य में प्रवर्त अधर्म का अन्त देखना चाहता था। प्रत्येक बार कंस जब देवकी के बालकों का वध करता, तब लोगों को लगता कि उद्धारक के जन्म लेने का समय और नजदीक आ गया है। अशुभ ग्रहों की शान्ति के लिए व्रतों का पालन कर, वे देवताओं से प्रार्थना करते कि तारणहार का जन्म अब शीघ्र ही हो। यमुना के किनारे आश्रमों में रहनेवाले ऋषि-मुनि भी देवों का आह्वान करते हुए यज्ञ करते। धार्मिक विधि अथवा प्रार्थना करते समय ब्राह्मण भी ईश्वर से अत्यन्त विनयपूर्वक प्रार्थना किए बिना नहीं रहते कि प्रभु, अब तू शीघ्र ही अवतार ले।

इन दिनों कंस को स्वयं भी कई प्रकार के नए-नए भयों का अनुभव होने लगा था। अनेक बार उसने अपने शत्रुओं को कुचल दिया, फिर भी यादवकुल ने उसकी सत्ता को स्वीकार नहीं किया था। कितने ही यादव सरदार तो ब्रजभूमि छोड़कर ही चले गए थे। कंस को यह भी मालूम था कि कितने ही दम्भी चाटुकार प्रकट में तो उसकी स्तुति करते हैं, परन्तु भीतर-ही-भीतर उसके पतन की कामना करते हैं। उसके अपने सेनानायक और समर्थक भी उसके प्रति इसीलिए वफादार थे कि यादवों के रोष से उनकी रक्षा केवल कंस ही कर सकता था।

ज्यों-ज्यों दिन बीतते गए, कंस अधिकाधिक भय विह्वल होता गया। नित्य-प्रति ये समाचार उसे मिलते कि तारणहार के शीघ्र अवतार लेने की आशा लोगों में बढ़ती जा रही है और इससे वह विक्षुब्ध हो उठता। प्रत्येक व्यक्ति को अब वह सन्देह की दृष्टि से देखने लगा था। मामूली-सी बातों से भी वह उत्तेजित हो जाता। कई बार तो शून्यमनस्क हो जाता। उसकी नींद उड़ गई थी और भयंकर

सपनों से वह परेशान रहने लगा था।

वसुदेव और देवकी के प्रहरी सैनिक कंस की आज्ञा से रोज-रोज बदलने लगे। वसुदेव को धार्मिक विधि सम्पन्न कराने के लिए उनके कुल-गुरु गर्गाचार्य ही केवल वसुदेव-देवकी के पास जा सकते थे, अन्य किसी को उनसे मिलने नहीं दिया जाता था। देवकी की तबीयत का हाल पूतना रोज जाकर कंस को सुनाती। देवकी के आठवें पुत्र की हत्या करने पर लोग उत्तेजित हो विद्रोह न कर बैठें, इस आशंका से कंस ने शहर के मुख्य-मुख्य स्थानों पर मगध के सैनिक बिठा रखे थे।

उस दिन भाद्रपद कृष्णा अष्टमी थी। दिन-भर मेघगर्जन और बिजली की चमक के साथ घनघोर वर्षा होती रही; पवन भी बड़े वेग से मचल रहा था। आँधी-पानी का जोर होने पर भी गर्गाचार्य दोपहर को उस दिन भी नित्य की भाँति महल में धार्मिक विधि सम्पन्न कराने आए। विधि पूर्ण हो जाने पर वह वसुदेव से मिले और उनके कान में कुछ कहा।

दिन-भर भयंकर वर्षा और पवन का आतंक रहा। साँझ पड़ने से पहले ही सारे शहर में अँधेरा छा गया। गली-रास्ते सभी पानी से भर गए। इसीलिए पूतना जो सवेरे अपने घर गई थी, आज देवकी की निगरानी रखने महल नहीं लौट सकी। उसके आगमन के लिए मुख्य दरवाजा खुला छोड़कर प्रहरी शीत से बचने के लिए अपनी कोठरियों में जा बैठे।

महल में भी सर्वत्र अन्धकार व्याप्त था। केवल उस कोठरी में, जहाँ देवकी लेटी थी और उसकी बगल में वसुदेव बैठे थे, तेल का एक छोटा-सा दीया टिमटिमा रहा था। मूसलाधार बरसात गिरने की भयंकर आवाज और बादलों की गड़गड़ाहट महल के सूने कक्षों में गूँज रही थी।

एकाएक बिजली इतनी जोर से चमकी कि सारा आकाश प्रज्वलित हो उठा। एक भयंकर मेघगर्जना से महल की नींव तक हिल गई। भयभीत हो देवकी उठ बैठी और अपनी वेदना को कम करने के लिए उसने वसुदेव का हाथ थाम लिया। पति के मुख को वह भक्ति-भाव और प्रेम-भरी दृष्टि से निहारने लगी और नयन आनन्दाश्रु से भर गए।

प्रसूति की वेदना को दबाकर उसने कहा, "प्रभु के अवतार की वेला आ पहुँची है, स्वामी!"

अत्यन्त पुलकित हो वसुदेव देवकी को सावधानीपूर्वक पास ही के दूसरे कक्ष में ले गए। मध्यरात्रि का समय था। वर्षा और बिजली का जोर अभी पूर्ववत् था। तभी पूर्वाकाश में अभिजित नक्षत्र का योग हुआ और आनन्द-समाधि का अनुभव करती हुई देवकी ने बिना किसी कष्ट का अनुभव किए एक पुत्र-रत्न को जन्म दिया।

दाई का काम स्वयं वसुदेव ने सँभाला। अपनी एकमात्र आशा के रूप में उस नवजात शिशु को देखकर वह स्तब्ध रह गए। बालक का अंग-अंग सुडौल था, वर्ण नीलकमल के समान था और जन्म के समय अन्य बालकों की तरह रुदन करने के स्थान पर उसके सुकोमल होंठों पर एक मधुर मुस्कान थिरक रही थी।

वसुदेव बालक को एकटक निहारते रहे। क्षण-भर के लिए उन्होंने शंख, चक्र, गदा व पद्म धारण किए, अपूर्व तेज तथा वैभव से देदीप्यमान भगवान् विष्णु को अपने सामने खड़ा देखा। अन्ततः वेदव्यास का वचन सत्य सिद्ध हुआ।

प्रयत्न करके वसुदेव ने स्वयं को प्रकृतिस्थ किया। उन्हें अब अपना कर्त्तव्य पूरा करना था। बालक को कुछ देर के लिए देवकी को सौंपकर वह अपने हाथ में दो दीये लेकर झरोखे में गए, और मानो आरती उतार रहे हों, इस प्रकार दीयों को उन्होंने हिलाया। नदी के सामने के तट से इसके उत्तर में एक मशाल दिखाई दी।

फिर, देवकी के पास लौटकर वसुदेव ने नवजात शिशु को स्नान कराया, शहद की बत्ती बनाकर उन्होंने उसे चूसने को दी और उसे एक टोकरी में सुला दिया।

"अब मुझे चले जाना चाहिए," उन्होंने कहा।

"परन्तु आप जाएँगे किस प्रकार? घनघोर वर्षा हो रही है और यमुना में बाढ़ आई हुई है।"

"जैसी भगवान् की इच्छा! वे जो करते हैं अच्छा ही करते हैं।" यह कहकर वह देखने चले गए कि चौकीदार क्या कर रहे हैं। उन्होंने देखा कि चौकीदार अपनी-अपनी कोठरी में किवाड़ बन्द किए गहरी नींद में सो रहे हैं और महल का मुख्य द्वार पूतना के अब तक न लौटने के कारण खुला पड़ा है।

वसुदेव ने बालक को शाल में लपेटकर फिर टोकरी में रखा, और उस पर एक छोटी-सी चटाई ढँक दी। टोकरी को कन्धे पर उठाकर वह महल से बाहर निकल पड़े। थोड़ी ही दूर पर नदी का प्रवाह एक पथरीले पट पर से होकर बहता था, जहाँ नदी पार कर सामने गोकुल जाने का एक सहज, प्राकृतिक मार्ग बन गया था। टोकरी को सिर पर रखकर वसुदेव वहीं पहुँचे। मुँह में पैर का अँगूठा चूसता हुआ नवजात बालक शान्ति से टोकरी में सोया रहा।

और तब एक चमत्कार हुआ। वर्षा रुक गई और नाग के फण के समान एक काले बादल का टुकड़ा टोकरी पर छत्रछाया करने लगा।

नदी का प्रवाह अत्यन्त वेगवान होते हुए भी उक्त मार्ग से वसुदेव शीघ्र ही यमुना पार चले गए। सामने ही किनारे पर एक वृक्ष के नीचे गोकुल के यादवों के नेता नन्द तथा गुरु गर्गाचार्य खड़े थे।

गर्गाचार्य ने वसुदेव से वह टोकरी ले ली और उसके स्थान पर एक दूसरी टोकरी उन्हें दी।

"यह किसकी सन्तान है?" वसुदेव ने पूछा।

"आज सवेरे ही यशोदा की कोख से जन्मी पुत्री है।"

आनन्द तथा कृतज्ञता की भावना से वसुदेव ने नन्द से कहा, "नन्द, तुम्हारे उपकार का बदला मैं किस प्रकार चुका सकूँगा।"

वसुदेव का चरणस्पर्श करके नन्द ने उत्तर दिया "प्रभु, आप तो हमारे स्वामी है। मेरा जो कुछ है, वह आपका ही है।"

गर्गाचार्य के हाथ से नन्द ने वह टोकरी ले ली। उस पर ढँकी हुई चटाई खिसक पड़ी। तभी बिजली चमकी और उसके प्रकाश में नीलवर्ण का सुन्दर बालक अपनी आँखें टिमकारता हुआ टोकरी में उन्हें दिखाई पड़ा। उस वृद्ध ग्वाले के हृदय में असीम वात्सल्य उमड़ आया।

तारणहार का आगमन हो चुका था!

कंस की युक्ति

कंस का समय बहुत बुरी तरह कट रहा था। वर्षों से जो चिन्ता उसे सता रही थी, उसके कारण दिन में भी वह दुःस्वप्नों से सन्त्रस्त रहता और सदा यही आशंका उसे भयभीत करती रहती कि भविष्यवाणी अन्ततः सच होगी और उसके अपने सब प्रयास व्यर्थ हो जाएँगे।

भविष्यवाणी सच न हो, इसके लिए उसने सभी उपाय काम में ले लिये थे। वसुदेव और देवकी पर पहरा देनेवाले सभी कर्मचारी उसके विश्वसनीय पात्र थे। देवकी पर निगरानी रखनेवाली पूतना रिश्ते में उसकी बहन थी। उस पर कंस को पूरा विश्वास था। कुलगुरु गर्गाचार्य के अतिरिक्त महल में प्रवेश का अधिकार किसी को नहीं था, और वह भी केवल प्रातःकाल में ही आते थे। उस समय पूतना वहाँ सदा उपस्थित रहती थी।

भाद्रपद मास की कृष्णपक्षीय अष्टमी की रात्रि को कंस क्षण-भर भी न सो सका। एक प्रकार का भय उसके मन में व्याप्त था। आकाश में हो रही मेघगर्जना से उसका हृदय बार-बार कम्पायमान हो उठता था। बिजली चमकने के साथ ही वह स्वयं भी चौंक उठता। वह सोचता, क्या ये चिह्न भविष्य में होनेवाले विनाश के तो नहीं हैं? राजप्रासाद के विशाल खण्ड में वह बड़ी बेचैनी से चक्कर काट रहा था। दस वर्षों के लम्बे काल से जिस प्रसंग की वह प्रतीक्षा कर रहा था, वह

अब किसी समय, किसी क्षण आ सकता था। इसीलिए देवकी के आठवें पुत्र का वध कर भविष्यवाणी को मिथ्या सिद्ध करने के लिए वह अत्यन्त आकुल और अधीर था।

आकाश की ओर देखने के लिए वह अस्थिर मन और लड़खड़ाते कदमों से खिड़की के पास गया। परन्तु ज्योंही उसने खिड़की खोली कि वर्षा की बौछार से वह भीग गया। उसने तुरन्त ही खिड़की बन्द कर दी, और मूँछों पर ताव देता हुआ फिर कमरे में चक्कर काटने लगा।

हजार कोशिश करने पर भी अपने मन पर हावी भय की भावना को वह दूर नहीं कर सका। किसी भी प्रकार वह रात्रि कट नहीं रही थी। किसका सहारा ले वह? उसके अपने आदमी उससे घबड़ाते थे। उसकी पत्नियाँ उससे डरती थीं; उसके चाटुकार भी उससे भयभीत थे; यहाँ तक कि स्वयं अपने से भी वह डरता था। उसने किसी तरह अपने मन को मनाना चाहा कि थोड़ी देर में यह सब बीत जाएगा। एक बार देवकी के आठवें पुत्र को इस संसार से विदा किया कि फिर कोई भय उसे त्रस्त नहीं करेगा।

धीरे-धीरे खण्ड में कुछ प्रकाश का आगमन हुआ। सवेरा हो चुका था। परन्तु आकाश अभी भी घिरा हुआ था। वर्षा रुकी नहीं थी। कंस के भय की मात्रा कुछ कम हुई।

अब प्रकाश फैलने लगा। थोड़ी ही देर में पूतना आकर खबर देगी कि देवकी के प्रसव अभी नहीं हुआ। यदि ऐसा हुआ तो ठीक नहीं होगा, क्योंकि फिर न जाने कितने दिन और कितनी रातें चिन्ता में बितानी होंगी। फिर भी कुछ समय के लिए तो राहत मिली!

आखिर पूतना आ गई। दोनों हाथ जोड़कर उसने कहा, "महाराज, देवकी के पुत्री हुई है।"

"क्या तुझे पूरा विश्वास है?" कंस ने विचलित होकर पूछा।

अपनी आशंका को छिपाकर पूतना ने एकदम झूठ बोला, "मुझे पूरा विश्वास है, प्रभु! देवकी ने मेरी उपस्थिति में ही पुत्री को जन्म दिया है।"

फिर भी कंस पूरी तरह आश्वस्त नहीं हो पाया। भविष्यवाणी सत्य हो, इसके लिए देवकी की आठवीं सन्तान पुत्री नहीं पुत्र होना चाहिए। तो फिर क्या वह उस बालिका का वध करे? तुरन्त ही उसके हृदय ने उत्तर दिया, किसी प्रकार का खतरा क्यों मोल लिया जाए?

"रथ तैयार करो!" उसने चीखकर हुक्म दिया और खुद हाथ में गदा लेकर तैयार हो गया। नगर से दूर देवकी-वसुदेव को जिस महल में कैद रखा गया था, वहाँ पर कंस का रथ थोड़ी ही देर में पहुँच गया।

जिस खण्ड में देवकी सो रही थी, वहाँ पहुँचकर कंस ने देवकी से रोषपूर्वक कहा, "कहाँ है तेरा पुत्र? ला सौंप मुझे!"

"राजकुमार, वह तो कन्या है, बालक नहीं। उसे आप क्यों मारना चाहते हैं? वसुदेव ने पुछा।

"पुत्र हो या पुत्री, मैं इस शिशु को जीवित नहीं छोड़ूँगा।" कंस ने कहा और उस पालने के पास गया, जहाँ बच्ची लेटी थी।

आँखों से आँसू बहाते हुए दोनों हाथ जोड़कर आर्त स्वर में देवकी ने कहा, "बड़े भैया, तुम ऐसे हृदयहीन कैसे हो गए? मेरे एक बच्चे को तो जिन्दा रहने दो। तुम्हारे जैसे समर्थ राजकुमार का यह बेचारी बालिका क्या बिगाड़ सकेगी?"

पालने से बच्ची को बाहर निकालकर कंस ने उसके पैर पकड़े और उल्टा लटका दिया। अचानक उसे स्वयं अस्वस्थता अनुभव होने लगी, उसके हाथ काँपने लगे। बच्ची को जमीन पर पछाड़ने के लिए जो हाथ उसने ऊपर उठाया था, वह चेतना-हीन हो गया और उसके हाथ से बालिका छिटककर दूर जा पड़ी। कलेजा कँपानेवाली एक भयंकर चीख तक सुनाई पड़ी और वह बच्ची उड़कर खिड़की के बाहर अदृश्य हो गई।

कंस की आँखों के आगे अँधेरा छा गया। सारा कमरा ही उसे चारों ओर घूमता हुआ दिखाई पड़ा। लड़खड़ाते कदमों से जब वह खण्ड से बाहर निकला तो आकाशवाणी के ये शब्द उसे सुनाई पड़े, "तेरा हन्ता तो कभी का कहीं जन्म ले चुका है।"

देवकी के कक्ष से बाहर आते ही कंस के पाँव शिथिल हो गए। उस भयानक चीख की गूँज अभी भी उसके कानों को कष्ट दे रही थी। हाथ में जलपात्र लेकर पूतना उसके पास दौड़ी आई। उसका पति प्रद्योत भी पास ही आकर खड़ा हुआ।

"स्वामी, आप राजमन्दिर नहीं लौटेंगे?" उसने पूछा।

"किसी तरह मुझे यहाँ से बाहर निकाल दो।" कंस ने कहा। उसे कोई अकथ्य भय सता रहा था।

"वसुदेव और देवकी का अब क्या किया जाए? मैं यहीं रहूँ या घर जाऊँ?" पूतना ने प्रश्न किया।

कुछ देर तक तो कंस इस प्रकार भावशून्य दृष्टि से देखता रहा, मानो वह समझ ही नहीं पा रहा है। फिर कम्पित वाणी में उसने कहा, "उन्हें जाने दो, जहाँ भी उन्हें जाना हो। अपने महल में जाना चाहते हों तो वहाँ भी भले ही जाएँ। नारद ने मेरे साथ परिहास किया। यह भविष्यवाणी थी ही नहीं। जाने दो इन लोगों को।" यह कहकर वह अपने महल को चला गया।

दूसरे दिन अपने कुछ विश्वासपात्रों को उसने मन्त्रणा के लिए बुलाया। उनमें

उसका प्रमुख सलाहकार प्रलम्ब था, प्रद्योत और उसकी पत्नी पूतना थी, और अपनी पुत्रियों की सँभाल रखने के लिए जरासन्ध ने मथुरा में जो मगध का वृद्ध सैनिक बाहुक भेजा था, वह भी था। कंस ने उन सबको सारी स्थिति समझाकर उनकी राय माँगी।

कंस के मुख्य सलाहकार प्रलम्ब ने विनम्र भाव से कहा, "स्वामी, आज्ञा हो तो मैं अपनी राय प्रकट करूँ?"

कंस की आज्ञा पाकर उसने कहा, "वीरश्रेष्ठ, मुझे तो ऐसा लगता है कि जो आकाशवाणी आपने सुनी, वह आपको चेतावनी देने के लिए देववाणी ही थी। लोग आपसे डरते हैं और इसलिए आपके सामने वे कुछ बोल नहीं सकते। परन्तु वे सब तारणहार की प्रतीक्षा करते हैं।"

"स्वामी, मैंने भी वह आवाज सुनी थी, परन्तु वह कहाँ से आई, यह समझ में नहीं आया। मुझे याद हैं उसके ये शब्द—तेरा हन्ता तो कभी का कहीं जन्म ले चुका है।" पूतना ने कहा।

थोड़ी देर तो कंस विचारमग्न रहा, फिर भौंहें चढ़ाकर बोला, "मैं कोई भी खतरा मोल लेना नहीं चाहता। पिछले दस दिनों में जितने भी बालकों का जन्म हुआ है, उन सबको मार डालो। बल्कि पिछले महीनों में भी जितने बालक जन्मे हैं, उन सबको मार डालो।"

फिर मगध के वृद्ध सैनिक की ओर देखकर कंस ने कहा, "क्यों बाहुक, मेरी बात तुम्हें कैसी लगी?"

पूर्वाश्रय के जरासन्ध के मन्त्री बाहुक ने उत्तर दिया, "वीरश्रेष्ठ, आप चाहे जितने बालकों को मार डालें, फिर भी लोगों को अपने उद्धारक की प्रतीक्षा करने से आप रोक नहीं सकते। और, जब तक वे प्रतीक्षा करते रहेंगे, तब तक आपका भय दूर नहीं हो सकता।"

"फिर लोगों को उद्धारक की प्रतीक्षा करने से रोका किस प्रकार जाए?" कंस ने प्रश्न किया।

"स्वामी, जनता तो मूर्ख होती है। आप कठोरता से काम लेंगे, तो वे आपकी सत्ता स्वीकार करेंगे। परन्तु उद्धारक के बारे में जब तक उनकी श्रद्धा बनी रहती है, तब तक उसका आत्मबल टूटेगा नहीं।" बाहुक ने उत्तर दिया।

"तो उनकी श्रद्धा शेष किस प्रकार की जाए?"

"स्वामी," बाहुक ने कहा, "उनकी श्रद्धा ऋषि-मुनियों तथा ब्राह्मणों की शिक्षा पर आधारित है।"

"ठीक है। मैं जो भी करता हूँ, उसे वे लोग अधर्म बताते हैं। बाहुक, तुम समझदार हो, बुद्धिमान हो। हमारे प्रतापी श्वसुर जरासन्ध के साथ रहने का

सुअवसर तुम्हें मिल चुका है। तुम्हारा अनुभव भी विशाल है। हमें अब क्या करना चाहिए, यह तुम ही कहो।"

"स्वामी, सत्ताशाली राजा का प्रथम कर्त्तव्य यह है कि वह लोगों की इस श्रद्धा को निर्मूल करे कि उनका उद्धार करने कोई तारणहार आनेवाला है। जैसा कि अभी मैंने आपसे निवेदन किया, यह श्रद्धा साधु पुरुषों के कारण ही टिकी हुई है।"

"तो फिर उनको किस प्रकार ठीक किया जाए?"

"वीरश्रेष्ठ, उनको ठीक करना तो कोई सहज काम नहीं। उन्हें किसी प्रकार का कोई लोभ या भय नहीं, न उन्हें किसी के प्रति द्वेष है। उन्हें स्पृहा भी किसी की नहीं। इसीलिए वे इतने शक्तिशाली हैं। फिर उनके अतिरिक्त संयम का पालन करनेवाले तथा वेद की आर्षवाणी पर जीनेवाले ब्राह्मण भी तो हैं। ये लोग देवताओं का आह्वान करते हैं तथा यह उपदेश देते फिरते हैं कि धर्म के प्रभाव के सामने राजसत्ता असमर्थ है। हमारे आदेशों का पालन वे नहीं करेंगे। अपने मान्य धर्म की तुला पर ही ये लोग प्रत्येक वस्तु को तौलते हैं।"

"अपार धन देकर मैं उन्हें जीतने का प्रयत्न तो करता रहा हूँ।" कंस ने कहा।

"साधु पुरुषों को किसी प्रकार लालच में नहीं फँसाया जा सकता। लोभ से वे परे होते हैं। ब्राह्मणों को आप दान देंगे, तो उससे वे हृष्ट-पुष्ट अवश्य बनेंगे, परन्तु ज्ञान-प्राप्ति की कामना वे सदा करते रहेंगे और सलाह तो उन्हीं की मानेंगे, जो त्याग-वृत्ति को ही जीवन-धर्म मानते हैं।"

"उन सबका वध करूँ, तो मेरा विरोध कौन करेगा?"

"वीरश्रेष्ठ, यदि आप उनका वध करेंगे, तो आपके विरुद्ध लोगों का प्रकोप फट पड़ेगा। मथुरा से यदि आपने उनको बाहर निकाल दिया, तो वह जहाँ कहीं भी जाएँगे, आपके शत्रु खड़े करेंगे।"

एक भी शब्द बोले बिना कंस चुपचाप बाहुक की बात सुन रहा था। वृद्ध मन्त्री ने फिर कहा, "वीरश्रेष्ठ, साधु पुरुषों और ब्राह्मणों का विनाश केवल एक ही रीति से हो सकता है। अपना द्रव्य-भण्डार लोगों के लिए मुक्त कर दें। उन्हें खानपान और वैभव-विलास के इच्छुक बना दें। कुछ ऐसा उपाय करना चाहिए कि उनका कुलधर्म नष्ट हो जाए, स्त्रियाँ विलास के समक्ष शील को कोई महत्त्व न दें, बालक, वृद्ध तथा शक्तिहीन माता-पिता को व्यर्थ और भारस्वरूप समझें। एक बार लोग यह मानने लगें कि अमर्यादित वैभव-विलास ही जीवन का ध्येय है, तो साधु और ब्राह्मण उन्हें ढोंगी लगने लगेंगे। वे फिर धर्म, तपस्या, प्रेम तथा दया की बातें करनेवाले की हँसी उड़ाएँगे। जब वे सुरा छानने लगेंगे, तब संयम ही दूर भाग जाएगा। फिर आप जो भी करेंगे, उसे वे मूक पशु की तरह कुछ भी

प्रतिकार किए बिना सहने लगेंगे, आप प्रहार करेंगे तो भी उसे प्रसाद समझकर स्वीकार करेंगे।"

"बाहुक, तुमने जो रास्ता बताया, वह है तो बहुत लम्बा, लेकिन उस पर चलने की मैं कोशिश करूँगा। इस बीच, पूतना, तू इस बात का पता लगा कि पिछले कुछ दिनों में कितने बालकों ने जन्म लिया है और कुछ ऐसा प्रबन्ध कर कि उनमें से एक भी जीवित नहीं बचे।"

...और उनका नाम पड़ा कृष्ण

कारावास से मुक्त होने के बाद देवकी अपने महल में ही रहने लगी थीं। उनका मन सदा अपने प्रिय सपनों में खोया रहता। अपने नन्हें-नन्हें पैर हवा में उछालते, स्तनपान करते, पतले-पतले होंठों पर मुस्कान बिखेरते, सुन्दर, मनमोहक आँखों से उनकी ओर आनन्द-दृष्टि डालते, अपने उस नीलवर्ण, मृदुल बालक की हृदयहारी छवि उनकी आँखों में सदा बसी रहती। आसपास जब कोई नहीं रहता तो वसुदेव से वह सदा अपने लाडले की ही चर्चा किया करतीं। वसुदेव भी जब उनके सम्मुख बालक के जन्म के समय क्या-क्या चमत्कार हुए थे, गोद में लेने पर वह किस प्रकार चतुर्भुज विष्णुस्वरूप हो गया था, अन्तर से उनके स्वतः किस प्रकार प्रार्थना फूट पड़ी थी, किन्हीं अदृश्य हाथों ने किस प्रकार कारागार के दरवाजे खोल दिए थे, किस प्रकार सभी चौकीदार निद्रामग्न हो गए थे, यमुना के जल में उनके पैर रखते ही किस प्रकार भीषण वृष्टि एकाएक रुक गई थी, शेषनाग के विशाल फनों के समान श्याम बादल ने घिरकर किस प्रकार मूसलाधार जलधाराओं से बालक की रक्षा की थी, किसी को कानोंकान खबर न लगे, ऐसी गुप्त रीति से यशोदा की बालिका को वह किस प्रकार ले आए थे और वह बालिका दुष्ट कंस के हृदय को भय से कम्पित करनेवाली चीत्कार कर किस प्रकार उसके हाथ से छिटककर खिड़की के बाहर उड़ चली थी, इत्यादि का वर्णन करते, तब देवकी सुनते-सुनते कभी अघाती नहीं थी।

वसुदेव और गर्गाचार्य के अतिरिक्त उन दिनों देवकी को किसी से मिलना-जुलना अच्छा नहीं लगता था, क्योंकि वह अपने हृदय में बसे प्रिय बालक की चर्चा और किसी से कर नहीं सकती थीं। रात्रि के समय उनका मन बार-बार गोकुल पहुँच जाता और इसी सुखद कल्पना में खो जाता कि वहाँ उनका लाल क्या कर रहा होगा। फिर भी इस बारे में वह सदा सावधानी बरततीं कि किसी को उनके पुत्र के जीवित रहने की खबर न लग जाए।

रात को वसुदेव के वक्ष पर अपना हाथ रखकर जब वह सो जातीं, तो उनका हृदय सदा ही अपने मन में बसे उस बालक को देखने, उसे अपनी छाती से लगाकर उसके सलोने मुख को बार-बार चूमने और लाड़-प्यार करने के लिए मचल उठता।

प्रति पक्ष जब गर्गाचार्य यज्ञविधि सम्पन्न कराने नन्द के यहाँ जाते, तो देवकी का चित्त और भी व्याकुल हो उठता। वह उनके लौटने की इस उत्कण्ठा से प्रतीक्षा करती रहतीं, मानो उनके वापस आने पर ही उनके जीवन का समस्त आधार अवलम्बित हो। जब वह लौटते और उनकी आँखों में एक अर्थसूचक संकेत वह देखतीं, तो उनका हृदय आनन्द से ओतप्रोत हो जाता, 'वह सकुशल है, सकुशल है मेरा लाल, मेरा तारणहार, मेरा प्रभु!' वह मन-ही-मन कह उठतीं।

कभी-कभी तो अपने पुत्र को देखने की उनकी लालसा इतनी प्रबल हो उठती कि वह अकेले में ही लोरियाँ गाने लगतीं। यह देखकर पहले तो दासियों को बड़ा आश्चर्य हुआ, पर पीछे उन्होंने यह समझ लिया कि इनकी आठ-आठ सन्तानें बड़ी निर्दयता के साथ इनसे छीन ली गई हैं, तो अवश्य ही उसका असर इनके मस्तिष्क पर पड़ा होगा।

एक बार देवकी को लगा कि पुत्र-दर्शन की लालसा अब और उनसे दबाई नहीं जा सकेगी, तो उन्होंने अपने हाथ से नवजात शिशु की एक मिट्टी की मूर्ति बनाई और एक छोटा-सा पालना भी उसके लिए तैयार किया। इसके बाद तो रोज सवेरे जल्दी उठकर नन्हें बालक की मिट्टी की मूर्ति बनाना, उस पर चन्दन, पुष्प, कुंकुम, केसर चढ़ाना, फिर उसे पालने में सुलाकर मीठी लोरियाँ गाना, फिर घण्टी बजा-बजाकर भजन गाते हुए नींद से उसे जगाना और पुष्प, फल, दूध तथा मधु का भोग धरना उनका नित्यप्रति का कार्य हो गया।

वसुदेव तथा गर्गाचार्य तो यह समझ ही गए कि देवकी ऐसा क्यों कर रही हैं। देवकी के मन पर अपने प्रिय पुत्र की छवि अंकित थी और वह उनसे भुलाई नहीं जा सकती थी। उन्हें पूर्ण विश्वास था कि उनका पुत्र और कोई नहीं, स्वयं भगवान् का अवतार है। दूसरों को लगता कि वह पागल हो गई है, परन्तु जिस निष्ठा से वह अपने बाल-प्रभु की छोटी-सी प्रतिमा का पूजन करतीं, उसे देखकर सभी लोग उनके प्रति आदर-भाव रखते।

नन्द की पत्नी यशोदा की कोख से अब तक कोई सन्तान नहीं हुई थी, इसलिए प्रसूति के समय उनकी स्थिति बड़ी विषम बन गई थी। सन्तान-जन्म के समय अत्यन्त पीड़ा के कारण वह बेहोश हो गई थीं। वसुदेव की ज्येष्ठ पत्नी रोहिणी अकेली ही उनकी सँभाल के लिए वहाँ उपस्थित थीं।

सवेरे जब यशोदा जाग्रत हुईं, तब रोहिणी ने बालक को उनके हाथ में

दिया। आश्चर्य तथा आनन्द से उनका हृदय बड़ी तेजी से धड़कने लगा। जब सभी आशाओं को वह तिलांजलि दे बैठी थीं, तब उनकी कोख से पुत्र-जन्म हुआ, और पुत्र भी कितना सुन्दर! कितना अद्भुत था यह बालक! उसके शरीर का वर्ण भी कैसा था—घनश्याम! आनन्दोत्साह से परिपूर्ण, बालक को रोहिणी से लेकर उन्होंने अपने हृदय से लगा लिया।

"मेरे लाल, मेरे बच्चे!" आनन्दातिरेक से वह बोल उठीं। बालक ने नयन खोलकर उनकी ओर निहारा। यशोदा को लगा कि उसकी आँखों में से एक अपूर्व तेज चमक रहा है।

पुत्र-जन्म का यह आनन्द-समाचार कानों-कान सारे गोकुल में फैल गया। गोकुल के अधिराज वयोवृद्ध नन्दबाबा के घर ऐसे सुन्दर और अद्भुत बालक ने जन्म लिया, जैसाकि किसी ने पहले देखा तक न हो, फिर शूरकुल के गोप-गोपियों की खुशी का क्या ठिकाना! वे तो हर्ष से उन्मत्त हो उठे। गोपियों ने इस तरह साज-सिंगार करना शुरू किया, मानो कोई बड़ा पर्व आ गया हो। गोपों ने अपने गाय-बैलों को नहला-धुलाकर स्वच्छ किया, उन्हें लाल अथवा नीले रंग से रँगा और उनके सींगों पर सोने-चाँदी के वर्क लगाए। आनन्दोत्सव मनाते हुए बालकों ने सारे ब्रज में धूम मचा दी, सभी लोग यशोदा के लाल को देखने नन्दबाबा के यहाँ उमड़ पड़े।

एक दिन देवकी जब अपने महल के झरोखे में खड़ी थीं, तब आकाश में चल रहे एक श्याम बादल की ओर उनकी दृष्टि गई। बादल गहरे नीले रंग का था, बिलकुल उनके अपने पुत्र के वर्ण का ही। वह एकटक उस मेघ की ओर देखती ही रह गईं। उसकी आकृति बदलकर बालक के समान हो गई। अपने मन में सर्वदा बसा वह सुन्दर मुख, रात-दिवस उनकी आँखों में घूम रहे नन्हे-से नयन, वही हाथ, वही पैर! आनन्द से वह प्रायः मूर्छित-सी हो गईं। उनका अपना लाल भी तो उसी बादल के रंग का था। वह वास्तव में घनश्याम ही था।

फिर गर्गाचार्य तथा वसुदेव वहाँ आए। कुलपुरोहित ने बालक के जन्माक्षर बनाए थे। ऋषि-मुनियों द्वारा रचे नियमों के अनुसार बालक का नाम क, घ अथवा छ पर ही रखा जा सकता था। यह भी एक चमत्कार था। इससे बालक का नाम घनश्याम—बादल जैसे श्याम वर्ण का—अथवा कृष्ण अर्थात् श्याम वर्ण का, रखा जा सकता था।

दूसरे दिन वसुदेव ने देवकी के लिए संगमरमर की एक बाल-मूर्ति तैयार करवाई। देवकी ने उसका नाम 'घनश्याम' रखा और उसे अपने पूजागृह में प्रतिष्ठित किया। यह बात उन तीनों के सिवाय कोई नहीं जानता था कि वह मूर्ति कृष्ण की प्रतीक रूप है। किसी को यह खबर होनी भी नहीं चाहिए थी, क्योंकि

देवकी जिसकी पूजा कर रही थीं, वह प्रतिमा, गोकुल में रहकर शीघ्र विकास कर रहे कृष्ण की प्रतीक रूप है, यह बात कहीं कंस को मालूम न हो जाए, इसका उन्हें बहुत डर था।

बालक के नामकरण-संस्कार-विधि का दिन ब्रजवासियों के लिए एक महोत्सव का दिन बन गया। नन्दबाबा का आँगन कदली-स्तम्भों से सजाया गया। एक छोर से दूसरे छोर तक आम के पत्तों के तोरण बाँधे गए। जमीन पर केशर-चन्दन का छिड़काव किया गया। आँगन के बीच में एक के ऊपर एक चमचमाते पीतल के घड़े रखे गए।

फिर ब्रज में गर्गाचार्य अपने शिष्य-समुदाय सहित पधारे। शंखनाद से उनका स्वागत किया गया और नन्द ने मूल्यवान वस्तुएँ भेंट कर उनका सम्मान किया। यशोदा बालक को ले आईं। गर्गाचार्य ने उसे घी-भात खिलाकर विधिपूर्वक उसका नाम 'कृष्ण' रखा।

इसके बाद बड़े ठाटबाट से ब्रह्मभोज हुआ, जिसमें गोप-गोपियों ने भाग लिया। आसपास के सभी गाँवों के भिक्षुओं को भी भरपेट खिलाया गया। शाम को गर्गाचार्य और उनके शिष्य मथुरा लौटे।

वसुदेव और देवकी ने जब यह सारा वृत्तान्त सुना, तब उन दोनों ने खिलौने के पलँग पर फूलों की ढेरी के नीचे जो छोटी-सी श्याम वर्ण की मूर्ति छिपी थी, उसे निकालकर उसके आगे हाथ जोड़कर नमस्कार किया और उसकी पूजा की। उनकी यह श्रद्धा उस दिन और भी बलवती हो उठी कि उनके यहाँ साक्षात् प्रभु ने ही अवतार धारण किया है।

बारह महीने बीत गए। ब्रजवासियों ने यमुना के तीर पर, जहाँ गोपनाथ महादेव का प्राचीन मन्दिर स्थित था, श्रीकृष्ण का जन्म-दिवस मनाया। नन्द ने ब्राह्मणों को बुलाकर उन्हें भोजन कराया। इस भोजन-समारम्भ में गोप-गोपियों को भी निमन्त्रित किया गया। अपने नन्हे-से लाल को गोद में लेकर यशोदा ने स्मितपूर्वक सभी का सत्कार किया।

भोजन-समारम्भ का प्रारम्भ मध्याह्न में हुआ था। बालक को नींद आने लगी। आमन्त्रितों का यथोचित सत्कार करने और बालक को धूप न लगे, इसलिए उसे एक ओर खड़ी की गई खाली गाड़ी के नीचे सुला दिया गया।

यशोदा स्त्रियों के समुदाय में जाकर वार्ता व विनोद करती फिर रही थीं कि एकाएक किसी के चीखने की आवाज आई। खड़ी की हुई गाड़ी उलट गई थी। भय से विह्वल हो, जोर से चीखती हुई यशोदा वहाँ दौड़ी गईं किन्तु वहाँ जाकर देखा, तो बालक हवा में पैर उछालता आनन्द से किलकारी करता मजे से लेटा था—उसे कहीं कोई क्षति नहीं पहुँची थी।

नन्द भी बालक के पास दौड़े आए और लात मारकर उलटी हुई गाड़ी को सीधा किया। छोटे-से बालक को निरापद देखकर सभी चकित हो गए।

गर्गाचार्य ने जब इस चमत्कार की बात कही, तो देवकी के नयन अश्रुओं से भीग गए। वह बोल पड़ी, 'मेरे लाड़ले, मेरे लाल, मेरे प्रभु!' और आनन्दाश्रु की धाराएँ उनकी आँखों से बहने लगीं।

पूतना मौसी का गोकुल आगमन

कंस को पूतना पर भारी क्रोध आया। श्रावण मास में जन्मे सभी बालकों का पता लगाकर उन्हें विष देकर या अन्य किसी तरह मृत्यु की गोद में पहुँचाने का जो कार्य-भार उसने लिया था, उस बात को पूरे दो वर्ष बीत चुके थे। फिर भी कंस को प्राप्त सूचना के अनुसार केवल नौ बालक ही ऐसे मिले थे, जिन्होंने श्रावण मास में जन्म लिया था और जो मौत के घाट उतार दिए गए थे, अथवा लापता कर दिए गए थे।

शायद पूतना को किसी बालक की भनक ही न लगी हो और वह अन्यत्र कहीं पल रहा हो, इस आशंका से कंस का मन उद्विग्न हो उठता। उसे इस बात पर विश्वास ही नहीं होता था कि मथुरा-जैसी राजधानी में एक मास में केवल नौ बालकों ने ही जन्म लिया। पूतना तथा बन्दीगृह के चौकीदारों से वह बार-बार पूछता कि देवकी के शिशु कब और किस प्रकार हुआ, किन्तु बारम्बार उसका वर्णन सुनने पर भी उसके मन को सन्तोष नहीं होता था। जिस भयंकर भय का अनुभव उस बालिका के उसके हाथ से छिटककर एक कर्णभेदी चीख के साथ खिड़की से बाहर उड़ जाने के समय उसे हुआ था, वह कभी भुला सकने योग्य नहीं था। उस अनोखी घटना का अर्थ तो उसकी समझ में यही आता कि, हो न हो, अवश्य ही उसका हंता अन्यत्र कहीं आश्रय पाए है।

पूतना की समझ में ही नहीं आता था कि अब और क्या किया जा सकता है। श्रावण मास में जितने बालकों के जन्म लेने की खबर उसे मिली थी, उन सबकी तो हत्या उसने कर डाली थी। उनके अतिरिक्त और किसी बालक के होने का समाचार उसने सुना ही नहीं था। मथुरा के लोग तो उससे इतनी घृणा करने लगे थे कि जिस ओर वह निकल जाती, सभी अपने-अपने किवाड़ बन्द कर लेते, माताएँ अपने बच्चों को छिपा लेतीं। कई स्त्रियाँ तो शहर छोड़कर ही चली गई थीं।

कंस के मन में एक योजना ने जन्म लिया। क्यों न एक वर्ष के जितने भी

बालक मथुरा में हों, उन सबकी हत्या कर दी जाए! लेकिन उसके विश्वस्त आदमियों के भी तो इस आयु के बच्चे थे, और स्वयं उसकी पत्नियों ने भी उस साल पुत्र प्रसव किए थे। नहीं, यह योजना तो किसी प्रकार भी कार्यरत नहीं की जा सकती थी। फिर उसने सुना कि गोकुल के नायक नन्द की पत्नी ने प्रौढ़ावस्था में एक पुत्र को जन्म दिया था और अब वह दो साल का हो गया था। कुछ समय पूर्व जब नन्द कर चुकाने मथुरा आए थे तो बालक के जन्मोत्सव पर गोप-गोपियों ने किस प्रकार आनन्द मनाया था, वह बालक कितना अद्भुत और सुन्दर था, इस सबकी चर्चा सबसे की थी। कंस के दूतों ने इसकी खबर कंस को दी। इस समाचार से उसके मन में एक अज्ञात भय का संचार हुआ। क्या यही बालक तो उसका भावी हंता नहीं है?

नन्द नियमित रूप से कर चुकाते थे, उन्हें अपने प्रजाजनों का असीम आदर और प्रेम प्राप्त था, गोकुल के शूर बलवान और समृद्ध थे, बड़े-बड़े लोगों से उनका सम्बन्ध था, सभी उनकी इज्जत करते थे। ऐसे स्वतन्त्र प्रकृति के लोगों को भड़काकर तो एक आफत ही मोल लेनी थी। उनके प्रमुख वसुदेव अत्यन्त उच्च कुल के थे। हस्तिनापुर के राजा पाण्डु के साथ उनकी बहन का ब्याह हुआ था। नन्द के उस दो वर्ष के बालक की हत्या कर शूरकुल के साथ लड़ाई ठानना तो मगध से लेकर हस्तिनापुर तक सभी की हँसी का पात्र बनना था। केवल एक ही उपाय इस समस्या को सुलझाने का उसके पास रह गया था और वह था पूतना की सहायता लेने का। उसने पूतना को बुला भेजा।

शोक की मूर्ति बनी पूतना कंस के समक्ष आकर उपस्थित हुई। मन में तो वह समझ ही गई कि किसी बालक ही हत्या करने कंस ने उसे बुलाया होगा। उसे तो अब इस विचार से ही ग्लानि होती थी। जहर देकर अथवा अन्य किसी रीति से जिन बालकों को उसने बेमौत मारा था, उनके मरणकाल का उच्छ्‌वास उसके कानों में सदा गूँजता रहता था।

"पूतना, तूने सुना? गोकुल में नन्द की पत्नी ने एक पुत्र को जन्म दिया है?"

अजान बनने का बहाना कर पूतना ने अस्वीकृति में सिर हिलाया।

"यहाँ पर जिस घड़ी देवकी की पुत्री हुई, लगभग उसी समय नन्द-पत्नी ने पुत्र को जन्म दिया। लोग कहते हैं कि लड़का बड़ा अद्भुत है। इसके लिए अब तू क्या उपाय सोचती है?"

"महाराज, मुझसे अब कुछ नहीं हो सकेगा। मथुरा में सभी लोग मुझसे तंग आ गए हैं।" पूतना ने कहा, "मैं तो अब सबके धिक्कार की पात्र—सबकी पूतना 'मौसी' बन गई हूँ। मेरा नाम सुनकर ही बालक भयभीत हो उठते हैं। मथुरा की

प्रत्येक स्त्री मुझे गाली देती है। मेरे अपने कुटुम्ब की स्त्रियाँ, स्वयं मेरी बहनें भी, मुझसे किनारा करती हैं। मेरे लिए सभी यह सोचने लगे हैं कि उसका मुँह भी दीख जाए तो कोई भयंकर संकट आ जाएगा।''

''क्या मूर्खता की बातें करती है!''

''अन्नदाता, मैंने यथासम्भव आपकी सेवा की है। अब और मुझसे कुछ नहीं हो सकेगा। आप अपनी पत्नियों को ही पूछ देखें कि मेरा मुँह दीख जाने पर ही वे पाप का निवारण करने विधिपूर्वक स्नान करती हैं या नहीं!''

''पूतना, तू मूर्ख है। तेरा कितना मान मैं करता हूँ, यह तुझसे छिपा नहीं है! फिर इन बेवकूफ स्त्रियों की परवाह तू क्यों करती है? बस इस नन्द के पुत्रवाला काँटा निकाल दे, फिर तुझे कोई काम नहीं सौंपूँगा।''

''महाराज, मुझे क्षमा करें! अब मैं किसी भी बालक को हाथ नहीं लगाऊँगी। दो मास पूर्व मेरा अपना बच्चा मुझे छोड़कर चला गया। मरते समय उसके उच्छ्‌वास में, जिन चार बालकों को स्तन-पान कराकर मैंने मार डाला था, उनके उच्छ्‌वास को सुना। मेरा यह बालक जब मृत्यु की भेंट हुआ तब जिन माताओं के बालकों को मैंने विष देकर अथवा गला घोंटकर मार डाला था, उनकी असह्य पीड़ा का अनुभव मुझे हुआ। अपनी आँखों के सामने अपने पुत्र को मरते देखना क्या होता है, इसका कटु अनुभव मुझे हो चुका है। अब ऐसा घोर पाप मुझसे नहीं हो सकेगा, महाराज!'' पूतना ने करुणार्द्र स्वर में कहा।

''पूतना, मूर्ख मत बन! और कोई कुछ भी करे, तुझे तो अपना मन मजबूत रखना चाहिए। मैं इस बालक को किसी प्रकार जीवित नहीं देख सकता। ज्यों-ज्यों मैं विचार करता हूँ, उसको इस संसार से हटा देने की आवश्यकता अधिकाधिक अनुभव करता हूँ।''

भयग्रस्त, किंकर्तव्यविमूढ़ पूतना आँखें झुकाए खड़ी रही।

''तो क्या तू यह काम नहीं करेगी?'' कंस ने पूछा। उसकी आवाज में धमकी थी।

''क्षमा करें प्रभु! मुझे और कोई काम सौंपें, मैं सहर्ष उसे पूरा करूँगी। परन्तु किसी बालक की हत्या करने को कृपा कर मुझे न कहें।''

विषाद की मूर्ति बनी पूतना स्थिर खड़ी रही। जीवन में प्रथम बार उसके नयन अश्रुजल से भीग गए।

''पूतना, यह मत भूलना कि तू, तेरे पति और बक, अघ–सभी का जीवन मेरी दया पर निर्भर है।'' कंस अब हृदयहीन, दयाहीन बन गया था। आज्ञा के स्वर में उसने कहा, ''मेरी इच्छा का पालन यदि तुम लोग नहीं करोगे तो! यहाँ से निकाल दिए जाओगे। लेकिन मुझसे दूर जाकर तुम रहोगे कहाँ? यह मत भूलना

कि तुम्हें जो कुछ प्राप्त है और इस समय तुम्हारी जो स्थिति है वह मेरे ही कारण है। तुम्हारा पद, तुम्हारी सत्ता, धन, यहाँ तक कि जीवन भी जहाँ तक मैं जीवित हूँ, वहीं तक बना रहेगा। मेरी मृत्यु के बाद तुममें से कोई भी बच नहीं सकेगा। लोग तुम्हारे टुकड़े-टुकड़े कर देंगे। इसलिए मेरी छत्रछाया तले ही रहने में तुम लोगों का कल्याण है, समझी!''

पूतना सिर झुकाए खड़ी थी।

''इस बात से तो तुम अच्छी तरह परिचित हो कि अपनी आज्ञा का उल्लंघन मुझे सह्य नहीं,'' शान्ति से बात को जारी रखते हुए कंस ने कहा, ''मेरे एक शब्द पर ही मगध के वीर योद्धा सहर्ष तुम्हारा गला घोंट देंगे। पूतना, तेरा और तेरे पति दोनों का ही जीवन मेरी मुट्ठी में है।''

''यह मैं जानती हूँ, महाराज!'' पूतना ने कहा।

''तो फिर इस प्रकार लाचार, मूक मूर्ति की तरह निश्चल क्या खड़ी है! जा गोकुल जा, और काम पूरा कर आ।''

''जैसी प्रभु की आज्ञा!'' भारी कण्ठ से, काँपती हुई आवाज में पूतना ने कहा।

''काम पूरा करने के लिए तुझे पन्द्रह दिन का समय देता हूँ।''

हाथ जोड़कर विनम्र भाव से कंस को प्रणाम कर पूतना चली गई।

स्त्रियों के जाने-आने के मार्ग से जब वह महल से निकली तो दासियों ने उसे देखकर अपने-अपने कक्ष के दरवाजे बन्द कर लिए। पूतना ने यह सब देखा और मन-ही-मन कहा, 'वास्तव में मैं सबके धिक्कार की पात्र बन गई हूँ—मैं सचमुच ही पूतना मौसी हूँ!'

कृष्ण की द्वितीय वर्षगाँठ के पश्चात् आश्विन मास की जो पूर्णिमा पड़ती थी, उस दिन गोकुलवासियों ने अपने कुलदेवता गोपनाथ महादेव की जयन्ती सदा की भाँति मनाई। यह रीति उनमें पूर्वकाल से चली आ रही थी। गोकुल के लोग इस पुनीत प्रसंग पर बैलगाड़ियों में दो-दो दिन की यात्रा करके पहुँचते थे और प्रातः पुण्यसलिला यमुना में स्नान कर महादेव के दर्शन करते और बिल्वपत्र आदि चढ़ाकर मिष्टान्न भोजन करते।

आज की यह रात्रि वर्ष की अन्य सभी रात्रियों से अधिक रमणीय एवं मंगलकारी थी। भगवान् सोमदेव—चन्द्र अपनी किरणों से आज पृथ्वी पर अमृतधारा बरसाते थे। इस रात्रि में चन्द्रोदय होते ही सभी स्त्री-पुरुष खीर से भरे पात्र लेकर यमुना के तीर पर जा बैठते। क्षीरान्न के साथ इस रमणीय रात्रि में चन्द्रकिरणों

के संयोग से ऐसी अद्‌भुत शक्ति आ जाती कि उसका प्राशन करनेवाले को सौभाग्य तथा आयुष्य वृद्धि की प्राप्ति होती।

शरच्चन्द्र की किरणों से बलप्रद, इस क्षीरान्न का भोजन करने के बाद उत्सव की तैयारी होती। तरुण स्त्रियाँ नृत्य करतीं, गातीं तथा आमोद-प्रमोद करतीं। रसिक तरुण नृत्य में साथ देते तथा हाथ से, अथवा डाँडियों से ढोलक पर ताल देते। बालकवृन्द नाचते, कूदते तथा दौड़ की प्रतियोगिता में भाग लेते।

प्रातःकाल तक यह उत्सव चलता रहता। जैसी आश्विन मास का पूर्ण चन्द्र ही दे सकता है, ऐसी स्वस्थता और आनन्द से मत्त होकर वे लोग अपने-अपने गाँव लौटते।

पूतना को कंस ने बुलाकर जब नया कार्यभार सौंपा, उसके कुछ दिन बाद ही आश्विन की पूर्णिमा का उत्सव पड़ता था। अपने कुछ सम्बन्धियों को लेकर गोकुल के मुखिया उस दिन मथुरा गए थे और मध्य रात्रि तक उनके लौटने की सम्भावना नहीं थी।

मध्याह्न में एक सन्देशवाहक ने आकर यशोदा को सूचना दी कि राज-दरबार के एक अग्रणी ब्राह्मण की पत्नी अपना क्लेश दूर करने गोपनाथ महादेव की यात्रा पर आनेवाली है। अतिथि-सत्कार की भावना के लिए तो हमारे ग्रामवासी प्रसिद्ध हैं ही। नन्द ने तो यह नियम ही बना लिया था कि जो भी अतिथि गोकुल आए, चाहे वह ऊँच हो या नीच, धनवान हो या गरीब, उसे ससम्मान अपने यहाँ रखा जाए।

सन्देशवाहक जब आया, तब यशोदा, रोहिणी तथा कुटुम्ब के अन्य लोग यमुना के तीर पर जाने की तैयारी कर रहे थे। अपने गाँव में कोई प्रतिष्ठित स्त्री आनेवाली है, सुनकर यशोदा ने कुछ सेवकों के साथ दो युवकों को उनका यथोचित सत्कार करने गाँव की सीमा तक भेजा और यह आदेश दिया कि वे उनको सीधे नन्दगृह ले जाएँ और जब वे स्नानादि से निवृत्त हो महादेव का दर्शन कर लें तब उन्हें क्षीरान्न के भोजन तथा उत्सव में भाग लेने को निमन्त्रित किया जाए।

कंस द्वारा सौंपे गए नए कार्य के अप्रिय विचार से दुखी हो पूतना जब गोकुल के समीप पहुँची तो यशोदा के अनुचरों ने उसका स्वागत किया और यशोदा का सन्देश भी कह सुनाया। उसने अपने रथ को तुरन्त नन्द की पशुशाला में भेज दिया, ताकि बैलों को नहला-धुला और खिला-पिलाकर फिर से ताजा बना दिया जाए। उसे अपना काम पूरा कर मध्य-रात्रि को ही वापस मथुरा चले जाना था। इसके बाद अपनी दासी और नौकरों को लेकर वह सीधी यमुना के तीर पर चली गई, जहाँ सुन्दर तथा आनन्दमग्न गोपियाँ, नाचते-कूदते व हँसते बालक, हँसी-ठट्ठा करते तथा एक-दूसरे की पीठ ठोकते गोपवृन्द उत्सवरत थे। उन्हें

देखकर उसके दुःख की सीमा नहीं रही, क्योंकि इस सारे हर्षोन्मत्त समुदाय में दुष्ट कहलाने लायक वह अकेली ही थी। उनके अग्रणी के एकमात्र उत्तराधिकारी की हत्या करने, आनन्दमग्न गोप-गोपियों को दुःख के सागर में डुबो देने और जीवन के उत्तरकाल में जिसके जीवन की महेच्छा मनोहर पुत्र के रूप में साकार हुई थी, उस गर्वीली माता का हृदय टूक-टूक करने यह जहरीली नागिन वहाँ आ पहुँची थी।

नदी पर जाकर स्नानादि से निवृत्त हो वह मन्दिर में गई। दूर क्षितिज में उसने तप्त कांचनवर्ण का चन्द्रोदय होते देखा। उसके तेज से वह सुन्दर प्रदेश अप्सरालोक-सा प्रतीत हो रहा था। परन्तु पूतना के हृदय ने तो आनन्द के स्थान पर दुःख का तीव्र आघात ही अनुभव किया। चन्द्रमा की वे निर्मल किरणें उसे विषमय बाणों-सी लगीं। स्वयं को राक्षसी मानकर उसका हृदय उसे धिक्कारने लगा।

मन्दिर में जब वह पहुँची तो अनेक हर्षोन्मत्त लोगों को उसने वहाँ देखा। कई लोग महादेव के स्तोत्रों का उच्चारण कर रहे थे। थोड़े-से बिल्वपत्र खरीदकर वह मन्दिर में गई और शिवलिंग पर वे बिल्वपत्र चढ़ाए। मूर्ति के समक्ष साष्टांग नमस्कार कर, जमीन पर माथा टेकते हुए उसने प्रार्थना की, 'हे प्रभु! महादेव, आप सभी को सुखी करते हैं, फिर मुझ अकेली को ही क्यों शोकग्रस्त रखते हैं? किसलिए मुझे यमदूत-सी, बल्कि यमदूत से भी अधिक क्रूर, निर्दोष एवं सुन्दर शिशुओं की हत्यारिणी बनाया?'

'बस अब यह अन्तिम बालक ही होगा। इसके बाद मैं किसी की हत्या नहीं करूँगी। प्रभु मुझे क्षमा करो! अब मैं पाप के मार्ग पर और नहीं चलूँगी', पूतना ने मन-ही-मन कहा। वह उठ खड़ी हुई, चरणामृत लिया और उसे आँखों से लगाया।

मन्दिर से बाहर निकलकर वह सीधी वहीं पहुँची जहाँ यशोदा अपने विशाल कुटुम्ब के साथ घिरी बैठी थीं। सबके बीच में दूध से भरे पात्र रखे थे। सम्मानित अतिथि के आगमन की सूचना होते ही पुरुषवर्ग उसे रास्ता देने के लिए उठ खड़ा हुआ। युवतियाँ उसके उत्तम वस्त्रालंकारों की ओर एकटक देख रही थीं। उन्होंने मथुरा के राजदरबार की किसी सन्नारी को पहले कभी नहीं देखा था।

यशोदा बीच में बैठी हुई थीं और बगल में रोहिणी थीं। अपने सामने खड़े, छोटे-छोटे मिट्टी के पात्र लिए बालकों को यशोदा दूध बाँट रही थीं। पूतना का सस्मित स्वागत करते हुए उन्होंने कहा, "पधारो बहन!" और कुछ खिसककर उसके लिए जगह कर दी। यशोदा के इस आदर-सत्कार का प्रभाव पूतना के मन पर पड़ा। उसे लगा कि वह कितनी अभागी है, कितनी अधम, जो इस हँसमुख,

प्रसन्न और भोले स्वभाव की माता के प्राण समान बालक की हत्या करने वहाँ आई है।

पूतना ने यशोदा की ओर, उसके बगल में बैठते समय, दृष्टि डाली। उसकी दाहिनी ओर एक छोटा-सा बालक खड़ा था। उसका सिर यशोदा के आँचल में छिपा हुआ था। वह अत्यन्त आनन्दपूर्वक स्तनपान कर रहा था। नीलवर्ण का उसका छोटा-सा सुन्दर शरीर, सुडौल अंग, कटि में धारण की हुई सोने की करधनी और चाँदी के छोटे-से छल्ले, सब पूतना ने देखे। कंस ने जिसकी चर्चा की थी, यह वही बालक था। इसमें किसी शंका अथवा भूल की सम्भावना नहीं थी।

इस नन्हे-से बालक की बगल में अपनी अवस्था के प्रमाण में जरा अधिक ऊँचा और भरी देह का लगभग तीन वर्ष का एक अन्य बालक रोहिणी के केशों से खेल रहा था। वसुदेव की ज्येष्ठ पत्नी रोहिणी को वह पहचानती थी। वह गुदगुदा बालक उसी का पुत्र होना चाहिए।

नीलवर्ण के उस बालक ने स्तनपान कर अपना सिर यशोदा के आँचल से बाहर निकाला और बगल में खड़े बालक के हाथ से दूध का पात्र छीनकर सारा दूध पी लिया तथा पात्र को फेंक दिया। आश्चर्य-मुग्ध हो पूतना उस बालक को देखती ही रही। आनन्द से चमकती काली-काली आँखें, गुच्छेदार लहराती केश-राशि और मन्द-मन्द स्मित से पूर्ण मुख! वह ठगी-सी देखती ही रही। उसकी अपनी भी सन्तानें थीं, परन्तु ऐसा सुन्दर बालक उसने पहले कभी नहीं देखा था।

और ऐसे बालक की हत्या करना! क्षण-भर तो उसके मन में आया कि इस जघन्य कृत्य से तो मृत्यु अच्छी है। किन्तु फिर यह विचार कर कि कंस की आज्ञा न मानने से उसकी और उसके पति प्रद्योत की तो मृत्यु होगी ही, उसकी आठों सन्तानों की भी हत्या कर दी जाएगी और सारे कुटुम्ब पर कंस का प्रकोप होगा, उसने किसी प्रकार इस अप्रिय कार्य को निपटाने का ही निश्चय किया। 'इसके बाद तो फिर कंस की दुष्ट आज्ञाओं से छुटकारा मिलेगा न!' उसने मन-ही-मन सोचा, 'अब मैं और किसी बालक की हत्या नहीं करूँगी।'

पूतना एकटक बालक को देख रही थी। ज्यों ही उसकी नजर उससे मिली कि पूतना ने चुटकी बजाकर उसका ध्यान अपनी ओर आकर्षित किया और उसकी ओर हँसकर सीटी बजाई। बालक उसकी ओर देखकर मन्द-मन्द मुस्कराया। ओह कितनी सुन्दर, कितनी मोहक थी उसकी मुस्कान।

पूतना ने हाथ बढ़ाया और तनिक भी भय खाए बिना वह यशोदा की गोद से उतरकर पूतना के पास चला आया। उसके स्पर्श से ही पूतना का मातृत्व जाग पड़ा और उसने बालक को अपनी छाती से लगा लिया। उसे लगा मानो कुछ समय पूर्व मृत्यु को प्राप्त अपने प्रिय बालक को ही वह हृदय से लगा रही है। इससे

अधिक भावावेग में उसने और किसी बालक का आलिंगन नहीं किया था। फिर भी मन में यह विचार तो उसके उठा ही कि इसी बालक की हत्या उसे करनी होगी; इससे वह किसी तरह बच नहीं सकती। यह उसके अपने पति और आठ सन्तानों के जीवन-मरण का प्रश्न था।

बालक के सुन्दर मुख का चुम्बन करने पूतना ने अपना सिर नीचे झुकाया। बालक आनन्द से हँस उठा। उसका हास्य सुनकर पूतना मानो आनन्द-समाधि में चली गई। मन्दिर से लौटते समय उसने अपने केश में चम्पा का एक फूल खोंस लिया था। उस पर बालक की दृष्टि पड़ी और मस्ती में उसने वह फूल खींच लिया। पूतना ने सिर ऊपर उठा लिया। बालक हँस पड़ा तथा आनन्द से नयन नचाते हुए उसने वह फूल उसके मुँह पर दे मारा।

"देखो तो बहन, तुम्हारा यह पूत क्या कर रहा है!" पूतना ने यशोदा से कहा। उसके पुरुष जैसे कठोर मुख पर स्मित की रेखा उभर आई थी। "इस आयु में भी वह मेरे साथ खिलवाड़ कर रहा है। मेरे सिर से चम्पक-पुष्प खींचकर मेरे मुँह पर मार रहा है।"

मातृत्व के गौरव का अनुभव करती हुई यशोदा ने कृष्ण की ओर देखा। "यह कैसा उत्पात मचाता है, यह आपको नहीं मालूम!" उन्होंने कहा।

"अभी से इतना उत्पाती है तो आगे न जाने क्या करेगा?" पूतना ने कहा।

उसने अपना हृदय आनन्द से पुलकित होते अनुभव किया। आनन्द-समाधि में उसने कृष्ण को फिर छाती से लगा लिया। उसके हृदय की सुषुप्त मातृत्व-भावना की नदी में मानो बाढ़ आ गई थी और उसके विशाल स्तन-मण्डल से दूध की धाराएँ फूट पड़ीं। उसकी चोली भीग गई। अपने समस्त हृदय, मन, आत्मा से वह उस बालक को चाहने लगी। उसे लगा कि उस सुन्दर बालक को उसे स्तनपान कराना ही पड़ेगा। स्नान के बाद तुरन्त ही उसने अपने स्तनों पर सोमल लगाया था। इस प्रवाही को किस प्रकार तैयार किया जाता है, यह वह अकेली ही जानती थी। इससे पहले अनेक बार उसने यह द्रव्य अपने स्तनों पर इसी हेतु लगाया था कि बालक के मुँह में स्तनपान कराते समय दूध के साथ सोमल-युक्त प्रवाही चला जाए और उसकी इहलीला समाप्त हो जाए। इस बार भी उसे यही करना था। और कोई चारा भी नहीं था। अपनी, अपने पति और बच्चों की जिन्दगी इसी पर निर्भर थी। उसने सोचा कि बस एक बार इस बालक को शेष कर दूँ तो महाराज कंस की सदा के लिए कृपापात्री बन जाऊँगी।

उसका हृदय मानो बार-बार अत्यन्त आग्रहपूर्वक उसे प्रेरणा दे रहा था कि इस बालक को शीघ्र अपने हृदय से लगा। 'तू तो दुष्ट और दुखार्त नारी है ही। समस्त शरीर तथा मन-प्राण को पूरित कर सके, ऐसा अद्‌भुत आनन्द तूने पहले

कभी नहीं अनुभव किया। आज तुझे अपूर्व अवसर मिला है। इस समय यदि तू अपने, अपने पति, अपनी सन्तानों के जीवन की भी बाजी लगा दे तो कोई बात नहीं। इस बालक को शीघ्र छाती से लगा।'

पूतना का समस्त संयम शेष हो गया। स्तन पर उसने जहर लगाया है, यह बात भी वह बालक के प्रति अपने अपूर्व आनन्द-उत्साह में भूल गई, और उसने कृष्ण को गोद में ले लिया। कृष्ण ने हँसते-हँसते उसकी गोद से उतरने के लिए खींचातानी शुरू की। पूतना स्वयं पर अपना नियन्त्रण खो बैठी। कंचुकी के बन्ध उसने खोल दिए, स्तनों से दूध की धाराएँ बहने लगीं, और उसने अपनी साड़ी के छोर से दूध में भीगे स्तन पोंछ लिए।

उसे ऐसा लगा मानो कोई कान में कह रहा हो, 'तेरे स्तनों पर जहर लगा हुआ है। तेरा हृदय जिसके लिए छटपटा रहा है, उस बालक की मृत्यु को तू समीप बुला रही है।' परन्तु स्वयं पर अब उसका कोई नियन्त्रण रह नहीं गया था। आवेगपूर्वक कृष्ण को खींचकर उसने अपनी छाती से लगा लिया। कृष्ण भी आनाकानी किए बिना उसकी छाती से चिपट गया और उत्साहपूर्वक स्तनपान करने लगा।

पूतना अपूर्व आनन्द में मग्न हो गई। अवर्ण्य सुख का अनुभव उसने किया। 'पेट भरकर पी ले, बेटा! ऐसा सुख मुझे किसी ने कभी नहीं दिया!' उसने मन-ही-मन कहा।

उसे ऐसा लगा मानो उसका मस्तिष्क काम नहीं कर रहा है। आनन्द-समाधि के कारण तो कहीं मूर्च्छा नहीं आ रही है! उसे तो केवल एक ही इच्छा रह गई थी। यशोदा का बालक पयःपान करे, और चाहे तो उसके साथ वह उसकी सारी जिन्दगी, आशा, सर्वस्व सभी-कुछ चूस ले। 'हाँ, तुझ पर मैं अपना सर्वस्व न्यौछावर करने को तैयार हूँ, मेरे लाल!' उसने मन-ही-मन कहा, 'मैं तेरी ही हूँ।'

उसका हृदय मत्त सागर की तरह उछल रहा था। मस्तिष्क में मानो कोई हथौड़ा-सा मार रहा था। सारे शरीर में एक ऐंठन-सी अनुभव हुई और फिर किसी अज्ञात दुःख का आघात और साथ-ही-साथ स्तन को जोर से चूसते बालक द्वारा प्रेरित आनन्द का भी अनुभव उसे हुआ।

गोप-गोपियाँ जहाँ टोले बाँधकर खेल रहे थे, वहाँ से कुछ हो-हल्ला और चीख-पुकार सुनाई पड़ी। बड़े-बड़े बाँस लिए लोग दौड़े आ रहे थे। सबके आगे स्वयं नन्द थे। उपस्थित लोगों में खलबली मच गई।

"पूतना यहाँ आई है!"

"कहाँ है वह? कृष्ण कहाँ है?"

"कृष्ण-कृष्ण!" अधीरता तथा घबराहट से भरी आवाज में नन्द ने जोर-जोर

से पुकारा, “कहाँ है वह?”

“पूतना-पूतना-पूतना!” यही भयंकर शब्द सबके मुँह पर था।

यशोदा ने घबड़ाकर अपनी ओर बढ़े आ रहे लोगों को देखा। ‘पूतना-पूतना, कृष्ण’ ये शब्द उन्हें बार-बार सुनाई पड़े। अपनी बगल में बैठी उस स्त्री की ओर उन्होंने देखा और समझ गई कि वही पूतना है।

परन्तु इससे पहले कि कृष्ण को यशोदा अपने पास खींचे, पूतना फटी आँखों, धीरे-धीरे धरती पर लुढ़क गई। बालक को अपनी छाती से चिपकाए रखने का अन्तिम प्रयास उसने किया था। मृत्यु को प्राप्त होकर वह अब जमीन पर पड़ी थी। उसके मुख पर एक मातृ-सुलभ स्मित की रेखा उभर आई थी।

पूतना जिस समय साँस लेने के लिए छटपटा रही थी, उसी समय कृष्ण उससे विलग हो गए थे। धीमे-धीमे डग भरते वह यशोदा के पास आ पहुँचे। यशोदा ने उन्हें तुरन्त बाँहों में भर लिया। सभी सम्बन्धी अत्यन्त उत्तेजित और अधीर होकर यह जानने का प्रयास कर रहे थे कि आखिर बात क्या है? नन्द जब उनके पास पहुँचे तो उन्होंने देखा कि पूतना जमीन पर चित पड़ी है।

“कृष्ण कहाँ है? पूतना गोकुल के लिए प्रस्थान कर चुकी है, यह मैंने मथुरा में सुना और तुरन्त ही दौड़ा-दौड़ा यहाँ आया हूँ।” उन्होंने हाँफते-हाँफते कहा।

“मार डालो पूतना को, मारो, मारो पूतना को।” लम्बे-लम्बे बाँस लिए दौड़े आ रहे लोगों ने पुकारा।

“वह तो मर चुकी है। मेरे लाल ने यह काम किया।” यशोदा ने घृणा से पूतना के शव से दूर खिसकते हुए कहा।

कृष्ण को उन्होंने अपने हृदय से चिपका लिया। वह तो उनका प्राण, उनकी आत्मा, उनका सर्वस्व था।

तृणावर्त

पूतना की मृत्यु का समाचार सुनकर कंस के क्रोध की सीमा नहीं रही। अपने मन्त्री, सलाहकार तथा मार्गदर्शक वृद्ध प्रलम्ब को उसने तुरन्त बुला भेजा।

“प्रलम्ब, अब तक तो मैं किसी प्रकार स्वयं को संयत कर रहा था; परन्तु अब सम्भव नहीं। गोकुल से प्रद्योत के लौटते ही मुझे उस अभागे गाँव पर आक्रमण कर उसे तहस-नहस कर डालना है। पूतना मेरे लिए अत्यन्त उपयोगी थी—उसकी मृत्यु का बदला मुझे लेना ही होगा।”

हाथ जोड़कर विनय-भाव से प्रलम्ब ने कहा, “महाराज, यदि आपकी ऐसी

ही इच्छा है, तो फिर मैं क्या निवेदन करूँ? हाँ, आपकी यदि आज्ञा हो तो मैं अपना मत प्रकट कर सकता हूँ।"

"तुम्हारा मत जानने के लिए ही तो मैंने तुम्हें बुलाया है। जो कुछ तुम्हें ठीक लगे सच-सच कहो, परन्तु इतना याद रखना कि पूतना का बदला न लेने की राय मैं कभी मानने का नहीं।"

नम्रतापूर्वक मुस्कराकर प्रलम्ब ने कहा, "परन्तु प्रभु, आप यदि गोकुल पर आक्रमण करें, तो क्या इसका यह स्पष्ट अर्थ नहीं होगा कि पूतना आपके कहने पर ही बालकों की हत्या करती थी।"

"दुनिया क्या कहेगी, मुझे चिन्ता नहीं–मैं दुनिया का दास नहीं हूँ।"

"आप दास नहीं, स्वामी हैं प्रभु! मैं तो अपनी सामान्य बुद्धि से ही सोच रहा था। अब तक तो आपने जो कुछ किया, वह अपने प्राणों की रक्षा के लिए ही किया, भले ही लोग कुछ कहें; किन्तु प्रत्येक के धिक्कार की पात्र, पूतना के लिए यदि आप स्त्री-पुरुष-बालकों सहित समस्त गोकुल गाँव को नष्ट कर देंगे, तो वह एक और बात होगी। इससे यादव रोष से भरे बिना नहीं रहेंगे।"

"यादवों की मुझे कोई परवाह नहीं। मेरे विरुद्ध जो कुछ वे कर सकते थे, उन्होंने अब तक किया–अब और अधिक वे क्या कर लेंगे?"

"मैं जानता हूँ प्रभु, कि अधिक वे कुछ भी नहीं कर सकेंगे, परन्तु पाञ्चाल के प्रतापी राजा द्रुपद की सहायता प्राप्त कर वे हमारे लिए संकट खड़ा कर सकते हैं। मथुरा पर द्रुपद की सदैव आँख रही है और यहाँ से भागकर अनेक यादवों ने उसकी राजसभा में उच्च्व अधिकार भी प्राप्त किए हैं।"

क्षण-भर तो कंस विचारनिमग्न हो गया, फिर बोला, "द्रुपद को यदि मेरे साथ लड़ना ही है, तो मैं भी तैयार हूँ। युद्ध के लिए दीर्घकाल से हम दोनों तैयारी कर रहे हैं, तो फिर युद्ध यथाशीघ्र हो, यही अच्छा है।"

प्रलम्ब ने समझाते हुए कहा, "हाँ महाराज, आपने युद्ध की तैयारी कर रखी है, यह मैं जानता हूँ। परन्तु गोकुल को आप तहस-नहस कर देंगे, तो शूर विद्रोह किए बिना नहीं रहेंगे। अक्रूर के वृष्णि भी फिर से उपद्रव करेंगे। शायद वसुदेव के सम्बन्धी राजा कुन्तिभोज भी द्रुपद से मिल जाएँ। आपको याद तो होगा ही महाराज कि हस्तिनापुर के राजा पाण्डु की पत्नी और वसुदेव की बहन पृथा राजा कुन्तिभोज की दत्तक हैं। और फिर हस्तिनापुर के महाभयंकर महारथी भीष्म भी शायद युद्ध में सम्मिलित हो जाएँ। यदि ऐसा हुआ तो हमारी स्थिति चिन्ताजनक हो सकती है।

थोड़ी देर कंस मौन रहा, फिर तिरस्कार से जाँघ पर हाथ मारकर बोला, "तुम्हारी बात सदा सच निकलती है। तुम्हारी राय मुझे माननी ही पड़ेगी, परन्तु

पूतना की मृत्यु का बदला किसी-न-किसी दिन मैं अवश्य लूँगा।"

प्रलम्ब के चले जाने के बाद कंस गहराई से इस समस्या पर विचार करने लगा। 'नन्द के पुत्र का जीवित रहना मेरे लिए संकटमय हो सकता है; परन्तु इस कंटक को दूर किस प्रकार किया जाए? प्रलम्ब की बात भी सच है, गोकुल पर प्रत्यक्ष आक्रमण करना कई खतरों को मोल लेना है।' उसने मन-ही-मन कहा।

सिंहासन से उठकर वह खिड़की के पास गया और अन्यमनस्क-सा यमुना की ओर देखने लगा। एकाएक उसकी दृष्टि किनारे पर खड़े पक्षी पकड़ने का प्रयत्न करते हुए एक वनवासी की ओर गई और उसके मन में एक विचार उठा– पक्षियों का शिकार करनेवाला बालकों के शिकार में भी इतना ही निपुण होगा। 'यही ठीक है', उसने फैसला किया और फिर ताली बजाकर अपने विश्वसनीय भृत्य को बुलाया तथा उस शिकारी को तुरन्त ले आने का हुक्म दिया।

पूतना निर्जीव होकर एकाएक भूमि पर गिर पड़ी और कृष्ण के प्राण किसी तरह बच गए। कृष्ण पर आए इस संकट से यशोदा को गहरा आघात लगा था। यह तो उन्होंने स्वप्न में भी कल्पना नहीं की थी कि कोई ऐसा क्रूर व्यक्ति, स्त्री या पुरुष होगा, जो उनके बालक को जहर देने को तैयार हो। आजीवन उन्होंने किसी का कुछ बिगाड़ा नहीं था, बल्कि हरेक की सहायता ही की थी। सभी से उनका स्नेहभाव था। परन्तु पूतना किस प्रकार मथुरा के निर्दोष बालकों को जहर देकर मार डालती थी, यह बात अब उनके ध्यान में आई।

यदि वह दुष्ट राक्षसी अपनी युक्ति में सफल हो जाती, तो उनका क्या होता, यह सोचकर ही यशोदा थर्रा उठीं। मृत्यु-मुख से कृष्ण किस प्रकार बाल-बाल बचा, यह सोचकर उनकी आँखों से अश्रु बहने लगते। कृष्ण को छाती से लगाकर मन्द स्वर में वह कहतीं, "मेरा कृष्ण, मेरा लाल!"

एक ओर तो यशोदा के मन में कृष्ण की सुरक्षा के लिए ऐसे विचार उठते, दूसरी ओर उनके प्रति एक अज्ञात भय तथा आदर की भावना भी उनके हृदय में उमड़ती। कृष्ण का रूप-लावण्य जितना अद्भुत था, उतने ही अद्भुत उनके पराक्रम भी थे। पूतना ने उनको स्तनपान कराया, किन्तु विष का प्रभाव उन पर जरा भी नहीं हुआ, उलटे पूतना ही निर्जीव होकर गिर पड़ी और यह एक-दो वर्ष के बालक का पराक्रम था! फिर भी यशोदा ने निश्चय किया कि कृष्ण को वह अब एक क्षण भी अपने से विलग नहीं होने देंगी। और यदि वह किसी प्रकार दूर भाग भी जाए, तो उसका अच्छी तरह ध्यान रखने के लिए उन्होंने नन्द, रोहिणी तथा कुटुम्ब के अन्य जनों को अच्छी तरह सचेत कर दिया था।

फिर भी कृष्ण को नियन्त्रण में रखना कोई आसान बात नहीं थी। यशोदा एक क्षण भी किसी काम में लग जातीं, तो कृष्ण रोहिणी-पुत्र बलराम के साथ घूमने निकल जाते। यशोदा का मन भय से सिहर उठता और वह कृष्ण-कृष्ण पुकारती उनको खोजने निकल जातीं। और, जब वह मिल जाते तो मानो कोई भयंकर विपत्ति टल गई है, इस भाव से इन्हें उठाकर हृदय से लगा लेतीं। मन्द-मन्द मुस्कराकर जब कृष्ण उनके गले से लिपट जाते तो यशोदा सारा गुस्सा भूल जातीं।

कृष्ण के विषय में यशोदा से भी अधिक भय नन्द को था। वह जानते थे कि पूतना गोकुल क्यों आई थी। ऐसा लगता था, मानो कंस को इस बात की खबर लग गई हो कि कृष्ण देवकी का आठवाँ पुत्र है। पूतना की मृत्यु से कंस कृष्ण की हत्या करवाने का अपना निश्चय नहीं बदल सकता था। नन्द ने अपने सम्बन्धियों और नौकर-चाकरों को बुलाकर सावधान किया कि गोकुल में आए किसी भी नए व्यक्ति पर अच्छी तरह निगाह रखी जाए। किसी भी अनजान आदमी को कृष्ण के पास नहीं जाने देना चाहिए। एक-दो बलिष्ठ आदमियों को साथ भेजे बिना कृष्ण को यशोदा के साथ भी बाहर नहीं भेजा जाता।

परन्तु कृष्ण कोई सामान्य बालक नहीं था, वह तो किसी और ही मिट्टी का गढ़ा हुआ था। वह जहाँ इच्छा होती, वहाँ घूमता-फिरता और मौका मिलते ही अपने चौकीदारों की नजर बचाकर किसी दीवार के पीछे, गोशाला अथवा घास भरने के स्थानों में छा छिपता। कृष्ण को कहीं न देखकर यशोदा आकाश-पाताल एक कर देतीं और सभी उन्हें खोजने लगते। जब वह मिलते तो उनके मुख पर एक मन्द-मन्द मुस्कान छाई रहती। कभी-कभी तो वह बलराम को धक्का देकर आगे कर देते, मानो सारा दोष उन्हीं का हो। इस आँख-मिचौनी में उन्हें बहुत आनन्द आता, परन्तु यशोदा और उनके सम्बन्धी व नौकर-चाकरों को यह ज़रा भी पसन्द नहीं था। अत्यन्त चिन्तातुर होकर जब वे ठौर-ठौर कृष्ण को खोजकर थक जाते, तो वे उन्हें पास ही खड़े मन्द-मन्द मुस्कराते दिखाई पड़ते।

"कृष्ण, तू था कहाँ? मैं तो ढूँढ़-ढूँढ़कर थक गई तुझे!" यशोदा कहतीं, और कृष्ण, "मैं तो यहीं था, माँ!' कहकर उनसे लिपट जाते। यशोदा अपना सारा परिश्रम सार्थक अनुभव करने लगतीं। परन्तु कृष्ण के इन उत्पातों से नन्द और उनके साथी अत्यन्त चिन्तातुर हो उठे थे।

इस प्रकार कुछ दिन बीत गए। एक दिन यशोदा अपने सम्बन्ध की किसी प्रसूता स्त्री को देखने गईं क्योंकि उसके बहुत कष्ट से प्रसव हुआ था। वहाँ से लौटते समय सदा की भाँति उन्होंने कृष्ण को गोद में लेकर बाएँ हाथ से पकड़ रखा था। एकाएक कृष्ण को खेल सूझा। मानो घोड़े पर सवार हों, इस प्रकार वह

जोर-जोर से ऊपर-नीचे उछलने लगे। उन्हें पकड़ रखना यशोदा के लिए असम्भव हो गया। "कृष्ण, यह तू क्या कर रहा है, बेटा! चुपचाप बैठा रह न!" उन्होंने कृष्ण को कहा, मगर वह तो और भी जोर से उछलने लगे। आखिर यशोदा को उन्हें सँभालना कठिन हो गया। हारकर उन्होंने कृष्ण को नीचे उतारा और स्वयं एक चबूतरे पर साँस लेने बैठ गईं।

एकाएक आकाश बादलों से घिर गया। धूल का बवण्डर सारे शहर पर छा गया और वायु-वेग इतना प्रचण्ड हो उठा कि यशोदा के लिए खड़ा रहना कठिन हो गया। उनकी आँखों में धूल भर गई। कृष्ण को एक ओर बिठाकर उन्होंने हाथ से एक खम्भे को पकड़ लिया, क्योंकि कृष्ण बार-बार उनका हाथ छुड़ाने की कोशिश कर रहे थे और उन्हें पकड़े रखना मुश्किल हो रहा था। थोड़ी देर बाद जब आँधी का जोर कुछ कम हुआ, और आँखें खोलकर उन्होंने देखा, तो कृष्ण वहाँ नहीं थे।

"कृष्ण, कृष्ण, कहाँ है तू?" उन्होंने जोर से पुकारा। परन्तु कोई उत्तर नहीं मिला। पास-पड़ोस के गलीं-कूचों में वह उसे ढूँढ़ने निकलीं। लेकिन कृष्ण का कहीं पता नहीं था। भय से यशोदा पीली पड़ गईं और कृष्ण-कृष्ण चिल्लाने लगीं। जब कहीं कृष्ण दिखाई नहीं पड़े, तो वह रोने लगीं और 'मेरा कृष्ण कहाँ गया? कृष्ण कहाँ गया?' कहकर विफल होने लगीं।

उस मार्ग से गुजरती हुई गोपिकाओं को जब इस बात का पता लगा तो वे भी कृष्ण को ढूँढ़ने लगीं। नन्द को भी सूचित किया गया और सभी लोग कृष्ण की खोज में चल पड़े। जगह-जगह खोजते हुए वे गाँव के छोर पहुँच गए। वहाँ उन्होंने एक आदमी की लाश पड़ी देखी। उन्होंने सोचा कि धूल के बवण्डर में भागते समय वह आदमी गिर गया होगा और वहाँ पड़ी शिला से उसका सिर टकरा गया होगा। एक गोकुलवासी ने उसे पहचान भी लिया। वह एक व्याध था और दो दिन पहले मथुरा से आया था। उसका नाम तृणावर्त था।

नन्द के मुख से निराशा के उद्गार निकल पड़े। इसी आदमी ने कृष्ण को कहीं छिपा दिया होगा! लेकिन कहाँ? सभी लोग कृष्ण को पुकारते हुए भिन्न-भिन्न दिशाओं में दौड़े। थोड़ी देर बाद एक मधुर, प्रिय स्वर सुनाई पड़ा, 'मैं यहीं हूँ, बाबा!' और पड़ोस के आम्र-कुंज से कृष्ण निकल आए। नन्द ने दौड़कर उन्हें गोद में उठा लिया।

"कृष्ण, तू यहाँ कैसे आ गया?" नन्द ने पूछा। धरती पर निर्जीव पड़े तृणावर्त की ओर अँगुली से इशारा करते हुए कृष्ण ने कहा, "यह मुझे इधर धकेल लाया। इसने जोर से मुझे पकड़ लिया था और मैं भी जोर से इसका हाथ पकड़े था। परन्तु, फिर तो यह गिर पड़ा और मैं इसकी पकड़ से छूटकर भाग गया।"

यह कहकर वह हँसने लगे।

पूतना के कृष्ण को विष देने के प्रयास की खबर जब वसुदेव-देवकी ने सुनी, तो वे दोनों अत्यन्त भयभीत हो उठे। उन्हें लगा कि कंस को पता चल गया है कि कृष्ण कौन है और कहाँ है, नहीं तो पूतना गोकुल नहीं जाती; और अब वह कृष्ण के प्राण लिए बिना नहीं छोड़ेगा। गर्गाचार्य ने जब उन्हें सारी बात कही कि पूतना किस प्रकार ब्राह्मण-पत्नी बनकर गोकुल गई, स्तन पर जहर लगाकर कृष्ण को पिलाने का प्रयास किया और अन्त में अपने ही प्राण खो बैठी, तो वसुदेव-देवकी ने अत्यन्त व्याकुलता से यह सब विवरण सुना।

देवकी की यह श्रद्धा और भी बलवती हो उठी कि मेरा बालक अवश्य ही अवतारी पुरुष है। पूतना को मारने जैसा चमत्कार भगवान् के सिवा और कौन कर सकता है! अश्रु-भीगे नयनों से वह अपने पूजागृह में गईं और भक्ति-भाव से प्रार्थनालीन हो गईं। परन्तु वसुदेव को अपने बालक में इतनी श्रद्धा नहीं थी। वह तो इस आशंका से बहुत घबरा गए कि कृष्ण की हत्या करवाने का संकल्प कंस कभी नहीं छोड़ेगा। थोड़े दिन बाद वसुदेव ने अक्रूर और गर्गाचार्य से मन्त्रणा की। किसी भी उपाय से कृष्ण को बचाना ही होगा। और कुछ नहीं तो कंस का ध्यान कहीं और जाए, इसका प्रबन्ध करना पड़ेगा।

अक्रूर ने वसुदेव के मन का समाधान करते हुए कहा, "वसुदेव, अधिक चिन्ता करने की आवश्यकता नहीं। अभी तो वैसे चिन्ता का कोई कारण है भी नहीं। मैंने सुना था कि कंस ने प्रलम्ब को बुलाकर उसका परामर्श लिया था, वरना वह तो गोकुल को नष्ट-भ्रष्ट करने पर तुला था।"

"हे भगवान्!" वसुदेव ने कहा।

"यह मत भूलो कि प्रभु ने हमारा उद्धार करने के लिए ही अवतार लिया है," अक्रूर ने कहा, "उनका कोई कुछ नहीं बिगाड़ सकता। फिर भी हमें सामान्य लोगों की भाँति ही पूरी सावधानी बरतनी चाहिए। वैसे भय की कोई बात नहीं। मुझे सूचना मिली है कि प्रलम्ब ने पूतना का बदला न लेने की सलाह दी है।"

"परन्तु एक भय है," गर्गाचार्य ने कहा, "हर सप्ताह गोकुल जाकर मैं वहाँ के समाचार ले आता हूँ। नन्द की ओर से आपको भी समाचार मिलते रहते हैं। कृष्ण के बारे में पूछताछ किए बिना आपसे नहीं रहा जाता। देर-अबेर कंस को इसकी भनक लग जाएगी। इसी से शायद वह यह अनुमान लगा ले कि कृष्ण आपकी ही सन्तान है; और यदि उसकी यह शंका दृढ़ हो गई तो वह कृष्ण को मारने का कोई उपाय नहीं छोड़ेगा।"

"तो आप क्या परामर्श देते हैं?" वसुदेव ने पूछा।

"कृष्ण के साथ आपका कुछ भी सम्बन्ध है, इसकी आशंका कंस को नहीं

होनी चाहिए। इसके लिए आवश्यक है कि आप तथा देवकी मथुरा छोड़कर एक लम्बी यात्रा पर निकल जाएँ।'' गर्गाचार्य ने उत्तर दिया।

''हमारी अनुपस्थिति में हमारे बालक का क्या होगा?'' करुण स्वर में वसुदेव ने प्रश्न किया।

''मैं तो यहाँ रहूँगा ही। पूजा-पाठ कराने के लिए गोकुल जानेवाले वृद्ध ब्राह्मण के प्रति किसी को क्या शंका होगी? और फिर नन्द को कहकर उससे यज्ञ भी कराऊँगा, ताकि कुछ दिन वहाँ रहा भी जा सके।'' गर्गाचार्य ने कहा। अक्रूर ने अपना विचार व्यक्त करते हुए कहा, ''वसुदेव, मुझे भी लगता है कि गर्गाचार्य की बात सही है। यदि आप मथुरा छोड़कर कुछ समय के लिए कहीं दूर चले जाएँ, तो कृष्ण अधिक सुरक्षित रहेगा। वैसे भी मथुरा में रहकर आप कृष्ण को बचाने के लिए क्या कर सकते हैं! और फिर मैं तो हर समय यहाँ उपस्थित रहूँगा ही।''

''अक्रूर, मथुरा छोड़कर इतनी दूर चले जाना, जहाँ कि हमारे प्रिय पुत्र का कोई समाचार न मिल सके, देवकी के लिए अत्यन्त कष्टप्रद होगा।'' वसुदेव ने कहा।

भय-मिश्रित स्वर में गर्गाचार्य ने कहा, ''जानते हैं, आज सवेरे मुझे क्या सूचना मिली है? चार दिन पहले एक वनवासी ने कृष्ण का हरण किया था, जिस दिन रेत का बवण्डर आया था, उसी दिन। किन्तु वनवासी तो बवण्डर में फँसकर अपनी जान गँवा बैठा और कृष्ण हँसता-खेलता वापस घर आ गया। वसुदेव, देवकी की श्रद्धा सच्ची है—वह प्रभु का ही अवतार है।''

''तो फिर हम निर्णय कर ही लें, वसुदेव!'' अक्रूर ने कहा, ''मैं तुमको वचन देता हूँ कि एक-एक वृष्णि का बलिदान भले ही देना पड़े, परन्तु कृष्ण का बाल भी बाँका हम नहीं होने देंगे। मथुरा छोड़कर यदि तुम लोग चले जाओ, तो शायद कृष्ण की सँभाल मैं अधिक अच्छी तरह कर सकूँगा। यह शंका कंस के मन से मिटाना अति आवश्यक है कि कृष्ण तुम्हारा पुत्र है।''

''देवकी से मैं मथुरा छोड़ने को कैसे कहूँगा? आगे भी वह कम दुखी नहीं है, इस पर यदि यह संकट उस पर आ गया तो वह बचेगी नहीं। जिस पुत्र के मुख-दर्शन का आनन्द वह क्षण-भर भी नहीं उठा सकती, उसके क्षेमकुशल की चिन्ता में वह मृतप्राय जीवन बिताती है। आपको पता नहीं, उसका तो सारा जीवन ही कृष्णमय हो गया है।''

''स्वामी!'' अत्यन्त भाव-विह्वल देवकी का कम्पित स्वर सुनाई पड़ा।

तीनों ने पीछे मुड़कर देखा। द्वार के बीच खम्भे का सहारा लिए देवकी खड़ी थी। दृढ़ तथा कठोर मुखाकृति! होंठ काँप रहे थे और आँखें भय से फटी हुई थीं।

"स्वामी, आचार्य ठीक ही कहते हैं। हमें मथुरा छोड़कर चले ही जाना चाहिए। मेरा प्रभु यदि जीवित रहे, तो मैं मरने को भी तैयार हूँ।" देवकी ने कहा और मूर्च्छित होकर वहीं गिर पड़ीं।

माखनचोर

गोकुल में भोर के समय एक दिन छह वर्ष का बालक कृष्ण बैठा हुआ विचार कर रहा था—अपने तो जीवन में बस आनन्द-ही-आनन्द है। पौ फटते ही यशोदा मैया गायें दुहने बैठ जाती हैं। बछड़े अधीर हो रँभाने लगते हैं, और मैया प्रत्येक का नाम ले-लेकर पुकारती हैं, उन्हें शान्त करती हैं। ये आवाजें जब मेरे कान में पड़ती हैं तो मैं समझ जाता हूँ कि अब उठने का समय हो गया और आँखें मलता हुआ मैं उठ जाता हूँ। उस समय मुझे बड़ी प्रसन्नता होती है, पता नहीं क्यों!

परन्तु बलराम भारी आलसी है। झकझोरे बिना वह कभी उठता ही नहीं। जागकर भी देर तक आँखें मलता रहता है, और रीछ की तरह घूरता है। उस समय मैं और कुछ न करके उसके पैर पकड़कर खींचता हूँ। वैसे तो देखने में वह ऊपर से कठोर है, परन्तु मुझ पर बहुत प्रेम रखता है और मुझे भी वह बहुत प्रिय है। इसीलिए तो वह मुझे छोड़कर अपनी माता के साथ रहने मथुरा नहीं गया।

जाग उठने के बाद हम दोनों हाथ-मुँह धोकर तैयार हो जाते हैं। इससे पहले कि गायों को चराने महावन ले जाने के लिए दूसरे ग्वाले गाँव के छोर पर इकट्ठा हों, हम दोनों वहाँ पहुँच जाते हैं। इसी तरह तो ग्वालों का प्रधान बना जाता है। यदि हमारे पहुँचने में कभी कुछ देर हो जाए, तो ये बेचारे अधीर हो उठते हैं।

बलराम और मैं, दोनों भाई धोती पहन, सिर पर साफा बाँध, हाथ में लाठी लेकर बाहर निकलते हैं। बलराम कोई काम सुघड़ता से नहीं करता, परन्तु मैं तो अपनी धोती और साफा खूब सँवारकर बाँधता हूँ, फिर एक मोरपाँख कहीं से लाकर उसमें खोंस लेता हूँ। बलराम को सजने-सँवरने की कोई धुन नहीं!

वैसे हम दोनों एक जैसी ही पोशाक पहनकर गायें चराने जाते हैं। मैं ग्वालों का मुखिया ठहरा, इसलिए मुझे सभी को प्रसन्न रखने की चेष्टा करनी पड़ती है। फिर वे मेरे मित्र भी हैं, उनके बिना आनन्द-विनोद ही कैसा? हम सब लोग पानी में कूदते, गोते लगाते हैं; फिर सबके साथ जंगल में पहुँच जाते हैं। वहाँ गायों को चराने के लिए छोड़कर वापस आ जाते हैं। घर लौटने से पहले हम सब नदी पर जाते हैं। बलराम मुझसे बड़े हैं, इसलिए उन्हें आगे रखना मैं कभी नहीं भूलता। परन्तु मेरे भाई का स्वभाव इतना अच्छा है कि यदि मैं ही कभी आगे हो जाऊँ,

तो वह बुरा नहीं मानता। फिर भी बड़े भाई का खयाल तो मुझे रखना ही चाहिए।

अपने मित्रों के साथ नदी में नहाने में बड़ा मजा आता है। एक-दूसरे से हम तैरने की होड़ लगाते हैं, पानी के छींटे मारते हैं और कई बार किसी की गर्दन पकड़कर उसका सिर पानी में तब तक डुबोए रखते हैं, जब तक कि वह छटपटाने न लग जाए। पानी में मैं तो किसी की पीठ पर ही सवारी कर बैठता हूँ, परन्तु मेरी पीठ पर सवार होने की कोई हिम्मत नहीं करता।

वहाँ से फिर मैं गाँव लौटता हूँ—घर नहीं। गाँव की स्त्रियाँ कब क्या करती हैं, इसकी मैं खबर रखता हूँ। सवेरे जब वे सब नदी पर पानी भरने जाती हैं, तो वह अवसर मैं कभी नहीं चूकता। जिस घर में कोई नहीं होता—सब बाहर गए रहते हैं—उस घर पर मैं छापा मारता हूँ। चोर की तरह धीमे-धीमे चलकर या तो पिछवाड़े से अथवा कोई खिड़की खुली रह गई हो तो उसमें से, मैं घर के भीतर दाखिल हो जाता हूँ। यदि ये दोनों ही दाँव असफल रहे तो छप्पर पर चढ़कर खपरैल हटाकर भीतर घुस जाता हूँ।

यह सब मैं बड़ी सहजता से कर लेता हूँ। इसमें मेरी बराबरी कोई नहीं कर सकता। मुझ जैसा चपल गाँव में और है ही कौन? बलराम से तो कुछ बन ही नहीं पड़ता। एक तो उसका शरीर ही भारी है, फिर चपलता भी उसमें इतनी नहीं है। कभी-कभी कोई साथी मेरी सहायता करने अवश्य आ जाता है, पर अधिकांश तो अपने माता-पिता के डर से मुझे अकेला छोड़कर ही चल देते हैं। बलराम भी कई बार मुझे अकेला छोड़ देते हैं। परन्तु मैं इससे डरनेवाला नहीं हूँ। मेरी दृष्टि सदैव छींके पर टँगी दही-माखन की हँडियों पर रहती है।

मैं ठहरा नन्हा बालक, इसलिए छींके तक मेरा हाथ तो पहुँचने से रहा। परन्तु मैं उसका भी उपाय जानता हूँ। किसी बालक को बुलाकर या तो मैं उसकी पीठ पर चढ़ जाता हूँ, अथवा ढेला उठाकर जैसे ही मटकी पर फेंका कि काम बना! मटकी में कभी छेद हो जाता है, कभी उसमें दरार पड़ जाती है, और दही अथवा माखन नीचे टपकने लगते हैं। कभी-कभी तो हँडियाँ फूट भी जाती हैं। तब अंजुलि में जितना दही-मक्खन लिया जा सके, उतना लेकर चल पड़ता हूँ अथवा धार के नीचे मुँह खोलकर खड़ा हो जाता हूँ। परन्तु अपना ही पेट भरना मुझे पसन्द नहीं। दोनों हाथों से अंजुलि भर माखन लेकर मैं जिस रास्ते आया, उस रास्ते वापस निकल जाता हूँ और अपने साथियों को दही-माखन का प्रसाद पहुँचाता हूँ। चोरी का दही-माखन हम लोगों को बड़ा मीठा लगता है। और, अगर उस समय कोई साथी उपस्थित नहीं रहा, तो प्रसाद बन्दरों को ही खिला देता हूँ। आनन्द से किलकारी भरते हुए बन्दर पेड़ों पर से कैसे उछल-उछलकर आते हैं और हाथ से माखन लेकर फिर पेड़ों पर चढ़ जाते हैं। उन्हें देखकर मैं बहुत खुश होता

हूँ। बन्दर भी कैसे मौजी जीव हैं!

पर अधिक देर तक किसी के घर ठहरना उचित नहीं। पुरुष तो सभी जंगल में अथवा खेतों पर गए होते हैं, परन्तु स्त्रियों का कुछ नहीं कहा जा सकता। वे तो चाहे जब टपक पड़ती हैं, विशेषकर जब उनकी कोई आवश्यकता नहीं होती। इसलिए मैं तो जिस रास्ते से आया था, उसी रास्ते से बाहर निकलकर चटपट घर पहुँच जाता हूँ और हाथ-मुँह धोकर बैठ जाता हूँ। पर यशोदा मैया बड़ी चतुर हैं। पता नहीं उन्हें कैसे भनक मिल जाती है कि मैंने चोरी से माखन खाया है। नहीं हो, तो भी, यह वहम तो उन्हें सदा रहता ही है।

कई बार तो उनसे निपटना मेरे लिए भारी हो जाता है। वह स्वयं तो सदा साफ-सुथरी और सुघड़ रहती ही हैं, मुझे भी सदा ऐसा ही रखना चाहती हैं। कभी-कभी गन्दा बनने, अथवा खेल-खेल में गलियों में धूल उछालने या बछड़ों के साथ खेलने में कितना आनन्द आता है, इसका उन्हें ज़रा भी पता नहीं। एक बार तो उन्हें यह वहम हो गया कि मैंने मिट्टी खाई है। हाथ में बेंत लेकर वह मेरे पास आईं और धमकाकर कहने लगीं, "खोल, अपना मुँह खोल तो ज़रा!" मैंने तुरन्त मुँह खोल दिया। वह इतना साफ-सुथरा और अच्छा था कि उसे देखकर तो वह मानो ठगी-सी रह गईं, जैसे आकाश के सभी तारे उसमें उन्होंने देख लिए हों।

फिर भी कई बार इतनी आसानी से छुटकारा नहीं मिलता था। एक दिन बलराम और मैं आँगन में राजा-राजा का खेल खेल रहे थे। उपलों का एक किला भी हम लोगों ने बनाया। फिर एक-दूसरे पर उपले उठाकर फेंकने लगे। हम दोनों का द्वन्द्व-युद्ध भी हुआ। परन्तु उसका कोई परिणाम नहीं निकला, इसलिए हम दोनों ने वहाँ पर पड़े ताजे गोबर से एक-दूसरे का मुँह लीपना शुरू किया। कितना आनन्द आया था उस दिन इस प्रकार आपस में खेल करने में!

हम दोनों ने सोचा था कि मैया घर में नहीं होंगी, परन्तु वह भीतर ही थीं। हमारा युद्ध-गर्जन सुनकर वह बाहर आ गईं और हमें देखा तो एकदम आगबबूला हो गईं। हम दोनों के कान पकड़कर उन्होंने हमें दो-दो चपतें लगाईं। फिर बड़बड़ाते हुए हम दोनों को नहलाकर साफ किया। जैसे-जैसे मैया का क्रोध बढ़ता गया, वैसे-वैसे हमें अधिक आनन्द आता गया और हम हँस-हँसकर उनकी पकड़ से छूटने का प्रयत्न करने लगे। फिर तो वह बेंत की छड़ी ले आईं। बलराम डरकर एक कोने में छिप गया, परन्तु मैं तो जहाँ-का-तहाँ डटा रहा। बलराम को मैया का स्वभाव नहीं मालूम। मैंने तो आँखें मूँदकर रात के समय महावन में जैसे सियार बोलते हैं, वैसी आवाज करना शुरू किया। मैं जानता था कि ऐसा करने से माँ पिघल जाएँगी। तुरन्त ही वह छड़ी छोड़कर दोनों हाथ फैलाए खड़ी हो गईं। मैं कूदकर उनकी गोद में चढ़ गया और जोर-जोर से चिल्लाने लगा। बस मैया

का सारा क्रोध हवा हो गया। उन्होंने मेरी पीठ थपथपाई, मुझे प्यार किया और आँसू पोंछकर मुझे छाती से लगा लिया।

इस प्रकार जब हमारे बीच समाधान हो गया, तो बलराम भी कोने से बाहर निकल आया। उसकी माता रोहिणी काकी जब मथुरा रहने गईं, तब वह केवल मेरे प्रेम के कारण ही गोकुल में रहा था, यह बात माँ भूली नहीं थीं।

''इसकी भी मैं माँ ही हूँ,'' यह आश्वासन उन्होंने रोहिणी काकी को दिया था। और मुझे तो दाऊ (बलराम) इतना अच्छा लगता कि उसके बिना मैं रह नहीं सकता था। इसलिए माँ ने उसे गोद में बिठाकर उसका लाड़-दुलार किया। हम दोनों को मैया बहुत अच्छी लगती हैं।

पर कठिनाई तो दरअसल इन गोपियों को लेकर है, विशेषकर बड़ी उम्र की गोपियों को लेकर। वे हमारे लिए कई कठिनाइयाँ उपस्थित करतीं। जब-जब उनका दही-माखन का मटका फूटता, वे मुझ पर ही सन्देह करतीं, और मैया के पास आ मुँह बिचकाती हुई मेरी शिकायत लगातीं। मैं मैया के पीठ-पीछे खड़ा हो गोपियों के सामने आँखें नचाता। बहुत-सी गोपियाँ तो भले स्वभाव की थीं; उलाहना देती हुई भी मुझे देखकर हँस पड़तीं। मैं जोर से उनकी बात का विरोध करता। मटकी मैंने फोड़ी ही नहीं—फोड़ भी कैसे सकता था? मैं तो उस समय नदी-किनारे था। मेरी बातें सुनकर गोपियाँ हँस पड़तीं और मुझे 'माखनचोर' कहकर चिढ़ातीं। मैं माथा हिलाकर 'ना, ना' कहता ही रहता।

मुख पर क्रोध का भाव धारण कर और भवें चढ़ाकर मैया कहतीं, ''कन्हैया, तू बड़ा नटखट है रे—बड़ा ऊधमी! सारी ब्रज-बालाओं को सताता है!'' मैं निर्दोष बनकर कातर कण्ठ से कहता, ''मैया, इन गोपियों को तो मेरी बाँक निकालने में ही रस मिलता है—मैं तो वन में गैया चरा रहा था।''

''मेरो छोरो कहे कि तूँ उस वेला वहाँ था ही नहीं।'' एक गोपी कहती।

''तेरो छोरो मेरो साथी भलो, पर वो लुच्चो है! कौन जाने ओ खुद ही माखन चुराकर खा न गयो होय! तेरे घर के पिछवाड़े मैंने खुद ही उसे माखन खाते देखा है।''

यह सुनकर सभी गोपियाँ हँस पड़तीं।

''और तू तो हरिश्चन्द्र है न!'' अट्टहास कर मैया मुझसे कहतीं, ''तूने उसे माखन खाते कहाँ से देखा, बोल! घर के भीतर से नहीं?''

''ना, ना, मैया, मैं घर के भीतर कहाँ था! मैं तो सामने के पेड़ पर से देख रहा था। दाऊ (बलराम) भी था, मेरे साथ वहाँ!''

''तू झूठ बोल रहा है।'' मैया कहतीं और गुस्सा होने का दिखावा करतीं। परन्तु इसमें वह कभी सफल नहीं हो पातीं। फिर मैं आँखों में आँसू लाकर, जैसे

मुझे बहुत बुरा लग गया हो, गुस्से में बड़बड़ाता वहाँ से खिसक जाता।

"मैं तुझे जरा भी अच्छा नहीं लगता—तेरे मन तो मैं तेरा बेटा ही नहीं हूँ, आँ-आँ..."

यह सुनकर माँ पिघल जातीं। मुझे अपने पास खींचकर कहतीं, "ना, ना, कन्हैया, यह तू क्या कहे है, मेरा लाल! तू मेरा राजा बेटा है, पर देख, आज से कहीं भी, कभी भी माखन मत चुरैयो!"

"काहे को चुराऊँ हूँ माखन कभी!" मैं बड़े जोश में आकर कहता, पर अपनी हँसी छिपाने के लिए मैं माँ की गोद में छिप जाता।

फिर मैया सभी बातें भूल जातीं। गोपियाँ सिर हिला-हिलाकर कहतीं, "बड़ो भलो है न यह पूत तेरो!" अपनी यह प्रशंसा सुनकर मेरी भी हँसी फूट पड़ती। वैसे ये गोपियाँ बड़ी भली हैं, मन को भाएँ वैसी! मुझे सदा प्रेम से घर बुलाकर बिन माँगे ही ताजा माखन खिलाती हैं। पर, कुछ गोपियाँ मूर्ख भी थीं। मैया के पास आकर मेरे बारे में खरी-खोटी लगातीं।

'ठीक तो, अब इनका कुछ उपाय करना पड़ेगा!' मैंने मन-ही-मन सोचा। बलराम और मैं बड़ी सावधानी से यह पता लगाते कि ये गोपियाँ घर से बाहर कब निकलती हैं। फिर बलराम की पीठ पर चढ़कर, आँगन की दीवार फाँद मैं उनके घर के भीतर कूद पड़ता और बछड़ों को छुड़ाकर आँगन के दरवाजे खोल उन्हें बाहर ढकेल देता। जब घर के लोग वापस आते और खोए हुए बछड़ों को ढूँढ़ने में हैरान होते, तो हमें यह देखकर बड़ा आनन्द आता। इस तरह बस, अपने जीवन में तो आनन्द-ही-आनन्द था।

चीरहरण

छह वर्ष का बालक, कन्हैया अपने मन में सोचता था, यह जीवन कितना सुन्दर है! कैसी भली लगती हैं गोकुल की ये छोटी-छोटी छोरियाँ! कितने सुन्दर हैं इनके सुकोमल चेहरे और कितनी शोभायमान है इनकी घनी केश-राशि! मेरे साथ ये सभी खेलने आती हैं, परन्तु मेरे मित्रों के साथ नहीं खेलतीं। बलराम वैसे तो काफी बहादुर है, मगर लड़कियों से उसे न जाने क्यों डर लगता है। मेरी तो बात ही निराली है। मुझे लड़कियों के साथ घूमना-फिरना अच्छा लगता है और लड़कियों को भी मेरा साथ पसन्द है।

गोकुल में लड़के और लड़कियाँ अलग-अलग टोलियाँ बनाकर नदी पर नहाने जाते हैं। लड़के और लड़कियों के नहाने का समय तथा स्थान भी अलग-अलग

है। परन्तु, इस बात की वे अच्छी तरह खबर रखती हैं कि मैं नहाने कब जाता हूँ और ठीक उसी समय नदी पर स्वयं नहाने चली आती हैं। जिस स्थान पर मैं अपने मित्रों सहित नहाता रहता हूँ, उसके निकट ही नदी में उतर आती हैं। उनकी माताओं को यह पसन्द नहीं । परन्तु इन बालिकाओं को देखकर मेरा हृदय आनन्द से नाच उठता है। मेरे मित्र उन्हें देखकर हँसते और सीटियाँ बजाते हैं। परन्तु मैं उन्हें ऐसा करने से रोकता हूँ। इन नन्हीं-नन्हीं सुन्दर बालिकाओं के साथ ऐसा बर्ताव भला कोई करता है? हमारे कुलपुरोहित गर्गाचार्य ने मुझसे एक बार कहा था, 'तू क्षत्रिय है, निर्बल की रक्षा करना ही तेरा धर्म है।' और, ये बेचारी लड़कियाँ तो निर्बल ही समझी जाएँगी न! न उनसे दौड़ा जाता है, न पेड़ पर चढ़ा जाता है, और तनिक भी कुछ हुआ, तो रोने लग जाती हैं।

नदी में से नहाकर जब तक मैं बाहर न निकलूँ तब तक ये लड़कियाँ भी नहाने का उपक्रम करती रहती हैं। कनखियों से वे बराबर देखती रहती हैं कि मैं क्या करता हूँ और उनकी ये हरकतें मुझसे छिपी नहीं हैं। मित्रों को आगे जाने देखकर मैं जान-बूझकर पीछे रह जाता हूँ और लड़कियों पर दृष्टि दौड़ाता हूँ। नदी में से बाहर निकलकर वे सब अपने-अपने कपड़े खोजने लगती हैं और हा-हा, ही-ही करती रहती हैं। ऐसे अवसरों पर मैं कमरबन्द से अपनी बाँसुरी निकालकर बजाने लगता हूँ। यह तो सभी जानते हैं कि सारे गोकुल में मेरे जैसा कोई बाँसुरी बजानेवाला लड़का नहीं है। बाँसुरी की धुन सुनकर ये सभी लड़कियाँ मेरी ओर भाव-विभोर हो देखने लगती हैं और उस समय स्वयं मुझे भी लगने लगता है कि औरों से मैं कुछ अलग ही हूँ।

साँझ पड़े, विशेषकर चाँदनी रातों में सभी लड़कियाँ खेलने के लिए गाँव के चौक में इकट्ठी होती हैं। लड़कों के साथ खेलना उन्हें पसन्द नहीं, पर मेरी बात निराली है। मुझे तो वे बड़े प्रेम से बुलाती हैं और मुझे चारों ओर से घेरकर बाँसुरी बजाने का आग्रह करती हैं। ऐसे मौकों पर मैं भी उन्हें निराश नहीं करता।

फिर तो वे मुझे अपने खेल में भी सम्मिलित कर लेती हैं। यही नहीं कभी-कभी तो जो मैं बताता हूँ, वही खेल भी खेलने लगती हैं। लेकिन मेरे बताए खेल तो लड़कों के खेलने के होते हैं, लड़कियाँ उन्हें ठीक से खेल नहीं पातीं। ललिता, विशाखा साहसी लड़कियाँ हैं; वे लड़कों के खेल खेलने के लिए कमर तो कसती हैं, परन्तु जहाँ कोई कठिनाई आन पड़ी कि वे वहीं रुक जाती हैं या गिर पड़ती हैं और रोने लगती हैं। उस समय मैं उनके पास दौड़कर जाता हूँ और उन्हें जमीन से उठाकर सान्त्वना देते हुए बड़े प्रेम से मीठी-मीठी बातें करता हूँ।

मुझसे मीठी-मीठी बातें सुनना लड़कियों को बहुत अच्छा लगता है; और इस कला में तो मैं अद्वितीय हूँ। मेरी बातें सुनकर ये फिर से हँसने-खेलने लग जाती

हैं और सब हा-हा, ही-ही करती रहती हैं।

बलराम बड़ा विचित्र जीव है। जिद्दी भी खूब है। लड़कियों के साथ खेलना उसे तनिक भी पसन्द नहीं। उनके साथ बात करना भी उसे नहीं भाता। और मैं उनके साथ हँसता-बोलता हूँ, इसलिए वह मेरी मजाक उड़ाता रहता है। पर इससे क्या मैं लड़कियों के साथ घूमना-फिरना छोड़ दूँ? यह छोड़ दूँ तो सारा मजा ही किरकिरा हो जाए। गोपियाँ जब सिर पर गागर धरे चलती हैं, और मैं गुलेल से पत्थर फेंककर उनकी गागर फोड़ डालता हूँ, तो बलराम इसे दुष्टता कहता है। परन्तु इसमें दुष्टता क्या है? यह तो मन बहलाने का एक अच्छा रास्ता है, और मेरा विचार है कि गोपियों को भी यह अरुचिकर नहीं है।

माखन की चोरी करने के लिए जब मैं कई घरों में घुसता और गोपियाँ इसकी फरियाद लेकर बार-बार यशोदा मैया के पास जातीं, तो मुझे ऐसा लगता कि उनकी यह रोज-रोज की शिकायत अच्छी नहीं! माखन चोरी करना ही छोड़ दूँ, तो फिर जीवन में आनन्द ही क्या रह जाएगा? हाँ, इन गोपियों को मेरी शिकायत करने से किसी प्रकार रोकना होगा। इसके लिए मेरा मन बड़ा उधेड़बुन में रहता है। परन्तु करूँ क्या? उस दिन नई-नई युक्तियाँ सोचता हुआ, मैं नदी-किनारे आ पहुँचा। दोपहर का समय था और आसपास कहीं कोई पुरुष दिखाई नहीं पड़ रहा था। इसी से कुछ युवा और कुछ अधेड़ आयु सुन्दर गोपियाँ भी नदी में स्नान करने का आनन्द उठा रही थीं। मेरी दृष्टि एकाएक नदी किनारे पीपल के पेड़ के नीचे पड़ी, जहाँ साड़ियाँ रखी थीं। ऐसा लगता था कि सभी स्त्रियाँ नहाने से पहले अपने-अपने वस्त्र उतारकर वहाँ रख गई हैं। मेरे लिए तो उनसे बदला लेने का यह स्वर्ण अवसर था। मुझे लगा कि अब उन्हें सबक सिखाना चाहिए। किसी तरह लुक-छुपकर मैं दबे-पाँव पीपल के पेड़ के पास पहुँच गया और सभी साड़ियों को इकट्ठा कर उनकी एक गठरी बनाई और उसे लेकर पेड़ पर काफी ऊँचाई पर चढ़ गया। फिर घने पत्तों की ओट में छिपकर शान्ति से बैठ गया और तमाशा देखने की प्रतीक्षा करने लगा।

कुछ देर बाद नहा-धोकर जब गोपियाँ पानी से बाहर निकलीं तो उनके अंग-प्रत्यंग से पानी टपक रहा था और नाग-जैसे लम्बे-लम्बे केश उनके सुन्दर शरीर से चिपके हुए थे। बड़ी मौज से हसँती-इठलाती आ रही थीं, लेकिन पीपल के पेड़ के नीचे आकर जब उन्होंने देखा कि उनके कपड़े कहीं दिखाई नहीं दे रहे हैं, तो वे हैरान हो गईं और फिर तो जोर-जोर से चिल्लाने लगीं। सभी एक-दूसरी का मुँह ताक रही थीं और हाथों से अपने विभिन्न अंगों को ढँकने का प्रयास कर रही थीं। परन्तु, इस प्रकार क्या कहीं शरीर ढँका जाता है! मुझे तो उनकी परेशानी देखकर बहुत ही आनन्द आ रहा था।

कुछ देर बाद उनकी दृष्टि पेड़ की ऊँचाई पर पड़ी, जहाँ मैं बैठा हुआ तमाशा देख रहा था, तो मुझे देखकर वे बहुत कुपित हुईं और जोर-जोर से चिल्लाने लगीं। पर मैंने उनकी ओर आँख उठाकर भी नहीं देखा और बड़े मजे से अपनी बाँसुरी निकालकर बजाने लगा। फिर तो वे आप से बाहर हो गईं और गाली-गलौज करने लगीं। एक ब्रजांगना ने तो पेड़ पर चढ़ने का भी प्रयत्न किया, परन्तु वह असफल रही बेचारी! अब तो सभी गोपियाँ घबड़ा गईं और उनका रहा-सहा गरूर भी जाता रहा। सभी ने हाथ जोड़कर कहा, "कन्हैया, यहं क्या कर रहे हो लाल! हमारे कपड़े दो न! बड़ा अच्छा है हमारा कान्हा।"

लेकिन उत्तर देने के बजाय, मैंने तो अपना बाँसुरी-वादन ही चालू रखा। जब उन्हें अच्छी तरह छका दिया, तब कहा, "मैया के पास फरियाद लेकर जाती हो न! जाओ, और करो शिकायत मेरी! अब से फिर कभी न जाने की सौगन्ध लो और क्षमा माँगो, तो मिलेंगे वस्त्र।" उन सबके चेहरे उस समय देखने लायक थे। इस दयनीय स्वर में सभी ने क्षमा-याचना की कि मेरा क्रोध जाता रहा। उनकी साड़ियाँ मैंने लौटा दीं, पर एक साथ नहीं। एक-एक कर साड़ी ऊपर से नीचे फेंकी। साड़ियों को लेने के लिए गोपियों में हंगामा-सा मच गया। अन्त में जब सबको अपनी-अपनी साड़ी मिल गई तब कहीं जाकर वे शान्त हुईं। फिर तो मैं पेड़ पर से धीरे-धीरे नीचे उतर आया और बंसी बजाता हुआ घर चला गया।

"यह यशोदा का पूत तो बड़ा उपद्रवी है री।" मैंने एक गोपी को कहते हुए सुना और मुझे हँसी आ गई।

"इतनी ही भगवान् की दया मानो कि वह अभी सात बरस का है, केवल!" दूसरी गोपी ने शिकायत के स्वर में कहा।

सात के बदले अगर मैं सत्तर का भी होता, तो क्या फर्क पड़ता, यह मेरी समझ में नहीं आया।

स्त्रियाँ अपना मुँह उन बातों में भी बन्द नहीं रख सकतीं जो स्वयं उनके लिए लज्जाजनक हों। यदि मैं उस दिन गोपियों के वस्त्र नहीं लौटाता तो दिनदहाड़े उन्हें निर्वसन ही लौटना पड़ता, लेकिन मैंने उन्हें इस लज्जाजनक स्थिति से बचाया। उन्हें मेरा उपकार मानना चाहिए था; किन्तु इसके बदले वे तो सभी मैया के पास मेरी शिकायत लेकर पहुँच गईं और ऐसा कुछ नमक-मिर्च लगाकर कहा जैसे मैंने कोई बड़ा पाप कर दिया हो। उनके इस अपकार से मेरे मन को आघात पहुँचना स्वाभाविक ही था।

मैया को सचमुच मुझ पर बड़ा क्रोध आ गया। उनके बिगड़ने पर मैं अक्सर जमीन पर लोटकर रोने लगता और पड़े-पड़े ही कनखियों से यह भी देख लेता कि सदा की भाँति मैया इस बार भी मुझे क्षमा कर अपनी बाँहों में भरने आती

हैं कि नहीं। लेकिन इस बार उन्होंने ऐसा कुछ नहीं किया।

इस तरह उपकार के बदले अपकार कर गोपियाँ तो चली गईं। नौकर-चाकर उस समय सब बाहर गए थे, सो मैया घर में अकेली ही थीं। वह मक्खन बिलोने की तैयारी करने लगीं। मैंने सोचा था कि माखन बिलोना शुरू करने के पहले वह आकर मुझे पुचकारेंगी, लेकिन आज तो उन्होंने मेरी ओर मुड़कर भी नहीं देखा। इस पर मैंने और भी जोर-जोर से सिसकियाँ भरनी शुरू कीं, फिर भी वह पसीजी नहीं।

इस प्रकार रोने-धोने का माँ पर कोई असर न होता देखकर मुझे भी गुस्सा आ गया। लेकिन मेरा गुस्सा भड़कीला नहीं। मैंने सोचा, इतने दिनों से तो माँ मुझे बहुत प्यार करती थीं, आज क्यों इतनी रुष्ट हैं। पर, ऐसा क्योंकर हुआ, यह मेरी समझ में नहीं आया।

गोपियों के कपड़े उठाकर मैंने एक तरह का परिहास ही किया था। इस बात को सुनकर पिताजी तो हँस ही पड़े थे। उन्हें तो यह बड़े मजे की बात लगी थी; परन्तु, मैया के मन पर इसका कुछ और ही असर पड़ा। उनका मुँह गुस्से से लाल हो गया था। आखिर वह स्त्री ही रहीं न!

मेरा क्रोध बलराम के क्रोध जैसा नहीं था। बलराम को जब क्रोध आता तो वह आपे से बाहर हो जाता, पैर पछाड़ता, जोर-जोर से चिल्लाने लगता और आँखें निकालता। परन्तु उसकी ये सब चेष्टाएँ बेकार जातीं। क्रोध आने पर अपना आपा खो देना तो एक प्रकार की मूर्खता ही है। मुझे तो गुस्सा आने पर यही लगता कि मैया को इस बात का पता लगना चाहिए कि मैं रुष्ट हूँ और तब वे आकर मनाएँ। लेकिन कपड़ों की बात में स्त्रियों की समझ शायद पुरुषों से कुछ भिन्न हो। इसलिए मैया को अपने मनाने का एक और अवसर देने के विचार से रोना बन्द कर मैं उनके पास पहुँचा और उनकी साड़ी का पल्ला खींचने लगा। मैं समझता था कि ऐसा करने से वह पीछे मुड़कर मेरी ओर देखेंगी और मेरी ओर देखकर अपना सारा गुस्सा भूल जाएँगी और फिर मुझे अपनी बाँहों में भर लेंगी। परन्तु इस बार तो उन्होंने पीछे मुड़कर मेरी ओर इस तरह देखा मानो वह मुझे समूचा निगल ही जाएँगी और फिर धक्का मारकर मुझे एक ओर हटा दिया।

"मैया!" दयनीय स्वर में मैंने पुकारा। परन्तु तभी उफनते हुए दूध की गन्ध आई और दूध बर्तन में से सारा उफन न जाए, इसलिए मैया दौड़कर दूसरी कोठरी में चली गईं। मुझे फिर से गुस्सा आ गया; परन्तु गुस्से में भी मैं शान्त रहता हूँ और अच्छी तरह विचार करता हूँ। मैंने निश्चय किया कि मैया का मिजाज ठीक रखने के लिए कुछ करना होगा। मेरी दृष्टि रस्सी से लटकती हुई माखन की मटकी पर पड़ी। मटकी फोड़ना, यह तो मैं अच्छी तरह जानता था। ऐसी मटकियाँ

मैंने हजारों फोड़ी होंगी, किन्तु सभी बाहर की। घर की मटकी अभी तक नहीं फोड़ी थी। इस बार यही सही! एक कंकड़ उठाकर मैंने इस अनुमान से निशाना साधा कि कंकड़ लगते ही मटकी में दरार पड़ गई और माखन नीचे टपकने लगा। जितना खा सकता था, उतना माखन तो मैंने खा लिया और जो बच रहा उसे थाली में इकट्ठा किया। फिर पिछवाड़े से बाहर निकलकर बन्दरों को इस माखन-गोष्ठी में भाग लेने के लिए पुकारा। निमन्त्रण पाते ही कई बन्दर एक-एक कर मेरे पास आ पहुँचे और मेरे हाथ से माखन ले-लेकर बड़े चाव से खाने लगे। उनके हाथ और मुँह में से कुछ माखन धरती पर भी गिर गया।

मैया जब वापस आईं तो फूटा हुआ मटका और जमीन पर जहाँ-तहाँ गिरे हुए माखन को देखकर समझ गईं कि यह काम मेरा ही है। क्रुद्ध होकर फिर वह मेरी ओर दौड़ी आईं और मेरे कान ऐंठकर तथा एक तमाचा लगाकर बोलीं, "कान्हा, हरामखोर, तू कब सुधरेगा?"

मुझे बहुत ही बुरा लगा। यदि वे मुझे पुचकारतीं तो मैं अवश्य उनकी बात पर ध्यान देता। परन्तु उन्होंने मुझे उसका अवसर ही नहीं दिया। उन्हें गुस्से में देखकर मुझे तो बड़ा आनन्द आता। उस समय उनकी भौंहें चढ़ जातीं, नाक फूल जाती, ललाट पर बल पड़ जाते और उनका सुन्दर मुख विकृत हो जाता। यह देखकर यदि मुझे हँसी आ जाती तो इसमें मेरा क्या दोष?

"देख तो सही, मैं तुझे कैसा मजा चखाती हूँ।" चिल्लाकर उन्होंने कहा। मैया का गुस्सा भी बलराम जैसा ही है। गुस्से-ही-गुस्से में मुझे मारने के लिए वह एक मोटा-सा सोटा भी ले आईं। तब वहाँ से भाग जाने के सिवाय मेरे पास और उपाय ही क्या था? मैं भागा, तो मेरे पीछे वह भी दौड़ीं। परन्तु मेरे पैर मक्खन से चिकने हो जाने के कारण फिसल पड़े, सो मैया ने मुझे पकड़ लिया। तब मैं ऊखल पर बैठकर जोर-जोर से रोने लगा। जब भी मुझे मारने के लिए उनका हाथ ज़रा रुक जाता, तो मैं अपने पूरे जोर-शोर से रोने लगता। मैं सोचता था कि मेरी चीख-पुकार से वह कभी तो पिघलेंगी ही। परन्तु मैया ने हाथ की लकड़ी दूर फेंककर पास ही खूँटी पर लटक रही रस्सी ली और बड़े आश्चर्य की बात कि मुझे उन्होंने उस रस्सी से ऊखल के साथ बाँधना शुरू कर दिया। अपने को छुड़ाने के लिए मैं बहुत ही छटपटाया, परन्तु मैया मुझसे ज्यादा बलवान थीं। थोड़ी ही देर में मैं हाँफ गया। छुड़ाने की कोशिश में भरपूर जोर लगाने के कारण मेरा चेहरा लाल हो रहा था। मैया के भी बाल बिखर गए थे और उनकी वेणी में गुँथे हुए फूल एक-एक कर जमीन पर बिखर गए थे। ऊखल से मुझे अच्छी तरह बाँधकर पैर पटकती हुई वह दूसरे कमरे में चली गईं।

यमलार्जुन का प्रसंग

मैया को क्रोध आया तो फिर मेरा भी क्रोधित होना स्वाभाविक था। उन्हें किसी तरह मैं यह बता देना चाहता था कि हर समय उनका क्रोधित होना ठीक नहीं। परन्तु करूँ क्या, यही समझ में नहीं आता था। मेरे हाथ-पैर दोनों ऊखल से बँधे थे, जिससे जब भी मैं खड़ा होने का प्रयास करता तब ऊखल भी मेरे साथ खिंच आता। बहुत परिश्रम करने पर रस्सी ज़रा ढीली पड़ी, पर ऊखल तो किसी तरह खिसक ही नहीं रहा था। फिर भी माँ को बताने के लिए कुछ तो करना ही था। नीचे झुककर जब मैंने चलना शुरू किया, तो ऊखल भी मेरे साथ-साथ खिंचने लगा। इससे मैं जल्दी तो नहीं चल सकता था, लेकिन ऊखल को अपने साथ घसीटना बहुत कठिन भी नहीं था।

इस प्रकार धीरे-धीरे और जरा भी आवाज किए बिना मैं दरवाजे तक पहुँच गया। मैया तो कभी सोच ही नहीं सकती थी कि ऊखल को घसीटते हुए मैं घर से भाग निकलूँगा। दरवाजे से आँगन पार कर मैं बाड़े में पहुँच गया और वहाँ से मुख्य द्वार की देहलीज को पार कर बाहर निकल गया। सामने ही जंगल की ओर जानेवाला रास्ता था। मुझे लगा कि ऊखल को घसीटते-घसीटते यदि जंगल में ले जाऊँ तो बड़ा कौतुक होगा। मैया को दूसरे दिन सवेरे ही चावल कूटने के लिए ऊखल की आवश्यकता होगी और उसे लेने के लिए उन्हें जंगल में जाना पड़ेगा।

परन्तु ऊखल तो अधिकाधिक भारी होता जा रहा था। उसे घसीटने में मुझे बहुत श्रम करना पड़ा और मेरी देह से पसीना छूटने लगा। फिर भी मैया का गुस्सा जब तक शान्त न हो और वह मुझे मनाने न आएँ, तब तक घर लौटना निरर्थक था। इसलिए थक जाने पर भी ऊखल को घसीटता-घसीटता मैं वन की ओर चला गया। जब अधिक थक जाता तब सुस्ताने के लिए ऊखल पर ही बैठ जाता और हवा में झूमती डालियों की ओर देखता अथवा पंछियों के गाने सुनता। अपने सुन्दर पंख फैलाकर मोर जब मेरे सामने नाचते तो उनकी नृत्यकला देखकर मेरी सारी थकान उतर जाती। परन्तु जब मैं उनके निकट पहुँचने का प्रयास करता तो वे सब उड़कर भाग जाते। तब उनके गिरे हुए पंख उठाकर, मैं उन्हें एकत्र करता। मोरपंख मुझे बहुत अच्छे लगते हैं और अपने घने, घुँघराले केशों में एकाध मोरपंख मैं सदा ही खोंस लेता हूँ। सभी कहते हैं कि मेरे-जैसे सुन्दर घुँघराले केश ब्रज में और किसी के नहीं, लेकिन जब तक उनमें मोरपंख न लगा लूँ, तब तक मुझे सन्तोष नहीं होता।

मुझे प्यास लग आई, इसलिए मैंने नदी-किनारे जाने का निश्चय किया।

शायद कोई पानी भरती हुई ब्रजबाला मुझे वहाँ मिल जाए और वह मेरी प्यास बुझा दे। ऊखल को घसीटता हुआ मैं नदी की ओर बढ़ा और किसी पनिहारी की प्रतीक्षा में ऊखल पर ही बैठ गया। लेकिन बहुत देर तक प्रतीक्षा करने के बाद भी जब कोई उधर नहीं आया तो मैं अधीर हो उठा और मेरा मन घर लौटने को करने लगा। इतने में मेरी दृष्टि साथ-साथ खड़े दो वृक्षों की ओर गई। उनमें से एक था यमल, और दूसरा था अर्जुन। उनके बीच बहुत सँकरी जगह थी। क्षण-भर विचार करने के बाद एक उपाय मुझे सूझा। क्यों न मैं उस सँकरी जगह में से ऊखल को निकालने का प्रयत्न करूँ। ऊखल तो शायद उसमें से नहीं निकलेगा, मगर रस्सी जरूर टूट जाएगी और तब मैं मुक्त हो सकूँगा।

जैसे-तैसे मैं दोनों पेड़ों के बीच की सँकरी जगह में से पहले तो स्वयं निकला, और फिर पूरा जोर लगाकर ऊखल को खींचने लगा। दाँत पीसकर मैंने अपनी पूरी शक्ति इसमें लगा दी, परन्तु रस्सी नहीं टूटी। अब मैं कुछ सुस्ताने लगा। जब कुछ थकान मिटी तो फिर सारा जोर लगाकर ऊखल को खींचने में जुट गया, परन्तु रस्सी तो फिर भी नहीं टूटी; हाँ यमल और अर्जुन दोनों पेड़ अवश्य धराशायी हो गए।

मुझे बहुत गुस्सा आया। पेड़ तो टूट गए, परन्तु ऊखल फिर भी मेरे पैर से बँधा रह गया और अब वृक्षों के कारण मुझसे खिसका भी नहीं जा रहा था। आगे बढ़ने के लिए ऊखल के साथ-साथ अब तो मुझे उन भीमकाय वृक्षों को भी घसीटना पड़ेगा। और यह किस प्रकार सम्भव है। थककर मैं चूर-चूर हो रहा था, गुस्से से मेरा सारा बदन काँप रहा था। लेकिन प्रतीक्षा करने कि सिवा अब तो कोई चारा भी नहीं था। मुझे तो इस बेबसी पर रोना आ गया। अन्त में हार-थककर वहीं जमीन पर पड़ा रहा। फिर भी विशाल वृक्षों को गिरा देने के गौरव का अनुभव मुझे अवश्य हुआ। हाँ, खींचातानी में मेरे शरीर पर जहाँ-तहाँ कुछ खरोंचें भी लग गई थीं।

इतने ही में कुछ कण्ठ स्वर सुनाई दिए। दो स्त्रियाँ नदी पर जाती दिखाई दीं। नहीं, वे स्त्रियाँ नहीं, लड़कियाँ थीं। एक छोटी थी, मेरी अवस्था की, और दूसरी ज़रा बड़ी और सुघड़। उनके सिर पर पीतल के बड़े और बगल में छोटे घड़े थे। हँसती हुई वे दोनों चली आ रही थीं। उनमें से जो बड़ी थी, उसने अपने सुन्दर केशों में फूल खोंस रखे थे। उसकी बड़ी-बड़ी चमकीली आँखें अत्यन्त मादक और अपूर्व सुन्दर थीं। उसकी चाल में नृत्यांगना की-सी थिरकन थी और पायल की झंकार में तालबद्ध गति।

"अरी, देख तो, यहाँ कोई जमीन पर बैठा है।"

"कोई छोकरा है।" छोटी ने कहा।

"देखें, कौन है!" बड़ी ने कहा। उसका स्वर किसी पंछी के कलरव के समान सचमुच बहुत मधुर था।

"राधा, यह तो यशोदा का कान्हा है।" ललिता ने कहा । ललिता को मैं अच्छी तरह जानता था, उसके साथ कई बार खेल भी चुका था।

"नन्दबाबा का छोरा, कान्हा? ओ माँ!" बड़ी लड़की ने कहा। उसका नाम राधा था। उसकी भावभीनी स्वरलहरी ने मेरे हृदय में आनन्द की धारा बहा दी।

दौड़ती हुई दोनों बालाएँ मेरे पास आईं; उन्होंने अपने घड़े जमीन पर रख दिए।

"यहाँ क्या कर रहा है कान्हा?" ललिता ने पूछा।

"देखती नहीं, इन वृक्षों को उखाड़ डाला है मैंने!" हँसते-हँसते मैंने कहा।

"पर तुझे तो किसी ने ऊखल से बाँध रखा है। किसने बाँधा तुझे?" राधा ने प्रश्न किया।

"और कौन? मेरी मैया ने!" मैंने इस अन्दाज से कहा मानो कुछ हुआ ही नहीं।

"अरे! यह तो बड़ा अत्याचार है!" राधा के हृदय में दया के भाव उमड़ पड़े।

मैंने उसे सूक्ष्म दृष्टि से देखा। उसके छोटे-छोटे कोमल हाथ, सुघड़ अंग और सुन्दर, सलोने मुख की ओर मैं ताकता ही रह गया। मुझसे वह कुछ बड़ी जरूर थी, परन्तु ऐसी सुन्दर और नाजुक, नन्ही-सी छोकरी मैंने पहले कभी नहीं देखी थी। वह कौन थी, यह मैं नहीं जानता था। फिर भी ऐसा लगता था मानो जन्म से ही मैं उससे परिचित होऊँ।

"नहीं, नहीं, मेरी मैया तो बड़ी भली हैं। मुझ पर बहुत प्रेम रखती हैं। हाँ, कभी-कभी गुस्सा जरूर हो जाती हैं। सभी स्त्रियाँ गुस्सा हो जाया करती हैं।" मैंने चिढ़ाने की गरज से कहा।

राधा हँस पड़ी और उस समय उसके गाल में पड़े अद्‌भुत खड्डे को मैंने देखा।

"स्त्रियों का तुम्हें क्या अनुभव है?" उसने प्रश्न किया।

"क्यों नहीं!" मैंने उत्तर दिया, "मेरी मैया भी तो स्त्री ही हैं। और फिर ललिता को भी मैं जानता हूँ।"

"मुझे तो तू जानता ही है न, लुच्चा, कान्हा! उस दिन तूने मुझे जमीन पर पटक दिया और जब मुझे रोना आ रहा था तो फिर हँसा भी दिया।" ललिता ने कहा।

मुझे ऊखल के साथ बँधा और पास ही दो गिरे हुए वृक्ष देखकर राधा चिन्तित हो उठी थी।

"ललिता, रस्सी खोलकर हम कान्ह को छुड़ा दें।" राधा ने हाथ में रस्सी लेते हुए कहा। गोकुल की स्त्रियों की भाँति वह मुझे कान्हा न कहकर केवल कान्ह कहती थी, और कुछ इस मिठास से इस शब्द का उच्चारण करती थी कि यह छोटा नाम और भी अधिक सुन्दर लगने लगता।

"नहीं, मुझे छुड़ाने की आवश्यकता नहीं। यशोदा मैया ने मुझे बाँधा है, वह स्वयं ही आकर मुझे छुड़ाएँगी।" मैंने कहा। मुझे मुक्त नहीं होना था; मुझे तो मैया को मना लेना था।

"पर, यदि वह न आईं तो!" राधा ने शंका प्रकट की।

"आए बिना रह ही नहीं सकतीं। जब तक वे स्वयं आकर मुझे नहीं छुड़ाएँगी, तब तक उनका गुस्सा शान्त नहीं होगा।"

"तो कान्हा, फिर हम क्या करें?" ललिता ने कहा।

"जा, मेरे लिए पानी ले आ। तू बहुत अच्छी लड़की है, ललिता!"

यह कहकर मैं उसकी ओर मुस्करा दिया। मैं जानता था कि मेरी मुस्कराहट किसी का भी हृदय वश में कर सकती है।

एक छोटा-सा घड़ा उठाकर ललिता नदी की ओर तेजी से गई। राधा आकर मेरी बगल में बैठ गई। उसके शरीर से भीनी-भीनी खुशबू आ रही थी। उसके सुन्दर, गुलाबी, शान्त-शीतल मुख को मैं निहार रहा था और इससे मुझे, जैसी पहले कभी प्राप्त नहीं हुई, ऐसी अपूर्व शान्ति और सुख का अनुभव हो रहा था।

"तू नन्दबाबा का छोरा है न? सभी तेरी चर्चा करते हैं।"

"हाँ, मैं नन्दबाबा का ही छोरा हूँ, और सभी मेरी चर्चा करते हैं, यह भी सही है। उनके पास और कोई काम नहीं तो क्या करें! पर देखना, तू भी कुछ देर में मेरी ही बातें न करने लग जाना!" मैंने विनोद के स्वर में कहा।

"तुझे कैसे पता कि थोड़ी देर में मैं भी तेरी ही बातें करने लगूँगी?" मुझे चिढ़ाने की गरज से राधा ने नयन नचाते हुए कहा।

"तू जो इतनी भली, सरस और सुन्दर लगती है!" मैंने कहा। ऐसे शब्द मुझे न कहने चाहिए थे, पर न जाने क्यों मेरे मुख से अनायास ही निकल गए। वह थी ही कुछ ऐसी कि प्रशंसा किए बिना रहा ही नहीं जाता था।

"तू कहाँ से आई? गोकुल में तो मैंने तुझे इससे पहले कभी नहीं देखा। यदि पहले ही मिल गई होती तो कितना अच्छा होता!" मैंने कहा। इस प्रकार पहले मैंने कभी किसी से बात नहीं की थी, पर उससे ऐसा कहे बगैर मुझसे रहा ही नहीं गया।

मानो फूल खिल उठा हो, इस प्रकार वह हँसी और अनार के दानों से उसके सुन्दर, सुगठित दाँत चमक उठे।

"मैं तो बरसाने रहती हूँ। मेरे पिता इस समय वृन्दावन में हैं, उनसे मिलने हम लोग जा रहे हैं। गोपनाथ महादेव की हमने मनौती मानी थी न, उसी के लिए मेरा भाई मुझे यहाँ ले आया है। अरे, तेरे शरीर पर रस्सी के कितने गहरे दाग पड़ गए हैं। ला, उन पर पड़ी धूल मैं साफ कर दूँ।" मधुर मुस्कराकर राधा ने कहा।

पर यहाँ दागों की किसे परवाह थी! ऐसी मीठी ग्वालन से बात करने को मिले तो मामूली खरोंचों को कौन याद रखता है? परन्तु धूल साफ करते समय उसके सुकोमल स्पर्श का आनन्द भी तो नहीं छोड़ा जा सकता था। उसने रस्सी को ठीक-ठाक कर मेरे शरीर पर से धूल झाड़ना शुरू किया। इससे मुझमें एक नई ताजगी, एक नई तरावट आ गई, और मेरे हृदय में ऐसे भाव उमड़ पड़े, जिनका अनुभव मैंने पहले कभी नहीं किया था।

"तुझे तेरी मैया ने ऊखल से क्यों बाँध दिया, कान्ह?" मेरे केशों में से धूल झाड़ने की गरज से अपनी नन्हीं-नन्हीं सुकोमल उँगलियाँ फेरते हुए राधा ने कहा।

"माखन की मटकी फोड़ दी थी मैंने और माखन बन्दरों को लुटा दिया, इसलिए!" मैंने कहा।

"ओह, इसीलिए तुझे माखनचोर कहते हैं! मैंने सुना है कि गोकुल की प्रत्येक गोपी को तू इसी तरह सताता है।" उसने कहा।

"तू यदि गोकुल आकर रहे तो तुझे नहीं सताऊँगा—मैं वचन देता हूँ।" मैंने कहा। जिसका स्पर्श रोम-रोम में इतने आनन्द का संचार करता हो, उसे कोई सता सकता है भला?

"और मैं यदि यहाँ रहूँ तो तुझे सीधी गौ भी बना दूँ।" राधा ने कहा।

"मैं तो अभी से सीधा हो गया हूँ। और देख, यदि तू गोकुल में आकर रहे तो फिर कभी माखन की मटकी भी नहीं फोड़ूँगा। हाँ, तेरी मटकी अवश्य फोड़ूँगा।" औरों के साथ जैसी बातें करता था, वैसी इस गोपी के साथ करने का मन ही नहीं होता था। इसके साथ विनोद और मजाक किए बिना मैं रह नहीं सकता था।

"फोड़ तो सही मेरी मटकी, मैं भी तुझे ऐसे ही बाँध दूँगी।" राधा ने धमकी देने के स्वर में कहा। मैं उसकी सुकोमल केशराशि पर हाथ फेरने से अपने-आपको नहीं रोक पाया। राधा ने अपने लाल-लाल होंठ दबाकर कहा, "देख, चुपचाप बैठा रह! नहीं तो हाँ..." और जैसे तमाचा मारना चाहती हो इस प्रकार हाथ उठाया।

"ले मार!" कहकर मैंने अपना मुँह उसकी ओर बढ़ाया।

परन्तु यह गोपी थी बड़ी विचित्र! मेरी आँखों में आँखें डालकर एकटक वह मेरी ओर देख रही थी और उसकी आत्मा तथा सुन्दरता को मैं अपने में समा लूँ,

ऐसा मेरा मन हो रहा था। उसने अपना हाथ गाल पर रखकर हल्के से दबाया। मैं हँस-हँसकर उसके बालों से खेल रहा था।

इतने में किसी स्त्री के एकाएक उधर आ जाने का स्वर सुनाई पड़ा और राधा खिसककर मुझसे ज़रा दूर हट गई। मुझे लगा कि इस स्त्री को क्या अभी ही घर से निकलना जरूरी था? उन गोपियों के निकट आने पर राधा उनके पास चली गई और मेरे बारे में बातें करने लगी। मेरी निर्दयी माँ ने मुझे ऊखल से किस प्रकार बाँध दिया था, ऊखल को लिए ही मैं कैसे जंगल में आ पहुँचा और दो बड़े-बड़े वृक्षों को गिरा दिया, इसका वर्णन उसने किया। गोपियाँ मीठी-मीठी बातें करती मेरे पास चली आईं, उखड़े वृक्षों की ओर देखने लगीं और मेरे बारे में कुछ बातें करने लगीं। रास्ते पर जा रहे एक आदमी को बुलाकर उन्होंने उसे यशोदा मैया के पास दौड़कर जाने, मेरे पराक्रम की बात कहने और उन्हें तुरन्त बुला लाने को कहा। उन्होंने उस ग्रामवासी से कहा, "कान्हा कहता है कि मुझे मेरी मैया ने ऊखल से बाँध रखा है और वही आकर मुझे छुड़ाएँगी। सो तुम जल्दी जाकर यशोदा को बुला लाओ। बेचारा कान्हा कितना थक गया है!"

वह आदमी दौड़ता हुआ माँ के पास सन्देश पहुँचाने गया। राधा ने जब गोपियों से मेरे पराक्रम की बातें कीं तो वे मेरी ओर ऐसे देखने लगीं मानो मैंने कोई महान् वीरता का काम कर दिखाया हो। इतने में ललिता नदी से पानी भर लाई और मुझे पानी पिलाया। सभी गोपियाँ कहने लगीं कि मैया मुझसे बहुत प्यार करती हैं। और, राधा तो मेरी चर्चा इस तरह करने लगी मानो मुझ पर उसका अधिकार हो।

इस बीच रास्ते चलते कई लोग भी वहाँ आ पहुँचे और थोड़ी ही देर बाद मैया भी हाँफती-हाँफती आ गईं। उनके पीछे लम्बे-लम्बे डग भरते नन्दबाबा भी आ पहुँचे।

मैया ने आते ही मेरी रस्सी खोल डाली और मुझे अपनी बाँहों में भर लिया। उनकी साँस अब भी फूल रही थी, मैं भी लिपट गया। मैया के समान मुझे और कोई प्यारा नहीं लगता था और यह भी मैं जानता था कि वह मुझे बेहद प्यार करती हैं। मैया से अधिक मैं कभी भी किसी को प्यार नहीं कर सकूँगा।

यमलार्जुन के आसपास फिरकर पिताजी ने उनका निरीक्षण किया। उन्हें इस बात से भारी अचम्भा हुआ कि कैसे एक छोटे-से बालक ने उन्हें उखाड़ गिराया। आकाश की ओर वह इस तरह देखने लगे मानो मैं कोई देव हूँ। और, राधा हर समय अपनी मधुर वाणी में मेरी ही बातें करती रही।

मैं बहुत थक गया था, फिर भी उस रात मुझे नींद नहीं आई। मुझे ज्ञात था कि राधा दूसरे ही दिन सवेरे गोकुल से चली जाएगी। मैं उसी का विचार करता

रहा। सवेरे जब मैं उठा तो नित्यप्रति जैसे बलराम को जगाता था, वैसे आज नहीं जगाया, बल्कि चटपट तैयार हो चुपचाप बाहर निकल गया। राधा अपने भाई के साथ जिस गोप के यहाँ ठहरी थी उसका घर मुझे मालूम था। जब मैं वहाँ पहुँचा तब वे दोनों भाई-बहन घर से बाहर निकलकर बैलगाड़ी में बैठने की तैयारी कर रहे थे।

वसुदेव-देवकी की यात्रा

वसुदेव-देवकी को मथुरा छोड़े पाँच वर्ष बीत चुके थे। इस अवधि में उन्होंने पर्याप्त प्रवास किया। प्रभास-स्थित सूर्य-मन्दिर से लेकर पुण्यसलिला गंगा के तट पर आए धाम तथा देवाधिदेव शंकर की पुरी वाराणसी तक उन्होंने यात्रा की। मार्ग में जो भी मन्दिर पड़े, उन सबका उन्होंने दर्शन किया और पापविनाशिनी नदियों के पुण्य जल में स्नान किया। अन्त में वे तीर्थों में श्रेष्ठ बद्रिकाश्रम की यात्रा पर निकले। कल-कल निनाद से रात्रि को मुखरित करती अलकनन्दा के तीर पर उनकी राजा पाण्डु से भेंट हुई। उस समय पाण्डु वसुदेव की बहन कुन्ती तथा मद्रदेश की राजकुमारी माद्री, इन दोनों पत्नियों के साथ वहाँ निवास कर रहे थे। अप्रतिम सौन्दर्य से शोभित पुष्पों से सजे गन्धमादन की अनोखी छटा का भी उन्होंने अवलोकन किया।

अन्त में वे बद्रिकाश्रम पहुँचे और परम तत्त्व की शोध में निमग्न एवं ज्ञान तथा तप की साधना में लीन पर्वतीय गुहाओं में ध्यानस्थ ऋषियों का दर्शन कर प्रणिपात किया। मुनिश्रेष्ठ कृष्ण द्वैपायन वेदव्यास के आश्रम पर भी वे गए, पर मुनि उस समय वहाँ नहीं थे। वह कुरुक्षेत्र गए हुए थे। आध्यात्मिक प्रेरणा का अनुभव करते हुए उन्होंने हिमाच्छादित शिखरों के सौन्दर्य का आकण्ठ पान किया और अत्यन्त वेगवती अलकनन्दा के पवित्र जल में स्नान किया। फिर उस परम पवित्र स्थल बद्रिकाश्रम जाकर उन्होंने पूजा-अर्चना की, जहाँ परम सिद्धि प्राप्त करने के लिए अचल भक्ति-योग का उपदेश देने स्वयं विष्णु भगवान ने नारायण ऋषि का रूप धारण कर निवास किया था।

बद्रिकाश्रम के अपने निवासकाल में ही उन्होंने राजा पाण्डु के अवसान के दुखद समाचार सुने और तुरन्त ही वे दोनों शोकाकुल कुन्ती को सान्त्वना देने वापस रवाना हुए। कुन्ती की कथा अत्यन्त करुण थी। वसन्त ऋतु का समय था, पुष्प खिल उठे थे, रंग-बिरंगे पक्षीगण संवलनकाल के आनन्द से मत्त होकर कल्लोल कर रहे थे। यह जानकर भी कि मुझ पर शाप है, पाण्डु राजा इस मादक

ऋतु के प्रलोभन से स्वयं को न बचा सके। दीर्घ काल से दबे हुए भाव उमड़ आए और वर्जित विलास की इच्छा में माद्री के भुजपाश में ही वह पंचतत्त्व को प्राप्त हुए।

पहले तो कुन्ती तथा माद्री दोनों ने ही पति के साथ सती होने का निश्चय किया। पतिव्रता स्त्रियों के लिए इससे बढ़कर सौभाग्य की बात और क्या हो सकती थी? परन्तु माद्री ने कुन्ती को सती होने से रोका। कुन्ती के तीन पुत्र तथा उसके अपने दो, पाँचों बालक नन्हे थे; इसलिए उनकी देखभाल के लिए उन दोनों में से किसी एक का जीवित रहना नितान्त आवश्यक था। अन्ततः पति के साथ परलोक के सुखों में सहभागी बनना माद्री नें स्वीकार किया, और पाँचों पुत्रों को पालने का काम कुन्ती ने। इस प्रकार तीनों पुत्रों की माता कुन्ती पाँच पुत्रों की माता बनी।

वसुदेव तथा देवकी जब पाण्डुकेश्वर पहुँचे, जहाँ कुन्ती रहती थीं, तब उन्हें ज्ञात हुआ कि ऋषियों ने न केवल कुन्ती तथा उनके पुत्रों सहित प्रतापी कुरुओं की राजधानी हस्तिनापुर जाने की तैयारी कर ली थी, अपितु भीष्म पितामह को यह सन्देश भी अग्रिम रूप से भेज दिया था, कि हम कुन्ती तथा उसके पुत्रों को लेकर आ रहे हैं।

वसुदेव ने मथुरा लौटने से पहले मुनि वेदव्यास के दर्शनार्थ कुरुक्षेत्र जाने का निश्चय किया था; इसलिए कुन्ती ने भी हस्तिनापुर जाने से पहले मुनि का आशीर्वाद प्राप्त करने उन्हीं के साथ कुरुक्षेत्र जाने का विचार किया।

कुन्ती से मिलकर देवकी का हृदय भर आया। अपनी ननद का कष्ट देखकर उन्हें असीम दुःख हुआ और दोनों ने एक-दूसरे की आपबीती सुनकर खूब आँसू बहाए। कुन्ती ने रोते-रोते कहा, "देवकी, मैं बड़ी अभागिन हूँ। पति के साथ परलोकगमन का अधिकार भी देवों ने मुझसे छीन लिया।"

"परन्तु माद्री का कहना सत्य था, बहन!" देवकी ने उत्तर दिया, "तुम उससे बड़ी हो और बालकों की सँभाल अधिक अच्छी तरह रख सकती हो।"

"तुम ठीक ही कहती हो," कुन्ती ने कहा, "इसीलिए तो मैंने उसकी बात मान ली। वह तो निरी बच्ची थी। बच्चों की सँभाल रखना मेरा कर्त्तव्य है। पर, महारानी गान्धारी अपने मन में न जाने कैसी योजनाएँ रचती होंगी। यदि उनका वश चले तो वह मेरे बच्चों को अपने पिता की विरासत से ही वंचित कर दें!"

कुन्ती के प्रति देवकी को असीम स्नेह था। फिर भी उन्हें कुन्ती से ईर्ष्या हुए बिना नहीं रही। कुन्ती की गोद में जब कोई बालक आ बैठता, अथवा पाँचों ही बालक उनके आसपास मँडराते, तो उन्हें लगता कि कुन्ती कितनी भाग्यवान है, और वह स्वयं कितनी भाग्यहीन! आठ-आठ सन्तानें उनके हुईं, परन्तु उनमें

से छः की बड़ी निर्दयता से हत्या कर दी गई और शेष दो कौन जाने कहाँ, किस प्रकार रह रहे थे! वह स्वयं तो उन्हें एक नजर देख भी नहीं सकती थी।

देवकी के मन में विचार उठता, कुन्ती के पुत्र कितने सुन्दर और देखने में भले लगते हैं! ऐसे ही सुन्दर क्या मेरे पुत्र भी दीखते होंगे? क्या मुझसे वे ऐसा ही प्रेम करेंगे?

सबसे ज्येष्ठ पुत्र, आठ-वर्षीय युधिष्ठिर, अपनी अवस्था की अपेक्षा अधिक गम्भीर दीखता था। उससे एक वर्ष छोटा भीमसेन काफी ऊँचा, हृष्ट-पुष्ट और हँसमुख था; खेलने का उसे बड़ा शौक था। देवकी को लगता, 'मेरा बलराम भी ऐसा ही होगा।' कृष्ण से एक ही वर्ष छोटा, अर्जुन चपल, चालाक और बुद्धिमान था। उसका मुख सुन्दर था और स्वभाव भी स्नेहिल। 'शायद मेरा कृष्ण भी ऐसा ही हो!' देवकी को लगता। शेष दो बालक, माद्री के पुत्र, देखने में सुन्दर और अपनी नन्हीं अवस्था के बावजूद काफी चतुर थे। ये पाँचों जन हिल-मिलकर रहते, आपस में कभी लड़ते-झगड़ते नहीं, न माता कुन्ती को कभी कोई कष्ट देते।

धीरे-धीरे पद-यात्रा करते हुए सभी लोग पवित्र-तीर्थधाम ऋषिकेश आ पहुँचे। वहाँ से स्त्रियाँ तथा बालक बैलगाड़ियों पर सवार होकर और पुरुष पैदल ही अथवा घोड़ों पर रवाना हुए। वसुदेव के लौटने की जो लोग राह देख रहे थे, उन्हें भी साथ लेकर उन्होंने आगे प्रयाण किया। कुन्ती को हर समय यही चिन्ता सताती रहती कि हस्तिनापुर में उनका तथा उनके पुत्रों का कैसा सत्कार होगा? कुरुक्षेत्र पहुँचने में जब एक दिन शेष रह गया, तब दोनों दलों ने विशाल वट वृक्ष के नीचे एक रात्रि में विश्राम किया। उनके पहले ही अन्य घुड़सवारों के एक दल ने वहाँ एक दूसरे वृक्ष के नीचे पड़ाव डाल रखा था। वसुदेव को स्वभावतः यह जानने का कौतूहल हुआ कि वे लोग कौन हैं। पूछताछ करने पर पता चला कि गान्धार-देश के राजकुमार शकुनी के साथ घुड़सवारों का वह दल वहाँ आया था। शकुनी पाण्डु के भाई अन्धराजा धृतराष्ट्र की महारानी गान्धारी का भाई था।

"बहन, यह युवक कुरुक्षेत्र इस समय किसलिए आया है? मुझे तो इसमें कुछ दाल में काला दिखलाई पड़ता है।" वसुदेव ने कुन्ती से कहा।

"कौन जाने भाई? हाँ, कौरव श्रेष्ठ (पाण्डु) सदा यही कहा करते थे कि यह लड़का बड़ा दुष्ट है।"

"हस्तिनापुर में शकुनी तेरे मार्ग में कोई विघ्न तो उपस्थित नहीं करेगा न?" वसुदेव ने पूछा।

"कर भी सकता है," कुन्ती ने कहा, "न जाने क्यों, अपने सौ पुत्र होते हुए भी गान्धारी मुझसे जलती है। भाई, मैंने तो अपने पुत्रों को देवाधिदेव महादेव और मुनिश्रेष्ठ को सौंप दिया है। वे ही इनकी रक्षा करेंगे।"

दूसरे दिन सुबह ही घुड़सवारों का दल कुरुक्षेत्र की ओर रवाना हो गया और दूसरा दल भी धीरे-धीरे बैलगाड़ियों में तथा पैदल चल पड़ा। मध्याह्न के करीब उन्हें कुरुक्षेत्र के दर्शन हुए, जो पवित्र सरस्वती के सूखे हुए पाट पर बने पाँच सरोवरों के तट पर बसा हुआ था। अनेक पर्णकुटियों से बना हुआ यह विशाल शिविर-जैसा दिखाई पड़ता था। यहाँ सैकड़ों यज्ञ-वेदियों से निकले हुए पवित्र धुएँ को आकाश की ओर उन्मुख देखकर कुन्ती आश्चर्यविमुग्ध हो गई। कई ऋषि तथा उनके शिष्य सरोवर में मध्याह्न सूर्य को अर्घ्य दे रहे थे। अन्य सरोवरों में वल्कल धारण की हुई स्त्रियाँ अपने बच्चों को नहला रही थीं। कोई-कोई स्त्री अपने घड़े में पानी भर रही थी, स्वयं वेदव्यास द्वारा सिखाए गए सस्वर वेद-मन्त्रों के पाठ की संगीतमय ध्वनि चारों ओर गूँज रही थी।

एक तरुण शिष्य द्वारा मार्ग प्रदर्शित किए जाने पर वसुदेव, देवकी, ऋषि-गण, कुन्ती तथा उनके पुत्र पर्ण-कुटियों के मध्य में स्थित मुनि के आश्रम में पहुँचे। वहाँ विद्वान ब्राह्मण सत्य की गम्भीर चर्चा कर रहे थे। उन सबके बीच में, वृक्ष के नीचे चबूतरे पर बैठे हुए, मुनि वेदव्यास को कुन्ती, वसुदेव तथा देवकी ने तुरन्त पहचान लिया। श्यामवर्ण, विशाल मस्तक, लम्बे केश, तेजस्वी मुखमुद्रा और गम्भीर नेत्रों से वे सबसे अलग ही दीख पड़ते थे।

कुन्ती, वसुदेव तथा देवकी को देखकर मुनि ने तुरन्त ही चर्चा बन्द कर दी और आगन्तुकों का मधुर मुस्कान के साथ स्वागत किया। वहाँ बैठे ब्राह्मणों को उन्होंने हाथ से संकेत कर उनके लिए मार्ग देने का आदेश दिया। कुन्ती और उनके पुत्रों तथा वसुदेव-देवकी को उनके साथ आए हुए ऋषि मुनि के समक्ष ले गए। मुनि के पास जाकर सभी ने साष्टांग प्रणाम किया और उनसे आशीर्वाद प्राप्त किया। अपने पाँच पौत्रों अर्थात् पाँचों पाण्डु-पुत्रों को देखकर मुनि के नेत्र वात्सल्य-भाव से भर गए। उनकी आज्ञा पाकर पाँचों भाई आदरपूर्वक नतमस्तक हो उनके पास चले आए। उनमें से सबसे छोटे सहदेव को उठाकर मुनि ने अपनी गोद में बिठाया और सुपुष्ट शरीर के भीम की पीठ थपथपाई। वसुदेव तथा स्त्रियाँ उनकी दाहिनी ओर तथा ऋषि उनके सामने बैठे।

"वत्सो, अब हम कल फिर मिलेंगे।" मुनि ने अपने शिष्यों से कहा, "आप लोग जाकर अतिथियों के निवास का उचित प्रबन्ध करें।"

शिष्यों के चले जाने पर मुनि ने स्नेहिल स्वर में कुन्ती से कहा, "पृथा, बेटी, तुम्हारे दूत से मुझे तुम्हारे दुर्भाग्य की खबर मिली। माद्री तो नारी-रत्न थी। मुझे पूरी आशा है कि तू माद्री और अपने पुत्रों के बीच कोई भेदभाव नहीं रखेगी।"

"प्रभु, माद्री कैसी थी, यह तो आप जानते ही हैं। अन्त समय तक वह एक अबोध बालिका-जैसी ही रही। वह जीवित थी, तब भी नकुल और सहदेव को मैंने

ही पुत्रवत् पाला था।"

"तू भाग्यशालिनी है बेटी," मुनि ने स्नेहपूर्वक मुस्कराकर कहा, "बचपन से ही तुझे बालक प्रिय हैं। उनका स्नेह प्राप्त करने की कला में भी तू प्रवीण है। सहस्र माताओं में तेरा स्थान विरल है।"

द्वितीय पाण्डु-पुत्र विशालकाय भीम स्वयं पर नियन्त्रण न रख सका। भारी आवाज में बोल उठा, "मैं जानता हूँ कि हम लोगों से भी अधिक यह नकुल और सहदेव को प्यार करती है।" यह सुनकर सभी हँस पड़े। भीम भी सबके साथ हँसने लगा। प्रेमपूर्वक उसकी ओर देखकर मुनि ने कहा, "और तू क्या उन्हें प्रेम नहीं करता? वे तेरे छोटे भाई हैं, नन्हे-नन्हे। और तू कितना बलवान है! उनकी देखभाल तुझे करनी चाहिए।" भीम ने गर्वपूर्वक उत्तर दिया, "मैं उनकी बराबर देखभाल रखता हूँ। परन्तु जब हम साथ खेलते हैं, तब मैं ही उन्हें सबसे पहले जमीन पर पटकता हूँ।"

तरुण युधिष्ठिर बड़ों की तरह गम्भीर भाव से बोल उठा, "गुरुदेव! भीम को तो जो चाहे सो बकने की आदत है। हम सबको एक-दूसरे पर बहुत स्नेह है।" अर्जुन ने अपने तेजस्वी नेत्रों से युधिष्ठिर के कथन को सम्मति प्रदान की और कुन्ती का हृदय ऐसे अद्भुत पुत्र प्राप्त करने के लिए कृतज्ञता से भर गया।

"तब तो बहुत ही अच्छा है," मुनि ने कहा। फिर वसुदेव तथा देवकी की ओर देखकर वह बोले, "तुम्हारी चर्चा हम अकेले में करेंगे। वसुदेव, तुम्हें ज्ञात है, हस्तिनापुर में आजकल क्या हो रहा है?"

"नहीं गुरुदेव।" वसुदेव ने उत्तर दिया।

"गान्धार का कुमार शकुनी आज प्रातः मेरे पास आया था। तुम्हारे यहाँ पहुँचने से कुछ ही देर पहले वह यहाँ से गया है।"

"ठीक है, गत रात्रि जहाँ हमने पड़ाव डाला था, वहीं बगल में उसने भी रात्रि बिताई थी।"

"महारानी गान्धारी का सन्देश लेकर वह मेरे पास आया था। सम्भव है कि वह सन्देश स्वयं शकुनी द्वारा ही प्रेरित हो। गान्धारी ने कहलाया था कि कुन्ती के पुत्रों को हस्तिनापुर न भेजकर अपने ही पास रख लें। पाण्डु के पुत्र राजपुत्रों की तरह राजधानी में रहें और अपने पुत्रों की तरह पद प्राप्त करें, यह गान्धारी को जरा भी पसन्द नहीं। शकुनी ने तो यह भी कहा था कि कुन्ती यदि अपने पुत्रों सहित हस्तिनापुर में आकर रहेगी, तो भविष्य में भाई-भाइयों में विग्रह होने की सम्भावना है।"

अपने भय को सच होते देखकर कुन्ती की आँखों से आँसू छलक आए। "गुरुदेव, मेरे पुत्रों का क्या होगा?"

"जो होगा अच्छा ही होगा," मुनि ने कहा, "मैंने माता तथा पूज्य भीष्म को सन्देश भेजा है कि मैं स्वयं पाण्डु के पुत्रों को लेकर आ रहा हूँ और उनका योग्य, विधिपूर्वक सत्कार होना चाहिए।"

"शकुनी क्या करेगा, प्रभु?" वसुदेव ने पूछा। मुनि ने मुस्कराकर उत्तर दिया, "अपने भांजों की देखभाल के लिए वह हस्तिनापुर में ही रहेगा, परन्तु पूज्य भीष्म तो मानो धर्म के अवतार हैं। उनके लिए सभी बालक बराबर रहेंगे। वसुदेव, तुम भी हमारे साथ हस्तिनापुर चलो न!"

जब सभी चले गए, और वसुदेव तथा देवकी अकेले रह गए, तब मुनि ने उनसे कहा, "अक्रूर आश्रम में आया है और तुम्हारी राह देख रहा है।" फिर उन्होंने अक्रूर को वहीं बुला लिया। अक्रूर ने आकर मुनि को साष्टांग प्रणाम किया, उनकी चरण-रज ली और फिर वसुदेव से गले मिले।

इसके बाद, कंस कैसी-कैसी नीच योजनाएँ रच रहा था, सभी आपदाओं में कृष्ण किस प्रकार बच गया और उसका विकास किस प्रकार हो रहा था, इस सबका वर्णन उन्होंने किया। कृष्ण के अद्भुत पराक्रमों और उसके आबाल-वृद्ध सभी का प्रिय भाजन होने की चर्चा भी उन्होंने की।

"परन्तु मेरे यहाँ आने से पहले एक भयंकर घटना घटी थी, प्रभु!" अक्रूर ने मुनि की ओर देखकर कहा।

"कौन-सी घटना!"

"गोकुल में प्रत्येक रात्रि को महावन से हजारों की संख्या में भेड़िए घुस आते थे और छोटे बच्चों का भक्षण कर लेते थे। इस भयंकर विपत्ति को देखकर नन्द और यशोदा तथा गोकुल के सभी गोप-गोपियाँ गोकुल छोड़कर वृन्दावन जा बसे हैं।"

"कृष्ण तो सकुशल हैं न?" रुँधे हुए स्वर में देवकी ने पूछा। अत्यन्त प्रेमपूर्वक मुस्कराकर मुनि ने देवकी से कहा, "देवकी, चिन्ता न कर। तू माता है, माता का हृदय तुझे सच्ची वस्तुस्थिति नहीं देखने देता। तू समझती है कि तेरे पुत्र कृष्ण को किसी से रक्षा की आवश्यकता है। परन्तु सच तो यह है कि जगत् को ही उसके संरक्षण की आवश्यकता है।"

"परन्तु उसकी शिक्षा का क्या होगा?" बीच में ही वसुदेव बोल उठे। "बड़ा होकर क्या वह निरक्षर रहेगा।"

"सन्दीपन से मैंने बात की है," मुनि ने कहा, "युद्ध-कला में वह जितना प्रवीण है, उतना ही पारंगत वेद-विद्या में भी है। वह वृन्दावन जाकर आश्रम स्थापित करें और वहाँ कृष्ण को रखा जाए, इसका प्रबन्ध करने के लिए मैंने अक्रूर से कह दिया है। और अक्रूर, कृष्ण की सभी बातें सुनने को देवकी बहुत अधीर

हो रही है। मैं अब मध्याह्न-सन्ध्या के लिए जा रहा हूँ। बाद में तुम लोग भोजन के लिए चले जाना।'' सभी उठ खड़े हुए और उन्होंने मुनि को प्रणाम किया।

अत्यन्त आदर एवं पूज्य भाव से सभी लोग मुनि के कृश, किन्तु सुदृढ़ शरीर की ओर देख रहे थे। जो भी उनके सम्पर्क में आता, उसे यही लगता कि मुनि मेरे अपने हैं और उनके वचनों का श्रवण करने के अतिरिक्त जीवन में अन्य कोई उन्नत कार्य नहीं हो सकता।

फिर देवकी ने अधीरता से अक्रूर की ओर देखकर कहा, ''ज्येष्ठ, अब मेरे लाड़ले की बात कहो!'' यह कहकर वह अक्रूर के सामने आकर बैठ गईं। वसुदेव, उनकी बगल में बैठे।

''देवकी, कृष्ण के विषय में तेरी सभी आशाएँ सफल हुई हैं। वह निरोगी, चंचल और बुद्धिमान है, और कुछ-न-कुछ पराक्रम करता ही रहता है। सारा गोकुल उसके पीछे दीवाना है।'' इसके बाद अक्रूर ने देवकी को कृष्ण के बारे में सभी बातें बताईं और कहा, ''मैंने जिस भयंकर घटना की चर्चा अभी की थी, वह मात्र एक महीने पूर्व घटी थी। न जाने कैसे महावन के हजारों भेड़िए गोकुल में घुस आए और कितने ही बालकों, बछड़ों, कुत्तों और एक-दो आदमियों को भी उठा ले गए।''

''दैया री!'' देवकी बोल उठीं।

''हर रात ऐसा ही होता था। सभी यादव घबड़ा उठे। रात्रि के समय सभी रोज पहरा देते। सभी की नींद उड़ गई थी। भेड़ियों की आवाज से सभी चौंक उठते।''

''फिर क्या हुआ?'' वसुदेव ने पूछा।

''नन्द ने मुझे सन्देश भेजकर बुलाया और हमने निश्चय किया कि सभी यादव गोकुल खाली कर वृन्दावन जाकर रहें।''

''फिर सब वृन्दावन चले गए? कृष्ण का क्या हुआ?''

''ओह! कृष्ण तो बड़ा अद्भुत बालक है। हाथ में लुकाटी लेकर वह सभी बालकों का नेतृत्व करता। बलराम सहित वह सभी प्रवासियों के आगे-आगे चला।'' अक्रूर ने कहा।

''उनकी यात्रा तो निर्विघ्न समाप्त हुई न?'' वसुदेव ने पूछा।

''हाँ,'' अक्रूर ने कहा, ''बीच में मथुरा आने पर सभी लोग विश्राम के लिए रुके। गाँव की सीमा पर जाकर मैंने सभी का सत्कार किया। कृष्ण को देखकर तो मेरी आँखों से आनन्दाश्रु बहने लगे।''

''कृष्ण आपसे मिला?''

''वह सभी का नेता था। यद्यपि वह बलराम को ही सदा अपने से आगे

रखता, फिर भी सभी बालकों का मुखिया वही था। गाड़ी में बैठने से तो उसने इनकार ही कर दिया और जब वह गाड़ी में नहीं बैठा तो उसकी आयु के सभी बालक और बड़े भी गाड़ी में नहीं बैठे।"

"वह कैसा दीखता था?"

"हाथ में नन्हीं-सी लकुटी, मोरपंख का सुन्दर मुकुट और नाक से लटकते बाले के साथ वह कितना सुन्दर और भव्य लगता था! नन्द तो आनन्द और गर्व से फूले नहीं समा रहे थे।"

"और बलराम?" वसुदेव ने पूछा।

"वह काफी ऊँचा, हृष्ट-पुष्ट और सुन्दर दिखाई दे रहा था। दोनों भाइयों का एक-दूसरे पर असीम स्नेह है। कृष्ण अधिक चतुर है। परन्तु वसुदेव, तुम्हारे विवेक और विनय की विरासत भी उसे मिली है। वह अकेला ही सबका लाड़ला बना है, ऐसा वह बलराम अथवा अन्य को अनुभव नहीं होने देता। प्रत्येक को लगता है कि कृष्ण जितना उसको प्यारा है, उतना ही वह कृष्ण को भी प्यारा है।"

"हे देवाधिदेव, मैं अपने लाड़ले को फिर कब देख सकूँगी!" देवकी ने कहा।

"फिर यादवों का क्या हुआ?"

"वे वृन्दावन में जाकर सुख से बस गए हैं, जंगलों को काटकर सभी ने नई जमीन तैयार की है। वृष्णि उनकी मदद कर रहे हैं।"

"और कंस युद्ध से कब लौटनेवाला है?" वसुदेव ने पूछा।

"उसके श्वसुर जरासन्ध ने अश्वमेध यज्ञ आरम्भ किया है और कंस अश्व को लेकर कलिंग पहुँचा है।"

"देवाधिदेव की कृपा है। अब हम सुख से मथुरा जा सकेंगे।" वसुदेव ने कहा।

और पाण्डु के पाँचों पुत्र हस्तिनापुर आ पहुँचे। राजकुमारों के उपयुक्त ही उनका स्वागत किया गया और कुरु साम्राज्य के संरक्षक महानुभाव भीष्म का उन्हें आशीर्वाद प्राप्त हुआ। राजा धृतराष्ट्र को अपने भाई पाण्डु के प्रति अत्यन्त प्रेम था। पाण्डु के पुत्रों को गले लगाकर वह अत्यन्त प्रसन्न हुए, और उनकी आँखों में प्रेमाश्रु छलक आए। वृद्ध सत्यवती, पाण्डु की दादी ने उनका प्रेमपूर्वक मस्तक सूँघा। यह जानकर कि देवों की कृपा से उनके पति महाराज शान्तनु के वंश का अब उच्छेद नहीं होगा, उनके मन को बड़ी शान्ति मिली।

राधा

[राधा हमारी लोक-कल्पना द्वारा सृजित रसवन्ती गोपी है। उसका उद्भव कहाँ और किस प्रकार हुआ, यह ठीक से नहीं कहा जा सकता। 'महाभारत', 'हरिवंश', और सम्भवतः 8वीं सदी में रचित 'भागवत' में उसका उल्लेख कहीं नहीं मिलता। दूसरी ओर, 'सिलप्पदीकरम्' नामक प्राचीन तमिल ग्रन्थ में नप्पिनाई नाम की कृष्ण-पत्नी के रूप में उसका उल्लेख किया गया है। इसी प्रकार लगभग दूसरी सदी में रचित 'राधा-सप्तशती' नामक ग्रन्थ में उसका उल्लेख है।

जो भी हो, ऐसा प्रतीत होता है कि दूसरी सदी के प्रारम्भ में प्राकृत भाषा के लेखक राधा के नाम से परिचित थे। 8वीं सदी के बाद कई प्राकृत कवियों ने, अधिकांशतः शृंगार रस के काव्यों में, राधा का उल्लेख किया है। उस समय कृष्ण के साथ गोपियों की उपासना की जाती थी। परन्तु इन गोपियों में राधा का समावेश हुआ दीख नहीं पड़ता।

संस्कृत साहित्य में राधा का प्रथम उल्लेख मालव के परमारवंशी महाराज वाक्पति मुञ्ज (ई. सं. 974-994) के तीन शिलालेखों में आए एक आशीर्वादात्मक श्लोक में मिलता है। परन्तु राजा लक्ष्मणसेन (ई. सं. 1179-1203) के राजकवि जयदेव ने जब अपने 'गीतगोविन्द' की नायिका उन्हें बनाया, तभी रासलीला की अधिष्ठात्री देवी, रसेश्वरी के रूप में समस्त भारतवर्ष में उनकी कीर्ति फैली।

एक-दो शताब्दियों में तो इस मधुर, सुगेय, शृंगार-काव्य ने समस्त भारतवर्ष के लोगों का चित्त हर लिया। मात्र एक ही कृति से इतनी अधिक प्रतिष्ठा और लोकप्रियता अन्य किसी कवि को नहीं मिली और बहुत कम कवियों की लोकप्रियता उनसे अधिक टिक भी सकेगी। थोड़े ही समय में लोगों ने 'गीतगोविन्द' को भगवद्भक्ति का प्रामाणिक ग्रन्थ मान लिया और बंगाल में उस समय के बहिष्कृत बौद्ध सहजीवों ने भी इसे आधारभूत ग्रन्थ माना। उसके बाद बंगाल और मिथिला में विद्यापति ने अपने गीतों द्वारा सामान्य लोक-समूह में भी राधा-महिमा में अत्यन्त वृद्धि की। बाद के पुराणों में राधा के दिव्य जन्म तथा कृष्ण के साथ उनके सम्बन्ध की भिन्न-भिन्न कथाएँ देखने में आती हैं, परन्तु वे सब एक जैसी नहीं। हाँ, उन सबका ध्येय एक-सा अवश्य है। श्रीकृष्ण की प्रिय बालसखी के रूप में उनको अन्य देवताओं के साथ प्रतिष्ठित किया गया।

चैतन्य ने उन्हें देवी रूप में माना और इसी प्रकार राधापन्थियों, विष्णुस्वामियों और निम्बार्क के अनुयायियों ने भी उन्हें देवी पद पर स्थापित किया। प्रचलित मान्यता के अनुसार वह श्रीकृष्ण की दिव्य पत्नी हैं और इस मान्यता को निम्बार्क ने भी स्वीकार किया है। परकीया प्रेम को अत्यन्त महत्त्व देती पूर्व भारत की

धार्मिक प्रणाली के अनुसार श्रीकृष्ण ने राधा को अपनी प्रियतमा के रूप में स्वीकार अवश्य किया, परन्तु वह पत्नी तो किसी अन्य की ही हैं। कई स्थानों पर उनके पति का नाम अय्यन दिया गया है।

जो भी हो, राधा के बिना कृष्ण-कथा का विचार करना ही कठिन जान पड़ता है, और सामान्य लोक-प्रणालिका के अनुसार जो मान्यता प्रचलित है, वही मुझे योग्य भी लगती है।

—क. मा. मुंशी]

गोकुल से वृन्दावन की ओर धीरे-धीरे बढ़ती हुई बैलगाड़ी में बैठी बारह वर्ष की राधा, बैलों के गले में बँधी घंटियों की सुरीली ध्वनि के साथ एक मधुर कल्पनालोक में विहार करने लगी। आह, जीवन कितना आनन्द और उल्लासमय है! और फिर, कान्हा जैसे अद्भुत बालक से परिचय हो जाए, फिंर तो पूछना ही क्या!

कान्हा सचमुच बड़ा अद्भुत बालक था। राधा की आँखों में बसा उसका सुन्दर, सलोना मुख रस का अपार सागर था, और उसके नयन तो मानो आनन्द के सरोवर ही थे। उसकी मीठी आवाज कितनी मनमोहक थी! और किस धृष्टता से उसने राधा को अपनी ओर आकर्षित किया था, मानो किसी ने उस पर जादू डाल दिया हो! वह क्या कभी कोई भुला सकनेवाली बात थी?

राधा पहली ही बार अपने पिता वृषभानु के पास वृन्दावन जा रही थी। उसके भाई दामोदर ने वृन्दावन को स्वर्ग के समान बताया था। वहाँ पहले-पहल बसनेवालों में उसके पिता और भाई थे।

छह वर्ष की अवस्था में राधा ने अपनी माता को खो दिया था। इसके बाद उसके पिता उसे उसके ननिहाल में छोड़कर अपनी अन्य पत्नियों सहित बरसाने से चले गए थे। हँसती, खेलती, नाचती, अपनी ही उम्र के लड़के-लड़कियों के साथ हँसी-हट्ठा करती हुई वह बड़ी हुई और अपने ननिहालवालों को ही नहीं, सारे गाँव की लाड़ली बन गई।

राधा की सगाई उसके पिता ने अपने एक वृन्दावनवासी मित्र के पुत्र अय्यन के साथ कर दी थी। वह राधा से उम्र में बड़ा था। खेतों, गायों तथा वनों से उसे इतनी घृणा थी कि वह वृन्दावन छोड़कर मथुरा चला गया और वहाँ जाकर कंस की सेवा उसने स्वीकार कर ली।

राधा की मातामही जब परलोक सिधारीं, तो पिता वृषभानु ने राधा को अपने पास बुला लिया। वह जानती थी कि मेरी सगाई हो चुकी है; परन्तु अय्यन उसके लिए मात्र एक नाम से अधिक कुछ नहीं था। शादी की बात सुनकर उसकी

समवयस्क बालिकाओं के हृदय जैसे उमंग से भर जाते थे वैसा राधा को कभी अनुभव नहीं हुआ। खिलते पुष्प, चहकते पंछी, रँभाती गायें, नृत्य करते मयूर—ये ही सब उसे प्रिय लगते। हँसती, खेलती, गाती, सबकी लाड़ली वह सदा अपने ही में मगन रहती।

बरसाने के छोरे-छोरियों के साथ जब वह खेलती, तो अपनी अदम्य चंचलता और उल्लास से सब पर शासन करती। इसलिए गाँव छोड़ते समय उसे केवल क्षण-भर के लिए अपने साथियों से विदा होने का दुःख अवश्य हुआ; परन्तु फिर नए लोगों, नए दृश्यों, नए गाँवों को देखकर वह शीघ्र ही सब कुछ भूल गई।

फिर भी गोकुल की बात न्यारी थी। उसका जन्म गोकुल में ही हुआ था और उसकी माँ ने उसके लिए गोकुल में ही गोकुल के ग्रामदेवता गोपनाथ महादेव की मनौती भी मानी थी। जब वह बारह वर्ष की हुई, तब वृन्दावन जाते समय उस मनौती को पूरा करने वह गोकुल ठहरी। अपने भाई के साथ वहाँ वह एक दूर के सम्बन्धी के यहाँ टिकी थी। थोड़े ही दिनों में वहाँ के आनन्दप्रिय, मौजी लोग, सुन्दर लुभावनी गायें, निडर और मत्त मयूर उसके मन भा गए। परन्तु इन सबसे अधिक मनमोहक उसे लगा कान्ह। ऊखल से बँधे रहने पर भी उसने जिस मधुर मुस्कान और मोहक चितवन से उसकी ओर देखा, वह उसके हृदय में बस गई थी। मस्ती से नयन नचाते हुए उसने उसके केशों के साथ जो खेल किया, वह अब भी उसे याद था। जब भी वह अपनी आँखें मूँदती, तभी उसे लगता मानो कृष्ण के सुकोमल हाथ का सुखद स्पर्श उसे हो रहा है।

वन से घर लौटते समय कान्ह ने वंशी बजाई थी। वंशी तो गाँव के सभी लोग बजाते थे—वृद्ध, युवा, बालक सभी—परन्तु कृष्ण की वंशी कुछ और ही थी। कुछ ऐसे मन्त्र-मुग्ध स्वर उसमें से निकलते थे कि जो भी सुनता वह ठगा-सा रह जाता। वैसी बाँसुरी उसने अन्यत्र कहीं नहीं सुनी थी। अब भी वे स्वर उसके कानों में गूँज रहे थे।

कुछ दिनों में राधा वृन्दावन जा पहुँची। निर्जन वन को साफ कर वृषभानु और प्रायः पचास अन्य लोगों ने मिलकर वहाँ गाँव बसा लिया था और स्थान-स्थान पर उनके सुन्दर, स्वच्छ झोंपड़े दिखाई देने लगे थे। प्रत्येक द्वार पर घने वृक्ष और रंग-बिरंगे पुष्पों से लदी लताएँ शोभित थीं। पास ही यमुना प्रचण्ड वेग से बहती थी। चारों ओर हरे-भरे गोचर थे, जहाँ ढोर निडर होकर चरते थे। आकाश और अवनि पर सर्वत्र सौन्दर्य का साम्राज्य था। प्रत्येक प्रभात वहाँ के उद्यमपरायण ग्रामवासियों के हृदय में उल्लास और आनन्द की प्रेरणा भर देता था।

वहाँ पहुँचने पर राधा को उसकी विमाता ने बताया कि अय्यन कंस की सेनाओं के साथ युद्ध में गया हुआ है, इसलिए उसका विवाह फिलहाल स्थगित

कर दिया गया है। पर राधा को तो इस बात में कोई रस था नहीं। उसकी दुनिया में अय्यन के लिए कोई स्थान नहीं था। रात-दिन उसे तो गोकुल में सुने वही मधुर शब्द सुनाई पड़ते थे, 'मैं वृन्दावन आऊँगा।' उनमें उसे गम्भीर रूप से दिए गए वचन की ध्वनि सुनाई पड़ती थी। इन वचनों का कब पालन होगा, इसी की राह वह देख रही थी। उसे पूर्ण विश्वास था कि ये वचन मिथ्या सिद्ध नहीं होंगे।

एक वर्ष बीत गया। वसन्त आया; पेड़ और पुष्पों की समृद्धि से वृन्दावन खिल उठा। स्थान-स्थान पर कदम्बकुसुम अपनी छटा दिखा रहे थे। डाली-डाली पर पंछियों के मधुर स्वर गूँज उठे, घर-घर तुलसी की सुगन्ध महक उठी। स्वभाव से आनन्दप्रिय और सदा मगन रहनेवाली राधा भी बेचैन हो उठी।

इसके बाद गोकुल के यादव-सरदार नन्दबाबा का सन्देश लेकर एक दूत वहाँ आया। गोकुल गाँव में भेड़ियों ने उत्पात मचा रखा है। रोज रात को आकर वे पशुओं, बालकों, बछड़ों तथा कुत्तों को उठा ले जाते हैं। इसलिए नन्दबाबा ने सभी गोकुलवासियों सहित वृन्दावन में आकर निवास करने का निश्चय किया है। कुछ ही दिनों में वे सब गोकुल छोड़कर वृन्दावन के लिए प्रस्थान करनेवाले हैं। जब यह खबर राधा ने सुनी तो उसका हृदय आनन्द-उल्लास से भर उठा। अब फिर वही बंसरीवाला नयन नचाता और अपनी मोहक हँसी बिखेरता उसके सामने होगा। आखिर कान्ह ने अपने वचन का पालन किया ही!

वृन्दावनवासी गोकुल से आनेवालों के लिए जमीन साफ करने लगे। स्त्रियाँ भी उनके स्वागत की तैयारियों में जुट गईं। राधा तो हर समय अपने साथियों से गोकुल की ही बातें करती, विशेषकर पूतना और तृणावर्त जैसे दानवों के संहारक और अपने अपूर्व बल से यमलार्जुन जैसे विशाल वृक्षों को जड़-सहित उखाड़ देनेवाले कान्ह की चर्चा में तो वह खो-सी गई।

फिर एक दिन वृषभानु सभी वृन्दावनवासियों को लेकर नन्दबाबा तथा अन्य गोकुलवासियों के स्वागत के लिए गाँव की सीमा पर अगवानी करने पहुँचे। अन्य बालकों के साथ राधा भी आनन्द से नाचती-कूदती वहाँ जा पहुँची।

आखिर गोकुलवासियों का दल आ पहुँचा। सबके आगे थे नन्हे-नन्हे बालक—हँसते, कूदते, शोर मचाते उनका अगुवा था कन्हैया। उसके हाथ में एक छोटी-सी लकुटी थी, कमर में बाँसुरी और सिर पर सुनहरी पगड़ी में मोरपंख शोभित था। बच्चों के पीछे एक लम्बा जुलूस-सा चला आ रहा था, जिसमें थीं गोकुल की सुविख्यात गायें और बैल, सिर पर पीतल के चमचमाते कलश लिये मंगल-गीत गाती स्त्रियाँ। वृद्ध स्त्री-पुरुष तथा शिशुओं को लिये सुन्दर सुशोभित गाड़ियों की एक कतार चली आ रही थी। सबके आगे वृद्ध नन्दबाबा हाथ में लम्बी लकड़ी लिये चल रहे थे। परन्तु राधा के नैन तो छोटी-सी लकुटी हाथ में लिये, सबके

आगे चल रहे घनश्याम को ही खोज रहे थे। विनय, विवेक की मर्यादा को भूलकर वह 'कान्ह-कान्ह' पुकारती हुई उसके पास दौड़ी आई और अपने छोटे-से, पर सुगठित शरीर का सारा बल लगाकर उसने कन्हैया को बाँहों में उठा लिया। कन्हैया भी खुशी से झूम उठा। उसने राधा की पीठ इतने जोर से थपथपाई कि राधा का मुँह लाल हो गया। और, तभी उसने कन्हैया को अपने भुजपाश से मुक्त किया। सभी बालक एक-दूसरे का हाथ पकड़कर इन दोनों के आसपास गोल-गोल चक्कर लगाने लगे।

वयस्क लोग एक-दूसरे से मिले। वृन्दावन की स्त्रियाँ गोकुल की स्त्रियों के साथ हँस-हँसकर बातें करने लगीं। गाड़ियाँ अर्धवर्तुलाकार खड़ी कर दी गईं। ढोरों को नहलाने-धुलाने के लिए नदी पर ले जाया गया। सैकड़ों घरों में चूल्हे जल उठे और गृहिणियाँ भोजन तैयार करने में व्यस्त हो गईं। साँझ पड़ जाने पर, जंगल की ओर से वन्य पशुओं को आने से रोकने के लिए जगह-जगह आग जलाई गई और स्थान-स्थान पर चौकीदार बैठा दिए गए। ढोरों को अर्धवर्तुलाकार खड़ी गाड़ियों के पीछे लाकर खड़ा कर दिया गया और प्रत्येक परिवार ने अपने-अपने ढोरों को अपनी-अपनी गाड़ी से बाँध दिया।

उस रात यशोदा तथा रोहिणी वृषभानु के घर सोईं। उन्होंने कृष्ण तथा बलराम को अपने ही पास सुलाया। बगल की कोठरी में अपनी विमाताओं के साथ राधा सोई थी, किन्तु उसकी आँखों में नींद कहाँ! उसका हृदय तो अत्यन्त उद्वेलित हो उठा था। सारी रात एक ही विचार उसके मस्तिष्क में चक्कर काटता रहा–'कान्ह ने अपने वचन का पालन किया और यहाँ आया ही!' दूसरे दिन सवेरे राधा आहिस्ता-आहिस्ता कदम रखती हुई वहाँ जा पहुँची, जहाँ कृष्ण सोया था। यशोदा तथा रोहिणी तो कभी की बाहर निकल गई थीं और गायें दुहने लगी थीं। हाथ पर सिर रखकर सोए हुए कृष्ण की ओर कुछ देर तक राधा विमोहित-सी देखती रही। कृष्ण के होंठों पर एक मधुर मुस्कान फैली हुई थी, मानो वह कोई सुख-स्वप्न देख रहा हो। फिर जैसे राधा के पास आने की आहट उसे लग गई, इस प्रकार आँखें खोलकर उसने राधा की ओर देखा। राधा का हृदय आनन्द से तरंगित हो उठा।

"कान्ह!" भावावेग से कम्पित स्वर में राधा बोल उठी।

"राधा!" प्रेमपूर्ण स्वर में कृष्ण ने कहा, "मुझे बिछौने से उठा तो ज़रा!" और अपने हाथ उसने राधा की ओर बढ़ा दिए।

राधा ने उसका हाथ पकड़कर खींचा और कृष्ण हँसता-हँसता राधा की बाहुओं में जा गिरा।

"बलराम कहाँ गया?" उसने पूछा।

"ओह! वह तो यशोदा माँ के साथ बाहर गया है।" राधा ने यशोदा को माँ कहना शुरू कर दिया था। "बलराम को माँ ने कहा था, 'कृष्ण काफी थक गया है, उसे मत जगाना। अच्छी तरह सो लेने दे उसे।' और तुम्हारे जग जाने पर तुम्हारी देखभाल का काम मुझे सौंपा है उन्होंने।"

"जा, जा, बड़ी आई देखभाल करनेवाली! बलराम गया कहाँ है! नदी पर श्रीदाम और उद्धव मेरी राह देख रहे होंगे।"

राधा का मुँह उतर गया। कृष्ण को इस बात का खेद हुआ कि इतना प्रेम-भाव रखनेवाली इस लड़की का मैंने हृदय दुखाया।

"लेकिन नहाने कहाँ जाना है, यह तो मैं जानता ही नहीं।" कृष्ण ने कहा।

कृष्ण कहीं मना न कर दे, घबराती हुई राधा ने कुछ हिचकते हुए कहा, "नहाने के लिए एक बड़ी अच्छी जगह है, यदि हम वहाँ चलें तो?"

उसका हृदय फिर न दुखे, इस गरज से कृष्ण ने कहा, "वह जगह कहाँ है यह तो तू जानती है। लेकिन हम लोग साथ-साथ नहाने कैसे जाएँ? तू लड़की जो ठहरी।"

"तो इससे क्या? तुझसे तो मैं काफी बड़ी हूँ। बड़ी उम्र की स्त्रियों के साथ तो तू नहाने जाता है न! और फिर कोई वहाँ पहुँचे, उसके पहले ही हम लोग वापस आ जाएँगे।"

कृष्ण हँसने लगा। उसने सोचा कि राधा के साथ-साथ नहाने में बड़ा आनन्द रहेगा। हाथ-में-हाथ डालकर दोनों जने जंगल की पगडण्डी से बाहर नदी के तीर पर पहुँचे। कदम्ब वृक्षों के बीच से होकर जहाँ नदी बहती थी, वहाँ पानी अधिक गहरा नहीं था। वहीं वे लोग पानी में कूद पड़े। पंख फड़फड़ाते हंस उड़कर किनारे पर दौड़ गए।

कृष्ण को लगा कि राधा ललिता और चन्द्रावली की तरह शर्मीली लड़की नहीं है। तैरती, दौड़ लगाती और पानी उछालती हुई वह लड़कों जैसी ही अधिक लगती थी। देह पोंछकर वे दोनों जल्दी-जल्दी घर पहुँचे। बड़े लोग अभी लौटे नहीं थे। ऐसा मालूम होता था कि वे सब नवागन्तुकों की सेवा-टहल में लगे हुए हैं।

कृष्ण को खेल सूझा। पेड़ पर बँधे एक हिंडोले पर चढ़कर उसने राधा से कहा, "मुझे झूला झुलाओ।" राधा ने झुलाना शुरू किया। परन्तु शान्त बैठा रहे तो वह कृष्ण ही क्या! दोनों हाथों से रस्सी पकड़कर वह झूले की पटरी पर खड़ा हो गया।

"जोर से झुलाओ।" उसने कहा।

"जोर से ही तो झुला रही हूँ।" कहकर राधा ने दौड़-दौड़कर झूले को और भी जोर से धक्का देना शुरू किया। तब कमरबन्द से बाँसुरी निकालकर कृष्ण

उसे बजाने लगा।

"अब तुझे झुलाने की मेरी बारी है।" कहकर कृष्ण झूले पर से कूद पड़ा। तब झूले पर चढ़कर राधा ने दोनों हाथों से रस्सी थाम ली और पटरी पर चढ़कर खड़ी हो गई। कृष्ण ने उसे झुलाना शुरू किया। राधा हँसने लगी। वह अपना ही रचा हुआ एक गीत गाने लगी और उसे गाते-गाते भाव-विभोर हो उठी :

कान्ह, ओ मेरे कान्ह!
वन की राह, जब मैं जा
रही थी पनघट पर,
ऊखल से बँधे दिखे तुम।
पास ही से पड़े थे भूमिगत
यमलार्जुन
तेरे भुजबल से आहत!
तूँ हँसा, और तभी से तेरा रूप
मेरी आँखों में सदा के लिए बसा;
मैं बन गई तेरी—
तेरी दासी, जनम-जनम की
कान्ह, ओ मेरे कान्ह!
धूलि-धूसरित तेरा मुख,
मैंने प्यार से पोंछा!
और तूने सहलाए मेरे केश;
जल पिलाते समय, जब
हुआ तेरे हाथों का मधु स्पर्श,
एक पूर्व उल्लास, एक अबूझ प्यास,
मेरी नस-नस में तभी से तरंगित है।
तूँ हँसा और तभी से तेरा रूप
मेरी आँखों में सदा के लिए बसा
मैं बन गई तेरी—
तेरी दासी, जनम-जनम की!
कान्ह, ओ मेरे कान्ह!

कृष्ण झूला देते-देते रुक गया और अपनी बाँसुरी निकालकर राधा के गीत के साथ-साथ बजाने लगा। कुछ ही देर बाद झूले के मन्द पड़ने पर राधा नीचे कूद आई और बाँसुरी की ताल पर कृष्ण के चारों ओर थिरकने लगी :

तूँ हँसा और तभी से तेरा रूप
मेरी आँखों में सदा के लिए बसा
मैं बन गई तेरी–
तेरी दासी, जनम-जनम की!
कान्ह, ओ मेरे कान्ह!

कृष्ण एक पैर दूसरे पर टिकाकर खड़ा हो गया, और अपनी बाँसुरी से सुमधुर, भाव-भीने स्वरों की रचना करने लगा। राधा उसके आसपास थिरक रही थी। अचानक बाँसुरी की ध्वनि सुनकर ललिता, विसाखा, चन्द्रावली तथा अन्य गोपियाँ आकर द्वार पर खड़ी हो गईं। राधा भावावेश में पैर के ठुमके से तथा हाथ से ताली देती हुई नृत्य करती और गीत गाती रही :

जहाँ सुन्दर धेनु निःशंक चरती हैं
जहाँ मयूर मत्त हो नृत्य करते हैं
तेरी बंसी के मधुर स्वरों से गूँजती
गोकुल की गलियों में
तूँ मुझे मिला।

सभी गोपियाँ मस्त होकर राधा के साथ हाथ से ताल देती हुई नृत्य करने लगीं। राधा जो गीत गा रही थी, उसका साथ सभी गोपियाँ देने लगीं :

तूँ हँसा और तभी से तेरा रूप
मेरी आँखों में सदा के लिए बसा
मैं बन गई तेरी–
तेरी दासी, जनम-जनम की!
कान्ह, ओ मेरे कान्ह!

अपने गीत के स्वरों में हृदय की समस्त भावनाएँ उँड़ेलती हुई राधा ने द्रुत गति से गाना शुरू किया। एक-एक पंक्ति वह पहले गाती थी और अन्य गोपियाँ उसे दोहराती थीं :

वृन्दावन के कुसुम कुंजों में,
जहाँ कल्लोल करती हुई,
यमुना बहती है,
वहीं बैठी-बैठी मैं,
निर्निमेष नेत्रों से,

तेरी राह देख रही थी।
तूँने अपने वचन का पालन किया।
तूँ आया, आखिर आया!
कान्ह, ओ मेरे कान्ह!

वन-देवियों के समान दिखाई पड़तीं नृत्यरत गोपियाँ मधुर स्वरों में गाती हुई कृष्ण के चारों ओर घूमने लगीं। बंसी के स्वरों ने इस भाव-भीने गीत की सुमधुरता को पराकाष्ठा पर पहुँचा दिया था। गोपियाँ त्वरित गति से नाच रही थीं। सहसा कृष्ण ने अपनी बाँसुरी कमर में खोंस ली और पैर की ठुमक तथा हाथ से ताल देता हुआ वह भी उनके साथ नृत्य करने लगा। प्रत्येक गोपी के पास जाकर वह बारी-बारी से नाच रहा था। रास की गति धीरे-धीरे बढ़ती ही गई और सभी रसोन्मत्त हो उठे।

अचानक किसी की हँसी सुनाई पड़ी। थिरकते हुए पैर वहीं रुक गए। माता यशोदा, रोहिणी तथा वृषभानु के घर की स्त्रियाँ दरवाजे पर आकर खड़ी हो गई थीं। सबसे पीछे जोर-जोर से हँसते हुए वृद्ध नन्दबाबा गीत की कड़ियाँ दुहराने में मग्न थे।

कुछ वर्षों बाद

सौन्दर्य और समृद्धि से छलकता वृन्दावन यादवों के लिए स्वर्गोपम बन गया था। वहाँ की जलवायु आरोग्य की दृष्टि से अति उत्तम थी, इसलिए पशुधन भी खूब बढ़ने लगा और ढोर भी काफी हृष्ट-पुष्ट हो गए। सभी लोग दिन-भर खूब परिश्रम करते और रात को मीठी नींद सोते।

वसन्त ऋतु अब शेष हो चली थी। सेमल के वृक्षों पर नए-नए पुष्प फूट आए थे। वृन्दावन में आए नवागन्तुक घर बाँधने, नई गाड़ियाँ बनाने आदि कार्यों में जुट गए। फिर आया होली का पर्व! कुछ समय के लिए काम-धाम भूलकर सभी वृन्दावनवासी ठौर-ठौर होलिकोत्सव मनाने में निमग्न हो गए। नृत्य, गीत, खेल-कूद और हँसी-ठहाके की चारों ओर धूम मच गई। गाँव के छोरे-छोरियाँ भाँति-भाँति के खेल खेलते, आपस में परिहास करते तथा चारों ओर धूम मचाते फिरते। दल बनाकर एक पक्ष दूसरे पक्ष को चुनौती भी देता। लड़कों के नेता थे कृष्ण और बलराम तथा लड़कियों का नेतृत्व करतीं राधा और ललिता। कीच, रंग, फूल तथा गुलाल लेकर दोनों पक्षों में आक्रमण-प्रत्याक्रमण होते रहते। इस युद्ध

में सदा लड़कों की हार होती, क्योंकि खेल के नियमानुसार वे अपने हाथों का उपयोग नहीं कर सकते थे।

फिर भी, विजय हो या पराजय, खेल के अन्त में जीत बालकृष्ण को ही मिलती। और इसका कारण यह था कि खेल पूरा होने पर सभी लड़कियाँ उसे अपने कन्धों पर बिठाकर ले जातीं और वह सबके ऊपर बैठा-बैठा मजे से बाँसुरी बजाता। जुलूस नन्दबाबा के घर जाकर ठहरता, जहाँ माता यशोदा और रोहिणी सबका स्वागत करने मिठाई लिये तैयार रहतीं। राधा तो बालकृष्ण के प्रेम-गीत सदा ही गाती रहती पर उसकी देखादेखी कृष्ण पर स्नेह रखनेवाले सभी व्यक्ति भी ये गीत गाने लगे।

बरसाने में जिस स्वच्छन्दता के साथ राधा सब जगह घूमती-फिरती थी, उसी स्वच्छन्दता से वह वृन्दावन में भी घूमती-फिरती। सारे गाँव में इतनी स्वतन्त्रता और किसी लड़की को प्राप्त नहीं थी। होली का उत्सव समाप्त हो जाने पर भी राधा के नेतृत्व में सभी गोपियाँ मिलकर लड़कों को खूब छकातीं। जब लड़के जंगल से गाँव वापस लौटते, तब गोपियाँ एक-दूसरी का हाथ थामे पंक्तिबद्ध खड़ी होकर उनका रास्ता रोक लेतीं। चाँदनी रात में तो उनका उल्लास चरम सीमा पर पहुँच जाता। जमुना के रेतीले तट पर राधा तथा अन्य लड़कियाँ काफी रात तक नाचती-गाती रहतीं। वे हाथ से ताल देती हुई, लयबद्ध पैरों के ठुमके पर गोल-गोल घूमती हुई गीत गातीं। फिर दो-दो की जोड़ियाँ बनतीं और प्रत्येक जोड़ी गोल-गोल चक्कर काटती हुई तब तक घूमती रहती जब तक कि वह थककर चूर न हो जाती और हँसते-हँसते जमीन पर न गिर पड़ती।

कृष्ण अपने सभी साथियों के साथ आकर इन लड़कियों का गीत और नृत्य देखा करते; परन्तु बाद में ये लोग भी उसमें सम्मिलित होने लगे। रास जब पूरे उछाह में अपनी पराकाष्ठा पर पहुँचता तो दूसरे लड़के इस खेल से खिसक जाते और गोपियों के बीच में बाँसुरी बजाता हुआ केवल कृष्ण ही रह जाता। बाँसुरी के जादू से मोहित, पैरों से लयबद्ध ठुमकती हुईं, पायल झनझनातीं, वे गोल-गोल घूमती रहतीं। अन्त में रास पूरा होने पर सभी बालाएँ हँसती-हँसती कृष्ण को अपने साथ इस प्रकार ले जातीं, मानो वह उन्हें मिला हुआ विजय-पद्म हो।

कृष्ण और बलराम अधिकतर एक-दूसरे के साथ ही घूमते-फिरते। एक ऊँचे कद का, चंचल तथा सुकुमार था; दूसरा अत्यन्त विशाल और बलवान तथा प्रकाण्डकाय था। फिर भी दोनों एक जैसी ही पोशाक पहनते। कृष्ण बलराम के वर्ण से मिलता पीले रंग का पीताम्बर पहनता तथा बलराम कृष्ण के रंग से मिलता नीले रंग का नीलाम्बर पहनता। यशोदा मैया इन दोनों को सगे भाइयों के समान ही समझती थीं। दोनों भाई रोज सवेरे जल्दी उठकर गोप-बालकों को साथ लिये

चरवाहों के साथ-साथ जंगल में ढोर चराने जाते। कई बार वे चरवाहों से अलग, अनजाने रास्तों पर भी निकल पड़ते और ढोरों को चराने के लिए नए गोचर ढूँढ़ निकालते।

कृष्ण और बलराम के नेतृत्व में वृन्दावन के लड़के खूब धूम मचाते। जंगल की राह में गलमाला, कान के कुण्डल, गजरे इत्यादि बनाने के लिए फूल चुनने में वे एक-दूसरे से प्रतियोगिता करते, भाँति-भाँति के खेल खेलते, तूफान मचाते, हँसी-मजाक करते, एक-दूसरे की पीठ पर सवारी करते, अथवा कुश्ती लड़ते। ये बाल तथा तरुण गोप गुलेल लेकर दूर-दूर तक पत्थर फेंकने में भी होड़ लगाते थे। इन सबमें कृष्ण सबसे चतुर और चंचल था। उसका निशाना भी अचूक था। बड़े-से-बड़े लड़के के साथ वह कुश्ती लड़ता और बलवान-से-बलवान गोप से भी अधिक दूर तक गुलेल से पत्थर फेंक सकता। वह खूब हँसता, गाता और नृत्य करता। जिस किसी खेल में बुद्धि की परीक्षा होती, उसमें वह सबसे अधिक निपुण निकलता। उसकी बाँसुरी में से ऐसे मधुर स्वर निकलते कि मनुष्य तथा ढोर, उसे सुनकर सभी चित्र-लिखित-से रह जाते। सभी बालक कृष्ण को बेहद चाहते थे और उनमें से प्रत्येक को लगता कि कृष्ण भी मुझसे प्रेम करता है।

इस प्रकार न केवल बाल और तरुण बल्कि वृन्दावन का प्रत्येक व्यक्ति–स्त्री और पुरुष–कृष्ण के प्रेम में विभोर था। कृष्ण अब माखनचोर नहीं रह गया था। जब कभी वह अपने पड़ोसियों से मिलने जाता, और ऐसा सदा ही होता, तब बड़ी उम्र की गोपियाँ उसके आगे अपना मनभावन माखन धर देतीं, उसके पिछले करतब कह सुनातीं, अन्यथा उसके बारे में रचे हुए गीतों की पंक्तियाँ गातीं। वृन्दावन की प्रत्येक स्त्री कन्हैया पर वारी जाती। यदि वह किसी गोपी की उपेक्षा करता तो वह उसे उलाहना दिए बिना नहीं रहती। ऐसे अवसरों पर कृष्ण इस प्रकार खेद प्रकट करता कि रोष भरी गोपी उसे क्षमा ही नहीं कर देती, बल्कि मन-ही-मन यह इच्छा भी करती कि कृष्ण द्वारा क्षमा माँगने का अवसर उसे फिर देखने को मिले।

अपनी जन्मभूमि से बाहर जाकर जब कभी कोई जन-समुदाय नए प्रदेश में प्रवास करता है, तो वहाँ के नए वातावरण में स्थापित होने के लिए कुछ समय लगता ही है। ऐसे समय में स्वभावतः उनके आचार-विचार के नियम व्यवस्थित नहीं रहते और पुराने नियन्त्रण तथा अंकुश शिथिल हो जाते हैं। इसीलिए नई बस्ती में गोप-बालिकाएँ स्वच्छन्दता से घूमती-फिरतीं, लड़कों के साथ खेल खेलतीं तथा उनके साथ नदी में नहाने भी चली जातीं। लड़के-लड़कियाँ जल में खूब नहाते, खेलते और एक-दूसरे पर तब तक पानी के छींटे उछालते रहते जब तक कि अन्त में एक पक्ष हारकर बाहर नहीं निकल जाता।

माता यशोदा का अपने पुत्र के प्रति असीम प्रेम था। दूसरों को भी उस पर बहुत प्रेम रखते देखकर उनका हृदय फूला न समाता। कृष्ण ने सभी के हृदय में असीम स्नेह तथा भक्ति का भाव प्रेरित किया था। हर दिन सवेरे जिन गायों तथा बछड़ों को चराने के लिए वह ले जाता, उनके प्रति भी उसके मन में अपार स्नेह था। कइयों को तो वह नाम से भी पुकारता। गाय तथा बछड़े उसे अपनी ओर आते देखकर इसलिए दौड़े जाते कि वह अपने नन्हे-नन्हे कोमल हाथ उन पर फेरे, उन्हें पुचकारे और प्यार करे। जब कभी वह किसी गाय पर सवारी करता, तब वह गाय गर्व से सिर ऊँचा उठाकर चलती। जब वह बुलाता तब मोर भी निड़र होकर उसके पास चले आते। जब वह बाँसुरी बजाता, तब गायें मानो ध्यानस्थ होकर एक जगह निश्चल खड़ी रहतीं। मोर आनन्द-समाधि में लीन होकर नृत्य करने लगते। इस प्रकार मनुष्य और पशु, सभी का वह लाड़ला बन गया था। फिर भी वह उच्छृंखल नहीं था। कृष्ण जो भी करता उसमें एक स्वाभाविक सम्पूर्णता स्वतः ही बरसती थी। गाँव के सभी युवाओं से वह अधिक साहसी था, फिर भी वह स्वयं को कभी असाधारण नहीं समझता था।

कृष्ण और बलराम जैसे-जैसे युवा होते गए वैसे-वैसे उनकी शक्तियों का विकास भी होता गया। साथ ही उनमें प्रचुर साहस भी हो गया। एक बार एक हृष्ट-पुष्ट बछड़ा उन्मत्त होकर वृन्दावन की गलियों में दौड़ने लगा। कई ढोरों को उसने घायल कर दिया और कुछ गोपों के पीछे भी दौड़ा। निष्णात ग्वालों ने उसे पकड़कर बाड़े में बन्द कर देना चाहा, परन्तु वह किसी की पकड़ में नहीं आया। एक स्थान पर जहाँ बालक खेल रहे थे वहाँ इस मत्त बछड़े ने एक गाय को लोहूलुहान कर दिया। सभी भय और आश्चर्य से उसकी ओर देखने लगे। तब कृष्ण अपने साथियों को छोड़कर उस मत्त बछड़े के सामने डण्डा लेकर खड़ा हो गया। बछड़ा अत्यन्त रोष से नथुने फुलाकर तथा माथा नीचा कर कृष्ण की ओर दौड़ा, पर कृष्ण छलाँग मारकर एक ओर खिसक गया। उसके साथी उसे वहाँ से भाग आने को कहने लगे, परन्तु कृष्ण वहीं अड़ा रहा। बछड़ा कई बार गुस्से से भर-भरकर उसकी ओर दौड़ा, पर कृष्ण चतुराई से एक ओर खिसककर उससे हर बार बच जाता। आखिर साँस भर जाने पर बछड़ा कुछ देर के लिए रुका और कृष्ण पर फिर आक्रमण की तैयारी करने लगा। कृष्ण ने इस अवसर का लाभ उठाया और आहिस्ता-से खिसककर एक मजबूत पेड़ के साथ रस्से का एक सिरा बाँध दिया। फिर बछड़े के पीछे धीरे-धीरे स्वयं खिसकता चला गया और इससे पहले कि बछड़ा यह समझ पाता कि कृष्ण क्या कर रहा है, उसने बछड़े के पिछले पैरों में रस्से का फन्दा डाल दिया। ज्यों ही बछड़ा पीछे की ओर मुड़ा और रस्से से पैर छुड़ाने की कोशिश की, त्यों ही रस्से की गाँठ और भी मजबूत हो गई।

इस पर मित्रों ने कृष्ण की खूब सराहना की; किन्तु उनकी ओर ध्यान न देते हुए कृष्ण फिर उछलकर बछड़े के सामने आ खड़ा हुआ और भाँति-भाँति के शब्द कहकर उसे चिढ़ाने लगा। पिछले पैर बँधे होने पर भी बछड़ा कृष्ण की ओर कई बार दौड़ा; परन्तु कृष्ण प्रत्येक बार बच निकलता। फिर बड़ी सफाई से कृष्ण स्वयं पेड़ की ओट हो गया। क्रोध से अन्धे बने बछड़े ने पेड़ को टक्कर मारी और उससे उसकी खोपड़ी फट गई। फिर, जैसे यह मात्र एक खेल हो, इस लापरवाही के साथ कृष्ण, भय तथ प्रशंसा के भाव से विमूढ़ बने अपने मित्रों के पास पहुँच गया।

इस प्रकार के पराक्रमों की चर्चा जब वृन्दावन के लोग सुनते, तब उसमें कल्पना के रंग चढ़ाकर उसे और भी बढ़ा-चढ़ाकर वे कहते, जिससे यह माना जाने लगा कि कृष्ण में कोई अद्‌भुत चमत्कारी शक्ति है। परन्तु स्वयं कृष्ण ऐसी चर्चा से अलिप्त रहता। मुख पर सतत मुस्कान लिये, शान्त तथा निश्चिन्त, बिना कभी भी घबड़ाए या गर्विष्ठ बने सहज स्वाभाविक भाव से वह ऐसे पराक्रम करता रहता।

अद्‌भुत साहस

वर्षों बीत गए। कृष्ण कद में ऊँचा और शरीर से सुन्दर, सुडौल तथा सुदर्शन बन गया था। चपल स्नायुओंवाली उसकी सुपुष्ट देह के अंग-अंग से लावण्य फूटा पड़ता था, जबकि बलराम का शरीर प्रचण्ड, अत्यन्त हृष्ट-पुष्ट और अपार शक्ति का भण्डार था।

वृन्दावन की समृद्धि निरन्तर बढ़ रही थी। पशुओं की संख्या भी काफी हो चली थी। तरुण तथा वृद्ध स्त्री-पुरुष अपने-अपने कामों में निमग्न रहते। युवा गोप-गोपियाँ अवकाश के समय आनन्द-प्रमोद करते। रासोत्सव के समय एक दिन कृष्ण, बलराम, श्रीदाम और उद्धव ये चारों मित्र यमुना के किनारे एकत्रित जनसमूह से कुछ दूर जाकर आपस में धीरे-धीरे बातें करने लगे।

बलराम ने कृष्ण से कहा, "कल रास का अन्तिम दिन है। यदि तूने हस्तिन् पर सवारी नहीं की कृष्ण, तो बाजी हार जाएगा।"

"कौन कहता है, मैं बाजी हार जाऊँगा? देखना, कल सवेरे हस्तिन् पर सवारी कर मैं बाजी जीतता हूँ कि नहीं!" कृष्ण ने उत्तर दिया।

"ऐसा दुःसाहस मत करना, कृष्ण!" उद्धव ने कहा, "बलराम, इसे हस्तिन् पर सवारी करने को मत कह! वह तो केवल परिहास था। उसे इस बात की याद

दिलाई ही क्यों तूने?"

"ठीक तो है। हस्तिन् पर हम तुम्हें सवारी नहीं करने देंगे। नन्दबाबा ने हमें बड़े-बड़े साँड़ों से दूर रहने को ही कहा है।" श्रीदाम ने कहा।

"पर मैं तो हस्तिन् पर सवारी करूँगा। अपने वचन से मैं कभी पीछे नहीं हटता!" कृष्ण ने जोर देकर कहा।

"बलराम, इस बात को और ज्यादा घसीटने में कोई लाभ नहीं। हस्तिन् कितना भयंकर वृषभ है और कभी-कभी तो वह कितना मतवाला हो जाता है, यह तुम जानते ही हो। कृष्ण को चोट पहुँचे बिना नहीं रहेगी।" उद्धव ने कहा।

"तुम लोग परिहास समझो तो परिहास, और सच मानो तो सच; पर मैं तो कल सवेरे हस्तिन् पर सवारी करूँगा ही। फिर तुम लोग चाहे वहाँ उपस्थित रहो या नहीं।" कृष्ण ने कहा और गाँव की ओर लौटते गोप-गोपियों के दल के साथ चल दिया।

"बलराम, तुम क्या कहते हो? अब क्या होगा?" श्रीदाम ने चिन्तातुर स्वर में कहा।

"चिन्ता मत कर, श्रीदाम! कृष्ण को मैं यह बता देना चाहता हूँ कि अब उसकी शेखी नहीं चलेगी।"

"परन्तु उसने यदि यह दुःसाहस किया तो?" उद्धव ने प्रश्न किया।

"हस्तिन् पर सवारी करना कोई हँसी-खेल नहीं। वह तो मत्त हाथी पर सवारी करने के समान है। मैं उसे उस पर नहीं बैठने दूँगा।" बलराम ने कहा।

"पर वह मानेगा थोड़े ही। यदि हस्तिन् पर सवारी करने का उसने निश्चय किया है तो वह जरूर करेगा।" उद्धव ने कहा।

"तो हस्तिन् उसे जमीन पर उठा फेंकेगा। इससे कुछ साधारण चोट जरूर आएगी, पर कोई बड़ा नुकसान नहीं होगा।" बलराम ने कहा और अकड़ता हुआ चल दिया।

श्रीदाम और उद्धव तुरन्त मन्त्रणा करने लगे।

"अब क्या उपाय है?" श्रीदाम ने पूछा।

"यदि राधा को कहा जाए कि वह कन्हैया को समझाए, तो कैसा रहे? मुझे अभी-अभी यह सूझा कि राधा को ही सारी बातें समझाकर कही जाएँ।" उद्धव ने कहा।

हस्तिन् वृन्दावन के सभी वृषभों में श्रेष्ठ था। मांसल और प्रचण्डकाय इस वृषभराज के सींग मजबूत और पैने थे और गर्दन के स्नायु अत्यन्त शक्तिशाली। उसकी

चमड़ी साँवली और नरम थी। उसके प्रताप से वृन्दावन के बहुत-से वृषभों तथा गायों ने जन्म पाया था। विशाल वृक्ष से बँधा वह शक्ति का मूर्तिमान अवतार दिखाई पड़ता था। सारा दिन अधीरता से वह जमीन कुरेदता रहता और किसी के भी पास आने पर क्रोध से नथुने फुलाकर फुफकार उठता। यदि कोई गाय आ जाती तो वृक्ष से बँधा हो या नहीं, प्रबल आवेग से अशान्त होकर वह गर्जना करता और वंशवृद्धि के लिए आतुर हो उठता।

एक बार सभी लड़के जब हस्तिन् को देखने गए तब बलराम ने कहा कि एक रोज मैं इतना बलवान बनूँगा कि आवश्यकता पड़ने पर एक ही प्रहार से इस हस्तिन् को धराशायी कर दूँ।

"एक ही प्रहार से तू उसे धराशायी कर सकेगा या नहीं, यह तो मैं नहीं जानता; पर इतना जरूर जानता हूँ कि तू इस पर सवारी नहीं कर सकता!" बड़े भाई को चिढ़ाने की गरज से कृष्ण ने कहा।

"तो तू ही कहाँ इस पर सवारी कर सकता है?" बलराम ने उत्तर दिया।

थोड़ी देर तो कृष्ण चुप रहा, फिर शान्ति से उसने कहा, "मैं उस पर सवारी कर सकता हूँ।"

"तू नहीं कर सकता।"

"कर दिखाऊँ तो?"

"पर नन्दबाबा ने तो हमें साँड़ पर सवारी करने को मना किया है," उद्धव ने कहा, "जो भी हस्तिन् पर सवारी करने का प्रयास करेगा, वह वहीं ढेर हो जाएगा।"

"मैं उस पर सवारी अवश्य करूँगा।" कृष्ण ने कहा।

"नहीं कर पाया तो?" बलराम ने पूछा।

"तो तुझे अपने कन्धों पर बिठाकर दिन-दहाड़े सारे गाँव में चक्कर लगाऊँगा।" कृष्ण ने कहा।

"स्वीकार?"

"हाँ, स्वीकार!"

"ठीक, तो एक महीने बाद आगामी पूनम के दूसरे दिन मैं उस साँड़ पर सवारी करूँगा।" कृष्ण ने कहा।

इसके दूसरे दिन कृष्ण समय निकालकर वहाँ गया, जहाँ हस्तिन् को रखा जाता था। अन्य वृषभों से हस्तिन् को दूर ही बाँधा जाता था, क्योंकि पता नहीं वह क्रोधित होकर कब उन पर हमला कर बैठे।

कुछ आनाकानी के बाद हस्तिन् का रखवाला कृष्ण को महाकाय वृषभ के पास ले जाने को तैयार हुआ। हस्तिन् बड़े मजे में घास चर रहा था और लात

मार-मारकर उसे उछाल रहा था। तीनों रखवालों को चिन्ता हुई कि इस भयंकर जीव के पास कृष्ण को जाने दें तो नन्दबाबा क्या कहेंगे? एक रखवाला हस्तिन् के लिए बिनौले भरकर टोकरी ले आया और दूसरा इस तरह उसके पास जाकर खड़ा हो गया कि यदि हस्तिन् ने कुछ गड़बड़ की वह बीच-बचाव कर सके; परन्तु कृष्ण तो हँसते-हँसते हस्तिन् के पास वहीं जा पहुँचा, जहाँ रखवाला खड़ा था।

अचानक हस्तिन् की दृष्टि नए व्यक्ति पर पड़ी और उसने अपना भयंकर मुख उसकी ओर फेरा। क्रोध से नथुने फुलाकर वह दहाड़ उठा। बिनौले की टोकरी हाथ में लिये जो रखवाला खड़ा था, वह कृष्ण के आगे आकर खड़ा हो गया। हस्तिन् पुराने पीपल से बँधा अपना रस्सा तुड़ाने लगा। उसकी आँखें लाल हो गईं और माथा नीचा कर उसने नवागन्तुक को देखा। कृष्ण ने अपनी बाँसुरी निकालकर बजाना शुरू किया। थोड़ी देर तक तो हस्तिन् नथुने फुलाकर हुंकारता रहा। यह अपरिचित ध्वनि सुनकर वह रोष से भर गया था। फिर उसका क्रोध कुछ शान्त हुआ और उसने कौतूहल से कृष्ण की ओर देखा। रखवाले ने उसके सामने बिनौलों की टोकरी रखी, पर उसकी उसे उस समय कोई चाह नहीं थी। उसे तो उस अपरिचित लड़के की बाँसुरी में रस आ रहा था। बाँसुरी के स्वर उसे मीठे लगे और कृष्ण जब एक कदम आगे बढ़कर उसकी ओर गया तो हस्तिन् ने उसकी ओर शान्त दृष्टि से देखा। फिर तो कृष्ण ने साहस कर बाँसुरी बजाना बन्द कर दिया और हस्तिन् के पास जाकर वह स्वयं टोकरी उसके मुँह के आगे ले गया।

कृष्ण अब रोज वहाँ जाने लगा और अपनी बाँसुरी की मधुर ध्वनि से वृषभ को रिझाने लगा। हर बार वह अपने साथ ताज़ा हरी घास और घी से तर मिठाइयाँ ले जाता और हस्तिन् बड़े प्रेम से उन्हें खाता। कुछ दिन बाद बंसी बजाते-बजाते कृष्ण हस्तिन् के इतना निकट चला गया कि वह उसके शरीर को स्पर्श कर सके। हस्तिन् को वह अच्छा लगा और उसने कृष्ण को अपनी देह पर हाथ फेरने दिया। रखवाले तो आश्चर्यचकित रह गए कि यह उग्र स्वभाववाला वृषभ कृष्ण का मित्र कैसे बन गया।

निश्चित तिथि को सवेरे कृष्ण और बलराम हस्तिन् के स्थान पर पहुँचे। वह उस समय जमीन पर बैठा था। इन्हें देखते ही वह नथुने फुलाकर गरज उठा।

"क्या तू सचमुच ही हस्तिन् पर सवारी करेगा?" बलराम ने पूछा।

"अवश्य करूँगा।" कृष्ण ने उत्तर दिया।

"पागल मत हो। मैं तो यों ही परिहास कर रहा था," बलराम ने कहा। फिर

किसी नए व्यक्ति को आते देखकर श्रीदाम और उद्धव से उसने पूछा, "यह तुम किसे साथ ले आए हो?"

"राधा आई है हमारे साथ।" श्रीदाम ने कहा।

"यह क्या हो रहा है, कान्ह?" गुस्से से भरी राधा ने प्रश्न किया, "ऐसी बाजी तूने लगाई ही क्यों? और मुझसे इसकी चर्चा भी नहीं की!" भृकुटि चढ़ाकर कृष्ण पर मानो अपना अधिकार जता रही हो इस प्रकार आकर वह खड़ी हो गई और फिर बोली, "अरे दाऊ भैया, कान्ह को तुम हस्तिन् पर सवारी करने को क्यों कहते हो? कहीं पागल तो नहीं हो गए तुम!"

"मैं तो पागल नहीं हुआ, पर यह अवश्य हो गया है," कृष्ण की ओर संकेत करते हुए बलराम ने कहा, "मैं तो केवल परिहास कर रहा था। मैं स्वयं भी नहीं चाहता कि कृष्ण हस्तिन् पर सवारी करे। मैं अपनी माँग वापस लेता हूँ। मुझे क्या पता था कि यह इसे सचमुच ही मान लेगा।"

"सुना न, कान्ह! अब तुझे यह दुःसाहस करने की आवश्यकता नहीं।" राधा ने कहा।

कृष्ण ने मुस्कराकर कहा, "राधा, तू गुस्सा करती है तब कितनी भली लगती है! तेरी आँखें तो सचमुच बड़ी अद्‌भुत दीख पड़ती हैं!"

"मुझे गुस्सा मत दिला!" राधा ने चिढ़कर कहा, "हस्तिन् पर तुझे सवारी नहीं करनी है।"

"कौन कहता है कि नहीं करनी है?" कृष्ण ने हँसते-हँसते पूछा।

अपने आराम में खलल पड़ते देखकर हस्तिन् का मिजाज बिगड़ गया। वह खड़ा हो गया और अपने कक्ष में आए इन बिना बुलाए मेहमानों को सशंकित दृष्टि से कुछ देर देखने के बाद क्रोध से गरज उठा। इस प्रचण्ड प्राणी को क्रोध से भरा देखकर राधा तो घबड़ा गई।

"कान्ह! मैं तुझे इस पर नहीं बैठने दूँगी। अपनी हठ छोड़ दे!" भयजनित शब्दों में राधा ने विनती की।

"मैं हठ नहीं कर रहा! पर उस पर सवारी अवश्य करूँगा।" कृष्ण ने कहा।

"ना भैया, ना!" स्नेहपूर्वक कृष्ण के कन्धे पर हाथ रखते हुए बलराम ने कहा।

"बलराम, चिन्ता मत कर! हस्तिन् पर मैं सवारी जरूर करूँगा, इसलिए नहीं कि मैंने बाजी लगाई है, बल्कि इसलिए कि सवारी करने का मेरा मन है," कृष्ण ने दृढ़ता से कहा, "मैं अपने निश्चय से हटनेवाला नहीं हूँ। तुम लोग सब यहाँ खड़े रहकर मेरा काम कठिन बना रहे हो। जाओ, उस दीवार के पीछे जाकर खड़े हो और देखो कि मैं क्या करता हूँ!" कृष्ण ने शान्ति से, पर आदेशात्मक वाणी में कहा।

"अब क्या होगा?" उद्धव ने कहा।

"कुछ नहीं होगा। बस, मैं उस पर सवारी करूँगा, और कुछ नहीं। अब तुम हटो यहाँ से। राधा, गुस्सा छोड़ और शान्ति से सबके साथ खड़ी होकर देख!" कृष्ण ने कहा।

राधा का गुस्सा अभी उतरा नहीं था।

"नहीं, मैं नहीं जाऊँगी। यदि तू इस साँड़ पर सवारी करेगा तो तेरे साथ मैं भी सवारी करूँगी। यदि तूने मरने का ही निश्चय कर लिया है तो मैं भी तेरे साथ मरूँगी!" क्रोध में भरकर राधा ने कहा।

"पर, मेरे साथ तू किस तरह सवारी करेगी?" कृष्ण ने पूछा।

"तो फिर मैं मर जाऊँ तभी अपनी हठ पूरी करना!" राधा ने जवाब दिया। उसके हाथ काँप रहे थे और उसकी सुन्दर आँखों में दृढ़ निश्चय झलक रहा था।

क्षण-भर तो कृष्ण चुप रहा। सुकुमारता और प्रेम की दृष्टि से वह राधा की ओर देख रहा था। वह चौदह वर्ष का था और राधा उन्नीस की। फिर भी वह सुकुमार और सुन्दर दिखाई पड़ती थी। उसे अपने निश्चय से हटाना कठिन था।

"अच्छा ठीक है, मैं तुझे अपने साथ हस्तिन् पर सवारी कराऊँगा। पर, भई ज़रा दूर तो जाकर खड़ी रह!" कृष्ण ने कहा।

बलराम, श्रीदाम तथा उद्धव ने कुछ हिचकते-हिचकते वहाँ से हटना शुरू किया। राधा से कृष्ण ने कहा, "कुछ देर यहीं खड़ी रह! जब मैं अपनी तैयारी कर लूँगा तब तुझे अपने साथ सवारी करने ले जाऊँगा।"

राधा को वहीं छोड़कर कृष्ण वहाँ गया जहाँ बिनौले और खली रखी थी और उन्हें एक टोकरी में डालकर हस्तिन् के पास ले गया। वह अधीर होकर जोर-जोर से गर्जना कर रहा था। उसने राधा की ओर गुस्से से देखा।

टोकरी को जमीन पर रखकर कृष्ण ने बंसी बजाना शुरू किया। कुछ देर तो हस्तिन् की अधीरता ज्यों-की-त्यों बनी रही, फिर बाँसुरी का जादू उस पर चढ़ा और वह शान्त हुआ। कृष्ण ने टोकरी लेकर उसके मुँह के आगे रखी और वह आनन्द से खाने लगा। कृष्ण और भी पास जाकर उसे प्रेम से थपथपाने लगा। फिर उसका सहारा लेकर वह खड़ा हो गया और बाँसुरी निकालकर बजाना शुरू किया।

जब हस्तिन् खाने में मग्न था तब कृष्ण ने राधा के पास जाकर कहा, "मैं हस्तिन् को पानी की नाँद के पास ले जाता हूँ। जब वह पानी पी रहा होगा तो मैं बाँसुरी बजाऊँगा। तब तू आकर मेरे पीछे खड़ी हो जाना और कसकर मुझे पकड़ लेना, छोड़ना नहीं! याद रखना कि मुझसे ज़रा भी दूर हटी तो साँड़ तुझे लोहूलुहान कर देगा। क्यों, होगा न साहस तुझमें?"

"तू मेरे साथ रहे तब मुझे किस बात का भय?" आँखों में एक अद्‌भुत

चमक लाकर राधा ने कहा।

एक रखवाला तब दरवाजे के पास दिखाई पड़ा। उसे सम्बोधित कर कृष्ण ने कहा, "गोपाल, हस्तिन् को मैंने खिला दिया है। अब मैं इसे पानी पिलाने बाहर ले जा रहा हूँ। तू वहाँ मत आना। यदि तू आया और मुझे कुछ हुआ तो सारा दायित्व तेरा होगा।"

हस्तिन् के पास लौटकर कृष्ण ने फिर बाँसुरी बजाना शुरू किया। हस्तिन् खा रहा था, वहाँ से उसे छुड़ाकर वह उसे पास ही रखी नाँद के पास ले गया। जब साँड़ ने पानी पीना शुरू किया तब कृष्ण ने फिर बाँसुरी बजाना आरम्भ किया। तब दबे पाँव आकर राधा उसके पीछे खड़ी हो गई। हस्तिन् पानी पी ही रहा था कि कृष्ण उसके पास आकर खड़ा हो गया और उसकी गर्दन थपथपाने लगा ताकि दीवार पर चढ़ती राधा को वह न देख सके। बड़े प्यार से कृष्ण ने हस्तिन् के साथ बात करना जारी रखा और अचानक कूदकर उसकी पीठ पर बैठ गया। उसकी नाथ हाथ में लेकर कृष्ण ने राधा को भी अपने पीछे बिठा लिया। हस्तिन् ने अपना मुँह ऊपर उठाया, कृष्ण की ओर देखा और बड़े मजे से फिर पानी पीने लगा।

"बेटा हस्तिन्, चलो अब जंगल में जरा घूम आएँ!" बड़े प्यार से उसे सम्बोधित कर कृष्ण ने साँड़ से कहा।

जैसे कृष्ण की बात भलीभाँति समझ रहा हो, इस प्रकार उसकी ओर मुँह उठाकर हस्तिन् ने देखा और फिर प्रातःकाल की ताजी स्वच्छ हवा खाने जंगल की ओर चल दिया।

"चल बेटा चल! जल्दी-जल्दी पाँव उठा!" कृष्ण ने कहा।

कृष्ण ने हस्तिन् को जब जल्दी-जल्दी चलने को कहा तब राधा ने कृष्ण की कमर जोर से पकड़ ली। कृष्ण ने अपने दोनों हाथों की कुहनियों को दोनों ओर दबाकर राधा के हाथों को मजबूती से जकड़ रखा था। साँड़ दौड़ने लगा। कृष्ण ने प्यार से मुस्कराते हुए हस्तिन् को एड़ मारी और वह और भी जोर से दौड़ने लगा। थोड़ी ही देर बाद वह जंगल के भीतर पहुँच गया। राधा दृढ़ता से कृष्ण को थामे थी।

कुछ देर बाद हस्तिन् रुक गया। अब तक तो दौड़ने में उसे आनन्द ही आया था, पर अब उसकी साँस भर आई थी। राधा धीरे-से उसकी पीठ पर से खिसक गई और कृष्ण भी नीचे उतरकर उसके पास आकर खड़ा हो गया। हस्तिन् ने उन दोनों की ओर आनन्द और कृतज्ञता के भाव से देखा और रास्ते के पास जो घास उगी हुई थी, उसे चरने लगा।

राधा कृष्ण के पास आकर बैठ गई। कृष्ण ने उसके मुँह पर के स्वेद-बिन्दु

पोंछे और फिर बाँसुरी बजाने लगा।

जब सूर्य आकाश में ऊँचा उठ आया तब बलराम, श्रीदाम और उद्धव रखवालों के साथ उनके पीछे-पीछे वहाँ आ पहुँचे। राधा-कृष्ण से जब वे आकर मिल गए तब कृष्ण ने मत्त हस्तिन् को रस्सी से बाँधकर अपने साथ-साथ चलाना शुरू किया। राधा, कृष्ण और हस्तिन् के बीच मित्रता स्थापित हो चुकी थी।

सभी लड़के और रखवाले भी, इस अपूर्व दृश्य, इस अद्भुत साहस को देखकर गर्व से उनकी ओर देख रहे थे। पर सभी इस बात पर एकमत थे कि यदि नन्दबाबा किसी तरह जान गए कि उन्होंने कृष्ण को यह दुःसाहस करने दिया है, तो वे कभी उनको क्षमा नहीं करेंगे।

कालिय नाग

नए-नए चरागाह की खोज करते हुए कृष्ण और बलराम गोवर्धन पर्वत के समीप जा पहुँचे। वहाँ गायों के लिए उत्तम प्रकार की घास विपुल परिमाण में प्राप्त थी। तुलसी तथा वृन्दा के वृक्षों का भी वहाँ बाहुल्य था और उन्हीं पर वहाँ के गाँव का नामकरण भी हुआ था। कृष्ण तो पहले से ही तुलसी तथा वृन्दा पर मोहित थे; उनकी सुगन्ध से उनके हृदय में एक नवीन स्फुरण का संचार होता था। कदम्ब वृक्ष की ओर भी अब वह आकर्षित होने लगे थे और तारों के समान दिखाई पड़नेवाले सुन्दर पुष्पों को निहारते हुए उसकी छाया में विश्राम करना उन्हें अच्छा लगता था। चम्पक, केतकी तथा कुन्ती के पुष्प भी कृष्ण को अत्यन्त प्रिय थे। उनके आकार, रंग और सुगन्ध से उनकी सौन्दर्य-भावना को परितुष्टि मिलती। इन फूलों को वह अपने साफे में खोंसते, कान अथवा गले में धारण करते।

वृक्षों के प्रति कृष्ण को उतना ही अनुराग था जितना अपने प्रिय मित्रों के प्रति। कभी-कभी तो मित्रवृन्द को छोड़कर वह पुरातन वृक्षों की छायातले भ्रमण तथा विश्राम करते। उनके सान्निध्य में कृष्ण को एक अपूर्व शान्ति का अनुभव होता और कभी-कभी तो वह वृक्षों से मूक सम्भाषण भी करते दिखाई पड़ते। कई बार उनकी बाँसुरी के स्वर प्रकम्पित पर्णराशि में से छन-छनकर पवन के मन्द झोंकों के साथ मिल जाते।

पर, इन सबसे भी अधिक, सौन्दर्य-राशि गोवर्धन पर्वत कृष्ण को अत्यन्त प्रिय था। उस पर भाँति-भाँति के सुन्दर वृक्ष सुशोभित थे, और उन वृक्षों पर विविध प्रकार के रंग-बिरंगे पुष्प खिले रहते थे। पास ही कल-कल निनाद करते छोटे-छोटे झरने बहते थे। सारे पर्वत-प्रदेश पर, अपनी संगिनियों के साथ विहार तथा नृत्य

करते मयूर अतीव सुन्दर लगते थे। वे कृष्ण को अपना मित्र समझते थे। इसी प्रकार, सरोवर में सगर्व तैरते हुए हंस-युगल भी कृष्ण का स्वर सुनकर उनकी ओर मैत्रीभाव से दौड़े आते। जब वह पर्वत पर चढ़ते, तो वन के पक्षी उनके ऊपर उड़ते-उड़ते निकल जाते और शर्मीले खरगोश भी उनका बाँसुरीवादन सुनने के लिए अपने छोटे-छोटे बिलों से मुँह निकालते।

अपनी इस प्रिय पर्वतभूमि पर कृष्ण अपने मित्रों सहित, अथवा अकेले ही विचरण किया करते। पर्वत शिखर पर पहुँचकर जब वह अपनी दृष्टि चारों ओर डालते तब मनुष्य, पशु, वृक्ष, कुसुम, बहते हुए झरने और सर्वाधिक गोवर्धन पर्वत के साथ वह एक विचित्र अत्मीयता का अनुभव करते। बालकृष्ण में भय की वृत्ति का तो लवलेश भी नहीं था। एक बार वन के किसी निर्जन, अज्ञात प्रदेश में, ढोरों को चराते हुए, वह जा पहुँचे। वहाँ अपने अण्डों को सेती हुई एक बगुली के पास जब उनके साथी जाकर खड़े हुए, तो भयभीत बगुली ने जोर-जोर से चिल्लाना शुरू किया। श्रीदाम को तो उसने काट ही खाया। सभी लड़के घबड़ाकर भागे, परन्तु कृष्ण शान्त होकर वहीं खड़े रहे। उन्होंने बगुली की चोंच को अपने हाथों में पकड़कर चीर डाला। करुण आर्तनाद करती और खून उगलती हुई बगुली ने भागने का प्रयत्न किया, परन्तु कुछ ही दूर जाकर वह निर्जीव होकर गिर पड़ी।

एक बार एक प्रचण्ड अजगर का सामना भी कृष्ण को करना पड़ा। वह अजगर एक गाय को तो निगल ही गया था और दूसरे किसी भक्ष्य की प्रतीक्षा में पड़ा था। उसे देखकर अन्य ग्वालों की तो सिट्टी-पिट्टी गुम हो गई और वे भाग छूटे; पर कृष्ण वहीं शान्त और निश्चिन्त खड़े रहे। अजगर के विशाल मुँह और भयंकर आँखों से ज़रा भी भयभीत हुए बिना वह उसके पास जा पहुँचे और बड़ी फुर्ती से बड़े-बड़े ढेले तथा लकड़ी के टुकड़े उसके खुले मुख में फेंकने लगे। अजगर ने अपना मुँह बन्द कर लिया और वहाँ से खिसक गया। दूसरे दिन जंगल के एक भाग में उसकी लाश ही मिली।

बलराम में कृष्ण की अपेक्षा साहस-वृत्ति कम थी। वह धीरे-धीरे प्रचण्डकाय तो होते जा रहे थे; पर शीघ्रता से निर्णय करने की शक्ति उनमें नहीं थी। फिर भी एक बार क्रोधित होने पर वह आगा-पीछा ज़रा भी नहीं देखते और विद्युत-गति से अपने प्रतिपक्षी पर टूट पड़ते। एक बार जंगल में वह ढोरों को चराने ले गए और एक वृक्ष की छाया तले खड़े थे कि जंगली गधों के एक टोले का सरदार उनके पास आकर उन्हें लात मारने लगा। अन्य कोई व्यक्ति होता तो उस गर्दभराज के प्रहार से वहीं भूमि पर लोट जाते, परन्तु बलराम तो जैसे-के-तैसे खड़े रहे। फिर उसकी ओर घूमकर उन्होंने गधे के मुँह पर ऐसा मुष्टिप्रहार किया कि वह वहीं लुढ़क गया।

बलराम की मुष्टिका हथौड़े जैसी थी; उसके प्रहार से चाहे जैसी वज्र-वस्तु भी चूर्ण हो जाती। एक बार सभी मित्र खेल रहे थे। एक पक्ष के प्रधान थे कृष्ण और दूसरे के बलराम। बलराम का पक्ष जीत गया और खेल के नियमानुसार कृष्ण के पक्षवाले खिलाड़ियों को बलराम के पक्षवालों को अपने कन्धों पर चढ़ाकर एक निर्दिष्ट स्थान तक ले जाना था। कृष्ण ने तो अपने प्रिय मित्र श्रीदाम को अपने कन्धे पर चढ़ाकर चलना शुरू किया। विशालकाय बलराम को उठाया प्रचण्ड शरीर, परन्तु वक्र बुद्धि प्रलम्ब ने। वह बलराम को उठाकर निर्दिष्ट स्थान के बदले जंगल की ओर ले जाने लगा। बलराम को गुस्सा आया तो उसकी खोपड़ी पर मुष्टिका-प्रहार कर बैठे और उसे वहीं तत्काल तोड़ डाला।

कृष्ण और बलराम के ऐसे पराक्रमों की चर्चा सुनकर वृन्दावनवासी उन्हें भय तथा कौतूहल-मिश्रित आदरभाव से देखने लगे थे। उन्हें अब इस बात में कोई शंका नहीं रह गई थी कि ये दोनों भाई देवताओं के अवतार हैं और इनका जो भी विरोध करेगा, वह दैत्य है। फिर भी, उनकी सुरक्षा की चिन्ता उन्हें जरूर रहती थी, इसलिए जब श्रीदाम यह समाचार लेकर गाँव में आया कि विषधर कालिय नाग का दमन करने के लिए कृष्ण विषैले कुण्ड में कूद पड़े हैं, तब तो उनकी घबड़ाहट और भय की मात्रा पराकाष्ठा पर पहुँच गई।

वृन्दावन से कुछ दूर एक निर्जन स्थान में एक विषैला कुण्ड था। मात्र वर्षा-काल में नदी का जल उसमें भर जाता था; बाकी आठ महीने वह सूखा रहता। हरी घास तथा काई उसमें भर जाती थी जिससे उसमें से भयंकर दुर्गन्ध निकलती रहती। कालिय नाम का नाग अपने परिवार सहित उसमें रहता था। उसके डर के मारे मनुष्य अथवा पशु, कोई भी उस कुण्ड की ओर नहीं जाता था। उसका नीला जल विषमय माना जाता था, क्योंकि जिस किसी पशु ने उसे पिया वह वहीं मर गया।

श्रीकृष्ण के साथ की कई गायें इस जल को पीते ही निर्जीव होकर गिर पड़ी थीं। यह देखकर दूसरे लड़के तो डर के मारे भाग गए, पर कृष्ण वहीं खड़े रहे और शान्ति से कुण्ड के भीतर तैरते हुए नाग पर दृष्टि जमाए कुछ देर विचार करते रहे। फिर एकाएक धोती का कछौटा मारकर, हाथ में एक रस्सी लिये पास ही के एक वृक्ष की डाल पर चढ़ गए और पानी में कूद पड़े। किनारे पर खड़े उनके सभी साथियों के मुँह से भय और विस्मय की चीख निकल पड़ी। यह समाचार नन्द और यशोदा तक पहुँचाने श्रीदाम और उद्धव वृन्दावन की ओर बेतहाशा भागे।

कुण्ड के पानी में घास और काई बहुत थी, इसलिए कृष्ण को उस जगह तैरकर पहुँचने में कुछ विलम्ब हुआ और कठिनाई का भी सामना करना पड़ा, जहाँ

कालिय नाग दिखाई पड़ा था। फिर भी उन्हें अपनी शक्ति तथा बुद्धि में अचल श्रद्धा थी और वह स्वस्थ एवं प्रशान्त थे।

अपने प्रदेश में किसी को अनधिकार प्रवेश करते देखकर कालिय अत्यन्त रोष से भर गया था और उसने अपने फन फैलाकर कृष्ण की ओर क्रुद्ध दृष्टि से देखा। पर ज्यों ही वह उनकी ओर मुड़ा कि कृष्ण ने फन्दा डालकर अपने हाथ की रस्सी कालिय पर फेंकी, और उसकी गर्दन फन्दे में फँस गई। नाग इस बन्धन से छूटने का प्रबल प्रयत्न करने लगा, पर ज्यों-ज्यों वह अधिक उछल-पटक करता, त्यों-त्यों फन्दे की पकड़ और दृढ़ होती जाती। कालिय बुरी तरह छटपटा रहा था, शरीर को मोड़ रहा था तथा अपनी विशाल पूँछ फटकार रहा था। परन्तु उसके सब प्रयास विफल रहे। कृष्ण ने रस्सी का दूसरा सिरा अपनी कमर से बाँध लिया और पूरी शक्ति से जल्दी-जल्दी तैरते हुए किनारे की ओर बढ़ने लगे। नाग ने भी उन्हें अपनी ओर खींच लेने में पूरी शक्ति लगा दी। यह संघर्ष देर तक चलता रहा। अन्त में नाग थक गया। भयभीत सर्प को घसीटते-घसीटते कृष्ण किनारे पर ले आए। नम्रता से शरणागत हुई नाग-पत्नियाँ पीछे-पीछे आ रही थीं।

इस विषैले कुण्ड में कूदकर कृष्ण ने एक प्रकार से आत्महत्या ही को आमन्त्रित किया था। राधा को जब इसकी खबर लगी, तो वह भयभीत हरिणी की तरह सबसे आगे दौड़ती हुई वहाँ आ पहुँची। नाग को पूँछ फटकारते और अपने प्रिय कान्ह को डूबते-तैरते देखकर वह बेसुध हो गई। ललिता, विशाखा तथा अन्य गोपियों ने वहाँ पहुँचकर उसे सँभाला। इतने में कृष्ण जल से बाहर निकल आए। राधा दौड़कर उनके पास पहुँची और उनके चरणों में मस्तक रखकर सिसकियाँ भरती हुई, दयार्द्र स्वर में कहने लगी, "कान्ह, यह तूने क्या किया? क्या किया तूने कान्ह?" और फिर अचेत हो गई।

अपनी पत्नियों सहित वहाँ आए कुलीन गोपालों तथा नन्दबाबा और मैया यशोदा को भी, यह दृश्य देखकर आघात पहुँचा। बीस वर्ष की इस कुँआरी छोरी के स्वच्छन्द वर्तन से सभी को कष्ट होता था, पर आज तो हद ही हो गई। उसके स्वेच्छाचार में सबसे अधिक दुःख उसकी ज्येष्ठ सौतेली माँ कपिला को होता था। इसके लिए वह अपने पति वृषभानु को सदा दोष देती कि उन्होंने ही लाड़-प्यार से उसे बिगाड़ रखा है। राधा का विवाह शीघ्र कर देने के लिए वह आग्रह करती। उसका कहना था कि लड़कों के साथ नाचना-कूदना, हँसना और नन्द के छोरे के पीछे दीवानी होकर घूमना किसी भली लड़की का काम नहीं है। फिर कंस अपनी सेना सहित अब मथुरा लौट आया था और अय्यन कुछ ही दिनों में अपने गाँव

वापस आनेवाला था। इसलिए परिस्थिति और भी गम्भीर हो गई थी।

अर्द्धचेतन अवस्था में राधा को जब उसके भाई घर ले आए तो कपिला अपने क्रोध पर नियन्त्रण न रख सकी। राधा के पास जाकर उसने उसे जोर से एक तमाचा मारा। परन्तु राधा को तो जैसे कुछ होश ही नहीं था, वह जड़वत् उसकी ओर देखती रही और थोड़ी देर बाद मूर्च्छित हो फिर जमीन पर गिर गई। वृषभानु भी उस पर अत्यन्त कुपित थे। उन्होंने निश्चय किया कि राधा को अब कठोर नियन्त्रण में रखना होगा। थोड़े ही दिनों में अय्यन आ जाएगा और उत्तरायण होने पर देवों का निशाकाल व्यतीत हो जाएगा तब उसका विवाह भी कर देना होगा। राधा की आयु भी अब कुछ कम नहीं थी। कृष्ण भी अब लगभग पन्द्रह का तो हो गया होगा। नन्दबाबा अपने लाड़ले को उसके जैसे गरीब आदमी की लड़की के साथ घूमता-फिरता देखेंगे तो जरूर रुष्ट होंगे। ना, अब राधा बाहर नहीं जा सकती; उसे घर में बन्द रखना होगा। जब कपिला और वृषभानु दोनों अपना क्रोध निकाल चुके तब राधा ने सिसकते-सिसकते, अपने घुटनों में मुँह छिपाकर कहा, "नहीं! नहीं! ऐसा नहीं हो सकता!"

"नहीं, नहीं, क्या? तुझे अब घर में ही बन्द रखना होगा और खाना भी नहीं दिया जाएगा तुझे! समझी! मेरे कुल का नाम डुबाने चली है? कुलांगार कहीं की!" वृषभानु लम्बे-लम्बे डग भरता हुआ चला गया।

कुछ देर तो राधा हताश हो चुपचाप आँसू बहाती रही; फिर जब कुछ मन का भार हल्का हुआ तो कान्ह की स्मृति फिर से उसके मन में उभर आई। उसकी आँखों के आगे अतीत के चित्र तैरने लगे। वृक्षयुग्म को गिराकर ऊखल से बँधे नन्हे कान्ह को उसने घुटनों के बल आगे खिसकते हुए पहले-पहल देखा था; फिर अपने वचन का पालन करते हुए वह वृन्दावन आ पहुँचा; दोनों किस प्रकार साथ-साथ खेलते, कूदते, नृत्य और गान करते तथा गोल-गोल चक्कर काटते हुए एक-दूसरे पर गिर पड़ते थे। कृष्ण के होंठों पर एक अर्थसूचक और मधुर मुस्कान केवल उसी को देखकर थिरक उठती थी। वह भी जब कभी उसकी याद करती तो हृदय एक अज्ञात आनन्द और मधुर स्वरों की गूँज से भर उठता–उसे मानो नशा-सा हो जाता! और अब! अब अय्यन आनेवाला था। उसे तो उसने देखा भी नहीं है। उसका नाम भी कुछ विचित्र लगता है। और वह आकर उसे अपनी पत्नी बनाकर ले जाएगा! नहीं, नहीं, कदापि नहीं!

कान्ह तो गोपों के प्रमुख का पुत्र है। समय आने पर वह भी शूरों का प्रधान होगा। कटु सत्य यही है कि उसके साथ उसका विवाह नहीं हो सकता। उसके पिता एक साधारण ग्वाले हैं और वह स्वयं कृष्ण से आयु में बड़ी है। यशोदा मैया उस पर यही जानकर स्नेह रखती हैं कि कान्ह को इसके साथ खेलना भाता है;

पर पुत्रवधू के रूप में वह उसे कभी स्वीकार नहीं करेंगी। अन्ततः कृष्ण से बिछुड़ना ही पड़ेगा उसे। पर यह कैसे हो सकता है? उसके बिना वह जिएगी कैसे? जीवन में आनन्द ही क्या रह जाएगा फिर? नहीं, नहीं, यह नहीं हो सकता।

उस रात वह सो नहीं सकी। दूसरे दिन भी उसे घर में रहना पड़ा। उसकी सौतेली माँ ने उसे कुछ खाने को दिया। सारा दिन वह अपने प्रिय कान्ह के विचारों में ही निमग्न रही। उसने निश्चय किया कि वह किसी भी प्रकार उससे विलग नहीं रह सकती। फिर यह विचार उसके मन में बिजली की तरह कौंध गया और उससे उसे असह्य पीड़ा हुई कि आज पूर्णिमा की रात है। कान्ह अपने मित्रों सहित नदी के रेतीले तट पर आएगा। अन्य गोप-बालाएँ भी वहाँ जाएँगी। सब मिलकर गीत गाएँगे और रास रचाएँगे। और वह स्वयं, कान्ह की प्रिय सखी, वहाँ नहीं जा पाएगी! उसे तो उस कोठरी में ही बन्द रहना होगा।

खिड़की की दरार में से राधा ने नीचे की ओर देखा। पृथ्वी पर पूर्णिमा का उज्ज्वल प्रकाश फैल रहा था। सारा गाँव और आसपास का वन्य प्रदेश रुपहली चाँदनी में स्नान कर रहा था। पर यह सब सौन्दर्य, इतनी शोभा उसके किस काम की? आज की रात तो वह अपने कान्ह से नहीं मिल पाएगी। हाय रे भाग्य!

सारा गाँव शान्त था। यमुना के बहते हुए जल की कर्णप्रिय ध्वनि उसे स्पष्ट सुनाई पड़ रही थी। उसके कानों के लिए कभी वह मधुर संगीत था, पर आज तो वही ध्वनि उसके हृदय में व्यथा भर रही थी। अचानक, रात्रि की प्रगाढ़ निस्तब्धता को चीरती हुई बाँसुरी की मधुर टेर हवा में तैरती हुई सुनाई पड़ी और उसकी नसों का लहू तेजी से दौड़ने लगा। वह उद्वेलित हो उठी। उसके हृदय पर मानो हथौड़े पड़ रहे हों, इस प्रकार की आवाज उसके कानों में सुनाई पड़ी। उसकी आवाज! नदी के तीर पर खड़ा हो प्रत्येक पूर्णिमा को वह सभी मित्रों को आमन्त्रित करता था, पर सबसे अधिक उसी को। वह उसकी सबसे प्रिय सखी थी, और वह उसका प्राण, पति, प्रभु—सर्वस्व था। पर, आज तो उन दोनों को विलग ही रहना पड़ेगा।

दूर से आती हुई वह स्वरलहरी उसके हृदय में एक टीस पैदा कर रही थी। क्या ही अच्छा हो यदि वह पंख लगाकर उड़ सके! खिड़की से कूदकर जाने का उसने विचार किया; परन्तु उसके पिता ने उसे बन्दी रखने का पूरा प्रबन्ध कर रखा था। बगल के ही खण्ड में उसकी विमाता सोई थी और पास ही दूसरे कक्ष में उसके भाई सो रहे थे। राधा का मन दीवारों से अपना सिर फोड़ लेने को हुआ। 'हे कान्ह! अब किस विधि तेरे पास पहुँचूँ? न गए भी गति नहीं! तुझसे मिले बिना मैं जीवित ही कैसे रहूँगी?' राधा ने विलाप किया। उसका कण्ठ भर आया था और प्राण घायल पंछी की तरह कृष्ण-दर्शन के लिए छटपटा रहे थे।

बाँसुरी की ध्वनि एकाएक रुक गई। ऐसा क्यों? क्या वह उसकी राह देख

रहा है? रास शुरू हो गया क्या? वह तो सदा यही कहता था कि राधा रास का प्राण है। कान्ह, प्रिय कान्ह क्या उसे छोड़कर रास में भाग लेगा? उसे लगा कि वह बहुत थक गई है। उसकी आँख लग गई। पता नहीं वह कब तक सोई रही। अचानक किसी के गर्म श्वास का स्पर्श उसे हुआ और वह जाग पड़ी। चौंककर वह उठ बैठी। ऐसा लगा मानो कोई कक्ष में आया है। 'राधा, चुपचाप कपड़े पहनकर तैयार हो जा!' परिचित और प्रिय कण्ठ-स्वर उसे सुनाई पड़ा। तो क्या वही है? कहीं स्वप्न तो नहीं देख रही है वह? आँख उठाकर देखा तो कोई छपरे से लटक रहा था।

"ले, खड़ी हो जा! चुपचाप कपड़े पहनकर जल्दी से तैयारी कर। हम सब तेरी ही राह तक रहे हैं," कान्ह ने कहा। राधा का हृदय बाँसों उछलने लगा। उसका रोम-रोम पुलकित हो उठा। आनन्द से वह सराबोर हो गई और तन-मन में एक अद्‌भुत स्फूर्ति, एक नशा-सा छा गया। अँधेरे में ही उसने रास के कपड़े खूँटी से उतारकर पहन लिये।

"मैं तुझे अपने कन्धों पर बिठाता हूँ, फिर श्रीदाम तुझे ऊपर खींच लेगा।"

छपरे से लटकते श्रीदाम की ओर संकेत कर कृष्ण ने कहा, "छपरे पर बलराम श्रीदाम का हाथ थामे खड़े हैं। वह हम सबको ऊपर खींच लेंगे।"

एक शब्द भी बोले बिना राधा कृष्ण के कन्धों पर चढ़ गई।

"बीच में ही घबड़ाकर, तू नीचे तो नहीं गिर पड़ेगी न, राधा?" कृष्ण ने अत्यन्त धीमे स्वर में कहा।

"तू मेरे साथ है तब काहे का भय?" राधा ने उत्तर दिया। श्रीदाम ने उसे धीरे-से ऊपर खींच लिया।

जब राधा छपरे पर पहुँच गई तो कृष्ण ने श्रीदाम के पैर पकड़ लिये और बलराम ने उन दोनों को ऊपर खींच लिया।

थोड़ी ही देर में चारों व्यक्ति छपरे पर थे। चोरों की तरह धीमे-धीमे पाँव रखते हुए किनारे तक पहुँचे। सबसे पहले बलराम जमीन पर कूदे, उनके कन्धों का सहारा लेकर श्रीदाम नीचे आया और फिर राधा को साथ लेकर श्रीकृष्ण श्रीदाम के कन्धों पर उतरे। फिर सभी धरती पर कूद पड़े और तेजी से नदी तट की ओर बढ़े।

वहाँ पर प्रतीक्षारत गोप-गोपिकाओं ने उन्हें देखकर हर्षनाद किया। फिर, राधा को अपनी बगल में खड़ा कर कृष्ण ने बाँसुरी बजाना शुरू किया। तुरन्त ही बंसी की मीठी ध्वनि पर बेसुध हुए सभी गोप-गोपिकाएँ हाथ से ताल देते तथा पैरों के घुँघरू झनझनाते हुए थिरकने लगे। रास आरम्भ हो चुका था।

दूसरे दिन सवेरे कपिला ने यह देखने के लिए कि राधा क्या कर रही है,

किवाड़ खोले। राधा प्रगाढ़ निद्रा में लीन थी और उसके अधरों पर एक मधुर मुस्कान थिरक रही थी।

राधा की मँगनी

"कृष्ण, अब तो कुछ करना ही पड़ेगा भाई! राधा को उसके माता-पिता बहुत तंग कर रहे हैं," बलराम ने रोषपूर्वक कृष्ण से कहा, "उसका पिता बड़ा ही दुष्ट है, मैं अभी जाकर उसको मजा चखाता हूँ।"

"नहीं, नहीं! ऐसा कुछ मत कर बैठना," कृष्ण ने उत्तर दिया, "तू यह भार मुझ पर छोड़ दे। मैं सब देख लूँगा।" बात इतनी बढ़ चुकी थी कि अब चुप रहना सम्भव नहीं था।

यशोदा के पास जाकर कृष्ण ने मुस्कराकर कहा, "मैया, मेरा एक काम नहीं करोगी? राधा की माँ को एक सन्देश भिजवा दो न ज़रा!"

"कौन-सा सन्देश?" यशोदा ने आश्चर्य से पूछा।

"राधा की मँगनी का।" कृष्ण ने शान्ति से कहा।

"राधा की मँगनी? उसका सम्बन्ध तो अय्यन के साथ तय हो चुका है, और अब अय्यन युद्ध से लौट भी आया है।"

"उसका विवाह अय्यन के साथ हो, यह मुझे ज़रा भी पसन्द नहीं।" कृष्ण ने कहा।

यशोदा यह सोचकर कि यह भी शायद कृष्ण का कोई खिलवाड़ है, हँस पड़ीं। "तो तूने किसे पसन्द किया है उसके लिए?"

"स्वयं अपने को।"

"क्या," यशोदा कृष्ण का उत्तर सुनकर स्तब्ध रह गईं। "राधा के साथ तेरा विवाह हो ही कैसे सकता है?" उन्होंने कहा।

"क्यों नहीं हो सकता? मैं उससे विवाह करना जो चाहता हूँ।" दृढ़ निश्चय के साथ कृष्ण ने मुस्कराते हुए कहा।

"मेरा लड़का वृषभानु की छोकरी से ब्याहे, यह तो कभी हो ही नहीं सकता! और फिर तुझसे अवस्था में भी तो वह बड़ी है?" यशोदा ने कहा।

"तो क्या हुआ? बहुत-से लोग अपनी अवस्था से बड़ी लड़कियों से शादी करते हैं।" कृष्ण ने कहा।

"पर मैं अपने लड़के को ऐसा नहीं करने दूँगी। मैं तुझसे भी बड़ी, कोई बहू घर में नहीं लाऊँगी।"

“लेकिन राधा तो तुझे अपनी माँ-जैसी ही समझती है।”

“नादानी न कर! मैं जानती हूँ कि तेरा स्वभाव कैसा हठी है। पर, आज तक जो तेरी हर बात मैं मानती आई हूँ, इसका अर्थ यह नहीं कि तेरा यह हठ भी मान लूँगी। राधा हल्के कुल की है। जबकि तेरा घराना मुखियाओं का है। तेरे लिए तो किसी मुखिया की ही लड़की हम लाएँगे। राधा से तेरा ब्याह नहीं हो सकता!” किंचित् रोषपूर्वक यशोदा ने कहा।

“ऐसी सुन्दर बहू तुझे नहीं चाहिए माँ?” यशोदा को चिढ़ाते हुए कृष्ण ने कहा।

“सुन्दर बहू! उहँ! बिलकुल निर्लज्ज छोकरी है वह! सारा गाँव उसकी बातें करता है! ऐसी सुन्दर बहू गँवाने का ज़रा भी दुःख नहीं होगा मुझे।”

“तो फिर कहीं तुझे अपना लड़का न गँवाना पड़े।” कृष्ण ने कुछ विचित्र ढंग से कहा, परन्तु उसकी आवाज में धमकी का स्वर बहुत हल्का था।

यशोदा असमंजस में पड़ गईं। कृष्ण की ओर वह कुछ देर तो इस प्रकार देखती रहीं मानो उनकी समझ में कुछ नहीं आ रहा है, फिर चिढ़कर बोलीं, “जा, यह बात अपने बापू से कह! मैं तो तुझसे तंग आ गई। बड़ा ढीठ छोरा है, भई!”

“ऐसा क्यों कहती हो मैया! तुम ही अगर मुझसे तंग आ गईं तो कैसे काम चलेगा भला? और फिर मेरी जो बहू आएगी उससे भी तंग मत होना। देखना, वृषभानु की पुत्री कैसे रात-दिन तेरे पैर पूजती है!”

“थोड़ी शरम कर!” यशोदा ने हँसते-हँसते कहा। वह जानती थीं कि देर तक कृष्ण से चिढ़े रहना सम्भव नहीं, इसीलिए बोलीं, “जा, अब अपने बापू के पास जा!”

कृष्ण ने पिता के पास जाकर सारी बात कही। नन्द को लगा कि कृष्ण ठट्ठा कर रहा है, इसलिए वह खिलखिलाकर हँस पड़े।

“बेटे, तुम लड़कियों के साथ इतना अधिक घूमते हो कि अब तुम्हें उनमें से किसी के साथ ब्याह रचाने का मन हुआ है।”

“तो आप राधा की मँगनी का सन्देश भेजेंगे न?” कृष्ण ने पूछा।

“नहीं बेटा, नहीं। उस हल्के कुल की लड़की के साथ तेरा ब्याह कैसे हो सकता है? तेरे लिए तो किसी राजकुमारी को ही लाना होगा।” हँसते-हँसते नन्द ने कहा।

“वृषभानु की लड़की से अधिक सुन्दर क्या कोई राजकुमारी होगी?”

“तूने कितनी राजकुमारियों को देखा है?”

“ये सब नन्हीं-नन्हीं गोपियाँ राजकुमारियाँ नहीं तो क्या हैं? राजकुमारियों से भी अधिक सुन्दर हैं ये!”

"तुझे क्या पता?"

"हम सब गोपाल हैं, तो हमें किसी ग्वाले की कन्या क्यों नहीं स्वीकार करनी चाहिए?"

"फिर अय्यन का क्या होगा? उसका विवाह किससे होगा?" बात को दूसरी ओर मोड़ने की चेष्टा नन्द ने की।

"वह ब्रज तथा मथुरा में जितनी लड़कियाँ हैं उनमें से चाहे जिससे ब्याह करे, मुझे कोई आपत्ति नहीं होगी। बापू, क्या आप मेरी इतनी-सी बात नहीं मानेंगे? माँ से राधा की मँगनी भेजने को कहिए न!"

"नहीं, यह नहीं हो सकता।" गम्भीर होकर नन्द ने कहा।

"क्यों नहीं बापू?"

"तू बड़ा चतुर है। तेरी चतुराई को मैं नहीं पा सकता। और, यह भी तू जानता है कि तुझे किसी बात के लिए ना कहने का मेरा मन नहीं होता। पर, यह मैं नहीं देख सकता कि तू राधा या किसी और गोपी के साथ ब्याह करे। गर्गाचार्य आएँ तब उनसे ही पूछ लेना।"

"और उन्होंने यदि हमारे ब्याह के लिए अनुमति दे दी तो?"

"वह कभी हाँ कहेंगे ही नहीं।"

"समझो कि उन्होंने हाँ कर दी, तो?"

"तो मैं विरोध नहीं करूँगा। पर, यह मैं खूब जानता हूँ कि उन्हें वह सम्बन्ध कभी स्वीकार नहीं हो सकता।"

"संवत्सरी के लिए आचार्य कल यहाँ वृन्दावन में आएँगे, तब मैं उनसे पूछ लूँगा।"

संवत्सरी की विधि सम्पन्न कराने दूसरे दिन गर्गाचार्य अपने दो शिष्यों सहित आ पहुँचे। उनके साथ आचार्य सान्दीपनि भी अपने दो पुत्रों और दो शिष्यों के साथ पधारे थे। ऊँचे कद तथा मांसल देहवाले सान्दीपनि मध्यम वय के थे। उनकी आँखों में अपूर्व तेज था। लम्बी, श्याम दाढ़ी उनके मुखश्री की शोभा बढ़ा रही थी। बाबा नन्द ने अपने सभी कुटुम्बीजनों सहित विधिपूर्वक अतिथियों का स्वागत किया। फिर वह उन्हें नदी पर स्नान कराने ले गए। स्नानान्तर सर्वविधि सम्पन्न की गई तथा संवत्सरी के निमित्त भोजन समारम्भ हुआ जो रात तक चलता रहा।

इसके दूसरे दिन जब नन्दबाबा, गर्ग तथा सान्दीपनि के पास बैठे थे तब उन्होंने कृष्ण को बुला भेजा। कृष्ण ने साष्टांग प्रणाम कर उनकी चरण-रज ली।

"कृष्ण, आचार्य सान्दीपनि अपने साथ यहाँ रहेंगे। तुम्हें यह लिखना-पढ़ना सिखाएँगे।"

"जैसी आज्ञा, पिताजी!" कृष्ण ने हाथ जोड़कर कहा।

“आचार्य शस्त्रविद्या में भी पारंगत हैं। तुम्हें सीखनी है शस्त्रविद्या?”

“मुझे क्या आवश्यकता है शस्त्रविद्या की? मुझे युद्ध में थोड़े ही जाना है?”

“यह कौन कह सकता है?” गर्गाचार्य की ओर आँख से संकेत करते हुए नन्दबाबा ने कहा, “हो सकता है, किसी दिन तू राजा भी बने।”

“पिताजी, मुझे तो आपके साथ, मैया के साथ और अपने गाय-बछड़ों के साथ ही रहना पसन्द है। वृन्दावन की इस शोभा और शान्ति को छोड़कर भला और कहीं जाने का मेरा मन क्यों होगा?”

“नन्दपुत्र, मुनिश्रेष्ठ की इच्छा है कि तुम जहाँ भी जाओ वहाँ सौन्दर्य और शान्ति की वर्षा करो।”

“ये मुनिश्रेष्ठ कौन हैं?”

“नहीं जानते? भगवान् वेदव्यास का नाम नहीं सुना तुमने?” सान्दीपनि ने पूछा।

“भगवान् गर्गाचार्य से मैंने उनके विषय में काफी सुना है। एक बार कुरुक्षेत्र जाकर उनके दर्शन करने की कामना भी मैं करता हूँ।”

“अब जो बात तुझे आचार्य से करनी है वह कर ले,” नन्द ने कहा, “ये बैठे हैं गर्गाचार्य! तुम दोनों मिलकर फैसला कर लो। मुझे तो तुम्हारी विचित्र बातों में पड़ना नहीं है।” नन्द को कृष्ण की कोई बात अस्वीकार करना अच्छा नहीं लगता था।

“क्या बात है कृष्ण?” गर्गाचार्य ने प्रश्न किया।

“इसे वृषभानु की पुत्री राधा के साथ विवाह करना है! आप तो वृषभानु को अच्छी तरह जानते हैं। उसका कुल हल्का है, लड़की भी कृष्ण से पाँच साल बड़ी है और कंस के सैनिक अय्यन के साथ उसकी सगाई भी हो चुकी है। आचार्य, आप जानते ही हैं कि कृष्ण के साथ राधा का विवाह नहीं हो सकता।” नन्द ने ही कहा।

“क्यों नहीं हो सकता, गुरुवर?”

“क्योंकि यह असम्भव है।” गर्गाचार्य बोले।

“पिताजी भी ऐसा ही कहते हैं। मुझे क्षमा करें, परन्तु बात कुछ ऐसी है कि मैं उससे ब्याह करना चाहता हूँ और वही भी मुझसे ब्याह करना चाहती है।”

“वत्स, विवाह एक अत्यन्त गम्भीर वस्तु है। उसमें केवल इच्छा को ही नहीं देखा जाता। केवल इच्छा के अनुसार ही विवाह करना तो पापाचार कहा जाएगा,” गर्गाचार्य ने कहा, “धर्म के नियमों से जो अनभिज्ञ हैं वे ही ऐसी बात करेंगे। विवाह के विषय में तो रूप और स्वभाव, वय तथा कुल, संस्कार एवं भविष्य, इन सभी बातों का विचार करना पड़ता है। विवाह एक पवित्र संस्कार है, इससे

स्त्री-पुरुष एक होकर धर्माचरण करने को बद्ध होते हैं।''

''कुछ लोग तो धर्म का विचार किए बिना ही विवाह कर लेते हैं। पर, वृषभानु की पुत्री के साथ मेरे विवाह करने में अधर्म कहाँ हुआ? हम गोप लोगों में तो ऐसा होता ही है।'' कृष्ण ने कहा।

गर्गाचार्य ने एक अर्थसूचक दृष्टि नन्द पर डालकर, दृढ़तापूर्वक, शान्ति से कहा, ''कृष्ण सर्वश्रेष्ठ धर्म ही तेरा धर्म है। इसके सिवा तेरा और कोई धर्म नहीं।''

कृष्ण आश्चर्य से वृद्ध आचार्य की ओर देखता रहा।

''वत्स, तेरे जन्मकाल से ही मैं तेरी सँभाल करता आया हूँ। तेरा जन्म धर्म की रक्षा करने के लिए हुआ है—मुनिश्रेष्ठ का यही वचन है,'' गर्गाचार्य ने कहा और सम्मत्ति के लिए सान्दीपनि की ओर देखकर फिर बोले, ''देवों का विधान भी यही है।''

सान्दीपनि ने सहमति में सिर हिलाते हुए कहा, ''इसीलिए तो मैं यहाँ आया हूँ।''

कृष्ण गम्भीरतापूर्वक सान्दीपनि की ओर देखता रहा। ''तो मुझे आप क्या करने को कहते हैं?'' उसने पूछा। उसे यह आशा नहीं थी कि ऐसे महात्मा उसके भविष्य के प्रति इतनी चिन्ता रखते हैं।

''हमारी यही इच्छा है कि जिस महान् कार्य के लिए तुम्हारा जन्म हुआ है, उसके लिए तुम प्रस्तुत हो जाओ।''

कृष्ण ने पिता की ओर देखा तो उन्हें फिर आचार्य की ओर नयन-संकेत करते पाया।

''वत्स, सुनो! कंस युद्ध से लौट आया है और अब उसकी मति पहले से भी अधिक निकृष्ट हो गई है। तुमने जो अद्‌भुत पराक्रम कर दिखाए हैं, उनकी खबर देर-सवेर उसे लगेगी ही। हम लोग तुम्हें अपना उद्धारक समझते हैं,'' गर्गाचार्य ने बहुत आहिस्ता-से, मानो कान में कुछ कह रहे हों, इस प्रकार कहा। ''और सुनो! तुम नन्द के पुत्र नहीं हो बल्कि राजा वसुदेव तथा देवक की पुत्री रानी देवकी के पुत्र हो। हमने तुम्हें नन्द के यहाँ इतने दिनों से इसलिए छिपा रखा है कि निश्चित घड़ी आने तक, तुम यहीं रहकर सत्य और विवेक को समझो। कंस की मृत्यु तुम्हारे हाथ लिखी है, ऐसी भविष्यवाणी महर्षि नारद ने की थी। भगवान् वेदव्यास का भी वचन यही है। इसी आशा पर हम टिके हैं। तुम्हारे लिए अब जो नवीन जीवन-पथ निर्मित हुआ है, उस पर तुम्हें आचार्य सान्दीपनि प्रस्तुत करेंगे।''

कुछ देर तक कृष्ण द्वार से आ रही सूर्य-किरणों की ओर देखता रहा। गर्गाचार्य ने जिस रहस्य को प्रकट किया था उसका मर्म समझने की चेष्टा वह

कर रहा था। फिर जैसे अन्तर की बात कह रहा हो, इस प्रकार बोला, "भगवन्, मेरी प्रार्थना है कि अब तक जिस प्रकार मैं यहाँ रहता आया हूँ, उसी प्रकार मुझे रहने दें। मैं तो मात्र एक ग्वाले का पुत्र हूँ। मुझे मेरे माता-पिता अत्यन्त प्रिय हैं। अपनी गायें और यह ब्रजभूमि, जहाँ मैं विचरण करता हूँ, मेरे लिए बहुत प्रिय हैं। गोवर्धन पर्वत की मैं पूजा करता हूँ, और उद्धारक के रूप में यहाँ से चले जाने का जब तक समय न आए तब तक इसी तरह जीना चाहता हूँ।"

"और बेटे, जब तुम यहाँ से दूर चले जाओगे, तब भी मेरे प्रति क्या यही भाव रखोगे?" नन्द ने पूछा।

"अवश्य पिताजी! चाहे कुछ भी हो, आपको मैं कभी नहीं भूल सकता। आपके जैसे पिता कितनों को प्राप्त होते हैं? आपके चरणों के समक्ष तो मैं सदा-सर्वदा आपका पुत्र बनकर ही रहूँगा।"

"थोड़े ही दिनों में शायद तुम्हें मथुरा जाना पड़े," गर्गाचार्य ने कहा, "कंस के बन्धन से हम सबको तुम्हें ही मुक्त करना है। पिछले पच्चीस वर्षों से यादवगण इसी मुक्ति की प्रतीक्षा कर रहे हैं।"

गर्गाचार्य ने पिछले पच्चीस वर्षों का वर्णन कृष्ण को सुनाया। कृष्ण एकचित्त हो उसे सुन रहा था। उसकी आँखों में एक अपूर्व तेज चमक उठा।

"पूज्य वसुदेव और माता देवकी से कहिएगा कि मैं उन्हें अथवा भगवान् आचार्य को निराश नहीं करूँगा," कृष्ण ने कहा। फिर सान्दीपनि की ओर देखकर बोले, "मुझे सदा आपके आशीर्वाद की आवश्यकता पड़ेगी। परन्तु मैं यहाँ रहूँ तब तक वृन्दावन के लोगों को यह नहीं ज्ञात होना चाहिए कि मैं उनसे अलग हूँ। यदि वे यह बात जान गए तो उन्हें, और मुझे भी हार्दिक कष्ट होगा।" सान्दीपनि ने मुस्कराकर अपनी सहमति प्रकट की।

"बेटा, अब तो तू जान गया न, कि वृषभानु की पुत्री के साथ तेरा ब्याह क्यों नहीं हो सकता।" नन्द ने कहा।

कृष्ण विचारमग्न हो गया। फिर जैसे मन का समाधान हो गया हो, इस प्रकार गर्गाचार्य की ओर देखकर बोला, "भगवन्, आपकी यही इच्छा है न, कि अधर्म का नाश कर मैं यादवों का उद्धार करूँ?"

"हाँ, वत्स!"

"तो क्या मैं अभी से इस कार्य का प्रारम्भ धर्म को त्यागकर करूँ?"

"ऐसा तो हममें से कोई भी नहीं कहता।"

"आप ऐसा ही कुछ कह रहे हैं," कृष्ण ने मुस्कराकर कहा, "आज से आठ वर्ष पूर्व ऊखल से बँधा जब मैं वन में असहाय पड़ा था और वृषभानु की पुत्री मेरे पास आई, तब से लेकर आज तक एक क्षण भी ऐसा नहीं बीता जब उसने

मेरी प्रतीक्षा न की हो, मन में मेरा विचार न किया हो। ये आठ वर्ष उसने सम्पूर्णतः मेरी बनकर ही बिताए हैं। वह मुस्कराई है तो मेरे लिए, जी है तो मेरे लिए। मुझे सुनाने के लिए ही उसने गीत गाए हैं। उसे मात्र मेरी बातें करने में ही आनन्द आता है। मेरी बाँसुरी के स्वर सुनकर वह रस-समाधि में डूब जाती है।''

''क्या तुम्हारी इन बातों में अतिशयोक्ति नहीं है?'' गर्गाचार्य ने पूछा।

''नहीं, तनिक भी नहीं,'' कृष्ण ने उत्तर दिया, ''कालिय के साथ जब मैं संघर्ष कर रहा था तब अन्य लोग तो आर्तनाद करते रहे, पर वह मृतप्राय हो गई। यदि कहीं मेरी मृत्यु हो जाती तो दूसरे लोगों का हृदय अवश्य विदीर्ण होता, परन्तु उसका तो जीवित रहना ही असम्भव हो जाता।''

कृष्ण के इन हृदयोद्‌गारों को सुनकर दोनों आचार्य उसके वाक्‌प्रभाव से स्तब्ध रह गए। कृष्ण ने फिर कहा, ''और आप यह चाहते हैं कि मैं उस वृषभानु-कुमारी का त्याग कर, जिसने मुझे अपना सर्वस्व दान किया है, उसकी हत्या कर, धर्म का संरक्षक बनूँ? यदि मैं उसका त्याग करूँगा तो वह निःसन्देह प्राण-त्याग कर देगी।''

गर्गाचार्य एकटक उसकी ओर देख रहे थे। नन्द की आँखों में स्नेहाश्रु छलक आए।

सान्दीपनि ने कहा, ''वसुदेव पुत्र सुनो! यहाँ से जाकर जब तुम सत्ता, शक्ति तथा वैभव के शिखर पर आसीन होगे, तब क्या यह ग्रामबाला तुम्हें याद रहेगी? उस समय भी क्या वह तुम्हें इतनी ही प्रिय लगेगी? अपने अन्तःकरण को टटोलकर पूछो।''

''पूज्य आचार्य, मेरा अन्तःकरण टटोलने की आवश्यकता नहीं,'' क्षण-भर भी रुके बिना कृष्ण ने कहा, ''मैं तो केवल उन्हीं के लिए जीता हूँ जो मेरे प्रति प्रेम रखते हैं–अपने माता-पिता, गोप-गोपियों, गायों तथा वृषभों के लिए, और सबसे अधिक वृषभानु-कुमारी के लिए। हम दोनों के जीवन एकाकार हो गए हैं। मैं जहाँ भी कहीं रहूँ उसके प्रति मेरे प्रेम में ज़रा भी अन्तर नहीं आ सकता। उसके बिना मेरी बाँसुरी मौन हो जाती है। वह मेरा आनन्द, मेरी प्रेरणामूर्ति है, और सदा रहेगी।''

इस अद्‌भुत वाक्‌प्रभाव से गर्गाचार्य आश्चर्यचकित रह गए। उन्हें लगा कि धर्म के रक्षक के रूप में इस बालक को तैयार करने की योजना बनाना कितना विचित्र है। मुनि ने जो चेतावनी उन्हें दी थी, वह उन्हें स्मरण हो आई।

''वसुदेवनन्दन, हमें इस बात पर थोड़ा विचार कर लेने दो। तेरे लिए ही पन्द्रह वर्ष से जीवन धारण करनेवाले वसुदेव-देवकी से भी पूछना होगा।''

"पूज्य आचार्य, कृपा करके ऐसा न करें!" हाथ जोड़कर कृष्ण ने कहा, "ये बैठे मेरे पिता! भीतर के खण्ड में मेरी माता दही बिलो रही हैं। मुझे तो गरुदेव, इनका और आपका आशीर्वाद ही चाहिए। मैं तो मात्र ग्वाले का पुत्र हूँ, इससे अधिक कुछ नहीं।"

"परन्तु वे लोग क्या कहेंगे?"

"उनसे जाकर कहिएगा, यदि आप चाहते हैं कि आपका पुत्र जगत् में धर्म का संरक्षक बने, तो उसे उस धर्म का पालन भी करने दें जो उसके समक्ष इस समय उपस्थित है, अन्यथा वह संरक्षण-भार नहीं उठा पाएगा। इस समय तो एक ऐसी निराधार गोपकन्या को स्वीकार करने का धर्म ही उसके सम्मुख है, जिसने अपना सर्वस्व उसे अर्पण कर दिया है।"

सभी मौन थे। कृष्ण ने नन्द को साष्टांग प्रणाम करके नम्रतापूर्वक कहा, "पिताजी, मुझे आशार्वाद दें। वृषभानु की पुत्री के साथ मुझे विवाह करने की अनुमति दें।"

वृद्ध नन्दबाबा अपनी अवस्था और पद को भूलकर, नन्हे बालक की तरह सिसकियाँ भरते हुए, कृष्ण से लिपट गए।

अय्यन का आगमन

वृन्दावन में इन्द्रोत्सव की तैयारियाँ चल रही थीं। यह उत्सव प्रतिवर्ष वर्षा के अधिष्ठाता देव इन्द्र की पूजा के निमित्त मनाया जाता था। इसके लिए गर्गाचार्य अपने तीस शिष्य तथा अन्य विद्वान् ब्राह्मणों की सहायता से 108 यज्ञवेदियाँ तैयार करवा रहे थे। कितने ही मन मक्खन, घी तथा अन्न की आहुति दी जानेवाली थी।

प्रत्येक वर्ष, वर्षारम्भ से कुछ पूर्व, इस उत्सव को मानने की परम्परा ब्रज के शूर यादवों में पूर्वकाल से चली आ रही थी। वर्षा के अधिष्ठाता देवाधिदेव इन्द्र समृद्धि के भी दाता थे। जैसाकि वेदों में वर्णित है, यह देव वर्षा को रोककर लोगों को भूखों मार सकते थे, मूसलाधार वर्षा से नदियों में बाढ़ लाकर गाँवों में प्रलय मचा सकते थे। इसीलिए प्रतिवर्ष यज्ञ द्वारा उन्हें प्रसन्न किया जाता था और इस बात का सदैव ध्यान रखा जाता था कि उनके सम्मान में कहीं कोई कसर न रह जाए।

जिस दिन गर्गाचार्य और सान्दीपनि का प्रेम-पात्र बनने का सौभाग्य कृष्ण को प्राप्त हुआ, उसी दिन से उसके हृदय में एक नवीन आत्मश्रद्धा का संचार हो

उठा था। ग्वालों के साथ वह उनकी सेवा करने की एकमात्र इच्छा से फिरता था। पहले की ही तरह वह पशुओं की भी सँभाल रखता। परन्तु अब वह सबके साथ सम्पूर्णतः घुल-मिल गया था। फिर भी, कभी-कभी मित्रों से दूर, एकान्त जंगल में वह पहुँच जाता और वहाँ प्रत्येक वृक्ष तथा वनस्पति के साथ एक आत्मीय भाव का अनुभव करता तथा विशाल होते जा रहे अपने व्यक्तित्व का साक्षात्कार करता।

यज्ञ में यजमान किसे बनाया जाए, इस विषय में विद्वान् ब्राह्मणों में मन्त्रणा चल रही थी। यजमान बनने के लिए जिसे पसन्द किया जाता, उसे देह-शुद्धि के लिए पहले तो तीन उपवास करने पड़ते, फिर सात दिन तक आवश्यक विधियाँ सम्पन्न करनी पड़तीं। पिछले साल बलराम यजमान बना था। कृष्ण भी अब वयस्क हो रहा था, इसलिए इस साल उसे यजमान बनाने की बात सभी सोच रहे थे। अतः सर्वसम्मति से गर्गाचार्य ने कृष्ण को ही इस कार्य के लिए नियुक्त किया। परन्तु कृष्ण ने कभी इस इन्द्रोत्सव में रुचि नहीं ली थी। सब उत्सवों में श्रेष्ठ इस उत्सव को मनाने की धूम जब सारे गाँव में मची रहती थी, तब अपनी बाँसुरी और कुछ मनभाती गायों को लेकर वह गोवर्धन पर्वत की छाया में जा बैठता। फिर भी उत्सव के कर्म-काण्ड के प्रति यथेष्ठ आदर-भाव प्रदर्शित करने के कारण कोई उसे उत्सव में भाग न लेने पर दोषी नहीं ठहराता।

विद्वान् और पवित्र ब्राह्मणों के बीच जब मन्त्रणा शेष हो चुकी और पशुओं को चराकर कृष्ण लौटा तथा सदा की भाँति गर्गाचार्य को प्रणाम करने गया, तब यह सूचना उन्होंने उसे दी।

"वत्स, इस वर्ष यजमान बनने के लिए हमने तुम्हें नियुक्त किया है। सब तैयारियाँ हो चुकें तब तुम्हें देह-शुद्धि के लिए उपवास करना है।"

"यज्ञ में यजमान का कार्य करने के लिए यदि आप बलराम से कहें तो अधिक अच्छा रहेगा आचार्य!" हाथ जोड़कर कृष्ण ने कहा।

"गत वर्ष यह कार्य बलराम ने किया था; इस साल तुम्हारी बारी है।" गर्गाचार्य ने कहा।

"तो फिर श्रीदाम को नियुक्त करें। वह अधिक उपयुक्त होगा।" कृष्ण ने कहा।

"और तुम क्यों नहीं यजमान बनना चाहते?"

"किसी दूसरे को यह सम्मान मिले तो मैं अधिक प्रसन्न होऊँगा।" कृष्ण ने कहा।

गर्गाचार्य ने मुस्कराकर कहा, "कृष्ण, तू चाहता क्या है? इस साल तू ही यजमान बने, यह सारे वृन्दावन की इच्छा है। इस सम्मान को स्वीकार करने में तुम्हें आपत्ति क्या है?"

"मैं इस सम्मान के योग्य नहीं।" कृष्ण ने कहा।

"योग्य नहीं तू? यदि कोई इस कार्य के लिए सबसे अधिक योग्य है तो वह तू ही है। फिर भी तेरे ऐसा कहने का कोई कारण अवश्य होना चाहिए–जो भी बात हो, स्पष्ट कहो।" गर्गाचार्य ने कहा। अपने अनुभव से वह अच्छी तरह जानते थे कि कृष्ण जो भी कहता या करता है, उसके पीछे कोई प्रबल कारण या दीर्घ-दृष्टि अवश्य रहती है।

"सच-सच बताने से आप बुरा तो नहीं मानेंगे? मुझे क्षमा कर देंगे?" कृष्ण ने पूछा।

"कृष्ण, मैं तुम पर कभी अप्रसन्न या क्रोधित नहीं होता। क्या तुम स्वयं नहीं जानते कि तुम्हारे कथन का मैं कितना आदर करता हूँ।"

"इन्द्रोत्सव मुझे पसन्द नहीं।"

"क्यों, किसलिए? इसमें तुम्हें क्या आपत्ति है? यह तो प्राचीन परम्परा से चला आ रहा है।" गर्गाचार्य ने कहा।

"इतने सारे घी, दूध, मधु और अन्न की आहुति हमें क्यों देनी चाहिए? इसीलिए तो, कि हमें इन्द्र से भय लगता है, कि यदि वह अप्रसन्न होगा तो क्रोधित होकर हमारा विनाश कर देगा?"

"हाँ! पर, बड़े-बड़े महर्षि भी उसकी आराधना करते हैं।"

"परन्तु महर्षिश्रेष्ठ च्यवन ने ऐसा कोई यज्ञ नहीं किया और फिर भी उन्हें विजय मिली। भय के कारण उत्सव मनाना मुझे अच्छा नहीं लगता। इसमें मुझे लेशमात्र भी आनन्द नहीं मिलता। मैं तो ऐसे उत्सव ही पसन्द करता हूँ, जिनके प्रति प्रेम उत्पन्न हो।"

"यह तो अधर्म की वाणी कही जाएगी, वत्स!"

"तनिक भी नहीं। जो हम पर प्रेम रखकर आशीर्वाद दें, ऐसे देवताओं का उत्सव मनाने में मैं अवश्य रुचि लूँगा," आँखों में स्नेह की चमक लाकर कृष्ण ने कहा, "अपने गोप और गोपियों के सम्मान में यदि उत्सव मनाया जाए–दूध, मक्खन तथा घी और जलाने के लिए उपले देनेवाली गायें; शीतल छाया, फल-फूल और ईंधन तथा घर बाँधने के लिए लकड़ी देनेवाले वृक्षों के सम्मान में यदि उत्सव मनाया जाए तो मुझे वास्तव में अधिक आनन्द होगा।"

गर्गाचार्य उसकी बात का रहस्य समझकर मुस्कराए।

"और हरी-हरी घास तथा शीतल छायावाले वृक्षों से हरे-भरे, तथा सुन्दर पंखोंवाले पक्षियों और रमणीय झरनों से सुशोभित गोवर्धन पर्वत की भी मैं आनन्दपूर्वक पूजा कर सकता हूँ।"

"तुम्हारे इन नए देवताओं की पूजा किस प्रकार होगी?"

“प्रत्येक वर्ष–और सम्भव हो तो प्रतिदिन–इन सबके सम्मान में मैं उत्सव मनाना चाहता हूँ। ये हमारे नहीं, हम इनके हैं। इन्हीं के कारण तो हम देवताओं के समान निर्भय बने हैं। यदि ये न रहें तो हमारा कोई मूल्य ही न रहे।”

“बात तो कन्हैया ठीक करता है,” एक वृद्ध ने कहा, “इन सबके बिना हम कहीं के न रहें।”

“गायें ही तो हमारा धन हैं।” नब्बे वर्ष के एक वृद्ध ने कहा।

“पूज्य महानुभाव, गायें हमारी देवता हैं, माता हैं। उन्हीं के कारण तो हम यह जान पाते हैं कि माया-ममता, उदारता तथा महानता किसे कहते हैं।” कृष्ण ने कहा।

“परन्तु इन्द्र क्रोधित हो जाएगा, उसे बुरा मानते देर नहीं लगती।” एक वृद्ध ने कहा।

“इस प्रकार क्रोधित होनेवाले का सामना करना क्या हमारा धर्म नहीं?” कृष्ण ने कहा, “और फिर जब उसका भय जाता रहे तब उसे क्षमा करना भी हमारा धर्म है।”

वृद्ध नन्दबाबा तो आनन्द-समाधि में डूब गए। अपने पुत्र के किसी भी निर्णय को वह तुरन्त स्वीकार कर लेते थे; क्योंकि कृष्ण के दृष्टिबिन्दु में उन्हें प्रत्येक बार किसी-न-किसी सत्य के दर्शन होते थे।

“बेटा, तू जो कह रहा है वह बिलकुल सही है। ये गायें, ये वृक्ष, यह गोवर्धन पर्वत, यही तो हमारा सर्वस्व है। हमें जो कुछ भी प्राप्त होता है, वह इन्हीं की बदौलत तो!” उन्होंने कहा।

“और हम उनको क्या देते हैं? अपना प्रेम भी नहीं। यही कृष्ण के कहने का अभिप्राय है न?” सान्दीपनि ने कहा, “आप सब लोग सहमत हों तो गोपोत्सव मनाकर हम गोवर्धन की पूजा करें। यज्ञ की क्रियाएँ तो इसमें निमित्त मात्र होंगी और आहुति भी प्रतीकात्मक ही दी जाएगी।”

“ऐसा हो तो यजमान बनने के लिए मैं तैयार हूँ। और इन्द्र को प्रसन्न करने के लिए यज्ञ की वेदी में जिस दूध, मक्खन, मट्ठे की आहुति हम देनेवाले थे, उसका कितने ही दिनों तक हम यथेच्छ उपभोग भी कर सकेंगे।” कृष्ण ने कहा।

“ठीक है। वेद में भी कहा गया है कि तक्र शक्ति है, घृत आयुष्य है।” विद्वान् गर्गाचार्य ने कहा।

गोपोत्सव मनाने की बात सुनकर वृन्दावन के लोगों को भारी आश्चर्य हुआ। कुछ लोगों को तो इससे आघात भी पहुँचा; उन्हें इस प्रकार प्राचीन परम्परा का भंग होना खला। दूसरों को यह नवीन प्रथा सराहनीय लगी। सात दिन तक यज्ञ का कर्मकाण्ड चलने से पूर्व, प्रथम तीन दिन तक लोग एकत्रित हों और सुन्दर

वस्त्राभूषणों से सज्जित होकर सामूहिक नृत्यगान में सम्मिलित हों, इसकी भी व्यवस्था की गई। अधिकांश लोगों का स्नेह कृष्ण के प्रति था और वे कृष्ण के यजमान बनने पर उसका अनुसरण करने के लिए उत्सुक थे। वृन्दावन के युवक-युवतियों ने तो इस समाचार का आनन्दपूर्वक स्वागत किया।

संयोगवश, दूसरे ही दिन अय्यन दस वर्षों के बाद अपने माता-पिता के पास घर लौट आया। कंस के श्वसुर मगध के महाराज जरासन्ध ने अश्वमेध यज्ञ किया था। अश्वमेध यज्ञ करनेवाला राजा जगत् का सम्राट् माना जाता था। अपने श्रेष्ठ योद्धाओं को लेकर कंस इस यज्ञ में भाग लेने गया था। इन्हीं योद्धाओं में बीस वर्ष का कुमार अय्यन भी था।

स्वयं राजगृह में रहकर जरासन्ध ने, यथेच्छ परिभ्रमण करते अश्वमेध के अश्व के पीछे-पीछे अपनी सेनासहित पृथ्वी विजेता बनने का महत् सम्मान अपने जामाता कंस को दिया था। यदि कोई राजा अश्व को रोके तो युद्ध में उसे परास्त कर उससे जरासन्ध को सम्राट् मनवाना कंस का काम था। उसकी अनुपस्थिति में मथुरा की शासन-व्यवस्था राजमहल के मुख्य संरक्षक और पूतना के पति प्रद्योत तथा वृद्ध मन्त्री प्रलम्ब को सौंपी गई थी। कभी-कभी, जब अश्व मथुरा के आसपास के प्रदेश में पहुँचता तब कंस अपनी राजधानी के समाचार भी ले लेता था।

जब सभी प्राचीन विधियाँ अच्छी तरह सम्पन्न हो गईं, तब अश्व राजगृह में लौट आया। कंस भी तब अपनी राजधानी में वापस आ गया, और युद्ध में जो सैनिक बच गए थे, वे भी उसके साथ लौट आए। युद्धक्लान्त होने पर भी ये सैनिक विजय के मद में चूर थे। वीर अय्यन भी इन्हीं में से एक था।

अपने गाँव लौटने पर जो समाचार उसे मिले उनसे वह किंकर्तव्यविमूढ़-सा बन गया। उसकी सगाई टूट चुकी थी और उसकी मंगेतर, कुछ वर्ष पूर्व वृन्दावन में आ बसे नन्दबाबा के पुत्र के साथ ब्याही जानेवाली थी। उसे यह अपने कुल पर एक कलंक-सा लगा। उसकी शूरवीरता पर यह एक स्याह धब्बा था। अपनी मंगेतर को उसने देखा भी नहीं था और राजदरबार में उसकी जो प्रतिष्ठा थी उसको देखते हुए राधा से भी अधिक सुन्दर और अच्छी लड़कियाँ उसे ब्याहने को मिल सकती थीं, फिर भी यह उसका घोर अपमान था, और इसका बदला उसे लेना ही होगा, ऐसा उसने संकल्प किया। उसके क्रोध का पारावार न था। यह कृष्ण कौन जाने कहाँ से आ टपका! भले ही वह गाँव के मुखिया का पुत्र हो! इससे क्या? उसे तो मजा चखाना ही पड़ेगा। वृषभानु की पुत्री की सगाई फिर से उसी के साथ होनी चाहिए। वह कोई सामान्य प्राणी नहीं है। कंस की सेना में उच्च पद का अधिकारी है, कई रणक्षेत्रों में वह अपनी वीरता सिद्ध कर चुका है।

और फिर मानो यह अपमान भी कम हो। वृन्दावन पहुँचने पर उसे यह सूचना भी मिली कि इसी कृष्ण के कहने पर गाँव के अधिकांश लोगों ने इन्द्रोत्सव मनाने का विचार छोड़ दिया है। इन्द्र क्या कोई सामान्य देवता है? वर्षा, तूफान तथा युद्ध के अधिष्ठाता इन्द्रदेव की पूजा तो वह सेना में था, तभी से सदा करता आया है।

अय्यन ने निश्चय किया कि कृष्ण चाहे अपनी पूरी शक्ति लगा ले, इन्द्रोत्सव फिर भी मनाया जाएगा।

गोवर्द्धन-धारण

वृन्दावन में दो दल हो गए थे। एक दल ने गोवर्द्धनोत्सव की तैयारियाँ शुरू कीं, तो दूसरे ने इन्द्रोत्सव मनाने की। गर्गाचार्य, सान्दीपनि, नन्द तथा अधिकांश गोप कृष्ण के पक्ष में थे। दूसरे पक्ष का नेता था स्तोक कृष्ण, अय्यन का पिता। इस पक्ष में लोग संख्या में तो कम थे; परन्तु थे वे सभी उग्र तथा आक्रमणशील वृत्ति के। उन्हें जब अपनी यज्ञ-विधि सम्पन्न कराने के लिए कोई आचार्य नहीं मिला, तब उन्होंने मथुरा से एक विद्वान् ब्राह्मण को बुला लिया।

नन्द के अनुयायी गोप-गोपियों ने प्रतिद्वन्द्वी पक्ष की ओर केवल उपेक्षा ही दिखाई। फिर उत्सव का दिन आ पहुँचा। जुलूस बनाकर गोवर्द्धन पर्वत के सामने जाने के लिए बहुत-से लोग गाँव के बाहर एकत्र हुए। पशुओं को नहला-धुलाकर स्वच्छ किया गया और उन्हें पेट भर चारा दिया गया। उनके गले में घण्टियाँ बाँधी गईं और बहुत-से पशुओं के पैरों में झनझनाती हुई झाँझरें पहनाई गईं। कई गायों को रंग-बिरंगे रंगों से सजाया गया। मदमस्त वृषभों के सींगों पर पहले बर्क चिपकाए गए। सुन्दर वस्त्र और अलंकार धारण कर प्रौढ़ स्त्रियाँ बैलगाड़ियों में बैठकर आनन्द-मंगल के गीत गाती हुईं पर्वतराज की ओर चलीं। गाड़ियों में जुते हुए बैल विविध रंगों के वस्त्राच्छादन से सजाए गए थे।

कई साहसी किशोर, मदमस्त वृषभों पर सवारी कर उन्हें खूब जोर-जोर से दौड़ा रहे थे। अधिकांश पुरुषों ने सुन्दर-सुन्दर साफे बाँधे रखे थे और रंगबिरंगे दुपट्टे धारण कर रखे थे। बहुत-से बालक-बालिकाएँ नाचते-कूदते, चुहल करते हुए दौड़ रहे थे। सगाई के दिन यशोदा माता की ओर से भेंट में मिले हुए नवीन वस्त्र तथा सुन्दर अलंकारों से सज्जित, अपूर्व कान्तिमयी राधा अन्य गोप-बालाओं के साथ चल रही थी।

सभी के आगे-आगे चल रहे थे कृष्ण और बलराम। अन्य सभी से कद में

कुछ ऊँचे बलराम ने अपने कन्धे पर एक छोटा-सा हल उठा रखा था। उनके साथ ही कृष्ण चल रहे थे। उन्होंने पीताम्बर धारण कर रखा था और गले में माला, हाथ में फूलों का गुच्छा और माथे पर मोर-पंख का मुकुट सुशोभित था। कमरबन्द में जीवन-संगिनी के समान बाँसुरी खुँसी हुई थी। रास्ते में मित्रों के साथ बातचीत करते हुए और बालाओं के साथ हास-परिहास करते हुए वह चल रहे थे। रास्ते में जो भी बड़े लोग मिलते, उनका वह हँसकर अभिवादन करते तथा गायों की पीठ थपथपाते। सारे समुदाय के वह प्राण थे।

गर्गाचार्य और सान्दीपनि ने अपनी दीर्घ दृष्टि से इस उत्सव के कारण कृष्ण में हुए परिवर्तन को देखा और भविष्य में बननेवाले महान् प्रसंगों की आशा से उनके हृदय भर आए। मध्याह्न में यह जुलूस गोवर्द्धन गिरि के समीप जा पहुँचा। पुराने वृक्षों की छाया-तले अपने-अपने कुटुम्बों के साथ सभी गोपजन अपने साथ लाए हुए खाद्य पदार्थों का सेवन करने लगे। सन्ध्या होते ही वातावरण नृत्य-गीतों से गूँज उठा। नकलचियों ने घोड़े की हिनहिनाहट, वाद्यों की झंकार, गाय-बैलों के रँभाने तथा कुत्तों के भौंकने के स्वरों की नकल करके बताई।

सवेरा होने पर पक्षी कलरव करने लगे। गायों के दुहने का काम शुरू हुआ। पशुओं को फिर से नहला-धुलाकर परिष्कृत किया गया और उनका शृंगार किया गया। जब गायों को दुहा जा रहा था, तब बालक तथा वयस्क भी ताजा दूध लेने के लिए अपनी-अपनी मटकी लेकर उपस्थित हो गए थे। फिर सभी ने स्नानादि से निवृत्त होकर पुष्प तथा कुंकुम लेकर गोवर्द्धन पर्वत पर चढ़ना शुरू किया। गर्गाचार्य तथा सान्दीपनि ने गिरिराज की पूजा की तैयारियाँ जब शुरू कीं, तब सभी के हृदय में एक अपूर्व आनन्द छा गया था।

जब आरती की तैयारी हो रही थी, तब कृष्ण की दृष्टि पिछले रास्ते से पर्वत पर चढ़ते हुए अय्यन तथा मथुरा से साथ आए उसके दो मित्रों पर पड़ी। कृष्ण की तीक्ष्ण दृष्टि ने उनके मुख-भाव को परखा तथा बालाओं की टोली में खड़ी राधा की ओर वे लोग किस तरह चुपचाप खिसक रहे थे, यह भी देखा। कृष्ण के सुन्दर होंठों पर एक मधुर मुस्कान थिरक उठी। उनकी आँखों में सदा की भाँति मैत्री का भाव था। वहाँ एकत्रित स्त्रियों तथा पुरुषों ने भी अय्यन और उसके मित्रों को आते हुए देखा और कइयों के दिलों में उनके प्रति शंका प्रकट हुई तथा कुछ लोगों को गुस्सा भी आया।

''श्रीदाम, अय्यन और उसके मित्र हमारे उत्सव में भाग लेने आए हैं, उन्हें यहाँ बुलाओ।'' कृष्ण ने, सब लोग सुन सकें, इस प्रकार की ऊँची आवाज में कहा, ''अय्यन, आओ भाई, मेरे साथ पूजा में भाग लेने आओ।''

अपने साथियों के साथ अय्यन जहाँ खड़ा था, उस ओर जाने के लिए जब

श्रीदाम ने पैर बढ़ाए, तो अय्यन और उसके मित्र जिस रास्ते आए थे, उसी रास्ते जल्दी-जल्दी वापस उतर गए। गर्गाचार्य ने गोवर्द्धन की, गायों की तथा वृक्षों की ही नहीं, स्वयं कृष्ण की भी पूजा कर पूर्णाहुति की। प्रत्येक के मुँह में से जयनाद का उद्गार फूट पड़ा।

उत्सव का अन्तिम दिन खूब आनन्द-प्रमोद में बीता। शाम को गोप-गोपिकाओं ने भरपेट भोजन किया। फिर गीतों का रंग जमा। अधिकांश गीत कृष्ण के बाल्यकाल के पराक्रमों सम्बन्धी थे। आकाश में तारे छिटक रहे थे और उत्साहप्रेरक मन्द-मन्द पवन चल रहा था। अँधेरा होने पर सभी गोप अपने-अपने परिवारों को लेकर उन स्थानों पर सोने गए, जहाँ उनके गाय-बैल तथा गाड़ियाँ खड़ी हुई थीं। सर्वत्र शान्ति छाई हुई थी। मध्यरात्रि के बाद आकाश में एक काला बादल दिखाई पड़ा। फिर एक और बादल आया। ठण्डी बयार चलने लगी। एकाएक बिजली चमकी। ग्वाले चमककर जाग उठे। आकाश में घनघोर घटा छा गई।

प्रत्येक मनुष्य भयभीत हो उठा। सभी को लगा कि वर्षा और तूफान के अधिष्ठाता देव इन्द्र कुपित होकर उन्हें दण्ड देना चाहते हैं। बाल-बुद्धि कृष्ण की बात मानकर गाय, वृक्ष तथा गोवर्द्धन पर्वत की पूजा करके उन्होंने महेन्द्र को रुष्ट कर दिया है। जैसे-जैसे प्रभातकाल समीप आने लगा, वैसे-वैसे आकाश घनघोर बादलों से अधिकाधिक आच्छादित होने लगा। एक शब्द भी बोले बिना प्रत्येक ग्वाला अपनी गाड़ी में बैल जोतने लगा। प्रत्येक यही चाहता था—इससे पहले कि भयंकर वर्षा शुरू हो, वह अपने घर पहुँच जाए। उसी समय बिजलियाँ चमकने लगीं और भयंकर मेघ-गर्जना सुनाई पड़ी। सूर्योदय हो चुका था। फिर भी पृथ्वी पर अन्धकार छा रहा था। और, तब मूसलाधार वर्षा शुरू हो गई। चारों ओर पानी-ही-पानी दिखाई देने लगा। स्त्री और पुरुषों ने किसी प्रकार अपनी-अपनी गाड़ियाँ खड़ी कर उनके नीचे आश्रय पाने की चेष्टा की। इन्द्रदेव वास्तव में कुपित हो गए थे। जल-मग्न जंगल के मार्ग से उस मूसलाधार बरसात में वृन्दावन वापस जाना तो असम्भव ही था। स्त्री-पुरुषों ने महेन्द्र की प्रार्थना करनी शुरू की। अपने द्वारा जो परम्परागत नियम भंग हो गया था, उसके लिए उन्होंने क्षमा माँगी और यह प्रतिज्ञा की कि यदि इन्द्रदेव उन्हें इस बार उस भयंकर आँधी-वर्षा से बचा लें तो वे इन्द्रोत्सव मनाना कभी नहीं भूलेंगे।

क्षितिज में जब प्रथम मेघ दिखाई पड़ा था और शीतल पवन चलने लगा था, कृष्ण तभी तुरन्त उठ खड़े हुए थे। गरुड़ के समान तीक्ष्ण चक्षुओं से उन्होंने आकाश का निरीक्षण किया और अपने मित्रों को पास बुलाया। इन्द्र के साथ लड़ने का समय आ पहुँचा था। प्रकाश की प्रथम धुँधली रेखा जब दिखाई पड़ी, तब गोवर्द्धन पर्वत के बीच वर्षा और पवन के कारण जो कई दरारें पड़ गई थीं, कृष्ण

वहाँ पर अपने मित्रों को ले गए। इन दरारों के बारे में इन्हें पहले से ही ज्ञात था, क्योंकि जब भी वह इस पर्वत पर आते थे, तब इन दरारों से मनुष्यों का स्वर तथा पशुओं की पग-ध्वनि सुनाई पड़ती थी।

"बलराम, इन्द्र ने हम पर चढ़ाई की है, अब हमें भी उसका सामना करना चाहिए," एक बड़ी गुफा के मुख से शिलाखण्ड हटाते हुए कृष्ण ने कहा। सभी लोग गुफा के अन्दर चले गए। फिर बलराम ने अन्य गोपों की सहायता से वहाँ पर पड़े बड़े-बड़े पाषाणों को हटाया। उत्साह में आकर युवक-वर्ग ने जयघोष किया। बालाओं ने इसे सुना और वे अपनी दयनीय दशा भूलकर जिस ओर से वह जयघोष आया था, उसी ओर दौड़ पड़ीं। कृष्ण में सभी को अपार श्रद्धा थी और उनका विश्वास था कि जब किशोरों ने विजयघोष किया है, तो कृष्ण ने अवश्य ही कोई चमत्कार दिखाया होगा। सभी को विश्वास हो गया कि भारी टकराव होनेवाला है। महेन्द्र के विरुद्ध सभी अपने प्रिय कृष्ण के लिए लड़ रहे थे। अत्यन्त उत्साह और शीघ्रता से उन्होंने गुफाओं तथा दरारों में से शिलाओं, पत्थरों, कंकड़ों तथा रेत को हटाया।

"अब सब बालकों को यहाँ ले आओ," अधिकारसूचक स्वर में कृष्ण ने कहा और वयस्क बालाएँ इस रक्षण-स्थान में बालकों को ले आने के लिए अपने कुटुम्बी-जनों के पास दौड़ी गईं। नन्द और कुछ गोपाल यह जानने की इच्छा से कि वहाँ क्या हो रहा है, उस स्थान पर आ पहुँचे। उनके पीछे-पीछे और भी बहुत-से लोग आ गए। पर्वत के मध्य में एक विशाल गुफा थी; परन्तु वहाँ तक जाने का रास्ता एक विशाल शिला से बन्द था। इस शिला को हटाने के लिए कृष्ण ने भगीरथ प्रयास शुरू किया और सभी लोग उनकी सहायता में जुट गए।

एकाएक तूफान का वेग बढ़ गया। भयंकर गर्जना हुई और समस्त पर्वत प्रदेश हिल उठा। गुफाओं तथा दरारों में से भयंकर ध्वनियाँ गूँज उठीं। बिजली चमक उठी और कहीं गिरी भी। ऐसा लगता था मानो आकाश फट पड़ेगा। धरती हित उठी। सभी को आशंका होने लगी कि स्वयं गोवर्द्धन पर्वत ही हिल उठा है। जिस शिला को हटाने के लिए कृष्ण प्रयत्नशील थे, वह एकाएक खण्डित हो गई और दूसरे अनेक ग्वालों की सहायता से कृष्ण यदि उसे समय पर न रोक लेते, तो वह सबके सिर पर गिर पड़ती। फिर से एक प्रचण्ड घन-गर्जना ठीक उनके ऊपर हुई। भूकम्प से पृथ्वी हिल उठी और सभी अपना सन्तुलन खो बैठे। तभी एक चमत्कार हुआ। पर्वतों में देव-तुल्य गोवर्द्धन पर्वत दो बालिश्त ऊँचा उठ गया। शिलाखण्ड लुढ़ककर नीचे गिर पड़ा और एक विशाल गुफा दृष्टिगोचर हुई। पर्वत के ऊँचे उठने के कारण इस गुफा में लोग सीधे खड़े रह सकें, इतनी जगह निकल आई।

हजारों कण्ठों से आनन्द-ध्वनि गूँज उठी। गोवर्द्धन को उठाकर कृष्ण ने जो आश्रय-स्थान ढूँढ़ निकाला था, वहाँ गोप-गोपिकाएँ अपने-अपने बालकों तथा पशुओं को लेकर शीघ्रता से पहुँच गए। इस प्रकार पर्वत का रक्षण मिलने पर गोप-गोपियाँ निश्चिन्त हुए और फिर से उत्सव मनाने लगे। वे लोग इन्द्र का उपहास करने लगे, कि अब जो भी तुझसे हो, वह कर ले; हमारा प्यारा कृष्ण, हमारा देव हमारे पास है, फिर हमें किस बात की चिन्ता?

सब लोगों के बीच में खड़े कृष्ण ने गोप-गोपिकाओं की आँखों में भक्ति-भाव देखा और वह प्रेम से मुस्करा उठे। सभी को लगा कि कृष्ण हमारे हैं, हम उनके हैं, उनके अंगभूत हैं। गोप-गोपिकाओं ने इन्द्र के कोप का बराबर सामना किया। अन्त में इन्द्र का प्रकोप शिथिल पड़ गया। वर्षा थम गई। प्रखर ताप से तप्त सूर्य बाहर निकल आया।

वापस लौटते समय गोवर्द्धन को उठाने में कृष्ण की जो सहायता उन्होंने की, इसका गर्व अनुभव करती हुई गोपियाँ उनके पास आईं। उस दिन कृष्ण का उन्होंने एक नया नाम रखा और इस नए नाम से सम्बोधित कर उन्होंने कहा, "गोविन्द, गोविन्द, तुम अब हमारे देव बन गए हो। अपने रास में हम तुम्हें कभी नहीं बुलाएँगी।"

"क्यों नहीं बुलाओगी? क्या मैं तुम्हारा अपना नहीं? अब तो आश्विन मास आ रहा है, तब शरद्चन्द्र की शोभा खूब बढ़ेगी। उस समय हम रासलीला करेंगे। मैं तुम्हें वचन देता हूँ।" फिर उन्होंने शान्ति से कहा, "अब हमें इन्द्र का कोई भय नहीं रहा, हम लोग जाकर इन्द्रोत्सव में भाग लेंगे।"

वह ईश्वर का ही अवतार है

अपने प्रबल पराक्रम से नए-नए प्रदेशों को जीतकर गर्वोन्मत्त कंस अपनी राजधानी मथुरा लौटा। उसके श्वसुर जरासन्ध ने जब अश्वमेध यज्ञ का प्रारम्भ किया, तब अश्वमेध के अश्व की रक्षा-सेनाओं का सेनापतित्व कंस को सौपा था। प्राचीन परम्परा के अनुसार इस अश्व की प्रतिदिन विधिवत् पूजा की जाती थी और उसे यथेच्छ घूमने दिया जाता था। जिस किसी प्रदेश में वह जाता उस प्रदेश के राजा को या तो जरासन्ध की अधीनता स्वीकार कर लेनी पड़ती, अथवा अश्व की रक्षा-वाहिनी के साथ संग्राम करना पड़ता।

कंस ने यह युद्ध-कार्य यशस्वी रूप से सम्पन्न किया। अश्वमेध का अश्व बारह वर्षों की दीर्घ अवधि तथा यथेच्छ परिभ्रमण कर अन्ततः राजगृह वापस

आया। अनेक प्रदेशों से निमन्त्रित अधीन राजाओं तथा आसपास के प्रदेशों से आमन्त्रित ब्राह्मणों के समक्ष उस अश्व को राजोचित रीति से यज्ञ में बलि दिया गया। इस अवसर पर वीर एवं समर्थ नरेश के रूप में कंस का सम्मान कर जरासन्ध ने उसे अनेक जीते हुए प्रदेश भेंट किए।

इन बारह वर्षों से भी कुछ अधिक अवधि में कंस कभी-कभी ही, कुछ समय के लिए, मथुरा आ पाया था। जब अश्वमेध का अश्व मथुरा के किसी निकटवर्ती प्रदेश में विचरण करता, तभी कंस को इसकी सुविधा मिलती थी। अपने राज्य का संचालन-भार इसीलिए उसने अपने मुख्यमन्त्री प्रलम्ब तथा सेनापति प्रद्योत को सौंप रखा था। मथुरा लौटने पर उसे पता चला कि शूर, अन्धक, वृष्णि तथा भोजवंश के यादवों सहित इकत्तीस वंशों के यादव लगभग स्वतन्त्र हो चले हैं। इससे उसको गहरा आघात लगा। गौरवशाली तथा स्वतन्त्र स्वभाव के यादवकुलों को अपने समक्ष झुकाने का उसने खूब प्रयत्न किया था और कपट तथा जोर-जुल्म से उसे इसमें सफलता भी मिली थी। परन्तु अब उसके किए-कराए पर पानी फिरने जा रहा था; उसके राजधानी लौटने पर किसी को प्रसन्नता नहीं हुई, बल्कि लगता तो ऐसा था कि सब खिन्न और उदासीन हो गए हैं।

युद्ध से लौटने के बाद कुछ दिन तो कंस काफी उद्विग्न रहा। योद्धा के रूप में पराक्रम दिखाने का तो अवसर अब रह नहीं गया था, और प्रजा के आदर-सत्कार का पात्र भी वह बन नहीं सका। उग्रसेन अपने महल में अब भी नजरबन्द थे, फिर भी पहले की तरह अब वह उतने विवश और निराधार नहीं दिखाई पड़ते थे। लौट आने पर कंस ने अपने पिता का अपने प्रति जो व्यवहार देखा, उसमें तिरस्कार की भावना उसे स्पष्ट दिखाई दी। उसने समझ लिया कि युद्ध में जाने से पहले यादवों पर उसका जो निर्विवाद प्रभुत्व था, वह अब नहीं रहा है।

कंस के गर्वीले स्वभाव के लिए यह परिस्थिति कष्टकर और असह्य थी। परन्तु वह जितना महत्त्वाकांक्षी था, उतना ही युक्तिवान भी। इसलिए फिर से सत्ता हथियाने में उसने उतावली नहीं की। मन्त्री प्रलम्ब पक्षाघात से रुग्णशैया पर पड़े थे और उठ-बैठ नहीं सकते थे। परन्तु कंस ने अपने प्रिय सेनापति से सारा हाल मालूम कर लिया कि उसकी अनुपस्थिति में क्या कुछ हुआ है। प्रद्योत ने उसे बताया कि अच्छे-अच्छे सैनिकों के उसके साथ युद्ध में चले जाने पर मन्त्री प्रलम्ब ने प्रत्येक के साथ कम-से-कम विरोध की नीति अपनाई थी। यादवकुल के प्रमुख फिर से स्वतन्त्र वर्तन करने लगे थे। महाराज उग्रसेन को ही वे अपना प्रिय राजा मानकर उनके प्रति आदर तथा प्रेम का प्रदर्शन करते थे। उग्रसेन ने मन्त्री प्रलम्ब के राजकार्य में कभी हस्तक्षेप नहीं किया, अतः बन्दी बनाए जाने के पूर्व जो मान-प्रतिष्ठा उनकी थी, उसी का अधिकारी उन्हें लोग मानते थे।

इस परिस्थिति को सँभालने और उसे पूर्ववत् अपने पक्ष में करने के लिए क्या उपाय करने चाहिए, कंस इसी चिन्ता में घुला जा रहा था। अपने साथ लौटे सैनिकों को उसने अपने शहर के विभिन्न भागों में नियुक्त किया। धनुर्यज्ञ करके विजयोत्सव मनाया जाएगा, यह सूचना भी उसने चारों ओर फैला दी। इस प्रसंग पर अपने पराक्रम का प्रदर्शन कर विभिन्न यादव-कुलों से कर बटोरने और उन्हें अपने अधीन करने का उसका विचार था।

एक दिन एक बड़ा विचित्र समाचार लेकर प्रद्योत कंस के पास आया। अय्यन नाम का उसका अपना आदमी ही यह समाचार लेकर आया था। अय्यन ने युद्ध में प्रशंसनीय कार्य किया था, इसका पता कंस को था। समाचार सुनकर कंस का चेहरा उतर गया और गुस्से से उसका बदन काँपने लगा। उसने प्रद्योत को खण्ड से बाहर निकाल दिया और वह स्वयं महल की छत पर जाकर मुट्ठियाँ बन्द कर, भयग्रस्त नेत्रों से इधर-उधर चक्कर काटने लगा। युद्ध में लगे रहने के कारण पिछले कुछ वर्षों से वह नारद मुनि की भविष्यवाणी भूल ही गया था। देवकी की आठवीं सन्तान पुत्र नहीं, पुत्री है, यह जानकर भी वह कुछ आश्वस्त हो गया था, इसीलिए भविष्यवाणी की उसने उपेक्षा की। परन्तु अब जिस लड़के के विषय में उसने सुना, देवकी का आठवाँ पुत्र उसी आयु का होना चाहिए। प्राप्त सूचना के अनुसार इस लड़के में अद्‌भुत शक्ति थी।

कंस पचास वर्ष से अधिक का हो गया था, और मृत्यु का भय अब उसे पहले से भी अधिक सताने लगा था। देवकी का आठवाँ पुत्र उसका वध करेगा, यह सुनकर जो भय उसने पहले-पहल अनुभव किया था, उससे दुगुना भय उसे अब लगने लगा था। उसे भयंकर गुस्सा भी आया। लड़ते-लड़ते उसे मृत्यु प्राप्त हो, यह तो उसे स्वीकार था; परन्तु अपने ही एक सम्बन्धी लड़के के हाथों उसकी मौत हो, यह विचार मात्र ही उसे असह्य था। अभी तो कितनी ही महत्त्वाकांक्षाओं की पूर्ति उसे करनी थी। जिन यादव सरदारों ने उसके सामने मस्तक उठाया, उन्हें धूलि-धूसरित करना था और अन्ततः चक्रवर्ती पद प्राप्त करना था। अय्यन जो समाचार लाया था, उसकी पुष्टि उसे किसी तरह प्राप्त करनी चाहिए और यदि वह बालक देवकी का ही पुत्र हुआ, तो उसका नाश करना भी आवश्यक था।

सारी रात वह सो न सका। दूसरे दिन सवेरे ही वह प्रद्योत को लेकर मृत्युशैया पर पड़े अपने मन्त्री प्रलम्ब से मिलने गया। पक्षाघात से पीड़ित वृद्ध मन्त्री अर्द्धचेतन अवस्था में पड़ा था। कंस ने अपने अनुचरों को कमरे से बाहर कर दिया और द्वार पर पहरे के लिए प्रद्योत को खड़ा कर दिया। दमित क्रोध के कारण राजा कंस इतना क्षुब्ध हो गया था कि उसने सोए हुए मन्त्री को जगाने के लिए जोर से हिलाया। प्रलम्ब ने आँखें खोलकर अपने स्वामी का स्वागत करने के लिए एक

हाथ ऊँचा किया। उस हाथ पर अभी पक्षाघात का प्रभाव नहीं हुआ था।

"प्रलम्ब, मैं जो कह रहा हूँ वह सुन रहा है न? मेरी बात को समझ रहा है न?"

पलक झपकाकर क्षीण स्वर में प्रलम्ब ने स्वीकारोक्ति की।

"वृन्दावन के ग्वाले, नन्द के पुत्र कृष्ण का नाम सुना है? रोहिणी के पुत्र बलराम को जानता है तू?"

मन्त्री ने संकेत से 'हाँ' कहा।

"उसको मारने के लिए मैंने पूतना तथा तृणावर्त को भेजा था, उनको कृष्ण ने मार डाला, यह तू जानता है?"

"हाँ।"

"तुझे मालूम है कि वह अब सुन्दर और बलवान बन गया है?"

"हाँ।"

"यह भी तू जानता है कि लोगों के अनुसार कृष्ण ने बचपन में वृत्रासुर तथा बकासुर का संहार किया था?"

"हाँ।"

"विषैले कुण्ड में रहनेवाले भयंकर कालिय नाग का भी उसने मर्दन किया, यह भी तू जानता है?"

"हाँ।"

"और तूने ही, तूने ही, मूर्खाधिराज, उसे इतना शक्तिशाली बनने दिया! बोल, किसलिए?" कंस ने क्रोध से अधीर होकर पूछा।

मन्त्री दयनीय अवस्था में पलंग पर पड़ा था, फिर भी उसे वहीं-का-वहीं मार डालने का मन कंस का हुआ। वृद्ध मन्त्री ने लाचारी से यह भाव प्रदर्शित करते हुए कि 'मैं क्या करूँ?' अपना बायाँ हाथ ऊपर उठाया और फिर असह्य थकान अनुभव करते हुए अपनी आँखें मूँद लीं।

कंस ने क्रूरतापूर्वक फिर से प्रलम्ब को हिलाया। मन्त्री ने आँख खोलकर अपने क्रोधित स्वामी को देखा और क्षमा-याचना के निमित्त हाथ की अंजलि बनाने का प्रयास किया, किन्तु सफल नहीं हो सका।

"तू अस्वस्थ था, तब उस छोकरे के समाचार तुझे मिलते थे कि नहीं?" प्रलम्ब ने, समाचार मिलते थे, यह कहने के लिए अपना हाथ ऊँचा किया।

"क्या यह सच है कि इस लड़के ने देवाधिदेव इन्द्र की पूजा न करने के लिए वृन्दावन के लोगों को उकसाया और स्वयं देव बन बैठा?"

मन्त्री ने संकेत से बताया कि यह बात सच नहीं है।

"तो क्या यह भी सच नहीं है कि उसने गायों, वृक्षों तथा गोवर्द्धन गिरि की

पूजा लोगों से करवाई ओर इसके लिए महोत्सव मनाने को उन्हें प्रेरित किया?" भारी कण्ठ से कंस ने पूछा।

"हाँ।"

"तो इन सब बातों की सूचना तूने मुझे क्यों नहीं दी?"

प्रद्योत जिस ओर द्वार पर खड़ा था, वृद्ध मन्त्री ने उस ओर संकेत किया।

"तू यही कहना चाहता है न कि प्रद्योत भी यह सब जानता था?"

"हाँ।" मन्त्री ने सांकेतिक उत्तर दिया।

"और इस प्रसंग पर कृष्ण की भी पूजा की गई थी–ठीक है न?" वृद्ध मन्त्री मौन रहा।

"प्रद्योत ने वृन्दावन में जिस उन्मत्त वृषभ अरिष्ठ को खुला छोड़ा था, उसका तथा भयंकर अश्वकेशी का भी, उसने संहार किया, यह भी तू जानता है?"

मन्त्री ने संकेत दिया कि उसे इसका कुछ भी पता नहीं।

"देख प्रलम्ब, पैंतीस साल तक यदि तूने मेरी एकनिष्ठ सेवा न की होती तो मैं तुझे यहीं-का-यहीं अभी समाप्त कर देता। अपना राज्य मैं तुझे सौंपकर गया और तूने मेरा सर्वनाश कर डाला। जिन सगे-सम्बन्धियों को मैंने लगभग कुचल डाला था, उन्हीं को तूने अपनी निर्बलता के कारण फिर से सिर उठाने का अवसर दिया। इस कृष्ण को तो तूने इतना अधिक शक्तिशाली बनने दिया है कि अब तो वह स्वयं और मथुरा के बहुत-से लोग उसे उद्धारक मानने लगे हैं।"

वृद्ध मन्त्री ने हाथ जोड़ने का प्रयत्न किया, परन्तु वह निष्फल रहा।

"हाथ जोड़ने की आवश्यकता नहीं, कपटी मनुष्य! पर, यदि तुझमें अब भी मेरे प्रति कुछ निष्ठा है, तो एक बात मुझे बता–यह मेरा अन्तिम प्रश्न होगा।"

मन्त्री ने संकेत से पूछा, "कौन-सा प्रश्न?"

भवें तानकर, अत्यन्त धीमे स्वर में, मानो धमकी दे रहा हो इस प्रकार कंस ने पूछा, "यह लड़का देवकी का आठवाँ पुत्र तो नहीं है?"

वृद्ध मन्त्री ने कोई भी उत्तर नहीं दिया।

"चुप क्यों हो गया? बोल-बोल, नहीं तो तू ब्राह्मण होकर भी मेरे हाथ से बचेगा नहीं। मैं जो कहता हूँ वह सुन रहा है न? वह देवकी का आठवाँ पुत्र है–है न?"

वृद्ध मन्त्री ने होंठ खोलकर बड़ी कठिनाई से स्वीकारसूचक ध्वनि की।

"अधम, पामर जीव! ये सब बातें तूने मुझसे छिपाकर कैसे रखीं?" क्रुद्ध सर्प की भाँति फुफकारकर कंस ने क्रोध व्यक्त किया और प्रलम्ब को कन्धे से पकड़कर फिर जोर से हिलाया।

"नराधम, कृतघ्न, तूने मुझे सूचित क्यों नहीं किया?"

वृद्ध मन्त्री ने अत्यन्त बलपूर्वक प्रयत्न किया। उसकी आँखें जैसे कोई विचित्र भाव प्रकट कर रही हों, इस प्रकार फैल गईं।

"बोल, तूने मुझे पहले क्यों नहीं बताया?"

अचानक, मानो शरीर में शक्ति का संचार हो गया हो, इस प्रकार प्रलम्ब ने अपना सिर ऊँचा उठाया। उसके होंठ काँपने लगे और वह अत्यन्त क्षीण आवाज में बड़बड़ाया, "क्योंकि महर्षि वेदव्यास की वाणी सच थी। वह ईश्वर का ही अवतार है।"

इतना कहते ही उसका मस्तक झूल आया। यह प्रयास मरणासन्न मन्त्री को बहुत भारी पड़ा। उसकी आँखें और भी फैल गईं और गले से मृत्युसूचक स्वर निकलने लगा। भयाकुल होकर कंस कमरे से बाहर निकल आया।

कंस का बुलावा

कुछ समय बाद होनेवाली गोपनीय राजसभा में उपस्थित रहने के लिए कंस ने सभी यादव सदस्यों को बुला भेजा।

प्रलम्ब की मृत्यु के पश्चात् कंस तीन दिन लगातार गहन चिन्ता में डूबा रहा। अब इस प्रश्न का निराकरण क्या है? अन्त में उसने निश्चय किया कि वसुदेव के इस पुत्र का, और आवश्यकता पड़े तो सभी यादव वीरों का विनाश आवश्यक है।

चौथे दिन घोषणा कर दी गई—"पन्द्रह दिन पूर्व यादवों के सर्वसत्ताधीश महाराज कंस के अपनी विजय-यात्रा से लौटने के उपलक्ष्य में धनुर्यज्ञ महोत्सव का आयोजन किया जाएगा।" सप्ताह-भर चलनेवाले इस महोत्सव में मल्लयुद्ध तथा विविध प्रकार की अन्य क्रीड़ाओं के प्रदर्शन का आयोजन किया गया था। भोजन समारम्भ तथा आनन्दोत्सव की तो बात ही क्या?

कंस का विश्वासपात्र सेनापति प्रद्योत यद्यपि स्वामी के आदेश को लेकर सर्वत्र उत्साह के साथ घूम रहा था, तथापि वह किसी अज्ञात गहन व्यथा का भी अनुभव कर रहा था। धनुर्यज्ञ के संचालन का सम्पूर्ण कार्यभार उसे सौंपा गया था। इससे बाहर से तो यही प्रतीत होता था कि उसके गौरव में वृद्धि हुई है; किन्तु वस्तुतः उसे पदच्युत कर दिया गया था। राजमहल के सर्वसूत्र-संचालन को धीरे-धीरे उसके हाथ से छीनकर मगध के महाराज जरासन्ध की पुत्री तथा कंस की प्रिय पत्नी के सम्भ्राता वृत्रघ्न को सौंप दिया गया था। उसने राजमहल में कार्यरत प्रद्योत के सभी आदमियों को निकालकर उनके स्थान पर मगध के लोगों

को भर दिया। इसका क्या अर्थ है, यह भी प्रद्योत जानता था। उसे पूर्ण विश्वास हो गया था कि कंस अपनी सुरक्षा के लिए अब उस पर भरोसा नहीं रखता। वह यह भी समझ चुका था कि भविष्य में अब कंस कदापि उस पर विश्वास न करेगा।

प्रद्योत बहुत दुखी हुआ। स्वयं जीवन-भर स्वामी की सेवा में रहा, अपनी पत्नी तथा बच्चों की बलि दी, कंस के हित के लिए किसी भी प्रकार के पापाचरण से पीछे नहीं हटा, बदले में कंस ने निस्संकोच उसे पदच्युत कर दिया और वह सम्मान एक बाहरी आदमी को प्रदान कर दिया।

अमात्य प्रलम्ब की मृत्यु के समय जो वचन उसने सुने थे, वे अभी भी उसके हृदयपटल पर ज्यों-के-त्यों अंकित थे। उस समय उसकी नियुक्ति द्वारपाल के रूप में द्वार पर ही की गई थी; किन्तु उसके कान तो कंस तथा अमात्य के वार्तालाप की ओर ही थे। अमात्य के अन्तिम वचनों को सुनकर उसे आघात लगा था। कितने वर्ष गुजर गए, किन्तु प्रलम्ब ने नन्द के इस पुत्र के विनाश के लिए न तो स्वयं कोई उपाय रचा और न ही उसे इस दिशा में आगे बढ़ने दिया। यह रहस्य उसकी समझ में अब आया। चतुर एवं अनुभवी अमात्य जान गए थे कि नन्द का यह पुत्र और कोई नहीं, देवकी एवं वसुदेव का आठवाँ पुत्र—सभी का तारणहार—है।

प्रद्योत अपनी पत्नी के सम्बन्ध में सोचने लगा—'यदि कृष्ण वस्तुतः वसुदेव का पुत्र है तो शपथ खाते हुए पूतना ने यह क्यों कहा कि मेरी आँखों के सामने देवकी ने एक बालिका को जन्म दिया।' और वह बालिका कंस के हाथों से निकलकर से सावधान करती हुई कैसे ऊपर चली गई! कृष्ण को विष देने की बात पूतना ने स्वीकार कर ली? सम्भवतः वह जानती थी, कृष्ण ईश्वर का अवतार हैं और उन्हें बचाने के लिए उसने ऐसा किया। ऐसा भी हो सकता था कि सभी के तारणहार का संहार करने के बदले अपने पति एवं सन्तानों की रक्षा के लिए उसने स्वयं को बलिदान कर दिया। सभी कुछ रहस्यमय है, कुछ भी समझ में नहीं आ रहा।

'कृष्ण ईश्वर के अवतार हैं, यह विश्वास तो प्रलम्ब को हो गया था और मृत्यु के समय उन्होंने यह स्वीकार भी किया था। पूतना भी यह जानती थी। और अब कृष्ण को मारकर सभी यादव-सरदारों को समाप्त कर देने के लिए ही कंस अपनी इस शक्ति को अमल में लाने के लिए कटिबद्ध'हो गए हैं। इस समय मैं क्या करूँ? कंस के इस पाप-कर्म में क्या मैं भी भागी बनूँ? क्या मैं अपने ही सगे-सम्बन्धी यादव-सरदारों के संहार का निमित्त बनूँ? उनके विनाश के बाद मेरा क्या होगा?' वह स्वयं एक यादव सरदार है। कंस के हृदय में वह उच्च स्थान

प्राप्त कर चुका था। उसकी स्वामिभक्ति तथा उसका उच्च स्थान इसके प्रमुख कारण थे। जब तक वह महाराज के पक्ष में था, तब तक 'मेरे वंशज यादवों का मुझे सहयोग प्राप्त है' यह दावा वे कभी भी कर सकने की स्थिति में थे।

किन्तु, 'कंस महाराज तुम्हें बुला रहे हैं' इस सूचना से उसकी विचार-शृंखला टूट गई। ऐसी मनोदशा में वह कंस के पास नहीं जाना चाहता था। वह केवल दास है, इससे अधिक कुछ नहीं, ऐसा अनुभव कर वह अपने को अधमतम समझने लगा।

कंस के पास जाते समय प्रद्योत को लगा कि गत कितने ही सप्ताहों से जिस मनोयातना को वह सहता आ रहा है, उसका अब अन्त आ चुका है। कंस भी दयालु एवं उदार हो गया है। प्रद्योत को पूर्ण विश्वास है कि जब कभी कंस को कोई निकृष्ट कार्य कराना होता है तो वह इसी प्रकार की छलनामयी उदारता का प्रदर्शन करता है।

"मित्र, तुम्हें मेरा एक कार्य करना है। वृष्णि-प्रधान अक्रूर के पास मेरा यह सन्देश पहुँचाओ कि कल मध्याह्न को मैं सभी यादव-वीरों से मिलना चाहता हूँ।"

"सभी वीरों से?"

"हाँ, सभी वीरों से। उनके साथ वार्ता कर मैं समझौता करना चाहता हूँ।" अक्रूर से कहो, सभी आएँ, सभी! समझ गए न? मैं परमपूज्य पिताजी को भी बुला रहा हूँ।"

"जैसी आज्ञा प्रभु!" प्रद्योत ने कहा, "और मुझे भी आना है?"

"अवश्य! अवश्य!! अगर तुम उपस्थित न रहोगे तो मैं उन सबसे मिलकर क्या करूँगा?"

प्रद्योत अपने स्वामी की इस पाखण्ड-भरी उदारता से घृणा करने लगा।

"जैसी आपकी आज्ञा महाराज!" पुनः प्रद्योत ने कहा, "उस समय राजमहल की सुरक्षा के लिए भी क्या आप मेरी सेवाएँ पसन्द करेंगे?"

"तुम क्यों व्यर्थ में कष्ट उठाओगे?" कंस ने कहा, "वृत्रघ्न को यह भार सौंप दिया गया है।"

"जैसी आपकी इच्छा महाराज!"

"और अक्रूर क्या उत्तर देते हैं, यह आकर मुझसे कहो।" कंस ने कहा।

प्रद्योत यह भली-भाँति जानता था कि यादव-सरदारों के प्रति कंस द्वेष-भाव से भरा हुआ है। इस विचित्र परिवर्तन के पीछे क्या रहस्य है, यह समझने के लिए वह विचारमग्न हो गया। उसने अपने सभी गुप्तचरों को बुलाया। जहाँ तक सम्भव हो सका, उसने राजमहल से सम्बन्धित सभी सूचनाएँ एकत्र कीं और अक्रूर के पास एक दूत भेजकर कहला दिया कि वह उनसे मिलने आ रहा है।

वृष्णि-प्रधान अक्रूर अब वृद्ध हो चले थे। लम्बे श्वेत केश उनके मुखमण्डल की आभा को दीप्त कर रहे थे, उनके नेत्र पूर्व की अपेक्षा अधिक आर्द्र एवं स्नेहिल हो चले थे।

प्रद्योत के आकस्मिक आगमन से अक्रूर को आश्चर्य हुआ; किन्तु उन्होंने सद्‌भाव एवं स्नेहसहित उनका स्वागत किया। सेनापति ने महाराज का सन्देश उन्हें कह सुनाया।

"प्रद्योत, यह बुलावा किसलिए? और वह भी इस तरह, अचानक?" अक्रूर ने प्रश्न किया।

"यह सुनकर मुझे भी आश्चर्य हुआ महाराज! कुछ समय पूर्व ही मैं उनके इस निर्णय को जान सका हूँ।" प्रद्योत ने कहा।

"क्या यह सच है कि धनुर्यज्ञ का भार तुम्हें सौंपा गया है और राजमहल की सुरक्षा का भार मगध के वृत्रघ्न पर?" अक्रूर ने पूछा।

प्रद्योत ने गर्दन हिलाकर स्वीकृति प्रदान की।

प्रद्योत को यह जानकर महान् दुःख हुआ था कि अक्रूर-जैसा उदार एवं सम्माननीय पुरुष उसके स्वामी कंस की क्रूरता का शिकार होने जा रहा है। उन्हें छलने का साहस प्रद्योत को किसी प्रकार नहीं हुआ।

"मेरे लौट आने के बाद वह मुझसे तथा सभी यादव-वीरों से तो बहुत रुष्ट हो गए हैं, है न?" अक्रूर ने पूछा।

"हाँ, वह आप सबसे आवश्यकता से अधिक रुष्ट हैं, किन्तु आज तो वह आप सबके प्रति मित्रता के भाव से ओत-प्रोत लगे।" प्रद्योत ने कहा।

"यह आकस्मिक परिवर्तन किसलिए?"

"मुझे लेशमात्र भी इसका ज्ञान नहीं।" स्वस्थ भाव से प्रद्योत ने कहा।

अक्रूर की निर्मल एवं तीक्ष्ण दृष्टि जैसे उसके अन्तर में समा गई। उसे अनुभव हुआ, यादवश्रेष्ठ यह भी समझ गए हैं कि मैं झूठ बोल रहा हूँ। वह स्वयं पर बहुत लज्जित हुआ।

"तुम्हें कौन-सा कारण प्रतीत होता है? तुम तो महाराज को अत्यन्त निकट से जानते हो," अक्रूर ने कहा, "क्या वास्तव में वह हम सबसे मित्रता का भाव रखना चाहते हैं? या हम सबको एक साथ समाप्त कर देने की कोई युक्ति उन्होंने सोची है? उन्हें ऐसा करने में भी शायद कोई हिचकिचाहट न हो।"

प्रद्योत ने सभी के आदरपात्र साधु पुरुष अक्रूर की ओर बड़ी विवशता से निहारा। वह अधिक समय तक उनकी ओर न देख सका। प्रलम्ब के वचनों का विचार कर प्रद्योत अक्रूर से झूठ बोलने का साहस न कर सका।

"महाराज को समझना कठिन है। सम्भव है उन्होंने कोई युक्ति सोची भी

हो।'' प्रद्योत ने कहा।

''क्या तुम्हें यह शंका है कि कोई दुष्टतापूर्ण कार्य करने के लिए यह युक्ति सोची गई है?''

प्रद्योत ने मौन रूप से अपनी स्वीकृति प्रदान की।

अचानक द्वार से एक विषाद-भरा मृदु स्वर सुनाई पड़ा।

''आर्य आप पधारे हैं...गर्गाचार्य...''

प्रद्योत विस्फारित नेत्रों से उधर ही निहारता रहा। एक छोटी किन्तु अपूर्व सुन्दर स्त्री द्वार पर खड़ी थी। उसकी आयु तीस के ऊपर ही होगी, किन्तु उसके केश श्वेत हो चले थे। उसके मुखमण्डल पर अवर्णनीय विषाद की रेखाएँ उभरी हुई थीं। वह और आगे बढ़ी। किन्तु प्रद्योत को देखते ही उसके मुख से निकला वाक्य अधूरा ही रह गया और अपने पर प्रद्योत की दृष्टि पड़ते ही वह भयभीत हो उठी।

''आओ देवकी,'' अक्रूर ने कहा, ''अपने अन्धक सरदार प्रद्योत को तो तुम पहचानती हो न?''

देवकी एकटक प्रद्योत को देखती रही। वह उसे तत्काल पहचान गई। देखते-देखते वह भय से पीली पड़ने लगी, उसके ओष्ठ कम्पित हो उठे। किसी प्रकार अपनी मौन स्वीकृति देते हुए उसने सहारे के लिए द्वार-स्तम्भ को पकड़ लिया, लगा जैसे वह अभी मूर्च्छित हो जाएगी।

प्रद्योत को भी मूर्च्छा जैसी आने लगी। यह वही राजकुमारी है जिसे उसके स्वामी कंस ने विवाहोत्सव के अवसर पर रथ से खींच लिया था और तब वह अपने स्वामी के बगल में ही खड़ा था; इसी के नवजात पुत्रों की—एक के बाद एक—कंस ने हत्या कर डाली और तब भी वह अपने स्वामी के बगल में ही खड़ा रहा था; और आज देवकी के आठवें पुत्र की हत्या भी कंस उसी के सहयोग से करना चाहता है। असह्य लज्जा और वेदना से वह धरती में गड़ा जा रहा था। भयातुर नेत्रों से देवकी एकटक उसकी ओर इस प्रकार देखती रही, जैसे विषधर नागराज की ओर कोई एकटक देखता रह जाता है। उस दयनीयता का अनुभव कर प्रद्योत का कण्ठ अवरुद्ध हो गया, उसके नेत्र सजल हो गए।

प्रयत्नपूर्वक हाथ जोड़कर वह धरती पर नतमस्तक हो गया।

''देवकी, प्रद्योत के साथ बात करके मैं शीघ्र ही तुम्हारे पास आऊँगा।'' अक्रूर ने कहा।

''बहुत अच्छा।'' देवकी ने दबे स्वर से कहा और नेत्रों में आए आँसुओं को पोंछती वह वहाँ से चली गई।

प्रद्योत न तो कुछ बोल सका और न ही अक्रूर की ओर पुनः उसे देखने का

साहस हुआ। वह देवकी के विचित्र पागलपन के सम्बन्ध में सुन चुका था। एक नन्हे-से बालक की स्वर्णप्रतिमा बनाकर वह दिन-रात उसकी पूजा किया करती थी; उस बाल-प्रतिमा के समक्ष वह दुलार-भरे गीत गाती, उसे स्नान कराती, वस्त्र पहनाती। ये सभी बातें वह सुन चुका था। उसके मस्तिष्क में एक नया ही विचार उत्पन्न हुआ था। वस्तुतः वह उस स्वर्ण-प्रतिमा के समक्ष गीत नहीं गाती थी– वह तो उस बालक के लिए गाती थी, जो सोलह साल पूर्व उससे छीन लिया गया था और जो अब नन्द के पुत्र के रूप में रह रहा है–और जिसका वध करने के लिए वह स्वयं अधम कंस की सहायता कर रहा है। असह्य वेदना से उसका हृदय कराह उठा।

प्रद्योत की इस असहनीय वेदना को अक्रूर समझ गए।

"वसुदेव के पास जाना क्या तुम पसन्द करोगे? उन्हें स्वयं जाकर निमन्त्रित करो।" अक्रूर अपनी अतल अन्तर-सूझ से बोले।

"नहीं, नहीं, मैं ऐसा नहीं कर सकता। उनसे मिलने का साहस मुझमें नहीं है।" प्रद्योत ने उत्तर दिया।

"देवकी दिन-रात जिसकी पूजा-अर्चना करती रहती है, उस देव-प्रतिमा का दर्शन तो करोगे न?" अक्रूर रोगी की दवा करनेवाले एक अनुभवी वैद्य की भाँति मुस्कराते हुए बोले।

"नहीं, नहीं, नहीं; कदापि नहीं। मैं पुनः उनके समक्ष उपस्थित होने की धृष्टता नहीं कर सकता।" विनम्र भाव से हाथ जोड़ते हुए प्रद्योत ने कहा, "मैंने उनका बहुत बड़ा अनिष्ट किया है।"

"वह तो अति उदार-हृदया है। वह तुझे तत्काल क्षमा कर देगी। कर देगी क्या, कर दिया होगा। अचानक तुझे यहाँ देखकर क्षण-भर के लिए भयभीत हो गई थी, बस!" प्यार से प्रद्योत की पीठ थपथपाते हुए अक्रूर ने कहा।

"आपकी अति कृपा है महाराज! अब मुझे जाने की आज्ञा दीजिए।" प्रद्योत ने कहा।

"ठहरो, अपने मन को कुछ शान्त कर लो, तब जाना, यदि जाने की ही इच्छा हो तो।" अक्रूर ने कहा, "मानव-मात्र पर ईश्वर की कृपा होती ही है। उसके लिए योग्य समय की प्रतीक्षा करनी चाहिए और तुम्हारे लिए वह समय अब आ चुका है।"

प्रद्योत उठ खड़ा हुआ और नतमस्तक हो द्वार की ओर बढ़ गया।

प्रद्योत के साथ द्वार की ओर जाते समय अक्रूर ने पुनः मधुर एवं मननीय स्वर में कहा, "जब ईश्वर के अनुग्रह का अवसर आए तो उसे ठुकराना नहीं चाहिए, उसका स्वागत करना चाहिए! हम नश्वर लोगों के लिए ईश्वर को

पहचानने का मार्ग भी यही है।"

प्रद्योत एक झटके के साथ रुका और अक्रूर की ओर मुड़कर कहने लगा, "महाराज, भगवद्कृपा का पात्र सम्भवतः मैं कभी भी नहीं बन सकता। मैं इसके योग्य कदापि नहीं।" विचित्र रूप से पुनः अक्रूर की ओर मुड़ते हुए उसने बहुत ही धीरे-से पूछा, "वसुदेव का आठवाँ पुत्र जीवित है न? और वह वृन्दावन में है, यह भी सत्य है न?"

भयातुर नेत्रों से अक्रूर ने प्रद्योत की ओर देखा।

"क्या रहस्य खुल गया? किसने कहा तुमसे?" पुनर्स्वस्थ होते हुए अक्रूर ने पूछा।

"मृत्यु के समय यह बात प्रलम्ब ने महाराज को बताई थी।"

"ओह!" अकस्मात् अक्रूर के मुख से निकल पड़ा। उनका हृदय तीव्र गति से धड़कने लगा।

भयातुर प्रद्योत चतुर्दिक् देखने लगा। जब उसे विश्वास हो गया कि उनकी बातें कोई नहीं सुन रहा है, तो धीरे-से उसने कहा, "चिन्ता न कीजिए महाराज! उनका कोई बाल भी बाँका नहीं कर सकता। वह तो ईश्वर हैं और हम सबका उद्धार करने के लिए ही इस धरती पर अवतरित हुए हैं।"

और वह द्रुतगति से बाहर चला गया।

कंस का आमन्त्रण

कंस के पिता उग्रसेन महत्त्वपूर्ण अवसरों पर यादव-प्रमुखों को राजसभा में बुलाना कभी नहीं भूलते थे; परन्तु पच्चीस वर्षों से भी कुछ अधिक समय से कंस ने एक बार भी उन्हें आमन्त्रित करना उचित नहीं समझा। इसलिए इस बार मथुरा से निमन्त्रण मिलने पर सभी आश्चर्य में पड़ गए। कुछ शंका भी उन्हें हुई, इसलिए अपने अग्रज वसुदेव और अक्रूर से उन्होंने राय माँगी। कंस की मथुरा से अनुपस्थिति के बीच उन्होंने अपनी खोई सत्ता पर्याप्त रूप से हस्तगत कर ली थी, पर वे यह भी जानते थे कि कंस स्वभाववश उसे वापस छीन लेने में कोई कसर नहीं उठा रखेगा।

जिस धनुर्यज्ञ की योजना करने का कंस ने निर्णय किया था, उसमें रक्तपात अवश्यम्भावी था। यथेच्छ खानपान के बाद, विजयोन्मत्त सैनिक अथवा मल्ल, स्वामी की आज्ञा के बिना भी ऐसे अवसर पर निरंकुश हो जाते थे। इसके अतिरिक्त दुष्ट, पर यादव सरदार प्रद्योत को पदच्युत कर राजमहल के रक्षण का

भार मगध के राजकुमार वृत्रघ्न-जैसे एक अजाने परदेशी को सौंपा जाना भी अमंगल का सूचक था। यादव-प्रमुखों को लगा कि दाल में कुछ काला जरूर है, इसीलिए गुप्त मन्त्रणा कर सभी ने निश्चय किया कि किसी भी प्रकार कंस का सामना तो करना ही होगा—केवल उसकी ओर से प्रथम आक्रमण की उन्हें अपेक्षा थी।

नियत समय पर सभी आ पहुँचे। सशस्त्र तथा आन्तरिक क्रोध से भरे हुए ये प्रायः पचास यादव प्रमुख तथा अग्रज थे। मथुरा में आकर उन्होंने देखा कि वृत्रघ्न के अधीन सारे महल में स्थान-स्थान पर मगध के योद्धाओं की नियुक्ति की गई है। इसी से उन्होंने अनुमान लगा लिया कि हमारे प्रति कंस की क्या भावना है।

राजसभा में लाए जाने पर महाराज उग्रसेन स्तब्ध रह गए। विशाल और वैभवशाली होने पर भी जिस महल में उन्हें नजरबन्द किया गया था, वह कारागार के समान ही था। वहाँ रहने पर उनका बाहर से तो सम्बन्ध ही टूट गया था। वह असमंजस में पड़े, धीरे-धीरे शंकातुर भाव से चलकर अपने पुत्र कंस के समीप ही राजगद्दी पर बैठ गए और काँपते हाथों से तकिए का सहारा ढूँढ़ने लगे। महाराज उग्रसेन की बगल में सेनापति प्रद्योत के पितामह और उग्रसेन के चाचा, नब्बे वर्ष से भी अधिक वय के, अन्धक वंश के आर्य बाहुक बैठे थे। राजसभा-कक्ष में जब उन्होंने अचानक प्रवेश किया, तब सभी लोग आश्चर्यचकित रह गए।

कई वर्षों से वे अपने महल में एकान्तवास करते हुए भगवान् शंकर की आराधना कर रहे थे। यादव-प्रमुखों को लगा कि आज कुछ नवीन अवश्य होनेवाला है।

बाहुक की बगल में शूर यादवों के प्रमुख वसुदेव बैठे थे और वह किसी आन्तरिक पीड़ा से व्यथित-से नजर आ रहे थे। उनके जैसे सरल स्वभाव के मनुष्य अपने हृदय की पीड़ा को छिपा नहीं सकते। वह उनकी मुखमुद्रा, आँखों तथा शरीर के हाव-भाव से स्पष्ट हो जाती है। वहाँ उपस्थित प्रत्येक व्यक्ति से यह छिपा न रह सका कि वह इस सभा के परिणाम के विषय में चिन्तित हैं।

कंस की दूसरी ओर कंस का भाई देवक तथा साधुमना अक्रूर बैठे थे। नम्र तथा सरल स्वभाव के अक्रूर की ओर सभी प्रमुख सम्मान की दृष्टि से देखते थे। अक्रूर की बुद्धिमत्ता में सभी को विश्वास था। उनकी बगल में कठोर मुखमुद्रा धारण किए प्रद्योत बैठा था। वह अशान्त था और बार-बार भिन्न-भिन्न यादव-प्रमुखों की ओर देख रहा था। वह जानता था किसी का उसके प्रति द्वेष-भाव है, और अब तो वह अपने स्वामी का भी कृपापात्र नहीं रहा। उसके बगल में उसके दो भाई बैठे थे और दूसरे दो भाई कंस के पीछे खड़े थे। कंस जब बाहर जाता,

तब परिचारकों के रूप में वही उसके साथ रहते।

इनके अतिरिक्त और भी कई लोग ढाल-तलवार बाँधे वहाँ आए थे। सभी को आशंका थी कि आज कुछ भयंकर काण्ड होनेवाला है, और इस सभा के परिणामस्वरूप विग्रह फटे बिना नहीं रहेगा। परन्तु कंस ने तो सभी का खूब मिठास से, मुस्कराकर स्वागत किया। प्रत्येक के पास जा-जाकर उनके तथा उनके परिवार के कुशल-समाचार पूछे। फिर सभी को आश्चर्य में डालते हुए, दोनों हाथ जोड़कर वह अपने वृद्ध पिता तथा अन्धक की ओर मुड़कर बोला, "पूज्य पिताजी, पूज्य दादाजी तथा बन्धुओ, मैंने आप सबको धनुर्यज्ञ में भाग लेने के लिए आमन्त्रित किया है कि मैंने अपने बाहुबल से यादव-राज्य का विस्तार किया है और मथुरा अब शक्तिशाली राज्य बन गया है। अपनी प्राचीन परम्परा से तो आप सभी परिचित हैं। मेरी इच्छा है कि इस यज्ञोत्सव को सफल बनाने में आप सब मेरी सहायता करें।"

कोई कुछ नहीं बोला। किसी की समझ में नहीं आया कि इतने विनम्र निवेदन के पीछे क्या रहस्य है।

"सात दिनों तक यह उत्सव चलेगा," कंस ने अपना भाषण जारी रखा, "उत्सव-काल के मध्य दीपमालाएँ सजाई जाएँगी तथा नृत्य एवं संगीत-समारोह होंगे। मल्लयुद्ध तथा शारीरिक बल के अन्य प्रयोग भी किए जाएँगे। इनमें भाग लेने के लिए विदेशी मल्ल भी आए हैं। योग्य, विधिवत् धनुष तैयार करने की आज्ञा मैंने दे दी है। उत्सव के अन्त में उस धनुष से जो कोई अधिकतम दूरी तक बाण छोड़ सकेगा, उसे मैं यथाशक्ति पुरस्कार दूँगा।"

यादव-वीरों ने मात्र मस्तक हिलाकर इसका उत्तर दिया।

"इस उत्सव के लिए जो धनुष मैंने तैयार कराया है, उसे कुछ ही वीर उठा पाएँगे," कंस ने कहा, "उत्सव का प्रारम्भ होने पर तरुण यादव अपने बल-कौशल का यथेष्ठ परिचय दें, यही मेरी कामना है। मल्लयुद्ध की कला में हम यादव प्रवीण हैं। चाणूर तथा मुष्टिक भी इस कला में अत्यन्त पारंगत माने जाते हैं। मैं चाहता हूँ कि तरुण यादव उनके साथ दो-दो हाथ करें और संसार को बता दें कि जिस कला में अपूर्व दक्षता हमारे पूर्वजों ने प्राप्त की थी, वह हमने गँवाई नहीं है।"

अब तक मौन बैठे हुए प्रमुखों की ओर से पहली बार बोलते हुए अक्रूर ने कहा, "महाराज, आपने हमें निमन्त्रित किया, इसके लिए मुझे वास्तव में अत्यन्त प्रसन्नता है। मैं आपको विश्वास दिलाता हूँ कि यादव-वीर अपने धर्म का पालन करने में कभी पीछे नहीं हटेंगे।"

"वृष्णिश्रेष्ठ, मैं जानता हूँ कि आप अपने धर्म का पालन अच्छी तरह करते हैं। अपनी प्राचीन परम्परा से तो आप सुपरिचित हैं ही।" कंस ने कहा।

"प्रभु, अपने पूर्वजों की परम्परा से आप स्वयं कम परिचित नहीं।" हाथ जोड़कर अक्रूर ने कहा, "हमारे हृदय के भावों को व्यक्त करने की अनुमति यदि आप दें तो मैं निवेदन करूँगा कि उदारचरित पूज्य महाराज उग्रसेन इस महल में आकर स्वयं इस उत्सव का अध्यक्ष-पद ग्रहण करें। आप पधारेंगे न महाराज?"

विवश भाव से महाराज उग्रसेन ने अपने पुत्र की ओर देखा। अक्रूर की इस प्रार्थना से उन पर कौन-सी नई विपत्ति आ सकती है, यह समझने का उन्होंने प्रयास किया।

"क्यों नहीं!" कंस ने कुछ हिचकिचाहट के साथ कहा, "पूज्य पिताजी अवश्य पधारेंगे। यही तो हमारे स्वामी और कर्ता हैं।" सभी ने उसके वचनों में निहित कटाक्ष को अनुभव किया। तब कंस ने द्वार की ओर देखा और वहाँ पर खड़ा मगध का राजकुमार खण्ड से बाहर चला गया। तुरन्त ही भिन्न-भिन्न द्वारों से लगभग पचास योद्धा धनुष-बाण तथा ढाल-तलवार बाँधे सभा-भवन में प्रविष्ट हुए। मगध का राजकुमार वापस आकर अपने स्थान पर, प्रद्योत के दो छोटे भाइयों की बगल में, खड़ा हो गया।

"इस यादव-सभा में परदेसियों को क्यों बुलाया गया है?" रोषपूर्वक बाहुक ने प्रश्न किया। उनकी मुखमुद्रा कठोर हो गई।

अभिमान से जरा हँसकर कंस ने कहा, "विजय-प्राप्ति में इन वीर योद्धाओं ने हमारी सहायता की है। यज्ञोत्सव में हमारी सहायता करने तथा उसमें भाग लेने के लिए ये यहाँ आए हैं।" फिर उनकी ओर देखकर कहा, "आप सब लोग बैठें।" यादव-प्रमुखों को लक्ष्य कर बोला, "भाइयो, मेरी इच्छा है कि आप इनका परिचय प्राप्त करें। वृत्रघ्न अत्यन्त शक्तिशाली पुरुष है, वीर योद्धा है। मेरे साथ वह बारह वर्ष रह चुका है, इसलिए अपने में से ही एक है।"

"महाराज हमसे और क्या अपेक्षा रखते हैं? अक्रूर ने पूछा।

"विशेष तो कुछ नहीं," कंस ने कहा, "परन्तु हाँ, हृदय खोलकर एक बात आपसे अवश्य करनी है, और वह है शूर प्रमुख वसुदेव के विषय में।"

"मेरे विषय में?" आश्चर्य से वसुदेव ने प्रश्न किया।

"हाँ, आपके विषय में–शूरश्रेष्ठ!" तीव्र कटाक्ष करते हुए कंस ने कहा, "देवकी की कोख से जो नया पुत्र हो, उसे सौंप देने का वचन मुझे आपने दिया था और आपको सत्यवादी मानकर देवकी को मैंने जीवित रहने दिया था। परन्तु आपने अपने वचन का भंग किया और देवकी के आठवें पुत्र का अपहरण करा दिया। मुझे ज्ञात है कि वह पुत्र इस समय वृन्दावन में है। ग्वालों के प्रधान नन्द के पुत्र के रूप में लोग उसे जानते हैं। क्या यही क्षत्रिय का धर्म है?"

यादव वीरों के हृदय में कंस के ये वचन सुनकर एक अभिनव भाव-संचार हुआ। तो क्या देवकी का आठवाँ पुत्र जीवित है? नारद मुनि की भविष्यवाणी सचमुच ही सत्य सिद्ध होगी? सभी के मन में ये प्रश्न एकाएक उठ आए।

वसुदेव की भृकुटी तन गई। क्रोधपूर्वक वह इस प्रश्न का उत्तर देने के लिए प्रस्तुत हुए; परन्तु आर्य अन्धक ने हाथ उठाकर उन्हें रोका, "वसुदेव, जरा ठहरो!" उस वयोवृद्ध पुरुष ने कठोरता से कहा, "उग्रसेन के पुत्र, तुम क्षत्रिय के धर्म का उल्लेख करते हो, तुम!"

कंस आश्चर्यचकित रह गया। उसने कभी सोचा ही नहीं था कि राज्यसभा में वृद्ध अन्धक आएँगे। वह जानता था कि उनकी बात काटना किसी तरुण के लिए अशोभनीय है। उसने पूछा, "मैं उल्लेख क्यों नहीं कर सकता?"

"क्यों नहीं कर सकते, जानना चाहते हो? तो सुनो उग्रसेन के पुत्र!" अन्धक ने कहा, "अपने पिता को बन्दी बनाना क्या किसी उत्तम क्षत्रिय-कुल-वंशज का काम है? देवकी तथा वसुदेव को उनके विवाह के तुरन्त बाद ही कारागार में डालना क्या क्षत्रियोचित कर्म है? एक माता की, और वह भी अपने चाचा की लड़की की, आठ-आठ सन्तानों की हत्या करना क्या वीर क्षत्रिय का धर्म है? किशोर अवस्था में ही एक बालक की हत्या करवाने का प्रयास करना, क्या धर्म का काम था?" वृद्ध अन्धक की वाणी समस्त सभागृह में गूँज उठी, "मुझे अब बहुत जीना नहीं है। युवावस्था में साक्षात् यम से भी मैं डरता नहीं था। वर्षों से जो बात अपने मन में छिपाए था, वह आज तुमसे साफ-साफ कह देता हूँ। जैसे-जैसे पाप-कर्म तुमने किए हैं, उनका नाम भी किसी ने नहीं सुना होगा। यादवों के नाम पर तुमने कलंक लगाया है।"

जरा-सा सुस्ताने के लिए कुछ देर रुककर अन्धक ने फिर कहा, "वसुदेव का पुत्र जो भी हो, जहाँ भी हो, तुम्हें उससे क्या? वसुदेव पर तुमने कम अत्याचार नहीं किए हैं, अब और अधिक अत्याचार मैं तुम्हें नहीं करने दूँगा।"

क्षण-भर के लिए तो कंस अपना आत्म-नियन्त्रण खो बैठा। अजाने ही उसका हाथ तलवार की मूठ पर चला गया। अपने पीछे खड़े प्रद्योत तथा वृत्रघ्न की ओर उसने दृष्टिपात किया। अक्रूर ने परिस्थिति को भाँपकर प्रद्योत की ओर देखा और फिर नम्रता तथा सरल भाव से कहा, "महाराज, क्रोध के कारण विवेक-बुद्धि न खो बैठें! क्रोध तो अन्धा होता ही है। वसुदेव की आठवीं सन्तान के बारे में आप जानना चाहते हैं न?"

"हाँ।"

"देवकी की आठवीं सन्तान पुत्र ही था। आप जानना चाहते हैं कि वह वृन्दावन में है या नहीं? हाँ, वह वहीं है। पर, यह छल आपके साथ मैंने किया

था। मैंने ही देवकी के पुत्र को ले जाकर उसके स्थान पर नन्द की पुत्री को रखने की योजना बनाई थी।"

"तो तुम्हारी थी यह योजना? किस हेतु?" अपने बढ़ते हुए क्रोध को किसी तरह दबाकर कंस ने पूछा।

"देवकी के सभी पुत्रों की हत्या करने के पाप से आपको बचाने के लिए," अक्रूर ने हँसकर कहा, "मैं आपको स्वयं अपने से ही बचाना चाहता था।"

"तो नन्द का पुत्र कृष्ण देवकी की ही आठवीं सन्तान है, यह बात सच है न?" कंस ने प्रश्न किया।

"हाँ!" अक्रूर ने जवाब दिया।

पल-भर के लिए कंस का शरीर क्रोध से काँप उठा। तो उसका हन्ता अन्ततः बच ही गया! फिर भी स्वयं पर नियन्त्रण रखते हुए उसने मुस्कराकर कहा, "क्या मैं इतना दुष्ट हूँ, अक्रूर? ये तो सब बीती बातें हैं। मैं तो इन्हें भूल ही गया था और तुमसे भी अनुरोध करता हूँ कि इनको भूल जाओ। देवकी का पुत्र जीवित है, तो उसे यहाँ अवश्य बुलाना चाहिए।"

"उसे आप यहाँ क्यों बुलाना चाहते हैं?" अक्रूर ने पूछा।

"मेरी इच्छा है कि वह भी धनुर्यज्ञ में भाग ले। उसके पराक्रमों के बारे में मैंने काफी सुन रखा है। क्या ही अच्छा हो, यदि वह यक्ष के धनुष को उठा सके और उस पर प्रत्यंचा तानकर बाण छोड़े! जैसी प्रशंसा लोग उसकी करते हैं यदि वह वैसा ही है, तो फिर धनुर्यज्ञ की प्रतिद्वन्द्विता में वह अवश्य ही सफल होगा और मल्लयुद्ध में भी विजयी हो सकेगा।"

"यह कोई नई युक्ति है क्या, तरुण कुमार?" आर्य बाहुक ने पूछा।

"इसमें युक्ति कैसी?" कंस बोला। "मुझे तो वास्तव में प्रसन्नता हुई है यह समाचार सुनकर! आप क्या प्रसन्न नहीं हुए पूज्य पिताजी?" उग्रसेन की ओर मुड़कर कंस ने कहा।

यादवगण उसकी मीठी बातों को अत्यन्त आशंकित होकर सुन रहे थे। परन्तु उन्हें यह भी विश्वास था कि किसी भी परिस्थिति को सँभाल लेने की योग्यता अक्रूर में है।

"भगवान् शंकर जो करते हैं, अच्छा ही करते हैं।" वृद्ध महाराज ने कहा।

"अक्रूर, तुम्हें अब मेरा एक काम करना पड़ेगा," कंस ने कहा, "कृष्ण को यहाँ ले आओ, रोहिणी के पुत्र को भी। मैं समझता हूँ कि दोनों साथ-साथ ही रहते हैं। इन दोनों की देख-रेख ठीक ढंग से हो रही है, यह जानकर मुझे परम सन्तोष हुआ। मेरी बड़ी इच्छा है कि धनुर्यज्ञ में ये दोनों भाग लें। उनके साथ नन्द को भी वार्षिक कर लेकर आने के लिए कहना। तुम्हारी क्या राय है, वसुदेव?"

इससे पहले कि वसुदेव उत्तर दें, अक्रूर ने तुरन्त ही कहा, ''महाराज, मैं वृन्दावन जाकर दोनों बालकों को यहाँ ले आऊँगा।''

आनन्द और सौन्दर्य की देवी

वृन्दावन के लोगों की आँखों में आज नींद नहीं थी। रात्रि का प्रथम पहर कभी का व्यतीत हो चुका था, फिर भी सभी-पुरुष अपने-अपने चबूतरे पर बैठे अथवा चौक में एकत्र होकर बातें कर रहे थे। सभी की जिह्वा पर एक ही चर्चा थी–उनके प्रिय कन्हैया और दाऊ (बलराम) को कंस ने मथुरा बुलाया है। साथ ही नन्द बाबा को भी अपने सगे-सम्बन्धियों सहित आने का आमन्त्रण है। वार्षिक कर भी लाने का आदेश है। युद्ध में जो विजय कंस प्राप्त कर सका था, उसी के उपलक्ष्य में एक विराट उत्सव का आयोजन किया गया है, जिसमें धनुर्यज्ञ भी होनेवाला है। अन्य लोगों को भी इस उत्सव में भाग लेने के लिए बुलाया गया है।

वैसे मथुरा में होनेवाले प्रत्येक उत्सव के प्रति गाँव के लोगों में भारी आकर्षण स्वभावतः ही रहता था, परन्तु इस बार बात ही कुछ न्यारी थी। कंस सभी के द्वेष का पात्र बना हुआ था, सो उसका कृष्ण-बलराम को बुलाना सभी को अखरा; आश्चर्य भी कम नहीं हुआ। लोगों को लगा कि इसमें अवश्य ही कोई गूढ़ रहस्य होना चाहिए। शारीरिक बल तथा अन्य प्रकार की प्रतियोगिताओं में भाग लेने के लिए वैसे तो सभी आमन्त्रित थे; परन्तु यह बात किसी से छिपी नहीं रही कि वृन्दावन आते ही अक्रूर बाबा नन्द और कृष्ण-बलराम के साथ गुप्त मन्त्रणा करने बैठ गए थे और जब वे बाहर निकले तो नन्द के चेहरे पर चिन्ता के भाव स्पष्ट थे, तथा आँखों में एक अज्ञात भय का चिह्न दिखाई पड़ता था। कंस को कर के रूप में अनाज, गायें इत्यादि जो कुछ देना था, उन्हें तैयार रखने तथा सवेरा होते ही गाड़ियों को ले आने का आदेश उन्होंने अनमने मन से दिया। माता यशोदा की आँखों में आँसू थे। इससे सभी के चित्त खिन्न थे और सोने का समय कभी का हो जाने पर भी आज कोई सो नहीं पा रहा था। वातावरण में एक प्रकार की बोझिलता तथा चिन्ता के भाव स्पष्ट परिलक्षित किए जा सकते थे।

अचानक चाँदनी रात की स्तब्धता भंग हुई और एक मधुर स्वरलहरी से सारा गाँव गूँज उठा। कन्हैया रास के लिए गोप-बालाओं को बुला रहा था और उसकी चिर-परिचित, जादुई बाँसुरी सभी का मन उद्वेलित कर रही थी। सभी स्त्रियाँ–मात्र युवतियाँ ही नहीं, प्रौढ़ एवं वृद्धाएँ भी–जमुना के तीर पर दौड़ी गईं। साज-शृंगार का समय नहीं था, अलंकार धारण करना या बिन्दी लगाना किसी को याद ही

न रहा। उनका प्रिय कान्ह जो उन्हें बुला रहा था! कोई-कोई तो साड़ी पहनती-पहनती ही बाहर निकल आईं। हवा में उड़ते हुए बिखरे बाल और अस्त-व्यस्त अवस्था में वे सभी अधीर हो कन्हैया के पास हाँफती हुई पहुँचीं।

राधा ने भी सुन रखा था कि उसका प्रिय कान्ह दूसरे दिन सवेरे पौ फटने से पहले ही मथुरा के लिए रवाना हो जाएगा, सो सूनी शैया पर तड़पती हुई वह चिन्तातुर लेटी थी। उसका हृदय किसी अकथ्य वेदना से छिदा जा रहा था। उसने भी बाँसुरी का सुर सुना और बेभान होकर वह उसी ओर दौड़ पड़ी, जिधर उसका सर्वस्व उसे बुला रहा था।

सामान्यतः पुरुष-वर्ग को बाँसुरी से इतना लगाव नहीं था; परन्तु इस बार तो वे भी उसकी मोहिनी से खिंचे हुए स्त्रियों के पीछे-पीछे चले आए। कृष्ण को जब उन्होंने रास के लिए प्रस्तुत देखा तो सभी 'थै-थै' कहकर ताल देने लगे। पैरों की पायलें झनझना उठीं, पखावज बज उठे, युवा स्त्री-पुरुषों का एक बड़ा घेरा बना और उसके बीच में एक छोटा घेरा और बना। तब सभी तालियाँ देते हुए कृष्ण के चारों ओर नाचने लगे। राधा कृष्ण के निकट जाकर खड़ी हो गई। आनन्द और गर्व से उसकी छाती धड़क रही थी और होंठों पर एक मधुर मुस्कान थी। अपनी दृष्टि कृष्ण के मुखारविन्द पर टिकाए वह सम्पूर्णतः रसविभोर थी। कृष्ण ने बाँसुरी अपनी करधनी में खोंस ली और राधा के साथ नृत्य करना शुरू किया।

चारों ओर गीत तथा नृत्य की धूम मच गई। रासलीला का अपूर्व आनन्द सभी पर छाया था। सभी मदमत्त थे और अत्यन्त उत्साह के साथ 'थै-थै-थै' कहकर नाच रहे थे। प्रारम्भ में वे अपने हाथों तथा पैरों से ताल दे रहे थे; बाद में अपनी-अपनी करधनी से छोटे-छोटे डण्डे निकालकर उन्हें दोनों हाथों में लिये, एक बार अपने ही हाथ के डण्डे से और दूसरी बार अपनी जोड़ के व्यक्ति के डंडे से लड़ाकर ताल दे रहे थे। इस अनुपम नृत्य की छटा देखकर आकाश और धरती भी मानो रास में भाग लेते हुए वृत्ताकार घूमने लगे। चन्द्रमा प्रणय-माधुरी बिखेरता हुआ आकाश में स्थिर हो गया और कलकल निनाद करती हुई यमुना भी मानो गीत गाने लगी।

स्वर्ग के देवताओं ने इस मधुर दृश्य को देखा और आनन्द से गद्गद हो उठे। चन्द्रकिरण-रूपी कुसुमों की वृष्टि उन्होंने की। एक अपूर्व आनन्द और उल्लास से सभी विभोर थे। कई गोप-बालाएँ तो रागोन्मत्त होकर गिर पड़ीं; कितनी ही श्रमविह्वल तथा आनन्दातिरेक से चूर-चूर होकर एक ओर जा बैठीं। अपने शरीर का बोझ भी सँभालना उनके लिए कठिन हो रहा था। बहुत-से गोप हँसते-हँसते और हाँफ-हाँफकर जमीन पर लोट-पोट होने लगे।

इतने में बाँसुरी की मधुर ध्वनि फिर से सुनाई पड़ी; किन्तु इस बार वह कुछ

दूर से आ रही थी। सभी ने देखा कि जहाँ सब लोग उपस्थित थे वहाँ से एक छाया-आकृति अकस्मात् उठ खड़ी हुई और जिधर से बाँसुरी के स्वर आ रहे थे उस ओर चल दी। पलक झपकते ही दोनों आकृतियाँ पास के वन में अदृश्य हो गईं। इस घटना को सभी ने समझ लिया। कुछ लोगों के हृदय में तो ईर्ष्याग्नि भी भड़क उठी; परन्तु सभी लोग चित्रलिखित-से इस प्रकार बैठे रहे मानो कुछ हुआ ही नहीं। किसी अद्भुत प्रणय-सौन्दर्य से प्रभावित हो वे ठगे-से बैठे रहे।

"राधा, तू थक गई है, तुझसे चला नहीं जाएगा। ले, मैं तुझे उठा लेता हूँ।" कृष्ण ने कहा।

कृष्ण उसे गोद में उठा ले, इस सुखद कल्पना से राधा के गाल लाल हो उठे, परन्तु मर्यादा तो रखनी ही पड़ती है, इसलिए यह स्वीकार कैसे किया जाए? उसने कहा, "नहीं, मैं चल सकूँगी।"

"तुझसे नहीं चला जाएगा। मैं तुझे बहुत दूर ले जाना चाहता हूँ।" कृष्ण ने कहा और उसे अपनी बाँहों में सँभालकर ऊपर उठा लिया। राधा के सारे शरीर में एक आनन्द-सिहरन दौड़ गई; उसका हृदय धड़कने लगा। एक प्रकार की मधुर पीर का अनुभव उसे हुआ। एक अद्भुत आनन्द का अनुभव वह उस समय कर रही थी। कृष्ण के कन्धों पर माथा टिकाए वह उसके बाहुपाश में बँधी रही।

ऊँचे-ऊँचे वृक्षों के सघन पल्लवों के छाए रहने के कारण मार्ग पर झिलमिल प्रकाश की विविध आकृतियाँ बन गई थीं। उन पर होकर दृढ़ता से डग भरते हुए कृष्ण ने वन में प्रवेश किया। उस चंचल प्रकाश में राधा ने प्रेम से प्रदीप्त कृष्ण की आँखों को निहारा और देखा कि वे आँखें उसकी आँखों में मिल गई हैं। उसके अंग-अंग में एक आनन्द-पुलकन और एक रोमांच हो उठा और उसे लगा कि जिन हाथों ने उसे थाम रखा है, वे भी उसी प्रकार पुलकित एवं रोमांचित हैं।

"राधा!" कृष्ण ने कहा।

"कान्ह!" राधा ने उत्तर दिया।

"आज की रात सभी रातों में अनोखी है।" कृष्ण ने कहा।

"कैसा अद्भुत था आज का रास!" राधा ने उत्तर दिया।

"और वैसी ही अद्भुत तू भी है राधे! बल्कि उससे भी अधिक!" कृष्ण ने धीरे-से कहा और अपना मुख झुकाकर राधा के होंठों का मधुर स्पर्श किया। आनन्द-समाधि में डूबकर राधा ने आँखें मूँद लीं। परम आनन्द से विभोर हो आत्म-समर्पण करती हुई वह उससे लिपट गई।

"कान्ह, क्या तू सदा ऐसा ही रहेगा?" राधा ने प्रश्न किया।

"सदा ही! जब तक सूर्य और चन्द्र प्रकाशित हैं, तब तक!" कृष्ण ने उत्तर दिया।

"मुझे भूल तो नहीं जाएगा?" राधा ने पूछा।

"तुझे भुलाया कैसे जा सकता है? तू तो मेरी हृदयेश्वरी है—आनन्द की देवी!" कृष्ण ने उत्तर दिया।

दोनों अब खुले मैदान में आ पहुँचे और मित्रों से काफी दूर निकल गए थे। आकाश में उज्ज्वल चाँदनी फैली हुई थी। उसके धवल प्रकाश में यमुना का निर्मल नीर चमक रहा था। पीपल वृक्ष के नीचे सुकोमल तृणभूमि पर उसने राधा को नीचे उतारा और स्वयं उसके पास बैठ गया। राधा तो अब भी, इस प्रकार उससे चिपटी हुई थी, मानो उससे विलग होना उसे सह्य ही नहीं। उसके हृदय में, शरीर में, अंग-प्रत्यंग में किसी अकथ्य वेदना का संचार हो रहा था।

अदम्य भावावेग से कृष्ण ने राधा की ओर झुककर अपने होंठों से उसके होंठों का मृदु स्पर्श किया। एक की आत्मा दूसरे की आत्मा में विलीन हो गई। दोनों एकाकार हो गए। जब तक उन दोनों के होंठ एक-दूसरे से विलग न हुए, कृष्ण राधा के गालों को सहलाता रहा। उसके हाथ राधा के स्तन-मण्डल पर बड़ी चंचलता से फिर रहे थे और वहाँ से फिर बड़ी सुकुमारता के साथ धीरे-धीरे सरकते-सरकते वे राधा की सुडौल और सुललित देह के प्रत्येक सुन्दर उभार को टटोलते हुए भावार्द्रतापूर्वक उसके अंग-प्रत्यंग पर थिरक रहे थे। आनन्द की एक मदभरी ऊर्मि उठकर उन्हें अवर्णनीय रस-समाधि में डुबाए अभेद भाव का अनुभव करा रही थी।

कुछ देर बाद अपनी बिखरी हुई लटों को समेटती हुई राधा उठ बैठी।

"कान्ह, अब हमारा विवाह कब होगा? तेरे बिना तो मैं रह ही नहीं सकती।" उसने कहा।

उसकी आँखों की ओर एकटक निरखते हुए कृष्ण मुस्कराया, "हम सदा एक-दूसरे के साथ ही रहेंगे, राधा! और फिर, गान्धर्व विधि से आज हमारा विवाह भी हो गया—परस्पर देह और आत्मा—शरीर तथा प्राण एकरूप हो गए।"

"झूठे कहीं के! गान्धर्व रीति से हमारा विवाह कैसे हो सकता है?" राधा ने पूछा।

"कुछ क्षण पहले हमारा विवाह हो गया कि नहीं?" कृष्ण ने प्रतिप्रश्न किया।

"पर तुम कोई राजकुमार तो नहीं हो!" राधा ने कहा।

कृष्ण ने हँसकर उसकी पलकें चूम लीं। "राधा, यदि मैं सचमुच राजकुमार होऊँ तो?" कृष्ण ने इस प्रकार पूछा मानो परिहास कर रहा हो।

"मेरा तो तू राजकुमार ही है, मेरे कान्ह! तू मेरा गोविन्द है—गोपालों का राजा! और तू सदा ऐसा ही रहे, यही मेरी कामना है।"

"राधा, सुन! मैं गोपाल नहीं हूँ। राजकुमार ही हूँ और तू राजकुमारी है।" कृष्ण ने गम्भीरतापूर्वक कहा।

राधा आश्चर्य से अवाक् रह गई। कृष्ण जो कह रहा है वह सच है या नहीं, यह सोचती हुई वह उसके मुख को निहारती रही।

"इस तरह मेरी ओर क्या ताक रही है, राधा? तू जानती है कि कल मैं मथुरा जा रहा हूँ और वहाँ से शायद वापस न भी आऊँ—कुछ दिनों तक।" कृष्ण ने कहा।

"नहीं, नहीं, तू अवश्य लौटेगा—मेरे पास अवश्य आएगा।" राधा ने कहा।

"राधा, मैं तुझे एक रहस्य की बात बताने के लिए यहाँ लाया हूँ। इसे अब तक बहुत थोड़े लोग जानते हैं, परन्तु कुछ दिन बाद सभी जानने लगेंगे। बरसों से यदुकुल की सन्तानें जिस पराधीनता कि बन्धन में जकड़ी हुई हैं, वह बन्धन मेरे हाथों टूटेगा—नारद मुनि ने यह भविष्यवाणी की थी।" उसका स्वर धीमा और गम्भीर हो गया था।

भयभीत नयनों से राधा उसकी ओर देख रही थी। फिर बोली, "कान्ह, तू क्या कहता है? क्या कहना चाहता है?"

"सुन! महर्षि नारद ने यह भविष्यवाणी की थी कि देवकी रानी तथा वसुदेव का आठवाँ पुत्र यादव वंश का उद्धार करेगा और उसी के हाथों नराधम कंस का विनाश होगा।"

"हाँ, मैंने भी ऐसा ही कुछ सुना था।"

"तो देवकी का वह आठवाँ पुत्र मैं ही हूँ।" कृष्ण ने कहा।

"तू...तू..." राधा इस प्रकार उससे दूर हट गई मानो घबड़ा गई हो।

"हाँ, जिस दिन मेरा जन्म हुआ उसी दिन पिता वसुदेव मुझे नन्दबाबा के यहाँ पहुँचा गए। बलराम भी शूरोत्तम और देवकी का पुत्र है, रोहिणी का पुत्र नहीं।"

"वसुदेव, हमारे महानुभाव महाराज!" विस्मय से आँखें फाड़कर राधा बोली, "तुम..."

"हाँ, मैं उनका पुत्र हूँ और बलराम भी उन्हीं का पुत्र है। कंस के कोप से बचाने के लिए हम दोनों को यहाँ लाया गया था।"

आश्चर्य से स्तब्ध राधा कृष्ण को देख रही थी। अभी तक इस बात का पूरा मर्म उसकी समझ में नहीं आया था।

"और यह..." कृष्ण ने कहा।

"कौन—कंस?" राधा ने पूछा।

"हाँ, उसने धनुर्यज्ञ की योजना बनाई है और हम लोगों को वहाँ बुलाया

है, शायद वहाँ बुलाकर वह हमारा वध कराना चाहता है।'' कृष्ण ने शान्तिपूर्वक कहा।

''वह तो नराधम है, अवश्य तुम्हारा वध करवाएगा।'' राधा बोली।

''इस विषय में मुझे कुछ भी आशंका नहीं है, परन्तु मुझे कुछ नहीं होगा, इस बारे में भी मैं निश्चिन्त हूँ।''

''ओह, पर वह यदि तुम्हारा वध करवाना चाहे तो तुम क्या करोगे?''

''मेरा वध वह नहीं कर सकेगा। धर्म की रक्षा के लिए मेरा जन्म हुआ है। सभी लोगों का यही कहना है और मेरा अन्तर भी मुझे यही कहता है। धर्म का उद्धार कर यादवकुल को मैं इस अधम के बन्धन से मुक्त करूँगा।''

राधा ने कुछ कहने के लिए मुख खोला, पर तुरन्त ही फिर बन्द कर एक हृदय-विदारक सिसकी लेती हुई धीमे स्वर में बोली, ''क्या किसी प्रकार तुझे वहाँ जाने से रोका नहीं जा सकता?''

क्षण-भर तो कृष्ण मौन रहा, फिर बोला, ''नहीं, किसी प्रकार भी नहीं! मथुरा मुझे जाना ही पड़ेगा। यह मेरा धर्म है। कई बार मुझे लगता है कि इस अधमता, इस अत्याचार और भयविह्वलता का निवारण मैं क्यों नहीं कर सकता? परन्तु अब तक इस भावना को मैंने दबा रखा था। अब मुझे विश्वास हो गया है कि ऐसा किए बिना मेरा निस्तार नहीं।''

''फिर मेरा क्या होगा?'' छलकते आँसुओं से भीगे मुख को अपनी छाती पर निढाल कर सिसकियाँ लेते हुए राधा ने कहा, ''तू चला जाएगा तो मैं क्या करूँगी? नहीं कान्ह! तू मत जा! तुझे कुछ हो गया तो–कंस तो लहू का प्यासा है।''

''राधा, तू मेरी तनिक भी चिन्ता मत कर। कंस का विनाश होगा, धर्म का उद्धार होगा और अपने लोग स्वतन्त्रता के साथ घूम-फिर सकेंगे। तुझे कभी अकेले नहीं रहना होगा। मेरा कार्य पूरा होते ही मैं वापस लौट आऊँगा–या तुझे मथुरा बुला लूँगा। फिर तू मेरे जीवन का परम आनन्द बन जाएगी, जैसी कि तू अब भी है और सदा रही है।'' कृष्ण ने कहा और राधा को अपनी छाती से लगा लिया।

थोड़ी देर तक तो दोनों मौन रहे। फिर राधा ने इस प्रकार ऊपर देखते हुए मानो स्वयं से कुछ कह रही हो, कहा, ''कान्ह! तू मथुरा जाकर विजयी होगा, यह मैं जानती हूँ। मैं तो सदा यही मानती आई हूँ कि तू देव है। फिर ये लोग तुझे राजा बनाएँगे–तू अत्यन्त पराक्रमी बनेगा। लोग तेरे पैर पकड़कर तेरी पूजा करेंगे। सभी राजाओं का उद्धारक बनकर तू उनके बीच विचरण करेगा!''

''और तू बनेगी मेरी रानी! मेरी जीवन-सहचरी!''

कुछ विचार करती हुई-सी राधा क्षण-भर तो नत नयन धरती की ओर देखती रही; फिर सिर हिलाकर उसने कहा, "नहीं, कान्ह! मैं तो गरीब ग्वाले की पुत्री हूँ। राजकुमारी मैं कहाँ से बन सकती हूँ! तेरी पूजा करने को आतुर और तेरे लिए प्राण भी देने को तत्पर अनेक राजकुमारियों के बीच मैं गाँव की गँवार बाला ही कहलाऊँगी!"

"नहीं, नहीं, तू सबकी शिरोमणि बनकर रहेगी!" कृष्ण ने कहा।

"नहीं," राधा ने फिर सिर हिलाकर कहा और इस तरह नदी की ओर देखने लगी मानो किसी विचार में पड़ गई हो, "फिर तू मेरा कान्ह नहीं रह जाएगा। तू मुकुटमणि धारण करेगा, शस्त्रसज्जित हो रणक्षेत्र में जाएगा। बड़े-बड़े वीर योद्धाओं—क्रूर, कठोर, रक्तपिपासु योद्धाओं के बीच विचरण करेगा...नहीं नहीं, मैं तब केवल भारस्वरूप बन जाऊँगी। उस समय मैं तुम्हारी आनन्दमूर्ति नहीं बन सकूँगी—तुम्हारी ही देह के एक अंग के समान नहीं रह सकूँगी—रास में तेरी जुगल जोड़ी भी नहीं बन सकूँगी..."

कृष्ण कुछ कह न सका।

"कान्ह! ऐसा कहकर यदि मैं तेरे मन को दुखी करती होऊँ तो मुझे क्षमा करना!" राधा ने कहा। उसकी आवाज अब दृढ़ और शान्त हो गई थी, "तेरे साथ मैं मथुरा नहीं जा सकती। मेरे नयनों में बसे कान्ह के कान में वनफूल तथा हाथ में बाँस की लकुटी शोभायमान है। मैं उसे गायें चराते हुए देखती हूँ। वह बाँसुरी बजा रहा है। वह आनन्दप्रिय है, शूरवीर है। उसके होंठों पर सदा मुस्कान थिरकती रहती है। तू राजा बनकर आए तो मुझसे देखा भी नहीं जाएगा...मथुरा जाना तो मेरे लिए असम्भव ही है।"

सिसकियाँ लेती हुई, मानो चक्कर खाकर न गिर पड़े, इस प्रकार वह कृष्ण से लिपट गई। "कान्ह! जरा मेरी बात सुन!" राधा ने आगे इस प्रकार कहा मानो वह किसी सत्य का उद्‌गार कर रही हो, "मैं जानती हूँ कि अब तू वापस वृन्दावन कभी नहीं आएगा और यदि आया भी, तो पहले की भाँति मेरा मनमोहन और जीवन-आधार कान्ह नहीं रहेगा। मुझे यहीं रहने दे। यहाँ रहकर मैं अपने माता-पिता की सेवा-टहल करूँगी।" अपने हृदय का आवेश दबाकर मानो स्वप्न में कुछ कह रही हो इस प्रकार फिर बोली, "अपनी प्रिय यमुना नदी के तीर पर, हृदय की व्यथा को दबाकर, तेरी राह देखती हुई मैं नित्यप्रति घूमा करूँगी जैसाकि अभी घूमती हूँ। जिस-जिस निकुंज में हमने आनन्द से समय बिताया है उसके आगे से निकलूँगी। वहाँ के वृक्ष तेरी बातें कहेंगे और तेरे शृंगार के लिए मुझे फूल देंगे।"

कुछ देर ठहरकर राधा ने फिर कहा, "यदि मैं मथुरा आ भी जाऊँ तो मुझे

मात्र यादवराज के दर्शन होंगे–मेरा कान्ह मुझे नहीं मिलेगा। मैं तो तेरे दर्शन करूँगी इन वृक्षों में, इन लताओं में; तेरा स्वर सुनूँगी पक्षियों के कलरव में। तू जिस मार्ग से जाएगा, उसी मार्ग की रज मुझे तेरी पगध्वनि सुनाएगी, और वृक्षों के बीच से, बाँसुरी की स्वर-लहरी के साथ बहती हुई मादक हवा मुझे तेरा सन्देश सुनाएगी। तू अभी जैसा है, तेरे उसी स्वरूप के गीत गाकर भी शायद वह मुझे सुनाएगी, कान्ह!"

थोड़ी देर दोनों मौन रहे। फिर कृष्ण ने इस प्रकार आकाश की ओर देखा मानो आँखें खोलकर अत्यन्त दूरस्थ वस्तु का अवलोकन कर रहा हो। उसके लिए अब किस प्रकार का जीवन अपेक्षित है, यह उसनें समझ लिया। गला साफ करते हुए कृष्ण ने कहा, "राधा, तू जो कहती है वह सच है। तू यदि मथुरा आ सके तो मुझे बहुत अच्छा लगेगा। यह तो मैं देख सकता हूँ कि जैसा मैं अभी हूँ वैसा आगे नहीं रहूँगा, और तू भी इस समय जो मेरे जीवन की आनन्दमूर्ति है, वैसी मनोहर कुसुमकलिका नहीं रह सकेगी। बालरवि के चुम्बन का अर्घ्य स्वीकार करने तथा आनन्द का सौरभ सर्वत्र फैलाने के लिए ही तेरा जन्म हुआ है।"

कुछ देर रुककर कृष्ण ने फिर कहा, "और देख राधा, तू भी यदि मथुरा आकर रहे तो फिर वृन्दावन वृन्दावन नहीं रहेगा। जब तक तू यहाँ रहेगी तब तक यह देवमन्दिर के समान रहेगा और तू इस मन्दिर में आनन्द और सौन्दर्य की देवी बनकर प्रतिष्ठित होगी। तेरा स्मरण करते-करते मैं सदैव नवजीवन प्राप्त करता रहूँगा और सृष्टि के प्रलयकाल पर्यन्त सभी स्त्री-पुरुष तेरा स्मरण करते हुए नवजीवन प्राप्त करेंगे।"

राधा को फिर से कृष्ण ने अपने बाहुपाश में जकड़ लिया, और राधा सिसकियाँ भरती हुई किसी बच्ची के समान उससे लिपट गई।

"मेरे कान्ह! अपना सर्वस्व मैंने तुझे न्यौछावर कर दिया है। केवल एक ही चीज मैं तुझसे माँगना चाहती हूँ। जब तू यहाँ से जाए तब अपनी बाँसुरी मुझे देते जाना। तू तो राजकुमार है, और मैं एक गरीब ग्वाले की पुत्री हूँ। कोई मुझ पर अँगुली उठाए और मुझे नीचा देखना पड़े, यह मुझसे सहा नहीं जाएगा।" राधा ने कहा।

"समझा? चल, अपने सान्दीपनि गुरु के पास चलें। पवित्र अग्नि की साक्षी देकर हमारा विवाह होगा," कृष्ण ने कहा, "और बाँसुरी तथा तू तो एक ही है–बाँसुरी तेरे पास ही रहेगी।"

कृष्ण का मथुरा के लिए प्रयाण

प्रातःकाल होने से पूर्व ही नन्द और उसके साथी मथुरा की ओर चले पड़े। कंस को कर देने के लिए जो सामान एकत्र किया गया था वह पहले ही गाड़ियों पर लाद दिया गया था। अक्रूर ने घोड़ों को नहला-धुलाकर रथ में जोत दिया था और वे वृन्दावन की सीमा पर कृष्ण-बलराम की राह देख रहे थे। दोनों भाई उस समय गाँव के लोगों से विदा ले रहे थे। आबालवृद्ध सभी ग्रामवासी और स्त्रियाँ सहज स्नेह से प्रेरित हो अपने-अपने घर से निकल आई थीं। कृष्ण की प्रिय गायें तथा बछड़े भी वे अपने साथ ले आए। रथ के पास खड़े हुए अक्रूर ने देखा कि ग्रामवासियों से घिरे दो बालक उन्हीं की ओर चले आ रहे हैं। अपनी पगड़ी में खोंसे हुए मोरपंख से कृष्ण सहज ही पहचाना जा सकता था, और बलराम का परिचय तो उसकी सुन्दर, सुदृढ़ देह ही दे रही थी।

दोनों भाइयों ने आकर अक्रूर को प्रणिपात किया। अक्रूर ने उन्हें आशीर्वाद दिया। कृष्ण की दृष्टि तब गोपवृन्द के आगे खड़ी माँ यशोदा पर गई। यशोदा बड़ी कठिनाई से अपने आँसुओं को रोकने का प्रयास कर रही थीं। कृष्ण माता के पैरों पड़ा और उनकी चरणरज लेकर अपनी आँखों पर लगाई। उसे उठाकर, यशोदा ने विरह-व्याकुल हो, इस तरह अपनी छाती से लगा लिया मानो उसके प्राण ही कृष्ण में बसे हों। इसके बाद उन्होंने बलराम को गले लगाया।

पास ही राधा नववधू के परिधान धारण किए और लज्जाशील नवोढ़ा के उपयुक्त घूँघट निकाले खड़ी थी। घनघटा में से जिस प्रकार सूर्यकिरण चमक उठती है, उसी प्रकार उसकी प्रेमपगी दृष्टि कृष्ण के मुखारविन्द पर बार-बार पड़ रही थी। प्रत्येक दृष्टिपात में अनन्त भक्ति तथा सम्पूर्ण आनन्द-समाधि का भाव था। बदले में त्वरित दृष्टि तथा मृदु मुस्कान के साथ कृष्ण उससे विदा माँग रहा था। यह सन्देश इन दोनों के अतिरिक्त और किसी की समझ में आए, वैसा न था। बड़ों के सामने उससे कुछ अधिक सम्भव भी नहीं था।

हाथ जोड़कर कृष्ण ने सबसे विदा ली। बलराम के साथ जब वह रथ में बैठा तो सबकी आँखें द्रवित थीं, सभी के हृदय अधीर थे। अक्रूर के चाबुक फटकारते ही रथ के घोड़े वेग से दौड़ने लगे। कृष्ण-बलराम ने फिर सभी ग्रामवासियों का नमस्कार स्वीकार किया और क्षण-भर तो वे भी विरहपीर से व्याकुल हो गए। तेजी से अदृश्य होते रथ को राधा टकटकी लगाए देख रही थी। जब वह दृष्टि से ओझल हो गया तो उसने यशोदा माता का हाथ पकड़ने का प्रयास किया और एक अत्यन्त गहरी दुःख भरी चीख के साथ वह अचेत हो गई।

विदा का दृश्य देखकर अक्रूर की श्रद्धा डगमगा गई। घुँघराले बाल और

अप्रतिम लावण्यवाला यह सुकोमल बालक ही क्या वह तारणहार था, जिसकी प्रतीक्षा इतने दीर्घकाल से वह करते आ रहे थे? कृष्ण के अद्‌भुत पराक्रमों की चर्चा जब बारम्बार उन्हें सुनने को मिलती तब वह अवश्य कुछ आश्वस्त हो जाते कि उनका जीवन-ध्येय एक-न-एक दिन अवश्य पूर्ण होगा; परन्तु उन्हें शंका भी होती कि इतने अद्‌भुत पराक्रम क्या इस बालक ने किए होंगे? विशाल स्कन्ध और सुपुष्ट देहवाले उसके भाई ने तो ये पराक्रम नहीं दिखाए? अथवा, सम्भव है कि ये मात्र दन्तकथाएँ हों। लोगों का यह भी कहना था कि वृन्दावन की बालाएँ कृष्ण के पीछे पागल हो रही हैं और कृष्ण बाँसुरी बजा-बजाकर उनका मन मोहता है तथा उनके साथ रासलीला रचाता है। मध्यरात्रि में अचानक एक गोप-बाला के साथ विवाह करने का जो वह हठ कर बैठा था, इससे तो यही प्रमाणित होता है कि वह शौर्यसम्पन्न विजयी वीर के बदले एक रसिक ही अधिक है। गर्गाचार्य उसे सदा सातवें आसमान पर चढ़ाते रहते थे, पर निश्चय ही अपने शिष्य को समझने में वह भारी भूल भी कर सकते हैं। क्या वह ईश्वर का अवतार हो सकता है जो नारद की भविष्यवाणी को सिद्ध करेगा?

कृष्ण अक्रूर की ओर देखकर किंचित् मुस्कराया। अक्रूर को लगा कि इस बालक की मुस्कान सचमुच ही हृदयहारी है। अक्रूर से भी बिना मुस्कराए नहीं रहा गया।

"चाचा, नन्दबाबा मथुरा कब पहुँचेंगे? हमसे पहले या बाद में?" कृष्ण ने पूछा।

"वे लोग दोपहर में पहुँचेंगे। हम आठ घड़ी के भीतर ही पहुँच जाएँगे, क्योंकि अपने घोड़े बहुत ऊँची जाति के हैं।" अक्रूर ने उत्तर दिया।

"मुझे तो तभी अच्छा लगता है जब घोड़े खूब जोर से दौड़ें।" बलराम ने कहा, "यदि इन्हें तनिक और तेजी से दौड़ाया जाए तो हम चार घड़ी में ही मथुरा पहुँच जाएँगे। चाचा, आप घोड़ों को पूरी तेजी से नहीं दौड़ा रहे हैं।"

बड़ों को शोभा दे, ऐसी उदारता से अक्रूर मुस्कराए। दोनों भाइयों में कितना अन्तर है! बड़ा भाई अवस्था की अपेक्षा शरीर से खूब सुपुष्ट हो गया है। रथ में प्रथम बार प्रयाण करने का आनन्द वह ले रहा है और यह छोटा भाई कितना आकर्षक और आत्मनिष्ठ है! उसका व्यवहार ऐसा है, मानो यह उसके लिए कोई नया अनुभव न होकर नित्यप्रति की बात हो।

"परन्तु चाचाजी, पिताजी और उनके साथियों से यदि हम पहले पहुँच जाएँ, तो क्या यह ठीक कहा जाएगा?" कृष्ण ने पूछा, "आपने मुझसे कहा, इसलिए मैं आपके साथ चला आया, नहीं तो मेरी इच्छा तो उनके साथ ही गाड़ियों में अथवा पैदल चलने की थी।"

अक्रूर बड़े स्नेही प्रकृति के व्यक्ति थे। नन्द के विषय में कृष्ण ने जो कहा, उससे उनका हृदय भर आया।

''समस्त मथुरा अधीर होकर तुम्हारी प्रतीक्षा कर रही है, कृष्ण!'' अक्रूर ने कहा, ''वसुदेव और देवकी तो तुमसे मिलने के लिए तड़प रहे हैं।''

''सोलह वर्ष तक जब उन्होंने राह देखी तो कुछ घड़ी और सही।'' कृष्ण ने कहा, ''परन्तु पिताजी पैदल चलें और मैं रथ में बैठकर मथुरा जाऊँ, यह कभी नहीं हो सकता।''

''वत्स, वृन्दावन को भूल जाओ। तुम अब वासुदेव—राजा वसुदेव के पुत्र वासुदेव बन गए हो, यह मत भूलो।''

एक हृदयहारी लज्जाभाव धारण कर कृष्ण ने हँसते-हँसते कहा, ''नहीं चाचाजी, मैं तो वृन्दावन का ग्वाला मात्र हूँ। यह बात मैं कभी नहीं भूल सकता।''

अक्रूर के मन में फिर से शंका का आरोपण हुआ। यह बालक, कृष्ण, उदार यादव जाति का उद्धार करने में क्या सचमुच समर्थ होगा?

''हम लोग ज़रा यहाँ रुकें और जब पिताजी नगर के समीप आ पहुँचें, तब उनके साथ हो लें।'' कृष्ण ने कहा।

बलराम ने मुँह बिचकाकर कहा, ''कृष्ण, तू तो बस वैसा ही रहा! सीधे शहर में पहुँच जाएँ तो कितना आनन्द आए! मुझे नगर देखना है और वहाँ के महलों तथा बाजारों को भी देखना है।'' मथुरा पहुँचने की इच्छा बलराम ने व्यक्त तो की, परन्तु जिस श्रद्धा से उसने कृष्ण की ओर देखा, वह अत्यन्त अर्थपूर्ण थी। अपना छोटा भाई जो भी कहता, उसे मानने की सूचना इसमें थी।

''यदि तुम्हें वैसा ठीक लगे, तो वैसा ही किया जाए।'' अक्रूर ने कहा, ''परन्तु वहाँ हमारी क्या दशा होनेवाली है, यह जानते हो? कंस के प्रपंच-जाल में फँसने के लिए ही मैंने यादवों को बुलाया है और तुम्हें भी अब वहीं ले जा रहा हूँ।''

''कंस मामा को यह प्रपंच-जाल आपने फैलाने ही क्यों दिया?'' बलराम ने पूछा।

''वर्षों से ऐसी मूर्खता हम लोग करते आ रहे हैं।'' अक्रूर ने कहा, ''कंस पहले से ही कपटी था, उसका मन्त्री प्रलम्ब हमसे अधिक दीर्घ दृष्टिवाला था और अधिकांश अन्धकों ने उसका साथ दिया। इन्हीं अन्धकों का एक समर्थ प्रमुख प्रद्योत कंस का श्रद्धालु सेवक था। यह तो तुम जानते ही हो।''

''अत्याचारी मनुष्य की शक्ति को बढ़ने देना ही भारी भूल है। आज क्या होगा, इसका अनुमान आप लगा सकते हैं?'' कृष्ण ने पूछा।

''आज और कल धनुष की पूजा होगी और उस समय कंस अपना अन्तिम

प्रहार करेगा। हममें से अधिकांश यादवों की हत्या करने का वह प्रयास करेगा।'' अक्रूर ने कहा।

''तो फिर हमें उसने बुलाया किसलिए?'' बलराम ने पूछा, ''मरवा डालने के लिए?'' थोड़ी देर तो अक्रूर मौन रहे; फिर एक-एक शब्द को तौलते हुए बोले, ''सबसे पहले वह कृष्ण की हत्या करना चाहता है; उसे भय है कि यदि कृष्ण जीवित रहा, तो भविष्यवाणी जरूर सत्य होगी।''

कृष्ण मुस्करा उठा। उसकी मुस्कान एक ऐसे देवता की मुस्कान के समान थी, जो यह जानता हो कि यादव-कुल का भविष्य उसकी मुट्ठी में है। अक्रूर ने प्रथम बार उसके नयनों में एक अडिग आत्म-विश्वास देखा और कृष्ण के प्रति एक अलौकिक श्रद्धा से वह ओतप्रोत हो उठे। आश्वासन के स्वर में कृष्ण ने कहा, ''मुझे मारने से पहले तो वह स्वयं ही मृत्यु की शरण में चला जाएगा।''

''यह तुम किस प्रकार कह सकते हो?'' अक्रूर ने पूछा।

''मैं जानता हूँ। पूज्य गर्गाचार्य और सान्दीपनि ने मुझसे कहा था।'' कृष्ण ने उत्तर दिया।

''हम लोगों ने किन-किन संकटों का सामना किया है, वर्षों से कैसी-कैसी यातनाएँ सही हैं, इसकी भी चर्चा उन्होंने की?'' अक्रूर ने पूछा।

''कंस मामा की दुष्टता की सभी बातें उन्होंने मुझे कही थीं।'' कृष्ण ने उत्तर दिया।

''वत्स, इतने वर्षों तक हमें किस प्रकार की यातनाएँ भोगनी पड़ी हैं, इसका तुम्हें अनुमान भी नहीं हो सकता।'' अक्रूर ने कहा, ''कई बार तो मुझे लगता है कि इतना कष्ट सहकर मैं जीवित किस प्रकार रहा? पूज्य उग्रसेन कारागार में हैं, तुम्हारे माता-पिता को रौरव नरक में ही निवास करना पड़ता है, तुम्हारे भाइयों की जन्म के तुरन्त बाद हत्या होते मैंने अपनी इन्हीं आँखों से देखी है। नारद की चेतावनी और पूज्य वेदव्यास के वचन में मुझे श्रद्धा थी। इसीलिए तो मैंने बलराम और तुम्हें गोकुल में ले जाकर अज्ञातवास में रखा।'' कहते-कहते अक्रूर की आँखों में अश्रु-बिन्दु छलक आए।

''चाचा, गई बातों को भूल जाओ।'' कृष्ण ने इस प्रकार कहा, मानो कोई वयोवृद्ध आश्वासन दे रहा हो, ''कंस मामा ने वीर यादवों के स्वाभिमान और शक्ति को किस तरह कुचल डाला है, उन्हें किस प्रकार भूमि-विहीन बना दिया है, किस तरह उन्हें मथुरा से बाहर निकाल दिया है, किस प्रकार माताओं से उनके नव-जात शिशुओं को छीना है और यादवगण की कन्याओं की लाज लूटी है, यह सब मैं जानता हूँ।''

''सचमुच, कृष्ण!'' अक्रूर ने कहा, ''हत्या, लूट और बलात्कार तो उसके

लिए खेल हो गए हैं। इनके लिए उसे किसी को जवाब देना पड़ेगा, यह तो वह मानता ही नहीं। देवताओं का वह उपहास करता है; ज्ञान-मूर्ति ब्राह्मणों को उसने मूक बना रखा है। पूर्वजों के आचार-विचार को ताक पर रख दिया है उसने!"

"वह धर्मद्रोही है।" कृष्ण ने कहा।

सोलह वर्ष के इस किशोर को किसी प्राचीन ऋषि की तरह अधिकारपूर्ण वाणी में बोलते हुए देखकर अक्रूर ही डगमगाई हुई श्रद्धा फिर से जाग उठी।

"तो तुम जानते हो कि तुम्हारे जीवन का ध्येय क्या है?" अक्रूर ने पूछा।

"हाँ।" कृष्ण ने उत्तर दिया।

"इस जीवन-ध्येय का ज्ञान तुम्हें कब हुआ?" अक्रूर ने पूछा।

"कई बार अन्तर की गहराई में कोई भाव जाग्रत हो रहा है, ऐसा भान मुझे होता है। परन्तु यह क्या भाव है, यह मेरी समझ में नहीं आता। मैं कौन हूँ, और कंस मामा ने कैसे-कैसे दुष्कर्म किए हैं, इसका पता जब मुझे लगा तो उसके दूसरे दिन गोवर्धन पर्वत के सबसे ऊँचे शिखर पर उदयमान सूर्य की ओर मुँह करके मैं खड़ा हो गया। सूर्योदय हुआ और किरणों से धरती जगमगा उठी, तब मुझे लगा कि..." संकोचवश ज़रा रुककर कृष्ण ने पूछा, "कह दूँ, परिहास तो नहीं करेंगे न!"

"वत्स, तुम्हें क्या अनुभव हुआ, यही जानने के लिए तो मैं छटपटा रहा हूँ। तुम्हारे मुख से यह बात सुनने के लिए ही तो मैं अब तक जीवित रहा हूँ।" अक्रूर ने कहा।

"मुझे लगा कि पृथ्वी पर से दुष्टता दूर हटती जा रही है, देवताओं के समान स्वतन्त्रता का उपभोग करते, धर्माचरण में रत मनुष्यों को मैंने ऊँचा मस्तक किए घूमते देखा। मुझे लगा मानो आकाश, पृथ्वी और पाताल सभी जगह धर्म पुनः व्यापक हो रहा है।" कृष्ण ने कहा और फिर कुछ अटका।

"फिर?" अक्रूर ने अधीरता से प्रश्न किया।

"धर्म, मात्र यम-नियम का विषय न रहा, वह जीवन में घुल-मिल गया और..." कृष्ण ने कहा।

"हाँ, और।" अक्रूर ने पूछा।

"मुझे लगा..., वास्तव में मुझे ऐसा लगा, मानो सभी वस्तुएँ मेरे अन्दर समा रही हैं। मैं मात्र वसुदेव-पुत्र वासुदेव न रहा, बल्कि वासुदेवः सर्वम् बन गया।" कृष्ण ने कहा।

"उसके बाद?" पूज्यभाव से अत्यन्त मधुर स्वर में अक्रूर ने पूछा।

"मैं वापस गाँव आया। मुझे लगा, मानो मैं कुछ बदल गया हूँ। वे ग्रामवासी, मेरे न रहे। सभी मुझमें और मैं सभी में—ऐसी स्थिति हो गई थी, यह क्या हो रहा

था, वह मेरी समझ में नहीं आया। मुझे लगा, गर्गाचार्य ने जो भी कहा था कि मानव जाति का उद्धार तुझे करना है, वह क्या सच होगा? इसकी प्रतीति करा सके, ऐसा कोई चिह्न मुझे मिलना चाहिए। मेरे ग्रामवासी इन्द्र के भय से काँपते थे। उन्हें भय-मुक्त करने के लिए मैंने कमर कसी और जिस प्रतीक की मुझे खोज थी, वह मुझे मिल गया। मेरे हाथ के स्पर्श से ही गावेर्धन पर्वत दो बालिश्त ऊँचा उठ गया।'' कृष्ण ने कहा।

आदर और भय की मिश्रित भावना से अक्रूर कृष्ण की ओर देख रहे थे। इस अद्‌भुत बालक का स्वर मानो कोई सनातन स्वर हो, ऐसा लग रहा था। सूर्य-चन्द्र और सप्तर्षि उसके आसपास परिभ्रमण करते दिखाई पड़े। इतनी दीनता, इतनी आर्द्रता का अनुभव उन्हें कभी नहीं हुआ था। उस मुनि के हृदय में भक्ति का प्रचण्ड स्रोत फूट पड़ा। उन्होंने देखा कि कृष्ण अब कृष्ण न रहा। सहस्र सूर्यों के प्रकाश से आच्छादित देवाधिदेव वासुदेव बन गया था।

अक्रूर की आँखें मुँदने लगीं। उनके आगे मानो अँधेरा-सा छा गया। सिर नवाकर वह कृष्ण के चरणों में उसे रखने जा रहे थे कि एकाएक निद्रा से जागने जैसा भान उन्हें हुआ। अत्यन्त सुकुमारता के साथ अपने से बड़े को प्रणिपात करने से रोकने के लिए कृष्ण के हाथ का स्पर्श उन्हें अनुभव हुआ।

दूर-दूर तक गूँजते हुए 'वासुदेवः सर्वम्' के शब्द उनके कानों में पड़े। धीरे-धीरे ये स्वर दूर होते गए और उन्होंने अपने सामने बैठे हुए किशोर का आकर्षक हास्य सुना। इस हास्य में स्नेह की भावना थी, साथ ही आदरभाव को प्रेरित करने की शक्ति भी थी।

''वासुदेवः सर्वम्''—क्या ये शब्द उन्होंने स्वप्न में सुने थे?

''चाचा, यहाँ यमुना के तीर पर शीतल छायावाला स्थान है, क्या हम थोड़ी देर यहाँ रुकें? जाकर स्नान कर आएँ?'' कृष्ण ने पूछा।

''तुम दोनों को नहाना हो, तो जाकर नहा लो,'' अर्द्धनिद्रित अवस्था में बलराम ने कहा, ''मैं तो ज़रा सो लेना चाहता हूँ, कंस मामा और उसके सभी साथियों से लड़ने के लिए मुझे तैयार जो होना है।''

''कंस का सामना करने के लिए तो भाई, तुम्हें अपनी सारी शक्ति का उपयोग करना पड़ेगा।'' कृष्ण ने कहा।

यमुना जल में अक्रूर ने डुबकी लगाई और तब अपने सम्मुख वसुदेव के स्वरूप में परिवर्तित अपने किशोर भतीजे की मूर्ति उन्हें दिखाई पड़ी।

अन्धक की चेतावनी

अत्यधिक चिन्ता-भार से कंस का मानसिक कष्ट बढ़ता जा रहा था। वैसे तो एक प्रकार से वह अधिक शक्तिशाली बन गया था और आसपास के नरेश उससे भयभीत भी थे। एक विशाल भूमिखण्ड पर एकछत्र शासन करनेवाला उसका श्वसुर जरासन्ध अब राजाधिराज बन गया था। स्वयं कंस के अधीन और उसके किंचित् संकेत पर कुछ भी करने को तैयार, तीन हजार मागधी सैनिक मथुरा में स्थायी रूप से रहने लगे थे। कुछ ही असन्तुष्ट लोगों को छोड़कर समस्त अन्धक वंश के पुरुष उसके प्रति निष्ठावान थे। यद्यपि उसकी अनुपस्थिति में अन्धक प्रमुख प्रद्योत ने कुछ मूर्खता अवश्य दिखाई थी, फिर भी वह पहले की ही भाँति उसका आज्ञापालक अनुचर था।

यादव उससे असन्तुष्ट अवश्य थे, परन्तु उनमें एकता का अभाव था और उनका नेतृत्व करनेवाला भी कोई नहीं था। ब्राह्मणों को उदारता से दान देकर अथवा कठोरता से दबाकर उसने मूक बना दिया था। अब तो केवल एक ही काम उसे करना था, और वह था एक प्रबल प्रहार से सौ विरोधी यादवों का नतमस्तक करना। कंस इन सब बातों को अच्छी तरह जानता था; अपनी दृढ़ स्थिति से भी सुपरिचित था; फिर भी वह बेचैन था, क्योंकि देवकी का आठवाँ पुत्र अभी जीवित था। यहाँ तक तो नारद मुनि की भविष्यवाणी सच ही सिद्ध हुई है और अब कृष्ण मथुरा आनेवाला था।

कंस सोचता था कि कृष्ण मात्र एक ग्वाले का पुत्र है; उसके पराक्रम की जो चर्चा सर्वत्र फैल रही है, वह निश्चय ही अतिशयोक्तिपूर्ण होनी चाहिए। गाँव को कोई भी बहादुर जवान ऐसे साहसपूर्ण कार्य कर सकता है। परन्तु वसुदेव, देवकी और बहुत-से यादव उसे भावी तारणहार मान रहे हैं। लोगों में भी उसके इस रूप के प्रति श्रद्धा दिखाई पड़ती है। गर्गाचार्य जैसे अपनी वाणी या व्यवहार से तो कुछ नहीं बताते दिखाई पड़ते, परन्तु सभी यह मानते हैं कि कृष्ण के उस रूप का परिचय उन्हें है। कंस ने स्वयं इस चर्चा को रोकने का प्रयास किया कि नन्द का लड़का ही देवकी का आठवाँ पुत्र है, परन्तु यादव-प्रमुखों की सभा में उसने स्वयं जो कुछ कहा उससे इस तथ्य को कानों-कान फैलने से रोकना बहुत कठिन हो गया।

कई बार तो कंस को ऐसा लगता है कि उसके आसपास कोई जाल रचा जा रहा है और वह उसमें अधिकाधिक फँसता जा रहा है। शान्त चित्त से विचार करने पर पता चलता है कि यह मात्र उसकी मिथ्या कल्पना है, भ्रम है। पर इससे स्वयं को मुक्त करना उसके लिए असम्भव हो गया।

आज रात कंस सदा से अधिक उद्विग्न था। वह सोचने लगा कि अब तक अक्रूर वृन्दावन पहुँच गया होगा, लड़के मथुरा आने की तैयारियाँ कर रहे होंगे, कल तक वे नगर में पहुँच जाएँगे—कैसे होंगे वे? ऊँह; इसकी क्या चिन्ता? और बालकों की तरह ही वे होंगे, उनसे भय कैसा?

फिर भी कंस को चैन नहीं पड़ा। मन को कचोटती इस अशान्ति को दूर करने के लिए उसे कुछ करना चाहिए। उसे वरदा याद आई। युद्ध शेष होने पर मथुरा लौटते समय वह इस तरुण वारांगना को अपने साथ ले आया था। वह अतीव मनोहर, सुन्दर और चित्ताकर्षक थी तथा स्वभाव से ही आनन्दमयी थी। अत्यधिक राजकार्य में कंस उसे भूल-सा गया था। अब जब उसकी याद आई तो उसे लगा कि उसके पास जाने से वह शायद चिन्तामुक्त होकर फिर से स्वस्थ अनुभव कर सके।

महल के ही विशाल प्रांगण में एक पृथक् निवास-स्थान में वरदा रहती थी। उसके पास सन्देश भेजकर, फिर तुरन्त ही कंस उसके पास चला गया। वरदा ने अति आनन्द और उत्साहपूर्वक उसका स्वागत किया। उसकी मद-भरी चितवन और चाँदी की घण्टी के समान सुप्रिय स्वर गुँजाती मधुर वाणी से कंस का मनःस्ताप कुछ शान्त हुआ। महाराज के सामने उपहार-वस्तुएँ रखकर वरदा स्वयं पंखा झलने लगी। फिर उसने एक मधुर गीत गाया, कुछ देर नृत्य किया और फूलों की गेंद के समान अपना सुकोमल शरीर कंस की बाहुओं में उछालते हुए उसके आलिंगनपाश में बँध गई । एक हाथ कंस के गले में डाल और अपना सिर उसके कन्धों पर टिकाकर वह अपनी जादुई चितवन से कंस की चिन्तातुर आँखों में देखकर मुस्कराई।

"सचमुच, तू अद्भुत है वरदा!" कंस ने कहा।

"और आप क्या कम अद्भुत हैं, मेरे प्रभु!" कहकर वरदा ने अपने दोनों हाथ कंस के गले में डाल दिए। "प्रसन्न तो हैं न, मेरे रसिया, मेरे राजा!" अत्यन्त मधुर और धीमे स्वर में उसने पूछा। पुरुष को गुलाम बनाने की कला में यह वारांगना सिद्धहस्त थी।

"जब तुम्हारे पास होता हूँ, वरदा, तब बड़ा आनन्द मिलता है मुझे!" कंस ने भावावेश से वरदा का चुम्बन लेकर कहा, "सदा तुम्हारा सहवास मिले तो अपना राज्य भी दे दूँ।" प्रणयोन्माद की मात्रा बढ़ने लगी और इस आवेग की आनन्दमय तृप्ति के लिए वह तत्पर हुआ।

"मेरे एक प्रश्न का उत्तर देंगे?" वरदा ने धीरे-से कंस के कान में कहा।

"एक नहीं, प्रिये, सौ प्रश्न पूछो!" कंस ने कहा और वरदा को अपने बाहुपाश में जकड़ लिया।

"तो एक बात का उत्तर दीजिए। मैं किसी से कहूँगी नहीं।"

"किस बात का?"

"मेरे राजा, मेरे स्वामी! मुझे यह बताइए कि कल यहाँ देवकी का आठवाँ पुत्र आनेवाला है, क्या यह बात सच है?"

कंस का सारा शरीर तन गया, उसे ऐसा लगा मानो किसी साँप ने उसे डँस लिया हो। उसका प्रणयावेग एकाएक मन्द हो गया और आँखें फाड़े वह वरदा की ओर भयभीत दृष्टि से देखने लगा।

"किसने कहा तुझे?" वह गरज उठा।

पूछे गए प्रश्न के पीछे क्या रहस्य है, इससे सर्वथा अज्ञात वरदा यह न समझ सकी कि कंस में एकाएक यह परिवर्तन क्यों आ गया। हाव-भाव करती हुई उसके बाहुपाश में स्वयं को भरकर मधुर स्वर में उसने कहा, "सारे महल में यही चर्चा हो रही है, मैं उसे देखना चाहती हूँ। लोग कहते हैं कि वह अवतारी पुरुष है।"

"तू उसे देखना चाहती है!" कंस जोर से चीख उठा और पलँग से कूदते हुए चिल्लाया, "देवकी के आठवें पुत्र को तू देखना चाहती है, वेश्या!" उसकी आँखें लाल हो गईं, हाथ काँपने लगे। जोर से पकड़कर वरदा को उसने जमीन पर दे पटका और रुँधे हुए कण्ठ से 'वेश्या!' कहकर क्रोधपूर्वक बाहर चला गया।

'देवकी का आठवाँ पुत्र! हाँ, वह आनेवाला है। प्रत्येक मनुष्य जानता है कि वह मेरा वध करेगा—मेरा! सौ-सौ युद्धों के विजेता कंस का। ठीक है, मैं भी दिखा दूँगा!'...

प्रद्योत तथा मगध के राजकुमार वृत्रघ्न को उसने बुला भेजा। दोनों ने आकर देखा कि कंस क्रोध से उन्मत्त हो रहा है और क्रूरता का भाव उसके चेहरे पर अंकित है।

"वृत्रघ्न, प्रद्योत, यह सब क्या है? देवकी का आठवाँ पुत्र कल यहाँ आनेवाला है, यह बात सब जगह फैल गई है!"

"प्रभु! क्षमा चाहता हूँ, परन्तु अधिकांश प्रमुखों ने आपके मुख से ही यह सुना कि अक्रूर उन्हें बुलाने जा रहे हैं। फिर यह बात गुप्त कैसे रह सकती थी?" विनम्र भाव से हाथ जोड़कर प्रद्योत ने कहा।

"खैर, जो हुआ सो हुआ," कंस ने कहा, "परन्तु मैं तुम्हें एक काम सौंपता हूँ। उस लड़के को तुम इस महल में प्रवेश न करने देना और न उसे मेरे समक्ष आने देना। मेरी उपस्थिति में उत्सव प्रारम्भ हो तब, परसों ही, इसका कोई हल निकाल लेना चाहिए। पवित्र धनुष को उठाकर उस पर से बाण छोड़ा जाए, तब भी उसे वहाँ उपस्थित रहने का कोई अवसर न दिया जाए! शायद वह तीर चलाने में भी निपुण हो!"

जैसी प्रभु की इच्छा!" प्रद्योत ने कहा।

"प्रद्योत, तुम कुछ बदले हुए-से दिखाई देते हो! क्या हुआ है तुम्हें?" कंस ने पूछा।

"मुझे कुछ नहीं हुआ है प्रभु!" प्रद्योत ने उत्तर दिया, "शायद काम का इतना अधिक बोझ मुझसे उठाया नहीं जाता और अब मैं बुड्ढा भी तो हो चला!" एक फीकी हँसी हँसकर उसने कहा।

"प्रत्येक प्रमुख के पीछे एक-एक गुप्तचर लगा दो, और अपने जाति-भाइयों पर सतर्क दृष्टि रखना कि वे निष्ठावान रहें। वृत्रघ्न, तुम ऐसा प्रबन्ध करो कि तुम्हारे आदमी प्रत्येक व्यक्ति पर नजर रखें। ये सभी निष्ठाहीन हैं—सभी यह चाहते हैं कि मैं मर जाऊँ। परन्तु मैं इन सबको ठिकाने लगाकर ही जाऊँगा।" कंस ने रोषपूर्वक कहा। इतने में एक दूत ने आकर समाचार दिया कि प्रद्योत के पितामह के भाई, नब्बे वर्ष के बाहुक अन्धक विशेष कार्य से कंस से मिलने आ रहे हैं।

कंस की भृकुटी तन गई। यह विवेकहीन बुड्ढा, यहाँ क्यों टपक पड़ा? परन्तु वह अपने ही वंश के एक गुरुजन थे, प्रधान या प्रमुख के रूप में सभी उनका सम्मान करते थे, इसलिए उन्हें न कहना भी असम्भव था। भारी प्रयास कर कंस ने अपने मन को स्वस्थ किया और सिंहासन पर से उतरकर वृद्ध अन्धक का सत्कार करने गया। अपने पुत्र के कन्धे का सहारा लेकर वृद्ध अन्धक ने भीतर प्रवेश किया। इस आयु में भी वे काफी बलिष्ठ थे।"

"काकाजी, इतनी रात-गए आपने यहाँ आने का कष्ट क्यों किया?" कंस ने पूछा।

हाथों से आँखों पर छाँव-सी करते हुए अन्धक ने पूछा, "ये कौन हैं? ओह, प्रद्योत और कुमार वृत्रघ्न!"

"आसन पर विराजिए।" कंस ने कहा। कंस के सामने अन्धक बैठे।

"काकाजी, क्या आज्ञा है आपकी?" यथासम्भव विनम्र होकर कंस ने पूछा।

"मैं तुम्हें अन्तिम परामर्श देने आया हूँ। यादवों में सबसे अधिक वयोवृद्ध होने के कारण यह मेरा कर्तव्य है।" अन्धक ने कहा।

"हाँ, काकाजी!" कंस बोला।

"वसुदेव के पुत्रों को लाने के लिए अक्रूर गए हैं। कल सुबह वह आ पहुँचेंगे।"

"हाँ...।"

"मैं तुम्हें जन्म से पहचानता हूँ। तुम उन्हें अपने रास्ते से दूर हटाना चाहते हो।" अन्धक ने कहा।

“मैं क्यों उन्हें दूर हटाऊँ? ये दो छोकरे मेरा कर ही क्या लेंगे?” कंस ने प्रश्न किया।

“तुम यदि यह कहो कि नारद की भविष्यवाणी सच होने का भय तुम्हें नहीं है, तो मैं नहीं मानूँगा। मुझे छलने का प्रयास मत करो। परन्तु मैं चाहता हूँ कि तुम इस भविष्यवाणी को मिथ्या सिद्ध करो।”

“इस मूर्खता-भरी बात को मैं मानता ही नहीं। और, जो भविष्यवाणी सच ही हो, तो उसे मिथ्या सिद्ध करने का उपाय क्या है?”

“पश्चात्ताप ही मनुष्य का मरण है और नवजीवन भी वही बनता है। तुमने जो कुछ किया उसका यदि पश्चात्ताप करो तो तुम्हारा नया जन्म होगा और साथ ही भविष्यवाणी भी सच हो जाएगी।”

“इसका क्या भरोसा? मैंने कई लोगों को पश्चात्ताप करते हुए भी मरते देखा है।”

“शायद उन्होंने सच्चे हृदय से पश्चात्ताप नहीं किया। वसुदेव का पुत्र अवतार न हो तो भी पश्चात्ताप से तुम सबका प्रेम प्राप्त कर सकोगे। और यदि जैसा कि कई लोग मानते हैं, वह अवतार ही हुआ तो उसके अनुग्रह से तुम अधिक सुखी और शक्तिशाली बनोगे।”

“और यह पश्चात्ताप मुझे किस प्रकार करना होगा?” कंस ने उपहास के स्वर में पूछा।

“मैं जानता हूँ कि मेरी बात तुम्हें सच नहीं लगती; परन्तु तुम्हें सच्चा मार्गदर्शन कराने के लिए ही मैं यहाँ आया हूँ। मुझे किसी का भय नहीं। वसुदेव और देवकी को तुमने सताया है, यादवों को गुलाम बना डाला है, विद्वान् ब्राह्मणों को मथुरा आने से रोक दिया है। यह नगर नरक के समान बन गया है।” अन्धक ने कहा।

“और कुछ?” कंस ने पूछा।

मानो कोई भविष्यवाणी कर रहे हों, इस प्रकार ऊँची आवाज और प्रज्वलित नयनों से इस वृद्ध पुरुष ने कहा, “कुमार, सबसे वृद्ध यादव के नाते मैं चाहता हूँ कि हमारा स्वातन्त्र्य और जमीन जो तुमने छीन ली है, वह हमें वापस कर दो। वसुदेव, देवकी और उनके पुत्रों को निर्भय जीने दो। मथुरा से जो यादव भाग गए हैं उन्हें सम्मानपूर्वक वापस बुला लो। पहले की तरह ब्राह्मणों के घरों में वेदध्वनि फिर से गूँजने लगे। लोगों को सताने के लिए जिन परदेसियों को तुमने यहाँ बुला रखा है, उन्हें वापस भेज दो। अपने पिता को मुक्त करो और तुम्हें साथ रखकर वे राज्य चलाएँ, ऐसा प्रबन्ध करो। सबसे अधिक अपनी प्रजा को निर्भय और मुक्त करो!” अन्धक ने कहा।

"इस प्रकार पश्चात्ताप कर मुझे निर्मल बनना चाहिए, यही आपकी इच्छा है न?" कंस ने पूछा, "आप समझते हैं कि मैं दुष्टता का अवतार हूँ और इस दुष्टता से अब आप मुझे बचाना चाहते हैं। अच्छा, तो मैं ऐसा ही करूँगा, फिर?"

"फिर, देवताओं की तुम पर कृपा होगी और मथुरा, यादवों तथा स्वयं तुम्हारा उद्धार होगा। फिर कृष्ण, यदि अवतार हुआ तो, जो माँगोगे वही तुम्हें देगा। बोलो, ऐसा करने को तैयार हो तुम?" अन्धक ने पूछा।

"काकाजी, मुझे विचार करने दो। आपकी राय तो मुझे उत्तम लगती है, फिर भी मुझे कुछ सोच लेने दीजिए।" कंस ने कटाक्षपूर्वक कहा।

"तू मुझे एक मूर्ख बुड्ढा समझता है, यह मैं जानता हूँ।" अन्धक ने कहा, "सच्ची राय मानना तेरे लिए कठिन है। मैं तुझे अन्तिम चेतावनी देता हूँ।" क्षण-भर वह रुके, उनकी आँखों से अंगारे बरस रहे थे–"यादवों का तू शत्रु बन बैठा है और उनके उद्धारक का विनाश करना चाहता है। परन्तु अच्छी तरह सुन ले कि एक भी यादव के रहते कृष्ण का बाल भी बाँका नहीं हो सकता। कृष्ण तो यादवों के लिए अन्तिम आधार है, और यदि तू समझ सके तो तेरे लिए भी!"

"काकाजी, मुझे डराने का प्रयत्न न करें," कंस ने कहा, "मुझे जो ठीक लगेगा, वही मैं करूँगा।"

"तू यदि अपने आचार-विचार में परिवर्तन नहीं करेगा, तो भगवान् शंकर का कोपभाजन बनेगा।" अन्धक ने कहा।

"मैं भगवान् से नहीं डरता।" कंस बोला।

"अभिमान से मत्त होकर जो भगवान् का डर नहीं रखता है, उसका विनाश अवश्यम्भावी है और जिस प्रजा को ऐसा राजा मिलता है, उसकी भी अधोगति होती है।" अन्धक ने कहा।

"ज़रा ठहरिए काकाजी!" कंस ने हँसकर कहा। वृत्रघ्न की ओर घूमकर उसने कुछ उसके कान में कहा। वृत्रघ्न ने सम्मति दर्शायी और खण्ड से बाहर चला गया।

"काकाजी, आप ठीक कहते हैं।" कंस ने कटाक्ष से कहा, "मैं कृष्ण को कोई हानि नहीं पहुँचाऊँगा। प्रद्योत, तुम इसका ध्यान रखना।"

"जैसी प्रभु की आज्ञा!" प्रद्योत ने कटुतापूर्वक कहा। कंस की मुस्कान का अर्थ वह ठीक से लगा नहीं सका।

"वत्स, तू अपने वचन का पालन करता है या नहीं, मैं इसका ध्यान रखूँगा।" कहकर अन्धक खण्ड से बाहर चले गए। उनके साथ प्रद्योत भी जाने को तैयार हुआ, परन्तु कंस ने उसे वापस बुला लिया।

"प्रद्योत, काकाजी को मैंने जो वचन दिया है, वह भूलना मत। कृष्ण को मैं

हानि नहीं पहुँचाऊँगा, परन्तु इसका अर्थ यह नहीं कि मैंने जो उसे अपने सम्मुख न आने का आदेश दिया है, उसका पालन तुम्हें नहीं करना है।" कंस ने मुस्कराकर कहा।

"प्रभु की जो आज्ञा!" क्रोध का घूँट पीकर प्रद्योत ने कहा।

कंस को प्रणाम कर प्रद्योत खण्ड से बाहर निकला और वह अभी राह से जा ही रहा था कि उसे वहाँ किसी संघर्ष के चिह्न दिखाई दिए। धरती पर एक तलवार और कुछ ही दूर रक्तरंजित एक उत्तरीय पड़ा था। इस अँधेरी जगह से कोई पीछे मुड़कर जा रहा है, ऐसा उसे लगा। और जब पैरों की आहट का प्रद्योत ने पीछा किया तो मागधी सैनिकों को दो मानव देह उठाकर ले जाते देखा।

प्रद्योत की आँखों के आगे अँधेरा छा गया। खम्भे का सहारा लेकर वह खड़ा हुआ। कुछ देर बाद जब स्वस्थ हुआ तो उसने अपने दाँत होंठों पर इतने जोर से भींचे कि खून निकल आया। फिर वह वहाँ से चला गया।

त्रिवक्रा

त्रिवक्रा कंस के राजमहल में परिचारिका का कार्य करती थी। राजा तथा सभी राजवधुओं के लिए सुगन्धित द्रव्य जुटाना उसका नित्य-प्रति का कार्य था। अपने अनेक कर्मचारियों की सहायता से वह विविध प्रकार की वनस्पतियाँ उगाती और उनसे उत्तम तेल तथा इत्र तैयार करवाती। वनस्पतियों के औषधीय गुणों की जानकारी भी उसे थी। उसकी माता भी अपने जीवनकाल में यही कार्य करती थी और मरने से पहले, राजमहल से सम्बन्धित सभी विषयों में सर्वसत्ताधीश, सेनापति प्रद्योत से उसने वचन ले लिया है कि उसकी मृत्यु के बाद उसकी एकमात्र पुत्री ही को यह कार्यभार सौंपा जाएगा।

त्रिवक्रा जन्म से ही कुरूप न थी। उसके अंगांग अति सुन्दर और सुघड़ थे; परन्तु बारह वर्ष की अवस्था में वह गम्भीर रूप से रुग्ण हुई और मरते-मरते बची। इसके बाद उसके जोड़ अकड़ गए और वह विकृत बन गई। बीमार पड़ने से पहले उसका विवाह महाराजा कंस के मुख्य हस्तिपाल के पुत्र अंगारक के साथ हो चुका था, पर उसके पति ने उसके विरूप बन जाने के बाद उसे अपने साथ रखना अस्वीकार कर दिया। इससे त्रिवक्रा को पहले तो मानसिक क्लेश हुआ, परन्तु फिर विनोदी और हँसमुख होने के कारण धीरे-धीरे वह अपना यह दुःख भूल गई।

सन्धिवात से अकड़े और टेढ़े पैरों को किसी तरह घसीटती, और दिन-भर हँसी-ठट्ठे की बातें करती हुई वह हाथ में चाँदी की इत्र की पेटी लिये राजमहल

के प्रत्येक खण्ड में घूमती रहती। वह सभी के उपहास का पात्र थी। कई तो उसके सामने ही उसकी विरूपता की हँसी उड़ाते। गलियों में हो-हल्ला करते तथा चिढ़ाते हुए बालक उसका पीछा करते; परन्तु वह अपने हँसमुख स्वभाव और विनोदी प्रकृति से इन सबको हँसी में उड़ा देती।

जन्म के समय उसका नाम मालिनी रखा गया था, परन्तु अब उसे सब लोग त्रिवक्रा कहने लगे थे। वह स्वयं भी अपनी विरूपता की हँसी उड़ाती, इसलिए सभी की प्रिय-पात्रा भी बन गई थी। कंस को हँसी-हट्ठा अच्छा नहीं लगता था, पर उसे देखकर वह भी हँस पड़ता। परन्तु इस बाहरी विनोद-परायणता के पीछे एक रहस्य की बात थी, जिसे सिवा उसके और कोई नहीं जानता था। उसे पता था कि यदि उसके अंग विरूप न हो गए होते, तो वह अनुपम सुन्दरी मानी जाती और यदि उसके जोड़ अकड़ न गए होते, तो उसकी चाल अत्यन्त मोहक होती। सुन्दर-से-सुन्दर राजकुमारी से भी अधिक आकर्षक वह थी। किन्तु यह बात वह किसी के आगे व्यक्त नहीं करती, यहाँ तक कि उसे अपने रूप की कल्पना न हो, इसलिए कहीं दर्पण दीख जाने पर अपनी आँखें बन्द कर लेती। अपने इष्टदेव भगवान् शंकर से वह यही प्रार्थना करती कि भगवान्, कुछ ऐसा कर जिससे दूसरे भी देख सकें कि मैं कितनी सर्वांग-सुन्दर हूँ!

दिन-रात यही प्रार्थना करते-करते उसे विश्वास हो गया था कि भगवान् महादेव की कृपा से वह दिन अब जल्दी ही आनेवाला है, जब उसकी मनोकामना पूर्ण होगी। तीन दिन पहले खबर लगी कि देवकी का आठवाँ पुत्र जीवित है और इस आशा में वह पागल हो उठी कि तारणहार शायद मथुरा आएगा और दूसरों को यह दिखाएगा कि वह कितनी सुन्दर है। सजल नयनों तथा अत्यन्त गम्भीरता और श्रद्धा से नतमस्तक हो उसने प्रार्थना की, 'हे देवाधिदेव महादेव, देवकी के पुत्र को शीघ्र मथुरा भेज! वही इन अन्धों की आँखें खोलेगा और सबको बताएगा कि मैं त्रिवक्रा नहीं, बल्कि वास्तव में अतीव सुन्दर हूँ।'

इसके बाद उसने रानियों से सुना कि नन्दलाल मथुरा आनेवाला है और इस समाचार से वह आनन्दमग्न हो उठी। रानियों ने जब यह कहा कि कंस शीघ्र ही कृष्ण को ठिकाने लगा देगा तो उसे बहुत बुरा लगा। कंस के अनुयायियों को भी यही आशा थी और वे मन-ही-मन खुश थे कि राज्य के इस सबसे बड़े शत्रु का विनाश हो जाने पर शीघ्र ही उनका भाग्योदय होगा। इसके विपरीत जो यादव तथा प्रजाजन कंस से भयभीत थे, वे भी इस सम्भावना से प्रसन्न थे कि कृष्ण शीघ्र ही उनका उद्धार कर देगा। कृष्ण के अद्‍भुत पराक्रमों की चर्चा उन्होंने सुन रखी थी।

राजमहल में भाँति-भाँति की अफवाहें फैल रही थीं। देवकी का आठवाँ पुत्र

यही नन्दलाल था, जिसने राक्षसों का संहार किया था, इन्द्रदेव की अवहेलना कर गोवर्धन पर्वत को अपनी उँगली पर उठा लिया था। नारद की भविष्यवाणी के अनुसार उसी के हाथों कंस का वध होनेवाला था। त्रिवक्रा को लगा कि उसको सपने में जिस देव के दर्शन हुए थे, वह यही नन्द का पुत्र होना चाहिए।

तीन दिन तक नींद न आने पर भी त्रिवक्रा की चाल में उत्साह और हास्य में आनन्द छलक रहा था। उसकी प्रार्थना को सफल बनाने के लिए प्रभु स्वयं पधार रहे थे। जीवन के इस परम उत्सव के प्रसंग की उसने अभिनव तैयारियाँ शुरू कीं। भले ही लोग मजाक करें, परन्तु पहनने के लिए उसने पहले कभी न पहने ऐसे नवीन और बहुमूल्य वस्त्र बाहर निकाले, बढ़िया-से-बढ़िया इत्र तैयार किए और अपनी चाँदी की इत्रदानी को काँच की तरह चमकाया।

एक दिन उसे सूचना मिली कि नन्द के दोनों पुत्र मथुरा आ गए हैं और वृष्णि सरदार अक्रूर के यहाँ ठहरे हैं। उस रात महल में खूब हलचल रही। अक्रूर, प्रद्योत और कंस के विश्वासपात्र वृत्रघ्न और अन्धक सभी ने एक-के-बाद-एक आकर कंस से गुप्त मन्त्रणा की। त्रिवक्रा के मन में प्रद्योत के लिए सम्मान था, परन्तु अक्रूर उसे अच्छे नहीं लगते थे, क्योंकि उन्होंने उसके पास से इत्र लेना अस्वीकार किया था। मगध के राजकुमार से भी उसे द्वेष था, क्योंकि वह सदैव उसके इत्रादि की उपेक्षा करता था।

उस रात उसने सुना कि नगर में कई लोगों को शस्त्र बाँटे गए हैं। रानियों के मन भी क्षुब्ध हो गए थे। यादव-प्रमुख जहाँ रहते थे, वहाँ भी वातावरण गम्भीर हो गया था। लोगों के मन को अशान्त करती एक बात कानों-कान फैल रही थी कि वृद्ध अन्धक और उसके पुत्र का पता नहीं चल रहा और वे राजमहल में ही मार डाले गए हैं। त्रिवक्रा को लगा कि इसका सम्बन्ध किसी-न-किसी तरह से कृष्ण के मथुरा आने से होना चाहिए।

दूसरे दिन सवेरे वह खूब जल्दी उठी। कंस तथा रानियों को इत्र-सुगन्ध इत्यादि देकर बाकी काम अपने अधीन कर्मचारियों पर उसने छोड़ दिया और महल से बाहर निकल गई। हाथ में इत्र की रुपहली पेटी लेकर वह अक्रूर के महल की ओर चली। रास्ते में उसने लोगों के टोले-के-टोले शहर के मुख्य बाजार की ओर जाते देखे। तरुण यादव भी शीघ्रता-से उसी ओर बढ़ रहे थे। किसी को सदा की भाँति उसके साथ हास-परिहास का अवकाश नहीं था। उसे भी स्वभावतः कौतूहल हुआ और वह भी उसी ओर चल दी।

कंस के रँगरेज की दुकान के सामने लोगों की एक विशाल भीड़ एकत्र थी। त्रिवक्रा सभी को धक्का देती हुई और लोगों की गालियों की भी परवाह न कर दुकान के पास पहुँच गई। वहाँ जाकर उसने देखा कि दुकानदार के साथ दो

लड़कों का कुछ झगड़ा हो रहा है। रँगरेज क्रोधित होकर गालियाँ दे रहा है और घनश्याम वर्ण के किशोर की ओर हाथ उठाकर कह रहा है 'गँवई गँवार!' जिसे मारने के लिए उसने हाथ उठाया था, उस बालक ने ज़रा पीछे खिसककर पहले तो वार बचाया और फिर उस मुस्तण्ड रँगरेज पर इतने जोर से प्रहार किया कि वह बेहोश होकर जमीन पर लुढ़क गया।

एक गुण्डे की यह पराजय देखकर वहाँ पर एकत्र सभी लोगों को खूब आनन्द हुआ। कई युवकों ने तो अचेत रँगरेज के शरीर पर लातें भी लगाईं। सभी लोग उसे गालियाँ दे रहे थे, जिसमें त्रिवक्रा ने भी साथ दिया। लड़कों ने शान्ति से दुकान में जाकर अपने मनपसन्द कपड़े पहन लिए।

"ये किशोर हैं कौन?" त्रिवक्रा ने पास ही खड़े एक आदमी से पूछा।

"मालूम नहीं तुझे। ये वृन्दावन के यादव-प्रमुख नन्द के पुत्र हैं।" उसे उत्तर मिला।

त्रिवक्रा का हृदय पुलकित हो उठा। उसने पूछा, "यह रँगरेज उन्हें गालियाँ क्यों दे रहा था?"

"पहनने के लिए अच्छे कपड़े ये बालक माँग रहे थे। कह रहे थे कि धनुर्यज्ञ में भाग लेने के लिए कंस ने हमें बुलाया है, इसलिए वहाँ जाने के लिए हमें अच्छे कपड़े चाहिए।" दूसरे एक आदमी ने बताया।

"लड़के बड़े अच्छे दिखाई पड़ते हैं।" त्रिवक्रा ने कहा।

"बड़े अलमस्त हैं! ये ग्वाले भी कैसा गौरवपूर्ण व्यवहार कर लेते हैं!" पहले आदमी ने कहा।

"इस गुण्डे को उसने खूब मजा चखाया। वाह-वाह! क्या प्रहार किया! इसी लायक था यह रँगरेज! अपने को कंस ही मान बैठा था!"

"राजा को मालूम होगा, तो बहुत गुस्सा होंगे!" त्रिवक्रा ने कहा।

"भले ही हों। ये लड़के बहुत बहादुर हैं, किसी के गुस्से की परवाह नहीं करते!" दूसरे एक व्यक्ति ने कहा।

देवों के समान वस्त्र धारण कर लड़के बाहर आए। बड़े लड़के ने नीले वस्त्र धारण किए थे, जबकि सुन्दर, घुँघराले बालोंवाले अनुज ने पीले रंग के कपड़े पसन्द किए। ऐसा लगता था कि उसे अच्छे कपड़ों का भारी चाव है। अपने पुराने फेंटे से मोरपंख निकालकर उसने अपने सुनहरी मुकुट में लगाया। इन दोनों को दुकान से बाहर आते देखकर लोगों ने हर्षनाद किया। सामने फूलों की दुकान से माली ने आकर उन्हें सुन्दर पुष्पहार अर्पित किए। छोटे लड़के ने प्रेम से उसकी पीठ थपथपाई।

छोटे कुँअर को देखकर त्रिवक्रा मुग्ध हो गई। वह सभी की ओर एक मैत्रीपूर्ण

और आनन्द से चमकती दृष्टि डाल रहा था। उसके होंठों पर थिरकती मधुर मुस्कान शायद मेरे लिए ही है, ऐसा त्रिवक्रा को लगा। पास खड़े व्यक्ति को धकेलकर अत्यन्त भावोद्रेक से धड़कते हृदय के साथ वह आगे बढ़ी। क्या वर्षों से सँजोई उसकी आशा पूर्ण होगी?

"नन्द के कुँअर, कृष्ण, मैं तुम्हारे पास ही आई हूँ, प्रभु! वर्षों से मैं तुम्हारी ही प्रतीक्षा कर रही थी।" भावावेश से रुद्ध कण्ठ से उसने कहा।

कृष्ण के समक्ष प्रणिपात करने की चेष्टा करती हुई वक्रांगी की विचित्र अंगभंगी को देखकर लोग हँसने लगे।

"तू हमारी प्रतीक्षा कर रही थी?" कृष्ण ने कहा, "वाह क्या खूब! पर तुझे यह कैसे ज्ञात हुआ कि हम लोग यहाँ आनेवाले हैं?"

"आप अवश्य आएँगे ऐसा मेरा मन कहता था, प्रभु! इसीलिए तो मैं रोज प्रार्थना करती थी—आपके लिए इत्र और सुगन्धित द्रव्य भी लेती आई हूँ।" त्रिवक्रा ने उत्तर दिया।

"तू कौन है, बहन?" कृष्ण ने पूछा।

"मेरा नाम त्रिवक्रा है, कुब्जा! राजमहल के लिए इत्र और सुगन्धित द्रव्य तैयार करना मेरा काम है। परन्तु अपने सर्वोत्तम इत्र और सुगन्धित द्रव्य तो प्रभु, आप ही के लिए मैंने संचित रखे हैं।" उसने उत्तर दिया।

कृष्ण के सुन्दर होंठों पर तब जो मुस्कान उभर आई, उसे देखकर त्रिवक्रा का हृदय आनन्द से नाच उठा। उसे लगा कि यह मुस्कान उसी के लिए है, और जिसके सपने वह वर्षों से सँजोती रही, वह इष्टदेव भी यही है। पेटी में से इत्र निकालकर उसने कृष्ण के हाथ और गाल पर लगाया—ललाट पर चन्दन लगाया। बाल-सुलभ कौतूहल से बलराम ने इस नवीन पदार्थ को सूँघा।

फिर त्रिवक्रा कृष्ण के पैरों में पड़कर और अपना शीश उसके चरणों में नवाकर रो पड़ी। "प्रभु, मैं इतनी कुरूप हूँ!" बस ये ही शब्द उसके मुँह से निकल सके और इसके बाद तो वह फूट पड़ी। उसकी चिर आशाएँ आँसुओं में परिणत होकर नेत्रों से बह चलीं।

"कौन कहता है तुम कुरूप हो?" कृष्ण ने उसे सान्त्वना देने के स्वर में कहा। त्रिवक्रा को उसने झुककर जमीन से उठा लिया। "बहन, तुम्हें कौन सुन्दर नहीं कहेगा? निश्चय ही तुम सुन्दर हो!" उसने अधिकारपूर्ण स्वर में कहा।

त्रिवक्रा उठ खड़ी हुई और जैसे सदा खड़ी रहती थी, वैसे ही खड़े रहने का प्रयत्न किया। परन्तु ऐसा करते हुए उसे एक विचित्र अनुभव हुआ। उसे लगा कि उसकी देह में किसी अज्ञात शक्ति का संचार हो रहा है। उसने सीधे खड़े होने का प्रयास किया और वह उसमें सफल हो गई। उसने अपने पैर लम्बे किए

और उसकी पूरी टाँग सीधी हो गई। यह सब क्या चमत्कार है, वह सोचती रही। सभ्य स्त्री की आचार-मर्यादा भी वह भूल गई और आनन्द से उछल-कूद करने लगी। आश्चर्य से अवाक् सभी उपस्थित व्यक्ति उसकी ओर टकटकी लगाए देख रहे थे।

"प्रभु, आपने तो मुझे सुन्दर और स्वस्थ बना दिया!" ऐसा कहकर वह पुनः कृष्ण के पैरों में गिर पड़ी और हार्दिक आभार व्यक्त करती हुई अपने दीर्घ केश-कलाप से उसके पैर सहलाने लगी।

दैवी धनुष

रँगरेज की दुकान के सामने एकत्र जनसमुदाय त्रिवक्रा की विकृतियों के सौम्य रूपान्तर को परम आश्चर्य से देख रहा था। इतने में कुछ दूर भाँति-भाँति की ध्वनियाँ सुनाई पड़ने लगीं। घोड़ों की टापें, लोगों पर पड़ते कोड़ों की मार और घायल व्यक्तियों के आर्तनाद से वातावरण गूँज उठा। कोई अश्वारोही बड़ी तेजी से आगे बढ़ रहा था और अपने मार्ग में आनेवाले सभी लोगों को कोड़े लगाकर हटा रहा था।

बलराम शीघ्र उत्तेजित नहीं होता था, परन्तु एक बार क्रोधाग्नि भड़कने पर यह अल्पभाषी बालक रौद्र रूप धारण कर लेता था। उसने लपककर घोड़े की लगाम पकड़ी और उसके तीव्र वेग को हाथों पर रोक लिया। अश्वारोही ने क्रोधित होकर कोड़ा चलाया, परन्तु वह उसे वापस उठा सके, इससे पहले ही कोड़ा बलराम के हाथ में था और वह जमीन पर।

मथुरा की जनता ने सत्ताधीश का इस प्रकार प्रतिकार होते कभी देखा नहीं था। वे लोग इस पराक्रमी बालक को आश्चर्य-विमुग्ध होकर निहारने लगे और बलराम की जय-जयकार करने लगे। बलराम ऊँचे कद और डील-डौल का था, परन्तु उसमें इतनी प्रचण्ड शक्ति होगी, यह किसी को खयाल भी नहीं हो सकता था। उसने न केवल वेगवान अश्व को रोका, बल्कि उसे पीछे भी धकेल दिया। अश्व ने अपना सारा जोर आगे के दो पैरों पर लगाकर आगे बढ़ने की कोशिश की, किन्तु व्यर्थ रही। बलराम उसे पीछे धकेलता-धकेलता पीछे से आ रहे रथ में जुते बैलों तक ले गया।

पिछले पैरों पर आ रहे अश्व को देखकर तथा लोगों के कोलाहल से रथ के बैल भड़क उठे। रथ में बैठी हुई दो स्त्रियाँ चीख पड़ीं। उनमें से एक तो प्रायः पच्चीस वर्ष की सुन्दर स्त्री थी। दूसरी सोलह वर्ष की लावण्यमयी बालिका।

अश्वारूढ़ सवार कोई राजकुमार लगता था। अपने बदन पर लगी धूल झाड़कर वह उठ खड़ा हुआ और रथ के पीछे आ रहे दो सवारों को पुकारने लगा। परन्तु रथ बीच में आ जाने से रास्ता बन्द हो गया था। अश्वारोही राजकुमार बलराम की ओर बढ़ा। इतने में कृष्ण ने उसका गला धर दबाया। राजकुमार क्रोध से लाल हो रहा था। पीछे मुड़कर वह चिल्लाया, "मूर्ख! जानता है, मैं कौन हूँ–विदर्भ का राजकुमार–रुक्मी–तेरे स्वामी कंस का मेहमान!"

"जब तूने अपना परिचय स्वयं ही दिया है, तो क्यों नहीं पहचानूँगा?" कृष्ण ने अविचलित स्वर में कहा, "पीछे जा! साथ में जो स्त्रियाँ हैं, उनको सँभाल और लोगों को हैरान करना बन्द कर!"

"दुष्ट!" रुक्मी ने म्यान में से तलवार खींचते हुए कहा। परन्तु तलवार म्यान में से निकले इससे पहले ही कृष्ण ने उसे धराशायी कर दिया। रथ की दिशा में धकेलते हुए, कृष्ण ने उसे उठाकर अनाज के बोरे की तरह रथ में फेंक दिया। अन्दर बैठी हुई दोनों स्त्रियाँ आवेश में आकर चिल्ला रही थीं। उनमें से उस रमणीय कन्या ने कहा, "दुष्ट! मेरे भाई को छोड़!"

कृष्ण ने अपनी वही सुविख्यात हृदयहारी मुस्कान बिखेरते हुए कहा, "यह आपका भाई है? राजकुमारी, आपको चाहिए कि इसे राजाओं के योग्य व्यवहार करना सिखाएँ!"

"ओह, क्या दशा कर दी है तुमने मेरे भाई की!" राजकुमारी रो रही थी।

परन्तु कृष्ण की आँखों में एक अजीब मस्ती और मोहिनी थी। "चिन्ता न करो, सुकन्ये!" उसने कहा, "आपके भाई का केवल घमण्ड ही टूटा है, और सब ठीक-ठाक है। अब यह विवेक से काम लेना सीखेगा–आपके प्रति भी अधिक विनयशील होगा!"

यह कहकर कृष्ण हँस पड़ा। कृष्ण की जादू-भरी चितवन किसे प्रभावित नहीं करती? विदर्भ की इस राजकन्या की आँखों में अश्रु थे, पर होंठों पर एक हल्की-सी मुस्कान आए बिना नहीं रही।

इसके बाद कृष्ण बैलों के पास गया। वे अब भी भड़के हुए थे और भागने का प्रयत्न कर रहे थे। कृष्ण मानवों को वश में करने के साथ-साथ पशुओं को वश में करने की कला भी जानता था। वह निर्भय होकर आगे बढ़ा और बड़े स्नेह से बैलों को पुचकारा। कुछ मीठे शब्द, कुछ हल्की-सी थपथपाहट–और बैल शान्त हो गए। कृष्ण बैलों के गले पर बड़े प्रेम से हाथ फेरने लगा। बैलों का भय दूर हुआ। थोड़ी देर बाद उन्हें रास्ते पर यथास्थिति खड़ा कर, रास रथ चलानेवाले की ओर फेंककर कहा, "ध्यान रखना इनका–बड़ी सुन्दर जोड़ी है!" फिर उसने राजकुमारी की ओर देखकर अपनी मोहक मुस्कान बिखेरी। रथ रवाना हुआ तो

उसके पीछे-पीछे रुक्मी भी नम्र होकर चला गया।

विराट जनमेदनी इन दो भाइयों का पराक्रम देखकर आश्चर्यचकित रह गई थी और अपूर्व आदर से उन्हें निहार रही थी। उन्होंने त्रिवक्रा की विकृतियाँ दूर कीं; वेगवान अश्व को खिलौने की तरह उठा लिया। कंस के राजसी अतिथि को धराशायी किया और बोरे की तरह उठाकर फेंक दिया। भड़के हुए बैलों को शान्त किया।

त्रिवक्रा अब सीधी चल सकती थी। उसके हर्ष का पार नहीं था। उसके जीवन का स्वप्न आज परिपूर्ण था। उसके हृदय में उमड़ती आनन्द और आभार की भावना छिपी नहीं रही। अपने बगल में खड़े व्यक्ति के कान में उसने कहा, "यही तो है देवकी का आठवाँ पुत्र! आखिर नारद की भविष्यवाणी सच ठहरी!"

जनसमुदाय के प्रेम और आदर-भरे अभिवादनों को स्वीकार करते हुए कृष्ण और बलराम आगे बढ़ रहे थे। कई लोगों ने उनके पीछे-पीछे चलना भी शुरू किया, जिसमें त्रिवक्रा प्रमुख थी। इन दो सुन्दर, सुकुमार बालकों के पीछे वह पागल-सी हुई जा रही थी—कृष्ण को तो वह प्रभु का अवतार ही मानती थी! दोनों भाइयों को वह शहर के दर्शनीय स्थान दिखाती हुई चल रही थी।

रँगरेज और रुक्मी की जो दशा कृष्ण-बलराम के हाथों हुई, उसकी सूचना राजमहल तक पहुँची और सेनापति प्रद्योत अपने साथ कुछ सैनिकों को लेकर तत्काल घटनास्थल पर पहुँचा। वहाँ पहुँचकर पूछताछ करने के बाद कृष्ण-बलराम जिस ओर गए थे उसी ओर वह चला। नगर में स्वच्छन्द घूमते हुए ये बालक जब उसको दूर से दिखाई पड़े तो प्रद्योत घोड़े से उतरा और पैदल ही उनके पास गया। उनके व्यक्तित्व से प्रभावित हुए बिना वह भी नहीं रह सका—कृष्ण की मोहिनी ने उस पर भी अपना प्रभाव दिखाया।

"आप कौन हैं?" बलराम ने पूछा।

"मैं प्रद्योत हूँ, अन्धकों का प्रमुख, राजा कंस का सेनापति!" प्रद्योत ने कहा।

"आपके शहर में कैसे-कैसे असभ्य लोग भरे हैं!" बलराम ने स्पष्ट कहा, "हमने शहर में प्रवेश किया कि एक आदमी ने कृष्ण को मारने का प्रयास किया और दूसरे ने मुझ पर कोड़ा चलाया!"

बलराम ने रुक्मी के कोड़े से अपने शरीर पर पड़ा दाग दिखाया।

"आपका यह अतिथि-सत्कार तो आदर्श लगता है!" उसने कहा और मुक्त रूप से खिलखिलाकर हँस पड़ा।

कृष्ण ने हाथ जोड़कर कहा, "आपसे मिलकर अत्यन्त प्रसन्नता हुई, अन्धक श्रेष्ठ! आपके बारे में हमने बहुत कुछ सुना है।" कृष्ण की वाणी में गौरव और आदर दोनों थे, "आप तो परम वीर हैं।"

"प्रद्योत काका, रँगरेज का बर्ताव इन बालकों के साथ इतना असभ्य था।"

त्रिवक्रा ने कहा, "और विदर्भराज ने तो बलराम पर कोड़ा चलाया!"

प्रद्योत इस सुन्दर नारी को एकटक देख रहा था। उसकी आँखें आश्चर्य से फटी रह गईं। "तू कौन है?" उसने पूछा।

"आप मुझे भूल गए, काका?" त्रिवक्रा ने हँसकर कहा, "आज सवेरे ही तो आपको इत्र और अनुलेप दे गई थी। मैं देखती हूँ, आप भुलक्कड़ होते जा रहे हैं," उसने सहज, परिचित सरलता से कहा।

प्रद्योत को अपनी आँखों पर विश्वास नहीं हुआ।

"त्रिवक्रा, तुझे क्या हुआ? तेरी विकृतियाँ कहाँ चली गईं! तू तो बड़ी सुन्दर लग रही है!" उसने कहा।

"यह सब मेरे प्रभु की माया है!" उसने हाथ जोड़कर कृष्ण को प्रणाम करते हुए कहा।

प्रद्योत कृष्ण की ओर ताकने लगा। अब उसकी समझ में आया, यही तो देवकी का आठवाँ पुत्र है! उसी की हत्या करने की आज्ञा उसे मिली थी। यदि वह त्रिवक्रा की विकृतियाँ मिटा सकता है, तो निश्चय ही ईश्वर का अवतार है। फिर तो नारद की भविष्यवाणी सच सिद्ध होनी चाहिए। कंस के महल के अँधेरे गलियारे में जो कुकृत्य हुआ, उसने उस दिन देखा था, उसकी कड़वाहट अभी उसके मन से गई नहीं थी।

"मैं तुमको नगर-दर्शन के लिए ले चलता हूँ।" प्रद्योत ने कहा, "तुम लोगों को शहर देखना है न?"

"हाँ," हमें सब कुछ देखना है।" कृष्ण ने कहा।

"मुझे तो वह विराट धनुष देखना है," बलराम ने कहा, "हमने उसके बारे में बहुत सुना है।"

"मेरे साथ चलो—मैं तुम्हें मण्डप में ले चलता हूँ—वहाँ धनुष की पूजा हो रही है।" प्रद्योत ने कहा।

वे सब मण्डप की ओर चल पड़े। त्रिवक्रा रास्ते में पड़े स्थलों का वर्णन कर रही थी। मण्डप के पास पहुँचकर प्रद्योत ने दोनों भाइयों से पूछा, "तुममें से किसी ने ऐसे धनुष का उपयोग किया है?"

"आपके समान धनुष हमारे पास कहाँ से आएगा? हम तो बाँस या लकड़ी से धनुष बनाते हैं। जंगली जानवरों को मारने के लिए वही काफी है।"

यमुनातट पर, राजमहल के पास ही एक विराट मण्डप बनाया गया था। दैवी धनुष को देखने बहुत-से लोग आते थे, जिनमें महोत्सव के लिए आमन्त्रित विशिष्ट अतिथि भी थे। मण्डप के बीच एक पीठिका पर यह धनुष रखा गया था। उसके तीनों ओर बैठे हुए ब्राह्मण मन्त्रोच्चार द्वारा धनुष की पूजा कर रहे थे।

बहुत-से मेहमान इस विचित्र धनुष को देखकर आश्चर्य व्यक्त करते थे, तो धनुष-प्रतियोगिता में भाग लेने के इच्छुक उसका सूक्ष्मता से अवलोकन करते थे। इस धनुर्यज्ञ में अन्तिम दिन जो व्यक्ति इस धनुष को उठाकर उस पर से सबसे दूर तीर फेंक सकेगा, वही वीर घोषित किया जाएगा और योग्य पारितोषिक भी पाएगा।

धनुष के समीप पहुँचने पर प्रद्योत ने त्रिवक्रा के कान में कुछ कहा। त्रिवक्रा ने कृष्ण के सामने एक अर्थपूर्ण दृष्टि से देखा। ऐसा लगा कि कृष्ण उसका मर्म समझ गया। इस धनुष से कोई बाण छोड़ सके या नहीं यह इतना महत्त्वपूर्ण नहीं था। यह धनुष ही कंस की सभा का प्रतीक था, लोगों को भय में रखने का साधन था। कृष्ण धनुष को एकाग्रता से देख रहा था। एक अवर्णनीय स्फुरण का अनुभव उसने अपनी समस्त देह में किया।

तभी त्रिवक्रा ने कहा, "प्रभु, आप यह धनुष उठाकर तो देखें! प्रद्योत काका के कुशल आयुधविदों ने इसकी रचना की है।" त्रिवक्रा के इस कथन के पीछे चाहे कुछ अर्थ रहा हो या नहीं, यह धनुष भय का प्रतीक है और इसलिए इसे नष्ट करना ही चाहिए, ऐसा सोचकर कृष्ण ने कहा, मैं निष्णात धनुर्धर नहीं। मैं तो एक सामान्य ग्वाला हूँ। फिर भी अन्तिम दिन मेरा विचार स्पर्धा में भाग लेने का है। क्या मैं इसे उठाकर देख सकता हूँ कि यह कितना भारी है?"

"हाँ, नन्दकिशोर!" प्रद्योत ने त्रिवक्रा की ओर अर्थपूर्ण दृष्टि डालते हुए कहा, "परन्तु तुम इसे उठा नहीं सकोगे। कुशल धनुर्धर भी इसे नहीं उठा पाते।"

प्रद्योत के मन में एक विचार का उदय हुआ। क्या यह बालक सचमुच तारणहार है? कंस के अत्याचारों से क्या वह प्रजा को बचा सकेगा?

"फिर भी प्रयत्न करने में क्या जाता है?" प्रद्योत ने कहा।

कृष्ण थोड़ी देर तक धनुष को ताकता रहा, मानो उसके भार का अनुमान लगा रहा हो। सभी लोग सशंक और कई तो उपहास-भरी दृष्टि से उसकी ओर देख रहे थे। एकाएक नीचे झुककर उसने धनुष उठा लिया। आसपास के लोग इस घटना से दंग रह गए।

"अन्तिम दिन इस धनुष का उपयोग होगा?" कृष्ण ने पूछा।

"हाँ," प्रद्योत ने कहा। अब उसकी वाणी में एक नया आदर था।

"इस धनुष से तीर छोड़ने का काम अति विकट है?" कृष्ण ने सरलता से पूछा। धनुष को वह बारीकी से देख रहा था। अचानक उसमें एक जोड़ उसे दिखाई पड़ा। धनुष को वापस रखने की बजाय अपना एक पैर उसने धनुष के एक छोर पर रखा और दूसरे सिरे को जोर से खींचा। सभी लोग आश्चर्य और भय से उसकी ओर देख रहे थे। एक आवाज कर धनुष टूट गया। कृष्ण ने धनुष के दोनों टुकड़े फेंक दिए और अट्टहास किया।

यह पराक्रम अपूर्व था–इसमें कंस का अपमान था, यज्ञ का भंग था। परन्तु सभी ने अत्यन्त विस्मय और भय की भावना से देखा कि दोनों भाई सम्पूर्ण उपेक्षा दिखाते हुए वहाँ से चल दिए। उस घड़ी प्रद्योत के हृदय में दो मिश्र भावनाएँ थीं–पश्चात्ताप और प्रसन्नता की।

गजपाल अंगारक

प्रद्योत ने अपने स्वामी कंस के पास जाकर कृष्ण द्वारा किए गए यज्ञभंग की सूचना दी। हृदय में आनन्दित होते हुए भी उसके चेहरे पर घोर विषाद के चिह्न थे। कंस तो इस समाचार से ठण्डा ही पड़ गया। आज सुबह से अशुभ समाचार ही मिल रहे थे। सारी प्रजा गोकुल के इन दो लड़कों पर मोहित हो रही थी। त्रिवक्रा की विकृतियाँ चामत्कारिक ढंग से दूर हो गईं। राजा भीमक के पुत्र रुक्मी का भरे रास्ते पर मानभंग हुआ। और, अब देवकी के आठवें पुत्र ने यज्ञ के विराट धनुष को भी तोड़ डाला। तो क्या उसकी मृत्यु समीप आ पहुँची? इस विचारमात्र से वह काँप उठा।

"कृष्ण ने इस धनुष को तोड़ कैसे डाला?" कंस ने पूछा, "वह तो अत्यन्त सुदृढ़ था।"

"समस्त आयुधविदों का भी यही मत है। धनुष में कोई कमी नहीं थी। कृपानाथ ने भी उसे देखा था।" प्रद्योत ने अत्यन्त मधुर स्वर में कहा।

"परन्तु तुमने उस छोकरे को यह धनुष उठाने ही क्यों दिया?"

"मैं क्या करूँ, प्रभु?" प्रद्योत ने हाथ जोड़कर कहा, "धनुर्यज्ञ के नियम का उल्लंघन कैसे करता? जो भी इस स्पर्धा में भाग लेना चाहे उसे धनुष के निरीक्षण का अधिकार है।"

"अब महोत्सव का क्या होगा?" कंस ने कहा, "धनुष के बिना धनुर्यज्ञ कैसे होगा?"

"यह दुर्भाग्यपूर्ण घटना अवश्य है," प्रद्योत ने कहा, "परन्तु किया क्या जाए? मैंने पण्डितों से पूछा है। उन्होंने कहा कि दूसरा धनुष तैयार हो सकता है और उसका शास्त्रोक्त पूजन भी हो सकता है।"

"तो अब देर न करो," कंस ने आज्ञा दी, "यज्ञ की पूर्णाहुति कल नहीं, परसों होगी। कल मल्लयुद्ध का कार्यक्रम होगा। प्रद्योत, नन्द के छोकरे तुम्हें कैसे लगे?"

"बड़ा लड़का ऊँचे कद का शक्तिशाली युवा है," प्रद्योत ने कहा, "उसने

राजकुमार रुक्मी के वेगवान अश्व को आसानी से रोक लिया, बल्कि पीछे भी हटा दिया। छोटा भाई कृष्ण कोमल और सुन्दर है। उनमें इतनी शक्ति कहाँ से आई, यही विस्मय का विषय है।''

''वे इस समय कहाँ हैं।'' कंस ने पूछा।

''वे नगर के बाहर नन्द और ग्वालों के शिविर में हैं।''

कंस गम्भीर चिन्ता में डूब गया। अपनी आदत के अनुसार विचार करते समय वह मूँछों पर ताव देने लगा। दृष्टि जमीन पर गड़ाए था। अन्त में उसने पूछा, ''प्रद्योत, क्या मैं तुम पर विश्वास कर सकता हूँ?''

प्रद्योत ने प्रतिप्रश्न किया, ''कृपानाथ, पिछले बीस वर्षों से मैं आपकी सेवा कर रहा हूँ—मेरी निष्ठा में कहीं आपको शंका के लिए स्थान मिला? यदि ऐसा है तो मुझे इसी क्षण हटा दें, मैं नगर छोड़कर चला जाऊँगा।''

कंस ने कोई उत्तर नहीं दिया। उसके मन में विचारों का तूफान उठ रहा था। कहीं प्रद्योत दोहरी चाल तो नहीं चल रहा है? जो भी हो, इस समय उसे खोना ठीक नहीं होगा। उसने कहा, ''प्रद्योत, मुझे तुममें पूर्ण विश्वास है। तुमने जिस निष्ठा से मेरी सेवा की है, उसे मैं नहीं भूल सकता। अच्छा जाओ!''

तुरन्त ही कंस को जैसे कुछ याद आया। उसने प्रद्योत को पुनः बुलाकर कहा, ''प्रद्योत, देखना, मेरी आज्ञा का अनादर न हो। कृष्ण को मेरे सम्मुख न आने दिया जाए!''

''प्रभु, कल के मल्लयुद्ध में तो सभी आएँगे। नन्द भी अपने दल-बल के साथ आएगा। फिर कृष्ण को किस प्रकार रोका जाए?''

''हूँ! तुम्हारी बात सच है—यहाँ हम निरुपाय हैं। अच्छा, जाकर यह घोषणा कर दो कि धनुर्यज्ञ की पूर्णाहुति परसों होगी, कल मल्लयुद्ध होगा।''

प्रद्योत के जाने के बाद कंस ने ताली बजाकर परिचारिका को बुलाया, उसने पूछा, ''त्रिवक्रा वापस आई?''

''हाँ महाराज! इस समय वह राजकुमारी के खण्ड में है।''

वृत्रघ्न बाहर प्रतीक्षा कर रहा था। वह अन्दर आया।

''वृत्रघ्न, प्रद्योत ने तुमसे कार्यक्रम में परिवर्तन के बारे में बताया न?'' कंस ने पूछा, ''तुम्हें यह सब कैसा लगा?''

''बहुत ठीक नहीं लगा,'' वृत्रघ्न ने कहा, ''शहर में उत्तेजना फैल रही है। नन्द के लड़कों ने लोगों पर अच्छा प्रभाव डाला है।''

''यह तो देख लिया जाएगा। परन्तु अब प्रतीक्षा करना ठीक नहीं। अपने आदमियों को तैयार रखना—ज़रा भी चूक न हो! बहुत-से यादव वीर वहाँ उपस्थित रहेंगे। तुम्हें संकेत दूँगा—अच्छा जाओ—ज़रा अंगारक को भेजते जाना।''

"जैसी कृपानाथ की आज्ञा।" मगध के राजकुमार ने कहा और कंस से विदा ली।

त्रिवक्रा आज फूली नहीं समा रही थी। राजकुमारियों के बीच बैठकर वह हँस रही थी, परिहास कर रही थी और अपने घनश्याम प्रभु तथा उनकी महिमा का अथक बखान कर रही थी। कंस की रानियों को तो इससे भय का ही अनुभव हुआ परन्तु दूर-दूर से महोत्सव में भाग लेने के लिए आई हुई राजकुमारियाँ आश्चर्य-विमुग्ध हो कृष्ण के विषय में अपना कौतूहल रोकने में असमर्थ थीं। उनमें से दो स्त्रियों के अन्तर में एक-दूसरे से विरोधी भावनाएँ घर कर रही थीं । राजा भीमक के पुत्र रुक्मी की स्त्री तो लाज के मारे अपना सिर भी ऊँचा नहीं कर सकती थी—एक ग्वाले ने उसके पति का अपमान किया और इस अपराध का दण्ड देनेवाला कोई नहीं था। यदि उसके अपने राज्य में ऐसा हुआ होता तो अपराधी का सिर धड़ से कभी का अलग हो गया होता। त्रिवक्रा की बातों में रस लेनेवाली दूसरी स्त्री थी राजकुमारी रुक्मिणी। रुक्मी की सोलहवर्षीय यह बहन अत्यन्त रूपवती थी। अपने भाई की उद्दण्डता से वह भली-भाँति परिचित थी। उसकी अक्ल ठिकाने लगानेवाले मोरपंखधारी किशोर की मोहिनी मूर्ति उसके हृदय में बस गई थी। इतनी सुकोमल देह में इतनी प्रचण्ड शक्ति का होना सचमुच आश्चर्य का विषय था। उसकी मादक आँखें अभी भी उसके मनश्चक्षु के समक्ष तैर रही थीं।

त्रिवक्रा राजकुमारियों के आवास से बाहर निकली, तब उसे लगा कि कोई पीछे दौड़कर उसी की ओर आ रहा है। वह वहीं रुक गई। पास आने पर वह रुक्मिणी जान पड़ी। आते ही त्रिवक्रा का हाथ पकड़कर उसने कहा, "त्रिवक्रा, उस ग्वाले किशोर को बचाना—वह श्याम सुन्दर है न, उसे! ये लोग उसकी हत्या करने का प्रयास कर रहे हैं!"

"उसे कोई नहीं मार सकता, राजकुमारी! वह तो स्वयं भगवान् है। परन्तु देखती हूँ कि आप उसके पीछे पागल हो रही हैं—आपकी आँखें ही सब भेद बता रही हैं।" त्रिवक्रा ने कहा।

"धत्! मैं जो कह रही हूँ उसे सुन! यहाँ कोई कुवलयापीड नामक दुष्ट जन है। कल वही उस किशोर को मारनेवाला है। कंस की रानियों में यही चर्चा हो रही थी। मैंने स्वयं उसे सुना है?" रुक्मिणी ने कहा।

"आपने और कुछ भी सुना है? ज़रा बताइए तो!"

"मैं जा रही हूँ। मेरे भाई को यदि मेरी सूचना मिल गई तो वह मुझे जीवित नहीं छोड़ेगा।" रुक्मिणी ने कहा और दौड़ती हुई वापस चली गई। त्रिवक्रा विचार-सागर में डूब गई।

कुवलयापीड कोई आदमी नहीं था—वह तो एक महा भयानक हस्ति था। वह कल नन्दकुमार को मार डालेगा? कैसे? फिर भी भुलावे में रहने का समय नहीं था। उसे अपने पति अंगारक की याद आई। वर्षों पहले पति ने उसे त्याग दिया था। वह सबसे बड़ा महावत था और कुवलयापीड उसी की देख-रेख में रहता था। उसे इस बात की जानकारी अवश्य होनी चाहिए। क्षण-भर तो वह हिचकिचाई। अंगारक ने कुब्जा को विकृतांग जानकर छोड़ दिया था; उसके अलावा दो और स्त्रियों के साथ उसने विवाह कर लिया था। उसके पास जाते त्रिवक्रा के अभिमान को चोट पहुँचती थी, परन्तु दूसरी ओर उसके 'प्रभु' की सेवा का प्रश्न था।

अंगारक का पद काफी ऊँचा था। हाथियों की सँभाले रखने, उन्हें युद्ध अथवा विशेष समारम्भों के लिए तैयार करने का भार उसी पर था। उसकी आयु अब पचास के करीब हो गई थी। मध्य रात्रि हो चुकी थी, फिर भी वह महल में जाग रहा था। उसकी एक स्त्री उसके पैर दबा रही थी और दूसरी पंखा झल रही थी। परन्तु उसे किसी भी तरह चैन नहीं था। उसे एक अप्रिय कर्तव्य-भार की चिन्ता सता रही थी। उसकी दोनों स्त्रियाँ अन्दर-ही-अन्दर किसी के बारे में उत्साहपूर्वक बातें करती थीं, जिसे सुनकर अंगारक को स्वयं पर लज्जा आ रही थी। उसे उन स्त्रियों को लात मारकर चुप कराने का मन हुआ, फिर भी वह शान्त पड़ा रहा। अपने आसपास दुखी पत्नियों का रहना उसे अच्छा नहीं लगा। इतने में द्वार पर घण्टा बज उठा। अंगारक भयभीत होकर उठ बैठा। इस समय कौन होगा? आज वह स्वामी कंस से इतनी बार मिल चुका था कि अब और उसके पास जाने की कल्पना से ही वह काँप उठा।

बड़ी स्त्री ने पति की ओर देखा। उसके चेहरे पर सम्मतिसूचक भाव देखकर वह उठी और दरवाजा खोल दिया। त्रिवक्रा अन्दर आई। सुडौल देहवाली इस सुन्दरी को अन्दर आते देखकर सभी आश्चर्यचकित रह गए। अंगारक तो आँखें मलने लगा और उसकी दोनों हृष्टपुष्ट स्त्रियाँ डरकर इस तरह काँपने लगीं मानो कोई प्रेत दिख गया हो।

"तू कौन है?" अंगारक ने पूछा। उसे अपनी आँखों पर विश्वास ही नहीं हो रहा था।

"मुझे भूल गए क्या, आर्यपुत्र?" त्रिवक्रा ने हँसकर कहा।

"बहन, तेरी कुरूपता चली गई?" बड़ी पत्नी ने आश्चर्य व्यक्त किया। उसकी ईर्ष्या-भरी दृष्टि आकर्षक त्रिवक्रा के अंग-अंग पर फिर रही थी। इस मोहिनी स्त्री के सामने वह स्वयं कितनी स्थूल लगती थी—सात-सात पुत्रों की माँ जो वह बन चुकी थी।

"यह तो मेरे प्रभु की कृपा है!" त्रिवक्रा ने कहा, "आर्यपुत्र, वैसे तो हम वर्षों

से नहीं मिले, परन्तु अपने प्रभु के चमत्कार की बात कहने के लिए मैं आपके पास चली आई हूँ।''

''त्रिवक्रा यह सब कैसे हुआ? बैठ, सारी बातें मुझसे कह!'' अंगारक ने कहा। वह भूल गया कि पिछले बीस वर्षों से वह इस स्त्री की अवहेलना करता आया है, उसे छोड़ चुका है और वह सारे महल के उपहास की पात्र बन गई थी। त्रिवक्रा बैठी। उसके चेहरे पर आकर्षक मुस्कराहट थी। अंगारक का आधा मन तो इसी ने जीत लिया। त्रिवक्रा ने पानी माँगा और छोटी पत्नी उसे लेने दौड़ी।

''नन्द के पुत्र द्वारा किए गए चमत्कार की बात घर-घर हो रही है। मुझे बता तो सही कि आखिर क्या हुआ?'' अंगारक ने अपनी पत्नी के नवप्राप्त सौन्दर्य की ओर एकटक निहारते हुए कहा।

''नन्द का पुत्र देखने में कैसा है?'' बड़ी पत्नी ने पूछा।

छोटी बहू पानी लेकर आई। त्रिवक्रा ने पानी पिया और बोली, ''नन्द का पुत्र! अरी, वह नन्द का पुत्र ही कहाँ है? आर्यपुत्र, मैं आपसे कुछ कहना चाहती हूँ, यदि आप उसे गुप्त रख सकें!'' उसने दोनों पत्नियों की ओर देखा।

''तुम लोग अन्दर जाओ!'' अंगारक ने दोनों से कहा।

दोनों को ही यह जानने का कौतूहल हुआ कि यह रहस्य क्या है; परन्तु पति की आज्ञा को भी टाला नहीं जा सकता था। त्रिवक्रा पर रोषपूर्वक दृष्टि डालती हुईं वे दोनों चली गईं।

''मुझे नन्द के पुत्र के बारे में बता, त्रिवक्रा! आज तक तो मैं उसकी बातें ही सुनता आया हूँ, पर अब तो उसे प्रत्यक्ष देखूँगा। तुम तो कोई अप्सरा ही बन गई हो, मालूम होता है!''

''वह नन्द का पुत्र नहीं, देवकी का आठवाँ पुत्र है। आपके स्वामी से हम सबको उबारने आया है।'' उसने धीरे-से कहा।

अंगारक इन शब्दों को सुनकर आसपास देखने लगा। कहते हैं, दीवारों के भी कान होते हैं!

''हे भगवान्!'' उसने गहरा निःश्वास लेकर कहा।

''आप इतने दुखी क्यों दिखाई पड़ते हैं, आर्यपुत्र? हम सबके लिए एक नए प्रभात का उदय हो रहा है। क्या आप इस अत्याचारी शासन से त्रस्त नहीं? एक दुष्ट की गुलामी से आपको घृणा नहीं होती?'' त्रिवक्रा ने पूछा।

''ऐसा मत कह—कोई सुन लेगा!'' अंगारक ने कहा।

''कितनी बार आपका अपमान हुआ है! कितनी बार एक निर्दय अत्याचारी की इच्छा के अधीन आप हुए हैं! परन्तु महर्षि नारद की भविष्यवाणी अब सच होगी। हमारे तारणहार अब आ पहुँचे हैं।''

"सचमुच ही वह तारणहार है?" अंगारक ने पूछा।

"मेरी ओर देखो! प्रभु के सिवाय कौन मुझे ऐसा सौन्दर्य प्रदान कर सकता है? मेरी कुरूपता को कौन दूर कर सकता है? यज्ञ के धनुष को कौन तोड़ सकता है? कल देखना। अत्याचारी के पापों का हिसाब करने वह पहुँच गया होगा!" त्रिवक्रा ने श्रद्धा के साथ कहा।

"त्रिवक्रा, तुम्हें मेरे दुर्भाग्य का खयाल भी न होगा...मैं बहुत दुखी हूँ।" अंगारक ने कहा।

"क्या बात है? मुझसे कहें। मैं देवकी के पुत्र का आशीर्वाद आपके लिए प्राप्त कर सकूँगी। वह मुझ पर बहुत दयालु हैं!" त्रिवक्रा ने गर्व से कहा।

"मुझे कोई नहीं बचा सकेगा...मेरा समय आ गया है...कल मैं इस संसार में नहीं रहूँगा...।" अंगारक ने कहा। उसकी वाणी में निराशा झलक रही थी।

"परन्तु बात क्या है, मुझे बताइए तो सही! शायद मैं आपकी कोई सेवा कर सकूँ। देवकी के पुत्र और कुवलयापीड की कोई बात है?"

"तुमसे किसने कहा?" अंगारक ने पूछा।

"देवकी के पुत्र को कोई नहीं मार सकता।" त्रिवक्रा ने कहा।

"मुझे ऐसी ही आज्ञा हुई है।" अंगारक ने रुद्ध कण्ठ से कहा।

"अत्याचारी की आज्ञा का पालन करना पाप है।"

"पर, मैं क्या करूँ?"

"देवकी के पुत्र की प्रार्थना करो और मेरी बात सुनो।"

बीस वर्षों से जिसका परित्याग कर रखा था, उसी पत्नी की बात अंगारक ने एकचित्त हो, आभारसहित सुनी। फिर कुछ देर के लिए त्रिवक्रा अपने आवास पर गई और वहाँ से वनस्पति ले आई, और सारी रात अंगारक तथा त्रिवक्रा महाभयंकर हाथी कुवलयापीड को वह वनस्पति खिलाते रहे।

मदोन्मत्त गजराज

पिछले दो दिनों में जो कुछ मथुरा में घटा, उससे वृद्ध और तरुण सभी यादव अत्यन्त उत्तेजित हो उठे थे। यादव मात्र के सम्माननीय वृद्ध बाहुक का लापता होना, कंस के आदेश से राजधानी में आए सभी यादवों पर मगध के राजकुमार के आदमियों का पहरा रहना, देवकी के पुत्रों का मथुरा बुलाया जाना, त्रिवक्रा का चमत्कारी रूप-परिवर्तन, दिव्य धनुष का भंग–इन सब घटनाओं से यादवों को लगा कि यदि कोई चमत्कार तत्काल नहीं हुआ तो देवकी के पुत्रों का बचना असम्भव

है, और फिर हमारी स्थिति भी गम्भीर हो जाएगी। इन्हीं विचारों से प्रेरित होकर सभी यादव-प्रमुख मध्य रात्रि में वसुदेव के महल में मन्त्रणा करने गए।

अति सशंकित, चौकन्नी तथा धीमी आवाज में वे परामर्श कर रहे थे। किसी ने मथुरा से भाग निकलना ठीक समझा तो किसी ने अन्त तक डटे रहना। अक्रूर से राय माँगी गई तो उन्होंने अविचलित श्रद्धा के साथ कहा, ''हमारी रक्षा के लिए देवकी का पुत्र आ पहुँचा है, इसलिए अब नारद की भविष्यवाणी अवश्य सिद्ध होगी।''

''परन्तु आर्य, नारद की भविष्यवाणी सत्य ही होगी, ऐसी क्या आपकी दृढ़ प्रतीति है?'' एक तरुण ने मानपूर्वक ऊँची आवाज में पूछा।

''हाँ, मैं देवकी के पुत्र से मिला हूँ और जानता हूँ कि वही हमारा तारणहार है।'' अक्रूर ने उत्तर दिया।

''और यदि वह तारणहार नहीं हुआ तो?'' संशयग्रस्त एक यादव ने पूछा।

''तो फिर यह समझ लेना चाहिए कि हमारा विनाश अवश्यम्भावी है। परन्तु मेरा विश्वास है कि ऐसा नहीं होगा।''

''क्या ही अच्छा होता यदि आपकी जैसी श्रद्धा हममें भी होती!''

''वह तारणहार ही है। त्रिवक्रा को उसने रोगमुक्त किया, रुक्मी का दर्प भंग किया और दिव्य धनुष को तोड़ डाला। इससे अधिक आश्वासन तुम्हें और क्या चाहिए?''

जिस समय अक्रूर ऐसा बोल रहे थे उसी समय दो आदमियों ने खण्ड में प्रवेश किया। मन्द और अस्थिर प्रकाश में उन्हें किसी ने पहचाना नहीं। सभी शान्त हो गए। तब गर्गाचार्य की वाणी निस्तब्धता को भंग करती हुई सुनाई पड़ी, ''महानुभावो, देवकराज की उदारचरित पुत्री आप सबको अपनी दृढ़ प्रतिज्ञा सुनाने आई है।''

भय और आदरमिश्रित भावना के साथ सभी ने उधर देखा। देवकी ने जो कष्ट सहे थे और जैसा तपोमय जीवन बिता रही थी, उससे वह ऐसी लग रही थी मानो साक्षात् कोई दिव्यात्मा उतर आई हो। दीपक के तले खड़ी देवकी का मुख आत्मबलिदान की आभा से प्रदीप्त था। शब्द उसके मुँह से प्रयास करने पर भी निकल नहीं पा रहे थे; फिर भी किसी प्रकार अत्यन्त क्षीण स्वर में वह बोली, ''महानुभावो, आपके समक्ष इस प्रकार आकर बोलने के लिए आप मुझे क्षमा करें।'' इतना कहकर वह रुक गई । सभी उत्सुकतापूर्वक उसके कुछ और कहने की प्रतीक्षा करने लगे। ''मैंने निश्चय किया है कि,'' भावावेग से उसकी आवाज काँप उठी, ''यदि मेरे पुत्रों की हत्या की गई तो मैं अग्निस्नान करूँगी।''

यादव-प्रमुख स्तब्ध होकर ऐसे देख रहे थे मानो भूकम्प से सामने की जमीन

खिसक गई हो। केवल अक्रूर ही शान्त और स्वस्थ रह सके। उन्होंने कहा, "देवक की उदारचरित पुत्री! तुम्हारे बालकों को कुछ हो इससे पहले हम सब मर-मिट चुके होंगे। यह मेरा वचन है।"

देवकी जिस प्रकार आई थी उसी प्रकार शान्ति से वापस चली गई। निर्णय हो चुका था। यादव-प्रमुख गम्भीर और कृतनिश्चय होकर अपने-अपने धाम लौट गए।

राजमहल की छत पर लगातार चक्कर काटता हुआ कंस भी उतना ही गम्भीर और कृतनिश्चय था। वह सोच रहा था, 'अब तक मैंने यादवों के साथ पूरी कठोरता से काम नहीं लिया। युद्ध पर जाने से पूर्व, और नहीं तो विजयी सेना के साथ वापस आने पर मुझे उनका संहार कर देना चाहिए था। फिर, किसी को वृन्दावन भेजकर वसुदेव के पुत्रों को भी नष्ट कर देना उचित था। खैर, कोई बात नहीं, अब भी कुछ नहीं बिगड़ा है। यादव-प्रमुखों का तो आज रात को ही काम तमाम कर सकता था, परन्तु इतने सब राज-अतिथियों के सामने अपने ही वंश के सौ लोगों की एक साथ हत्या करना भी तो सम्भव नहीं। आज वसुदेव के पुत्रों का ही कुछ उपाय किया जा सकता है। ग्रामवासियों के डेरे पर वे ठहरे हैं और उनके चमत्कारों की कथा सुन-सुनकर दल-के-दल मथुरावासी उन्हें देखने के लिए जा रहे हैं। पता नहीं क्यों, लोगों ने यह मान लिया है कि कृष्ण ईश्वर का अवतार है। इसलिए उसे कोई मारने का प्रयत्न करे तो निश्चय ही उपद्रव हो सकते हैं, और यदि जनता उलट गई तो ऐसी स्थिति में, जिन पर सम्पूर्ण विश्वास रखा जा सकता है, वे मागधी सैनिक भी टिक नहीं सकेंगे।'

परन्तु इस संकट से निकलने का भी कंस को एक मार्ग सुझाई दिया। उच्चपदस्थ अंगारक विश्वासपात्र अधिकारी था। मदोन्मत्त गजराज कुवलयापीड शिकार को हाथ से न जाने दे, ऐसा प्रबन्ध वह कर सकता था। यदि ऐसा हो तो कृष्ण का उपाय अपने-आप निकल आएगा और कोई उसे दोष भी नहीं दे सकेगा। सूर्योदय के कुछ घण्टे बाद जब तक लोग इकट्ठा हों तब तक तो अंगारक अपना काम पूरा कर लेगा और तब लोगों की तारणहारवाली अन्धश्रद्धा भी निर्मूल हो जाएगी। उसके बाद वह स्वयं राजमहल के झरोखे में आएगा और तब मल्लयुद्ध शुरू होगा। उस समय लोगों की श्रद्धा नारद की भविष्यवाणी में नहीं रहेगी और सभी आनन्दपूर्वक मल्लयुद्ध देखेंगे।

आशा भरे हृदय के साथ कंस निद्रामग्न हुआ। नींद में भी उसे सुख-सपने ही दिखाई दिए। अपने परम शत्रु को उसने कुवलयापीड के पैरों-तले रौंदे जाते

देखा और प्रचण्ड गजराज ने जब अपना भारी पैर कृष्ण के शरीर पर रखा तो उसकी हड्डियों को भी चटखते हुए उसने सुना!

सुबह होते ही कंस जाग पड़ा और शीघ्र ही अपने विश्वासपात्र कर्मचारियों की सहायता से स्नानादि से निवृत्त हो गया। तब इत्र और सुगन्ध लेकर त्रिवक्रा उपस्थित हुई। विकृतांग, लँगड़ी और कुरूप त्रिवक्रा, जिसकी सब हँसी उड़ाते थे, आज अपूर्व सुन्दरी और सुघड़ अंगोंवाली रमणी दीख रही थी। कंस को विस्मय हुए बिना नहीं रहा। क्या यह चमत्कार देवकी के पुत्र ने ही किया?

"तुझे क्या हुआ त्रिवक्रा?" उसने पूछा।

"प्रभु, मैं निरोग बन गई। अब बिलकुल अच्छी हूँ।" आनन्दपूर्वक मुस्कराती और अपनी देह पर गर्व-भरी दृष्टि डालती त्रिवक्रा बोली। इत्र की रुपहली पेटी उसने कंस के सामने रखी। कंस के मन में फिर शंका जागी। क्या नारद की भविष्यवाणी अन्ततः सत्य सिद्ध होगी? उसे त्रिवक्रा से यह पूछने का साहस भी नहीं हुआ कि वह चमत्कार किसने किया। जल्दी से इत्र और सुगन्धित द्रव्य उसने अपने शरीर पर लगाए और परिचारकों को विदा किया। अब वह कृष्ण को कुवलयापीड के पैरों-तले रौंदे जाते देखने के लिए अधीर हो उठा। जल्दी से उसने अपना मुकुट और अलंकार धारण किए, कमर में तलवार बाँधी और जिस मुख्य द्वार से कुवलयापीड लाया जानेवाला था, उसकी खिड़की के पास जाकर खड़ा हो गया, ताकि उसे अच्छी तरह देखा जा सके।

खिड़की के पास खड़े-खड़े कंस को ऐसा लगा मानो समय की गति अत्यन्त मन्द हो गई है। बड़ी कठिनाई से वह धीरज रख पा रहा था। धीरे-धीरे उसने लोगों को आते हुए देखा। ब्राह्मण, क्षत्रिय, वैश्य तथा शूद्र चौक में आकर अपने-अपने नियत स्थानों पर बैठ गए। मुख्य स्थान के आसपास राजकुमार वृत्रघ्न के आदमियों को व्यूहात्मक दृष्टि से खड़ा किया गया था। धीरे-धीरे यादव-प्रमुख यथास्थान आकर बैठे। स्त्रियाँ यथास्थान आकर बैठ गई थीं। रंगबिरंगे वस्त्र पहने ये तमाम स्त्रियाँ आँखें फाड़-फाड़कर नन्द पुत्रों को देखने के लिए सचेष्ट थीं।

कुछ देर बाद शंखध्वनि गूँज उठी। बाँहों और जाँघों पर ताल ठोंकते, राज्याश्रित मल्ल मैदान में आए और चारों ओर घूम-घूमकर मल्लयुद्ध के लिए लोगों को आमन्त्रण देने लगे। कंस को अपने मल्लों पर बड़ा गर्व था। चाणूर तथा मुष्टिक उनके प्रमुख थे। चाणूर पहाड़ के समान विशालकाय और भारी-भरकम था। मुष्टिक ऊँचे कद का था। विकसित स्नायुओंवाला यह दैत्य देखने में क्रूर और विरूप था।

अन्त में कुवलयापीड ने चौक में प्रवेश किया। सुनहरी जरी के वस्त्र पहनकर अंगारक उस पर महावत की जगह बैठा था। प्रचण्ड देह तथा प्रबल दन्तशूलवाला

यह गजराज बार-बार अपने लम्बे कान हिला रहा था। सोने के आभूषणों से सज्जित वह बड़ा भव्य लग रहा था। अन्ततः अपने स्थान पर आकर वह खड़ा हुआ, सूँड़ उठाकर उसने अभिवादन किया और आनन्दपूर्वक वातावरण की गन्ध लेने लगा।

कंस को आश्चर्य हुआ कि सदैव लम्बे-लम्बे डग भरनेवाला कुवलयापीड आज धीरे-धीरे क्यों चल रहा है! उसकी आँखों में सदा रोष और अधैर्य झलकता था, पर आज तो वह परम मगन था। इस परिवर्तन का क्या अर्थ हो सकता है? यह मात्र उसकी कल्पना तो नहीं? नहीं, यह कल्पना नहीं हो सकती। कंस ने इस प्रचण्ड गजराज को ऐसी स्नेहपूर्ण दृष्टि लोगों की ओर डालते कभी नहीं देखा था। वह तो इस प्रकार झूमते हुए चल रहा था मानो किसी नए उल्लास का अनुभव कर रहा हो। अधिकतर लोगों को उसके क्रोधी स्वभाव का पता था, इसलिए उसे देखते ही वे अलग हट जाते थे, पर, जब अंगारक ने उसे मुख्य द्वार पर लाकर रोका, तब एक क्रम से चारों पैरों पर अपनी देह झुकाकर कुवलयापीड मानो नृत्य करने का प्रयत्न करने लगा।

लोगों के जो टोले चले जा रहे थे उनमें कंस को कुछ विचित्र सादृश्य दिखाई पड़ा। दो तरुणों के पीछे-पीछे संख्याबद्ध ग्रामजन और नगरवासी भी, कोई शस्त्र बाँधे और कोई निःशस्त्र, चले आ रहे थे। स्त्री-पुरुष उन युवकों की पगधूलि मस्तक पर लगाने के लिए अधीर थे। वही दो तरुण! उन्हें पहचानने में भूल होना असम्भव था। उनका वर्णन कंस ने सुना था। एक का वर्ण घनश्याम था और उसने पीले वस्त्र धारण कर रखे थे; दूसरा प्रचण्ड शरीर और गौरवर्ण था; जिसने आसमानी रंग के वस्त्र पहन रखे थे। देवकी के आठवें पुत्र को देखते ही कंस के तन-बदन में आग लग गई। भविष्यवाणी के अनुसार—यही था उसका परम शत्रु—इसी के हाथों उसका वध होनेवाला था। परन्तु अब कुवलयापीड उसे ठिकाने लगा देगा।

दोनों तरुण गजराज के निकट पहुँचे। कंस साँस रोककर प्रतीक्षा कर रहा था कि कब हाथी उन्हें सूँड में उठाकर जमीन पर पटके और कब दोनों की हड्डी-पसलियाँ चूर-चूर हो जाएँ। परन्तु यह क्या? कंस को अपनी आँखों पर विश्वास नहीं हो रहा था। युवकों के पास आने पर कुवलयापीड ने सूँड हिलाकर उनका मार्ग रोका। इसी क्षण कृष्ण ने उससे कुछ कहा और हाथी ने सूँड ऊँची कर जोर से साँस ली—परन्तु सदा की भाँति क्रोध से नहीं। कृष्ण ने ज़रा हटकर निकल जाने का प्रयास किया पर हाथी ने सूँड बढ़ाकर पुनः उसका रास्ता रोका। कृष्ण तब दूसरी ओर मुड़ा, परन्तु हाथी ने उस ओर भी सूँड लम्बी की। लेकिन यह सब वह खेल-खेल में ही कर रहा प्रतीत होता था। फिर भी बहुत-से लोग

भयभीत हो गए और कुछ तो हाथों में भाले इत्यादि लेकर कृष्ण की रक्षा के लिए भी दौड़ पड़े। कोलाहल और चीख-चिल्लाहट से हाथी के घबड़ाने का ही भय अधिक था, इसलिए कृष्ण ने हँसकर हाथ के संकेत से इन लोगों को रोका और निर्भय होकर हाथी के कान में कुछ कहा! स्त्री-पुरुषों का ही नहीं, पशुओं का भी हृदय हरना कृष्ण को आता था। कुवलयापीड उसकी ओर ऐसे देख रहा था मानो बरसों से बिछुड़ा कोई साथी मिला हो। उसने विचित्र रीति से अपना शरीर घुमाया और विभिन्न अंगभंगियों से लोगों का मनोरंजन करने लगा।

कंस को अपनी आँखों पर विश्वास नहीं हुआ। यह क्रोधोन्मत्त हाथी आज कुछ अपूर्व रीति से वर्तन कर रहा था। उसकी आँखों में उल्लास था। आह! वह अपनी सूँड को इस तरह कृष्ण की ओर बढ़ा रहा है मानो वह चाहता हो कि कृष्ण उसकी सूँड को थपथपाए। आसपास उपस्थित लोगों की चेतावनी पर कान दिए बिना कृष्ण स्नेहिल वाणी में कुछ कहता हुआ गजराज की ओर उसी तरह बढ़ा, जिस तरह वह वृन्दावन में गाय-बैलों के साथ हिल-मिलकर बातें करता था। हाथी ने सूँड बढ़ाकर कृष्ण को ऊपर उठा लिया। लोगों में भगदड़ मच गई। चारों ओर भय-भरी चीखें सुनाई पड़ने लगीं। कई स्त्रियाँ तो अचेत हो गईं। पर अगले ही पल हाथी ने अपनी सूँड को बड़ी सहजता से नीचे किया और कृष्ण को धरती पर खड़ा कर दिया।

लोगों ने तुमुल हर्षनाद किया। जय-जयकार से सारा वातावरण गूँज उठा। कृष्ण बड़ी कोमलता से हाथी की सूँड सहलाने लगा और उस उग्र गजराज की आँखें एक अपूर्व स्पर्श-सुख से मुँदने लगीं। पैर-पर-पैर बदलते हुए उसने अपना शरीर नीचे की ओर झुकाना शुरू किया। अन्ततः अपने विशाल पैर पीछे की ओर मोड़कर वह धरती पर निढाल हो गया और अपनी विशाल सूँड को फैलाकर आँखें बन्द कर लीं। लगा, जैसे वह आनन्द-समाधि में डूब गया है।

महामल्ल चाणूर

कंस को सहज होने में कुछ समय लगा और देवकी के पुत्रों ने राजसभा में प्रवेश किया। उन्होंने सुन्दर वस्त्र धारण कर रखे थे। 'जय-जय नन्दनन्दन' की उल्लासमयी जय-ध्वनि से वातावरण गूँज उठा। श्याम वर्ण का छोटा भाई तुरन्त पहचाना जा सकता था। अपने अग्रज के पीछे-पीछे वह विनम्र भाव से चल रहा था।

क्या यही लड़का उसका नाश करेगा? कंस—अजेय, विजेता कंस—के अहम् को गहरी चोट लगी। उसने दाँत पीसे और प्रण किया कि भविष्यवाणी को वह

निश्चय ही असत्य सिद्ध करेगा। वह अन्तिम क्षण तक लड़ेगा और देवकी-पुत्रों को अपने हाथों से पीसकर रख देगा। कंस ने ताली बजाई। तुरन्त परिचारक उपस्थित हुआ।

उसने अपने श्रद्धेय परामर्शदाता अद्य को बुलाने की आज्ञा दी।

अद्य देखने में कोई विशिष्ट व्यक्ति नहीं जान पड़ता था। उसके वृद्ध चेहरे पर चिरौरी-भरी मुस्कराहट सदा खिली रहती थी। अपने स्वामी कंस को प्रसन्न रखने के लिए जो-जो दाँव-पेंच उसने खेले थे, वे सब उसके चेहरे की क्रूर रेखाओं से स्पष्ट परिलक्षित होते थे।

"अद्य, नन्द का पुत्र राजसभा में आया? और कुवलयापीड को क्या हुआ?" कंस ने पूछा।

"कोई कहता है कृष्ण ने उसे मार डाला; कोई कहता है कि स्पर्श मात्र से उसने हाथी का स्वभाव बदल दिया। मैंने आदमी को सही सूचना के लिए भेजा है।" अद्य ने उत्तर दिया।

"अब अंगारक कुछ काम न आ सकेगा। लगता है अपने मल्ल राजसभा में आ गए हैं। थोड़ी ही देर में अतिथियों के साथ मुझे वहाँ जाना पड़ेगा।"

"जैसी कृपानाथ की आज्ञा।" अद्य ने आज्ञा की प्रतीक्षा करते हुए कहा।

"मल्ल मैदान में उतरें, इससे पहले ही चाणूर को यह सन्देश दे देना कि नन्द के पुत्र को ठिकाने लगाने का काम अब उसका है।"

"यह कैसे होगा?" अद्य ने नम्रता से पूछा, "चाणूर एक किशोर को बाहुयुद्ध में कैसे ललकार सकता है? शास्त्रों में तो इसका निषेध है।"

आगन्तुक अतिथियों की पदचाप आँगन में सुनाई पड़ी । कंस ने अद्य की ओर आग्नेय नेत्रों से देखा और पैर पटकता हुआ बोला, "यह कैसे होगा, यह जानने की मेरी तनिक भी इच्छा नहीं है। यह मेरी आज्ञा है और उसे इसका पालन करना है, मैं तो यही जानता हूँ। नहीं तो..." कंस ने दुर्भावनासूचक दृष्टि अद्य की ओर डाली।

अतिथि आ पहुँचे थे। बड़ी कठिनाई से कंस ने स्वयं पर नियन्त्रण किया और अद्य को संकेत से विदा कर अतिथियों का स्वागत करने आगे बढ़ा। राजमहल के बीचोबीच एक चतुष्कोण सभाखण्ड था। उसके एक ओर कंस, अतिथि राजपुरुषों, विविध कुल-प्रमुखों और उच्च अधिकारियों आदि के लिए विशिष्ट मण्डप बनाया गया था। सभाखण्ड की दूसरी ओर ब्राह्मणों, विभिन्न यादव-मण्डलियों, ग्रामीणों और प्रजाजनों के लिए विशाल एवं सुशोभित मण्डप बना था, और सभाखण्ड के बीच मिट्टी और रेत बिछाकर मल्लयुद्ध के लिए वर्तुलाकार स्थान बनाया गया था।

सभी मण्डप ठसाठस भर गए थे। खिड़कियों और अटारियों से रंगबिरंगी साड़ियाँ और शॉल पहने स्त्रियाँ झाँक रही थीं। ग्रामवासियोंवाला मण्डप तो सभी के आकर्षण का केन्द्र बन गया था। उसमें सबसे आगे नन्द के नेतृत्व में वृन्दावन के गोप-ग्वाल बैठे थे। कृष्ण और बलराम को सहज ही पहचाना जा सकता था। सबके होंठों पर उनका नाम था और उन्हें देखने के लिए मण्डप के आसपास छोटे-छोटे अनेक दल जमा हो गए थे।

शंखध्वनि हुई, और कंस तथा उसके अतिथियों के आगमन की सूचना मिलते ही सर्वत्र सन्नाटा छा गया। सदा की भाँति उनके स्वागतार्थ तो हर्षनाद सुनाई पड़ता था, वह आज कहीं नहीं सुनाई पड़ा। कंस ने बड़ी कठिनाई से अपना चेहरा प्रसन्न रखा और आसपास दृष्टि डालकर अपना आसन ग्रहण किया। उसके दाहिनी ओर अतिथिगण बैठे। बाईं ओर वसुदेव, अक्रूर तथा अन्य यादव-प्रमुखों ने आसन ग्रहण किया। प्रद्योत कंस के पीछे बैठा; उसके बगल और वसुदेव के ठीक पीछे राजकुमार वृत्रघ्न और मागधी वीर बैठे। केवल कुछ लोगों को छोड़कर, जिन्हें भावी समय का अनुमान नहीं था, सभी के चेहरे गम्भीर थे।

बाहुयुद्ध के क्षेत्र में चाणूर, मुष्टिक और पोषल अपने स्वामी कंस के आगमन पर विनयपूर्वक नमस्कार कर रहे थे। प्रत्येक के दोनों ओर उनके बारह पट्टशिष्य खड़े थे। अब ये शिष्य शंखध्वनि कर आज की प्रतियोगिता के आरम्भ की सूचना दे रहे थे। इन मल्लश्रेष्ठों और उनके शिष्यों के अतिरिक्त प्रायः दो सौ मल्ल और भी खड़े थे। उन्होंने लंगोट पहन रखे थे और शालें ओढ़ रखी थीं, जिसका अर्थ था कि वे सभी राज्याश्रित मल्ल हैं। चाणूर तो मल्लयुद्ध का सम्राट् ही मान जाता था, इसलिए उसकी शाल सुनहरी थी।

बाहुयुद्ध का वह स्वर्णकाल था। द्वन्द्वयुद्ध और रणक्षेत्र में भी बाहुयुद्ध का प्रचुर प्रयोग होता था। परस्पर झगड़े के निराकरण के लिए मानव आदिकाल से बाहुयुद्ध का आश्रय लेता आया है। उसने इसे एक कला के रूप में भी विकसित कर लिया है। उस समय श्रेणीबद्ध हथियारों का उपयोग होता था। जन-साधारण लाठी और भाले का उपयोग करते थे। सैनिक तलवार अथवा कटार का प्रयोग करते। उच्चकुल के योद्धा गदा, परशु, लौह-चक्र और धनुष का उपयोग करते। युद्ध-कला के स्वामी परशुराम के प्रिय शस्त्र परशु का उपयोग तो इने-गिने लोग ही कर सकते थे। लौह-चक्र के उपयोग के लिए चपल हाथ और तीक्ष्ण दृष्टि की आवश्यकता रहती। धनुष-बाण का युद्ध में प्रयोग करने के लिए दीर्घकाल तक शिक्षा प्राप्त करना आवश्यक था। इन सभी शस्त्रों के किसी भी समय हाथ से गिर जाने अथवा छीने जाने की सम्भावना रहती। ऐसे अवसर पर बाहुयुद्ध की प्रवीणता ही काम आती। इसलिए इस युग में सभी लोग बाहुयुद्ध में न्यूनाधिक कुशलता

अवश्य प्राप्त करते थे। राजदरबारों और समाज में भी निष्णात मल्लों का आदर होता था। राज्य द्वारा बड़ी-बड़ी व्यायामशालाएँ चलाई जातीं और यदि कोई राजपुरुष बाहुयुद्ध में श्रेष्ठता प्राप्त न करता, तो रणक्षेत्र में उसके लिए अपनी प्राणरक्षा करना कठिन हो जाता। कोई भी उत्सव बाहुयुद्ध-प्रतियोगिता के बिना सूना लगता। इस प्रकार बाहुयुद्ध के प्रति जनता में प्रबल आकर्षण था।

रणक्षेत्र के अतिरिक्त, अन्य स्थानों पर होनेवाले बाहुयुद्धों में शास्त्रों द्वारा निर्धारित निश्चित नियम थे। ऐसे बाहुयुद्धों में थोड़ी देर के लिए 'चित' हो जानेवाले प्रतिस्पर्धी को हारा हुआ मान लिया जाता और उसे फिर से नहीं ललकारा जा सकता था। इन युद्धों में प्रतिस्पर्धी की हत्या तो सर्वथा निषिद्ध थी।

भेरी बज उठी, शंखनाद हुआ और चाणूर के संकेत पर सभी प्रतिस्पर्धी जोड़ियों ने अपने-अपने शाल उतारकर अनुचरों को दे दिए और स्पर्धा के लिए तैयार हो गए। चाणूर के हाथ ऊँचा करते ही प्रतियोगिता प्रारम्भ हो गई। तत्काल ही वातावरण गम्भीर हो गया। मल्लों ने एक-दूसरे को गिराने में अपना-अपना कौशल दिखाना शुरू किया। दाँव-पेंच चलने लगे। किसी अच्छी जोड़ी की भिड़न्त होने पर लोगों में भारी उत्तेजना फैल जाती।

अन्त में विजयी प्रतिस्पर्धियों को पराजितों से अलग किया गया। एक ओर विजेता खड़े थे, दूसरी ओर परास्त मल्ल। अब चाणूर, मुष्टिक और तोषल बाहर निकले। दोनों के आगे-पीछे दो-दो शिष्य शंख फूँकते हुए चल रहे थे। चाणूर ऊँचे डील-डौल का था। गोल, सफाचट खोपड़ी और बड़ी तोंदवाली उसकी विशाल काया को देखते हुए डर लगता था। उसके स्नायु मांसल थे, वह चलता तो उसके एक-एक अंग से सौष्ठव टपकता था।

चाणूर प्रसन्न मुद्रा में एक-के-बाद एक मण्डप के पास जाकर विशेष अतिथियों के लिए सुरक्षित स्पर्धा के लिए प्रतिद्वन्द्वियों को ललकारने लगा। जहाँ वृन्दावन के ग्वाले बैठे थे, वह वहाँ रुका। आगे सुन्दर वस्त्रों में सज्जित कृष्ण-बलराम बैठे थे। उन्हें देखकर वह हँसा।

"नन्दराज, ये आपके पुत्र हैं?" चाणूर ने नन्द से पूछा, "राजपुत्रों जैसे दीखते हैं। ये प्रतियोगिता में भाग क्यों नहीं लेते?"

"नहीं, ये प्रतियोगिता में भाग नहीं लेंगे," नन्द ने कहा, "ये तुम्हारी तरह प्रवीण नहीं; आखिर हम तो गाँववासी ही ठहरे।"

जब चाणूर इन दो भाइयों के सामने आकर ठहरा, तब प्रत्येक व्यक्ति की दृष्टि उस ओर उठी। सभी यह जानने को उत्सुक थे कि अब क्या होगा? प्रायः सभी प्रभावित व्यक्ति इन किशोरों की बाहुयुद्ध-कला की एक झाँकी देखने को उत्सुक थे। दूसरी ओर किसी भी सम्भावित छल-कपट के प्रति सशंकित यादव-

प्रमुखों को चाणूर की यह चेष्टा कुत्सित जान पड़ी।

ग्रामवासियों के मण्डप के पीछे महल की अटारी पर यादव-प्रमुखों की कुलांगनाएँ खड़ी थीं, जिनमें से देवकी तो चाणूर को अपने पुत्रों से बातचीत करते देखकर बहुत विचलित हो गई । दीवार का सहारा लेकर उसने किसी तरह अपने को सँभाला। 'मेरे प्रभु, मेरे प्राणप्रिय कृष्ण' ऐसा कुछ बड़बड़ाते हुए उसने अपनी आँखें मूँद लीं। फिर किसी तरह अपने को सँभालकर देखने लगी कि नीचे क्या हो रहा है?

"अपने बूढ़े बाप की बात क्यों सुन रहे हो?" चाणूर ने कृष्ण-बलराम से कहा, "मैंने तो सुना है कि तुम दोनों कुशल खिलाड़ी हो। तुम्हारे असाधारण पराक्रमों की बात भी लोगों की जबान पर सदा रहती है।" चाणूर के इन शब्दों में उपहास की ध्वनि स्पष्ट सुनाई पड़ रही थी। कृष्ण और बलराम चुप रहे।

"मैदान में आओ और अपना जौहर दिखाओ, छोकरो !" चाणूर ने ललकारा और अपनी जाँघ पर हाथ पटका। उसके एक शिष्य ने शंखनाद किया। शंखध्वनि और चाणूर के हाथ पटकने का स्वर सुनकर प्रत्येक यादव का हृदय फड़क उठा। एकमात्र कंस ही जानता था कि अब क्या होगा। उसके हाथ मूँछों पर फिर रहे थे और होंठों पर सहज मुस्कान थिरक रही थी।

चाणूर के उपहास-भरे शब्द सुनकर बलराम खौल उठा। नन्द की ओर देखकर उसने आज्ञा माँगी, परन्तु नन्द तो स्तब्ध ही रह गए थे।

"ये मूर्ख की तरह पिता की ओर क्या देख रहा है?" चाणूर ने इतनी ऊँची आवाज में कहा कि सारी सभा को सुनाई पड़े और फिर कृष्ण की ओर देखकर अपमानसूचक स्वर में प्रश्न किया, "तुझे लड़ना नहीं आता?"

"तेरे साथ!" कृष्ण ने प्रतिप्रश्न किया। कृष्ण के शब्दों में भी यथेष्ट उपहास था, "मैं तो अभी बहुत छोटा हूँ।"

चाणूर की ललकार को स्वीकार करना प्रतिष्ठा का प्रश्न बन गया था, परन्तु कृष्ण चाणूर की धूर्तता को पहले ही भाँप चुका था, अतः जहाँ तक अत्यावश्यक न हो, वहाँ तक इस चुनौती को स्वीकार करने की इच्छा नहीं रखता था।

"चल, आ नन्दकिशोर!" चाणूर ने कहा, "इस बूढ़े के पास तुझे कुछ ऐसे दाँव-पेंच सीखने को मिलेंगे जो जीवन में कभी नहीं भुलाए जा सकते।" चाणूर ने फिर एक बार चुनौती दी और जाँघ पर हाथ पटका। कृष्ण ने मस्तक हिलाया। चाणूर कृष्ण को बाहर खींच लाने के लिए आगे बढ़ा।

"नहीं, नहीं, नहीं।" अक्रूर पुकार उठे। उन्होंने खड़े होकर कंस की ओर देखा और कहा, "चाणूर इस बालक के साथ बाहुयुद्ध नहीं कर सकता।"

यादव-प्रमुखों ने इस विरोध का समर्थन किया। वसुदेव शान्त होकर चारों

ओर देख रहे थे, परन्तु उनके हृदय में तो आशा और आशंका के बीच भयंकर द्वन्द्व चल रहा था। चाणूर के खूनी दाँव-पेंच से वह अपरिचित नहीं थे। चाणूर जब किसी के साथ गम्भीर रूप में बाहुयुद्ध करता था, तब वह खेल-नियमों का तो उल्लंघन नहीं करता था, पर अपनी विशाल और दीर्घ काया का भार प्रतिस्पर्धी पर इस प्रकार डालता था कि या तो उसका दम घुट जाता अथवा उसकी हड्डी-पसलियाँ टूट जातीं।

यादव स्त्रियाँ भी 'नहीं, नहीं, नहीं'—कह रही थीं। परन्तु मण्डप में जो गाँववासी उपस्थित थे और उन्होंने जो सवेरे 'जय कृष्ण जय नन्दकिशोर' का जयसूत्र उच्चारित किया था, उसी का फिर उच्चारण किया। उन्हें लगा कि बाहुयुद्ध के सम्राट् चाणूर ने अपने साथ लड़ने के लिए जब कृष्ण को पसन्द किया है तो यह तो गौरव का ही विषय है। अब बाहुयुद्ध अच्छी तरह जमेगा।

कृष्ण ने मुस्कराते हुए निर्भयता से चाणूर की आँखों में झाँककर फिर मस्तक हिलाया।

"मुझसे लड़ने में डर लगता है दोस्त!" चाणूर ने परिहास करते हुए पूछा।

अक्रूर ने कंस की ओर देखा। चाणूर की चेष्टा से कंस के चेहरे पर जो प्रसन्नता थी, उसे स्पष्ट देखा जा सकता था।

"अन्धकराज, यह घोर अन्याय है! बाहुयुद्ध की प्रणाली भंग हो रही है।" अक्रूर ने कहा।

कंस ने कोई उत्तर नहीं दिया।

"नहीं, नहीं, नहीं...!" यादवगण फिर से पुकार उठे।

"क्यों, डर लगता है?" चाणूर ने फिर से अपमान-भरे स्वर में पूछा।

"मेरे पिता की आज्ञा नहीं।"

"आज्ञा कैसे दें?" चाणूर ने कहा, "वह जानता है कि तू तो केवल गोपियों के साथ रासलीला ही रचा सकता है; सच है न!"

"हाँ, मुझे रास रचाना आता है!" कृष्ण ने कहा। अब वह खड़ा हो गया और नन्द के सामने हाथ जोड़कर उच्च स्वर में बोल उठा, "पिताजी, अब मुझे नहीं रोकें।"

कृष्ण ने निडरता से मस्तक ऊँचा उठाया। फिर शिरस्त्राण, धोती और शाल अपने मित्र उद्धव के हाथ में सौंप दिए। अब केवल लँगोट में खड़ा यह किशोर, लावण्य और रूप में भी कामदेव को पराजित करने योग्य लग रहा था।

"चाणूर, मैं तैयार हूँ।" उसने कहा।

चाणूर के कृष्ण-हत्या के निश्चय से अपरिचित प्रजाजन 'जय-जय' कर उठे।

भविष्यवाणी सत्य सिद्ध हुई

बलराम क्रोध से काँपने लगा। चाणूर ने जब उसे ललकारा था, तभी वह उससे लड़ने के लिए तैयार हो जाता; किन्तु जब उचित समय और संयोग देखकर ही आगे बढ़ना होता, तब वह अपने छोटे भाई की पहल की प्रतीक्षा करता था। जब तक कृष्ण का संकेत न मिले, तब तक वह स्वयं पहल नहीं करता। कृष्ण ने जब चाणूर की चुनौती स्वीकार कर ली, तब भारी डीलडौल और सुपुष्ट देहवाला मुष्टिक बलराम के पास आया।

"क्यों, तेरा क्या विचार है, छोकरे? तू क्यों हिचकिचा रहा है? अथवा तू भी छोकरी ही है?" बलराम के पास आकर उसने कहा।

बलराम की आँखों से अंगारे बरसने लगे। कृष्ण ने जब चाणूर के साथ लड़ने की तत्परता दिखाई है, तो बलराम को रोकनेवाला कौन है? उसने तो शिरस्त्राण, धोती इत्यादि भी खोलने की जरूरत नहीं समझी। वह तत्काल खड़ा हुआ और उसका सुपुष्ट दाहिना हाथ मुष्टिक पर एकाएक ऐसा प्रहार कर बैठा कि मुष्टिक लड़खड़ा गया और गिरते-गिरते बचा।

क्षण-भर में बलराम अखाड़े में उतर आया और मुष्टिक के स्वस्थ होते ही उस पर बाघ की तरह टूट पड़ा। दोनों भयंकर रूप से एक-दूसरे से गुँथ गए और जमीन पर गिर पड़े। प्रेक्षक साँस रोककर इस बाहुयुद्ध को निहारने लगे। कई तो उत्तेजित होकर खड़े भी हो गए। जब भी मुष्टिक नीचे गिरता, तभी हजारों कण्ठों से हर्षध्वनि गूँज उठती।

कृष्ण भी अब अखाड़े में उतर आया था। उसकी तीक्ष्ण दृष्टि ने अपने सामने खड़े विशालकाय प्रतिद्वन्द्वी की सुपुष्ट देह, दीर्घबाहु और चंचल नेत्रों को माप लिया। फिर, अपनी भुजा और जाँघ पर हाथ पटककर जैसे ही चाणूर आगे बढ़ा कि कृष्ण धीरे-धीरे राजपुरुषों के लिए सुरक्षित मण्डप की ओर सरकने लगा। वह इस महामल्ल की देह और उसके आगे बढ़ते कदमों को भली प्रकार तौल रहा था। चाणूर की दृष्टि और गति में भूखे अजगर की-सी मोहिनी थी, जो अपने प्रतिस्पर्धी को जड़वत् कर देती है। कृष्ण ने देखा कि चाणूर की वास्तविक शक्ति तो उसकी भारी देह और मांसल स्नायुओं में है। इसी का उपयोग प्रतिस्पर्धी अपने लाभ के लिए भी कर सकता है। अब कृष्ण के मन में एक नया विचार उत्पन्न हुआ। चाणूर का बायाँ पैर धरती पर धीरे पड़ता था और किसी आकस्मिक क्षण में वह उसे जमीन पर अच्छी तरह टिका नहीं सकता था।

कृष्ण धीरे-धीरे चाणूर को राजपुरुषों के लिए सुरक्षित मण्डप की ओर ले जा रहा था। ऊपर से देखने में तो वह चाणूर के चंगुल में फँसता लग रहा था; परन्तु

वास्तव में वह हर बार चाणूर के प्रहार से बच निकलता था। अब वह कंस के ठीक सामने पहुँच गया था। कृष्ण की चपल गति के साथ-साथ बढ़ने में चाणूर का दम फूल गया था। उसने कृष्ण को मात्र एक बालक ही समझा था और कभी सोचा भी नहीं था कि कृष्ण उसकी पकड़ से इस खूबी के साथ निकल जाएगा। उसने दृढ़ता से अपने होंठ भींचे और निकट आकर दोनों बाहुओं में कृष्ण को जकड़ने का प्रयत्न करने लगा।

कृष्ण बड़े ही कौशल से चाणूर की पकड़ से निकल गया और उसी क्षण उसके बाएँ पैर पर प्रहार किया। कृष्ण का अनुमान ठीक निकला। उसका वह पैर निर्बल था। अतः इस अचानक प्रहार से वह अपना सन्तुलन खो बैठा और उसकी भारी देह लगभग धराशायी हो गई; परन्तु अपनी शक्तिशाली बाहुओं की सहायता से वह गिरते-गिरते बच गया।

इस महाकाय और दुःसह मल्ल को खड़े होने में कष्ट हो रहा था। उसके इस प्रयत्न को देखकर समस्त समुदाय में हास्य की लहर फूट पड़ी। आज तक अनन्य माने जानेवाले बाहुयुद्ध के सम्राट् को प्रतीति हुई कि लोगों की नजर में वह हास्यास्पद हो गया है। उसका क्रोध भड़क उठा। दूसरी ओर उसका सुकोमल प्रतिस्पर्धी उतना ही स्वस्थ और प्रसन्न था और अपने सन्तुलित पैरों पर कूद रहा था। साधुवाद के स्वरों ने दोनों प्रतिस्पर्धियों का ध्यान विचलित किया और दोनों कुछ क्षण रुककर एक-दूसरे की ओर ताकने लगे। चारों ओर तालियों की गड़गड़ाहट सुनाई पड़ रही थी। बलराम ने भी मुष्टिक को इतने जोर से धरती पर पटका कि उसकी खोपड़ी टूट गई। अखाड़े में वह बेहोश हुआ पड़ा था और उसकी नाक से रक्त बह रहा था।

चाणूर इससे उत्तेजित हो उठा; परन्तु कृष्ण बिलकुल स्वस्थ चित्त था। एक-दूसरे के सामने आकर वे फिर गुँथ गए। भयंकर द्वन्द्व शुरू हुआ। दोनों तरह-तरह के दाँव-पेंच आजमा रहे थे और प्रतिपक्षी के दाँव को विफल कर रहे थे। चाणूर को अपने भारी शरीर और दीर्घ अनुभव का सहारा था, परन्तु कृष्ण भी वृन्दावन में बाहुयुद्ध लड़ चुका था और उसके सभी दाँव-पेंचों से परिचित था। इसलिए वह चाणूर के प्रत्येक दाँव को निष्फल कर देता था। चाणूर के हाथ लम्बे थे तो कृष्ण की देह चपल। चाणूर अपनी श्रेष्ठता सिद्ध करने के लिए अधीर हो उठा था, परन्तु कृष्ण उतना ही शान्त और धीर था।

चाणूर को लगा कि वह प्रायः थक चुका है, जबकि कृष्ण में थकावट का कोई चिह्न नहीं दिखाई पड़ता था। इसलिए उसने अपनी मुष्टि का प्रयोग करने का निश्चय किया। उसका मुष्टि-प्रहार कभी खाली नहीं जाता था। जब भी उसे अपनी जीत की शंका होने लगती, तभी वह मुष्टि-युद्ध पर उतर आता था। अपने

लम्बे हाथों में वह प्रतिस्पर्धी को जकड़कर और सारा जोर लगाकर एक सबल मुष्टि-प्रहार से उसे जमीन पर पटक देता और फिर अपनी देह का सारा भार उस पर डालकर उसकी हड्डी-पसलियाँ तोड़ देता, अथवा उसका दम घोटकर बेजान कर देता। इस शस्त्र का किसी के पास प्रतिकार न था। कई बार तो प्रतिस्पर्धी को इसमें अपनी जान भी गँवानी पड़ती। ऊपर से देखने पर तो यह मृत्यु आकस्मिक ही जान पड़ती, क्योंकि बाहुयुद्ध के किसी भी नियम का भंग इसमें नहीं होता था।

चाणूर ने यही दाँव आजमाया। वह कृष्ण पर पूरी शक्ति से टूट पड़ा। कृष्ण लड़खड़ा गया और धराशायी होने को ही था कि असाधारण समय-सूचकता के साथ उसने अपना सन्तुलन प्राप्त कर लिया और चाणूर के हाथ को अपनी समग्र शक्ति से मोड़ना शुरू कर दिया। अब दोनों साथ ही धरती पर गिरे; परन्तु चाणूर कृष्ण के ऊपर गिरने के अपने प्रयत्न में असफल रहा। उसका प्रतिस्पर्धी असामान्य चपलता से सरक गया। हताश होकर चाणूर क्रोध से पागल हो उठा। उसका अचूक माना जानेवाला दाँव भी निष्फल रहा। अपनी पकड़ से कृष्ण को बच निकलते देखकर उसकी हत्यारी बृत्ति जाग उठी; अपने स्वामी की आज्ञा उसे याद आई और उसके दोनों हाथ कृष्ण का गला दबाने को लालायित हो उठे।

कृष्ण ने पहले ही समझ लिया था कि ऐसा कुछ होगा। चाणूर उसके गले को जकड़ सके इसके पहले ही वह खिसक गया और उसने कहा, "धिक्-धिक् चाणूर!" प्रेक्षकों ने भी चाणूर को धिक्कारना शुरू किया और चारों ओर से 'धिक्-धिक्' की आवाजें आने लगीं।

चाणूर के हाथ हवा में ही फैलकर रह गए। अन्त में वह जमीन पर हाथ टेककर खड़ा हुआ। रक्त-पिपासु दृष्टि से उसने कृष्ण की ओर देखा और आगे बढ़ा। कृष्ण अगल-बगल, आगे-पीछे खिसककर उसे खूब छका रहा था। वह चाणूर के हाथ का स्पर्श कर उसकी पकड़ से छूट जाता और बगल में जा खड़ा होता। चाणूर अब थक गया था। अपने कुशल प्रतिद्वन्द्वी के सामने और अधिक लड़ने की सामर्थ्य उसमें नहीं रह गई। उसकी दृष्टि भी अब क्षीण होने लगी थी। एकाएक चाणूर सँभले, इसके पहले ही कृष्ण चीते की-सी चपलता के साथ टूट पड़ा और उसे धराशायी कर दिया। बिजली गिरने से जैसे कोई विशाल वृक्ष गिर पड़ता है, वैसे ही यह महामल्ल जमीन पर निढाल हो गया। फिर भी कृष्ण ने अपनी पकड़ को ढीला नहीं किया। वह उसकी छाती पर चढ़ बैठा। चारों ओर से सुनाई पड़ती तालियों की गड़गड़ाहट से प्रभावित कृष्ण ने चाणूर की रक्त पिपासु आँखों की ओर देखकर कहा, "चाणूर, हार मान ले; बचने का केवल यही रास्ता है।"

इसके उत्तर में चाणूर ने अचानक कृष्ण को अपनी देह पर से फेंक देने का प्रयत्न किया; परन्तु कृष्ण ने चाणूर का मस्तक दृढ़ता से जमीन पर दबा रखा था, इसलिए लाख प्रयत्न करने पर भी चाणूर अपने प्रयत्न में सफल नहीं हो सका। उसकी शक्ति क्षीण होने लगी। सिर उठाने के व्यर्थ प्रयत्न करते हुए उसकी आँखों के स्नायुओं पर सूजन आ गई थी। चाणूर ने एक बार और प्रयास किया। उसने कृष्ण के गले को फिर से पकड़ने का प्रयास किया। चाणूर का इरादा कृष्ण से छिपा नहीं था, अतः अब और दया दिखाने का कोई कारण नहीं बचा था। उसने चाणूर का मस्तक छोड़कर उसकी नाक पर मुष्टि-प्रहार किया और उसकी आँख, मुँह और नाक पर भी घूँसे मारे। चाणूर की नाक टूट गई, उसके दाँत उखड़ गए, उसकी आँखें निस्तेज हो गईं और नाक तथा मुँह से खून बहने लगा। वह अचेत हो गया और उसका सारा चेहरा लहूलुहान हो उठा।

चारों ओर 'साधु, साधु,' की पुकार मच गई। यादवगण उत्साहित हो उठे और अपने-अपने स्थान से दौड़कर कृष्ण का अभिनन्दन करने लगे। घटनाएँ बड़ी तीव्रता से घट रही थीं। कृष्ण ने कंस पर दृष्टिपात किया। उसने देखा कि चाणूर के अचेत होने पर कंस हिंस्र-पशु की तरह दाँत पीस रहा है। अगले ही क्षण वह अपने आसन से उठा, हाथ में तलवार ली और मण्डप से बाहर जाने के लिए आगे बढ़ा ही था कि अक्रूर ने आकर उसका रास्ता रोका।

उसी क्षण एक मागधी सैनिक ने कृष्ण के पिता वसुदेव के ऊपर खड्ग-प्रहार की चेष्टा की। वसुदेव भी अक्रूर के साथ ही खड़े हो गए थे। परन्तु मागधी सैनिक प्रहार करे, इससे पहले ही प्रद्योत ने उसे धराशायी कर दिया। राज्य-अतिथि भी अपने-अपने आसन से उठ खड़े हुए और आवश्यकता होने पर प्राण-रक्षा के लिए अपने हाथों में शस्त्र सँभालने लगे।

तभी कृष्ण ने राजाओं के लिए सुरक्षित मण्डप में भारी कोलाहल सुना। यादव वीर अपने-अपने शस्त्र निकाल रहे थे। मागधी सैनिकों ने उन पर अचानक आक्रमण कर दिया था। यह सब एक साथ घटित हुआ। फिर भी कृष्ण ने सारी परिस्थिति को अच्छी तरह समझ लिया। मरणासन्न चाणूर को छोड़कर उसने एक डग आगे भरा और वहाँ पहुँच गया जहाँ अक्रूर कंस का रास्ता रोके खड़े थे। उसने देखा कि कंस की आँखों में हत्या-भाव झलक रहा है। कंस वृष्णि-प्रमुख अक्रूर की ओर मुड़ा और एक भीषण धक्का मारकर उसने उन्हें गिरा दिया।

अक्रूर को गिराने के बाद कंस कृष्ण की ओर मुड़ा। उसका मुकुट मस्तक से खिसक गया और उसके लम्बे बाल बिखरकर कन्धों पर आ गिरे थे। कृष्ण उस पर पीछे से कूदा और बाल खींचकर उसे धरती पर पछाड़ दिया। कंस के हाथ से तलवार छूट गई। क्षण-भर में उसे आकाशवाणी और उसके फल से बचाव के

अपने प्रयत्नों का स्मरण हुआ। अपने आजन्म शत्रु का उसने प्रभु-रूप में दर्शन किया। जिस प्रभु का उसने अनादर किया था; उसी का भय आज उसके हृदय में समा गया।

इसी बीच बलराम को वसुदेव पर मँडराते संकट का स्मरण हुआ। एक मागधी योद्धा से तलवार छीनकर वह अपने पिता की रक्षा के लिए लड़ते यादवों की सहायता करने दौड़ पड़ा। भयंकर अव्यवस्था फैली हुई थी। निःशस्त्र लोग भाग रहे थे। स्त्रियाँ चीख-पुकार मचा रही थीं, तलवारें चमक रही थीं, यादव और मागधी योद्धा एक-दूसरे से जूझ रहे थे।

कृष्ण ने देखा कि इस उन्मत्त हत्याकाण्ड को रोकने का एक ही उपाय है।

वह घड़ी आ चुकी थी।

उसने कंस के पैरों के पास पड़ी तलवार उठाई। एकाएक वह चमकी और क्षण-भर बाद कंस का मस्तक उसकी देह से अलग होकर भूमि पर गिर पड़ा।

कृष्ण ने कंस के कन्धे से भूमि पर गिरा सुनहरी किनारीवाला शंख उठा लिया और उसे फूँका। यह तीव्र नाद सारे वातावरण में गूँज उठा और सारा कोलाहल तत्काल समाप्त हो गया। सभी लोग पहले तो स्तब्ध रह गए, फिर उन्हें ध्यान आया कि क्या हो गया है। उन्होंने देखा कि वसुदेव-पुत्र एक हाथ में तलवार लिये अत्याचारी कंस के शव पर खड़ा है और विजयी शंखनाद कर रहा है।

आनन्द की प्रचण्ड लहरें चारों ओर से उठने लगीं। सभी लोग अपने इस तारणहार की ओर दौड़े। कृष्ण ने तलवार फेंक दी और वहाँ गया, जहाँ हलधर से रक्षित वसुदेव खड़े थे। उसने पिता को साष्टांग दण्डवत् किया और नम्र भाव से कहा, "पिताजी, आपके आशीर्वाद की याचना करता हूँ।" वसुदेव का कण्ठ अवरुद्ध हो गया। उन्होंने अपने पुत्र को उठाया और हृदय से लगा लिया। अब उनके लिए आँसू रोकना असम्भव हो गया था। जिस पुत्र की उन्होंने वर्षों से राह देखी थी, उसके कन्धे पर सिर रखकर वह फफक पड़े।

भविष्यवाणी सत्य सिद्ध हुई।

❑❑❑